MAIS QUI EST CETTE PERSONNE ALLONGÉE DANS LE LIT À CÔTÉ DE MOI ?

Sous le pseudonyme d'Alec Steiner se cache un jeune auteur parisien. Discret, il laisse pourtant entendre qu'il connaît très bien le milieu gay de la capitale, et que, dans ses romans, il s'inspire très directement de personnages réels.

DU MÊME AUTEUR

Transports parisiens 2
Les Trois Rives, 2006
et « Points », à paraître

Alec Steiner

MAIS QUI EST CETTE PERSONNE ALLONGÉE DANS LE LIT À CÔTÉ DE MOI ?

ROMAN

Les Trois Rives

La première édition de ce livre a paru aux éditions Les Trois Rives, en 2006,
sous le titre *Transports parisiens 1*.

TEXTE INTÉGRAL

ISBN 978-2-7578-0397-4
(ISBN 2-35296-002-9, 1re publication)

1

Le premier jour du reste de sa vie

Le train avait quitté la gare et prenait maintenant de la vitesse en laissant derrière lui les dernières maisons aux tuiles roses. Olivier se sentit envahi par un mélange de sensations contradictoires où le soulagement le disputait tour à tour à l'inquiétude, l'appréhension et l'impatience. Durant tout l'été, profitant de l'euphorie qui avait régné à la maison grâce à son succès au bac, il avait assiégé ses parents afin de conquérir – de haute lutte – la permission de faire une école à Paris. Les résistances de son père avaient été les plus difficiles à vaincre – études fumeuses, pourquoi aller à Paris pour apprendre du vent ?, etc. Sa mère, qui voyait son fils unique livré à lui-même, en proie à toutes les tentations de la capitale, se serait d'autant plus inquiétée si les fruits de son imagination avaient approché, même de très loin, les espérances que caressait Olivier. C'est vrai : les tentations en question avaient lourdement pesé dans la balance. Pour tout dire, c'étaient surtout elles qui avaient motivé le choix d'Olivier. Comme par hasard, Paris était la seule ville où il était possible de suivre ce cursus en communication. La conseillère d'orientation l'avait d'ailleurs confirmé. C'était aussi la seule où il pourrait se laisser glisser dans une masse anonyme comme dans un bain chaud et connaître, enfin libre, loin du foyer familial, des délices qu'il imaginait depuis maintenant cinq ans et qu'il entrevoyait dans les pages de magazines furtivement feuilletés au kiosque de la gare.

Les raisons officielles données à ses parents différaient considérablement de cette version personnelle : il avait envie de réussir et ce n'était pas la réussite sociale mesquine des petits-bourgeois de Cahors qui l'intéressait. Il désirait Paris avec l'avidité d'un Rastignac, mais sûrement pas pour les mêmes raisons. Paris, avec ses théâtres, ses musées, ses bibliothèques, galeries, cafés littéraires ou philosophiques, offrait une ouverture sur le monde autrement plus vaste que celle qu'il pourrait jamais avoir ici. Il avait fini par les faire céder en leur expliquant qu'à Paris, s'il avait besoin d'un livre, il lui suffisait de descendre pour le trouver au coin de la rue. À l'instant où il le disait, c'était l'image d'un garçon qui avait remplacé dans son esprit celle du livre. Mais Olivier était prêt à se persuader de la noblesse des raisons de son exil.

À mesure que le train s'éloignait, Olivier savait qu'il ne quittait pas Cahors pour être plus près des grands musées, mais tout simplement « dans la grande ville ». Et à en juger par les regards consternés de ses parents, c'était probablement ainsi qu'ils envisageaient eux aussi l'existence qui l'y attendait. À ceci près qu'ils s'en réjouissaient beaucoup moins.

Bien sûr, songeait-il en regardant défiler la campagne écrasée sous un soleil impitoyable, il y avait aussi à Cahors un endroit où on pouvait rencontrer des garçons. Olivier ignorait où il se trouvait, mais son cousin Brice y était allé, étant d'un tempérament beaucoup plus téméraire. Et il lui avait certifié que de toute façon, cela n'avait absolument rien à voir.

Ces derniers mois, bien souvent, il était venu voir la gare, cette porte magique ouverte sur des horizons mystérieux et extrêmement désirables. Ce matin, il s'était pourtant retrouvé une fois de plus dans ce hall finalement ridiculement petit et bruyant. Cependant, ce brouhaha de gens surexcités montant à la capitale avait été couvert par sa mère et son père qui l'assaillaient de conseils précieux. Alors que ses parents se dirigeaient vers la file d'attente devant l'unique guichet ouvert, Olivier avait tenté une diversion en direction du kiosque à journaux. Pour bien commencer sa nouvelle vie, il avait besoin d'une revue gay, dans laquelle, même s'il ne comprenait pas encore tous les mots (open-bar, happy hour, TTBM, FF, etc.) il trouverait la liste des endroits merveilleux qu'il allait découvrir. Mais sa mère n'était pas disposée à le lâcher d'une semelle. Il avait à peine eu le temps de faire un pas qu'elle lui avait demandé s'il avait besoin de quelque chose. Les nombreuses fois où il avait imaginé ce départ, il s'était vu seul face à son destin – un peu comme Sissi, les anglaises en moins – et non pas accompagné de deux trouble-fête décidés à lui gâcher la vie jusqu'au dernier moment. Malgré son fort désir de prendre dès cet instant sa vie en main, il avait jugé peu prudent devant la nervosité de sa mère de faire son coming-out sur le champ et s'était borné à lui demander de lui acheter *One* et un paquet de chewing-gums.

À force de le jouer devant ses amies, Madame Boissières avait fini par croire à son personnage de bourgeoise libérale et éclairée qui a fait ses études à Paris. Elle choisissait ses distractions avec discernement et *Télérama*, se souciait des grandes causes, lisait les romans un peu sulfureux des nouvelles écrivaines et était capable de faire des kilomètres en voiture pour aller voir un film d'art et d'essai à Toulouse. Madame Boissières se rêvait scandaleuse, elle était conformiste. Et celle qui avait défendu *Truisme* devant des parents d'élèves outrés, celle qui passait pour une frondeuse et une déclassée parmi les notables de Cahors s'était métamorphosée ce matin devant la réalité en une femme affolée qui était même allée jusqu'à lui parler de lessive.

Olivier, interloqué, avait bredouillé qu'il lui semblait savoir, tout en pensant que devant une mère dans un tel état pour une histoire de lavomatique, il valait mieux éviter de faire des confidences qui risquaient de compromettre son départ. Il avait donc rangé son *One* dans un sac à dos déjà bien rempli de sandwichs et d'autres provisions de voyage qu'il n'avait pu refuser et était allé composter son billet.

Une fois installé, il avait vu par la vitre et sans le son les mimiques absurdes de ses parents qui n'en finissaient pas de lui faire des recommandations. Ce serait la dernière image de son départ, car il avait décidé d'oublier le moment où sa mère avait essuyé une larme tandis que son père levait la main pour lui rappeler de téléphoner dès son arrivée chez Brice.

– Désirez-vous un sandwich ou une boisson, monsieur ?

Tiré de sa rêverie, Olivier leva le nez et croisa le regard bleu d'un type aux cheveux bruns.

– Non, merci.

Le steward répondit avec un sourire et continua son chemin en poussant un chariot dans l'allée.

– Vraiment, la qualité du service s'est énormément dégradée en première classe, vous ne trouvez pas ? Mais à quoi pensez-vous, Claude ? C'est à croire que ce que je vous raconte vous ennuie.

– Excusez-moi, monsieur. Je me disais simplement que c'était un peu fade.

– Ah bon ? Vous trouvez ? demanda Édouard en levant le nez de son plateau. Moi, je trouve qu'ils mettent toujours trop de sel. Vous voulez le mien ?

– Non, je vais aller au bar en chercher, dit Claude en se levant prestement, tandis qu'Édouard agitait vainement derrière lui son petit sachet.

Il était parfois difficile d'échapper à la surveillance constante d'un patron qui exigeait votre présence permanente à ses côtés. La voiture-bar était remplie de monde, mais Claude se glissa à un coin libre du comptoir. De là, il pourrait observer un peu plus à son aise l'objet de toutes ses convoitises.

Il entendit sa collègue prononcer son prénom. Ainsi donc, ce bellâtre s'appelait Philippe. Il était tout à fait à son goût : grand, brun, les cheveux courts mais pas trop, des yeux bleus… Ah, évidemment, ça ne respirait ni la distinction ni l'intelligence, mais après tout, demande-t-on l'intelligence à une brute dont on souhaite simplement arracher le ridicule uniforme bleu marine ? Le steward se tourna vers lui. Claude sourit. L'autre lui rendit un sourire figé et blasé comme il devait en faire à tous les passagers. Mon Dieu, ce qu'il a l'air idiot, songea Claude en prenant son air d'homme d'affaires préoccupé qui lui réussissait si bien. Le steward s'approcha.

– Pourriez-vous me donner un sachet de sel ? demanda Claude d'une voix crispée.

– Dans la corbeille devant vous, monsieur, répondit le steward en s'éloignant aussitôt pour s'occuper d'une cliente.

Il a une belle peau, mais alors quelle prétention, songea Claude en contemplant les épaules et les cuisses qui gonflaient la veste et le pantalon. Et ce parfum, on le sent partout. Mais comment peuvent-ils se payer des eaux de toilette aussi chères que vulgaires avec le salaire de misère qu'on leur donne ? Voilà : ça s'achète un flacon de Calvin Klein, ça va à la gym et sous prétexte qu'une blonde quadragénaire en Cyrillus se pâme quand ça lui apporte la lavasse qui tient lieu de café, ça s'imagine que ça pourrait être acteur ou mannequin.

Philippe… C'est un joli prénom, continua-t-il en retournant à sa place. Philippe de Macédoine… Et une belle tête carrée. Tout à fait mon genre, conclut-il avec un sourire rêveur.

– Eh bien, cela vous met de bonne humeur, d'aller chercher du sel, fit Édouard en le voyant revenir. Vous avez mis un temps fou, dépêchez-vous de finir, nous avons l'interview au *Figaro* à relire, s'impatienta-t-il en brandissant une liasse de feuillets.

Philippe s'assit sur son tabouret. La grosse vague de clients affamés de l'heure du déjeuner avait reflué et les passagers de première étaient desservis. Il pouvait marquer une petite pause en attendant la suite des événements. Derrière la vitre, la campagne limousine continuait de défiler.

– Excusez-moi, est-ce qu'il vous reste des sandwichs ?

Philippe tourna la tête. Tiens, c'était le gamin qui rêvassait lorsqu'il était passé.

– Il n'y a plus de Savoureux ni de Salade Baltique, récita Philippe. Mais il me reste encore des Sonates d'Automne et des Fugues de Printemps.

– Qu'est-ce que c'est, la Sonate d'Automne ? demanda Olivier, qui trouvait le nom joli.

– Un croque-monsieur.

– Bon, alors je vais prendre ça. Avec un Coca, ajouta-t-il.

Philippe décapsula le Coca pendant que la Sonate réchauffait au micro-ondes. Puis il posa le tout sur le comptoir.

Olivier lui tendit un billet de cinquante francs et fut surpris de se voir rendre si peu de monnaie. Il alla s'asseoir au comptoir face au paysage et se plongea dans la lecture de *One* tout en mastiquant péniblement le croque-monsieur insipide, très dur dessus et très mou dedans, qui le vaccina définitivement contre les nourritures qui ont des noms de films d'auteur.

Il termina rapidement la lecture de la page musicale signée Nicolas Moreau en se demandant ce qu'il fallait penser des CD chroniqués. Il trouva que les mannequins de la rubrique mode réalisée par son cousin avaient l'air triste et fatigué et s'attarda un instant sur la mosaïque de photos de gens de la nuit. Dans l'article qu'elles illustraient, Denis Maréchal parlait de merveilleuses soirées, de gens extraordinaires qui vivaient dans des limousines en compagnie de pornstars et de chanteurs latinos à demi nus et ne se nourrissaient que de champagne, de drogues sophistiquées et de nourritures légères, mais exquises.

Denis Maréchal concluait comme chaque mois que la nuit parisienne était sinistrée depuis dix ans : si l'on voulait vraiment connaître cette vie trépidante, il fallait aller à New York ou à Londres. Allons bon, se dit Olivier.

Philippe l'observait. Quand il n'avait qu'un ou deux clients, il tuait le temps en essayant de deviner leur passé, ce qu'ils allaient faire dans la ville où ils se rendaient, qui ils avaient laissé derrière eux, le genre de vie qu'ils pouvaient bien mener. La sienne était simple, en comparaison, toujours trop simple : prendre presque tous les jours un train jusqu'au fin fond de la province, en revenir ou y rester, parfois, ou repartir vers une autre destination. Et revenu à Paris, égrener une existence facile dont l'horizon était borné d'un côté par la salle de gym qu'il fréquentait régulièrement et de l'autre par les bars du Marais où il allait tout aussi assidûment. Enfin, facile, c'était vite dit.

Et ce gamin qui avait été la énième victime imprudente de la redoutable Sonate d'Automne, alors ? À en juger par sa chemise bien repassée, son pantalon en toile claire tout aussi impeccable et ses Paraboots graissées du matin, ce devait être un petit provincial attiré par les lumières de la capitale montant à Paris pour passer un week-end de débauche. Non : il était trop jeune et semblait trop bien élevé. Ou alors, c'est qu'il cachait bien son jeu sous sa coupe de cheveux proprette de fils de famille. Et puis avec ce bronzage comme on en attrape sur les courts de tennis, en fait, ce devait être tout simplement un étudiant qui revenait de vacances et qu'attendaient à la descente du train soit des parents aimants, soit une petite copine du même genre que lui.

Tout en faisant semblant de s'intéresser à un paysage morne et répétitif comme un festival de films hongrois, Olivier observait discrètement le steward dans le reflet de la vitre et commençait à entrevoir les contours de ce qu'allait être sa nouvelle vie. Contrairement à la version lénifiante administrée à son entourage, pour Olivier, Paris était surtout la ville où il trouverait l'amour et, en attendant de le trouver, une sorte d'immense supermarché sexuel ouvert vingt-quatre heures sur vingt-quatre, avec des quais et des jardins publics propices à mille rencontres, des restaurants où les hommes pouvaient se tenir la main, des bars, des cafés et des clubs remplis de garçons magnifiques et souriants qui ne demandaient qu'à s'offrir, quand ils ne passaient pas leur temps sur des réseaux téléphoniques à faire des choses proprement incroyables. En tout cas, c'était ce que lui avait raconté Brice, monté à Paris l'année précédente et qui, disait-il, menait une grande carrière pleine d'avenir dans la mode. D'ici quelques mois, Olivier aurait comme dans les films l'audace de regarder le steward droit dans les yeux tout en lui faisant des propositions indécentes.

C'est vrai que j'aurais pu lui dire quelque chose au lieu de bafouiller comme un imbécile en demandant mon sandwich, songea-t-il en retournant à sa place.

Je ne vois pas pourquoi j'irais me fatiguer à essayer de draguer un provincial rougissant, même s'il est mignon, alors que je suis incapable d'avoir une relation toute simple avec des mecs qui ne demandent que ça, se dit Philippe en baissant le rideau de son bar.

En sortant de la gare, Olivier maudit sa mère qui avait toujours refusé de lui acheter un portable. Il erra longtemps avant de trouver une cabine qui ne servait ni de standard à des femmes à l'air agité ni de quartier général à des clochards, appela Brice et entendit une voix de femme exaspérée qui répétait « Allô ? » avant de raccrocher brusquement. À sa deuxième tentative, la femme était toujours là et disait la même chose. Olivier sentit qu'il y avait quelque chose de bizarre, mais Paris avait dû tellement changer Brice… Contrarié, il partit immédiatement prendre le métro.

Place d'Italie, un balèze du genre teigneux s'était planté juste devant lui et avait profité de l'affluence pour l'écraser contre la barre. Dans un premier temps, Olivier s'était cramponné à ses affaires, mais très vite, il avait constaté que ce type aux airs de légionnaire n'en voulait pas franchement à son sac ni à son portefeuille. Profitant des vibrations de la rame, il avait laissé glisser sa grosse patte virile le long de la barre jusqu'à ce qu'elle vienne effleurer tendrement sa main. Quelques stations plus loin, il était descendu en lui faisant une moue et un clin d'œil qu'Olivier avait jugé totalement déplacés sur une telle gueule de tueur. À Grenelle, un autre mec à l'allure patibulaire s'était installé en face de lui. Déterminé à ne pas se laisser berner une seconde fois et voulant jouer les affranchis, Olivier lui avait alors lancé son sourire le plus avenant. Le type avait aussi sec foncé droit sur lui avant de lui aboyer sous le nez : « Qu'est-ce tu veux ? Qu'est-ce tu veux ? ». Pendant trois interminables stations, le type avait continué à l'insulter sans que personne ne réagisse avant de descendre et de lui lancer un ultime et clair : « Pauv' gros dèpe de ta mère ».

Au bout de cinquante minutes et dix-huit stations, Olivier émergeait rue de la Pompe, soulagé de se retrouver enfin en surface, même s'il était déçu de constater que son futur quartier avait de faux-airs de ville de province. Entre-temps, il avait donné cinq francs à deux jeunes Roumaines dont le père était mort et la mère atteinte d'un cancer de la colonne *vertinbale* (d'après leur pancarte), dix à un repris de justice couvert de tatouages, vingt à une femme qui avait chanté *La Cumparsita* en s'accompagnant d'un orgue de Barbarie, dix à un type à l'œil vitreux et cinq autres à des Kurdes qui faisaient signer une pétition contre quelque chose d'important. Olivier sentit qu'à ce rythme, ses économies risquaient d'y passer. À peine sorti du métro, il essaya à nouveau le numéro de Brice, écouta encore une fois la dame jusqu'au bout et fit :

– Allô ? C'est Olivier, je…

– Ah, quand même ! Ça fait des heures que j'attends que tu m'appelles.

– Mais j'ai appelé six fois et c'est une femme qui répondait.

– Mais il fallait parler, enfin. Sinon, comment tu veux que je sache qui m'appelle ?

C'est ainsi qu'Olivier apprit qu'à Paris, les répondeurs servent surtout à ne pas répondre au téléphone.

Brice habitait au sixième, une mansarde aux murs blancs recouverts de photos de mannequins découpées dans des magazines. Olivier trouva l'endroit petit.

– Oui, mais c'est fonctionnel et c'est dans un quartier très chic et très bien fréquenté.

Olivier essaya d'expliquer sa longue aventure, mais le répondeur se mit en marche.

– Brice ? Tu es là ? C'est Sacha. Décroche !

– Tu vois, c'est comme ça qu'il faut faire, glissa Brice en ondulant gracieusement vers le téléphone. Oui, je suis lààà. Alors, raconte : c'était comment hier avec ton Américain ?.... Non ? Oh, là, là... Moi j'aurais pas pu... Pourtant il avait l'air pas mal... Et il repart quand ? Tu le vois pas ce soir, si ?.... Mais oui, idiote : d'abord on va au Bar. Oui... à 11 heures. Je file.

– À quel bar tu vas ?

– Mais enfin, au Bar... Mais comment tu es coiffé ? Il est quelle heure ? Tu es venu habillé comme ça ?

– Oui. Ma malle arrive demain.

– Ah oui... C'est embêtant. Et on n'a même pas le temps d'aller t'acheter quelque chose de mettable. Bon, eh bien, je vais te prêter des trucs, mais fais-y attention.

– Quel genre de trucs ?

– Ben, enfin, comme moi, tiens.

Olivier regarda les mocassins verts à boucles dorées, le pantalon en velours bordeaux, le pull-over en jacquard marron et le foulard multicolore et eut un peu peur.

– Ça ne fait pas un peu criard ? Et puis tes mocassins à boucles dorées...

– Pas du tout, coupa Brice. C'est Gucci et c'est hyper-top-tendance. Tous les gens un peu dans le coup portent ça. Tu lis jamais la presse américaine, ou quoi ?

– Je préfère rester comme je suis, dit Olivier.

– Comme tu voudras, mais je préfère te prévenir que tu ne rencontrerais jamais personne d'intéressant habillé comme ça.

– Et on fait quoi, maintenant ?

– Ben rien : on a rendez-vous à 11 heures au Bar et puis on ira dîner et puis après on ira au Club, et puis ensuite à une fête chez des copains, Nicolas, il est architecte, mais c'est lui qui fait la rubrique house dans *One*, et après, il y a une nouvelle soirée au Paradiso, j'ai des invites, c'est mon ex-mari qui me les a données, il est attaché de presse, débita Brice d'une seule traite.

– Alex ?

– Mais non, mon ex, il s'appelle Steven ! Tu es saoul ou quoi ?

– L'autre fois, tu m'as dit que ton copain s'appelait Alex.

– Oui, bon, eh bien c'était il y a quinze jours. Entretemps, il y a eu Olivier, Derek et puis Fred. Mais là, avec Steven ça ne pouvait pas durer.

– Ça s'appelle comment, là où on va ?

– Eh bien, le Bar, le Resto, le Club et le Paradiso.

– Et on va attendre 11 heures pour aller dans tous ces endroits ?

– Évidemment : tous les Parisiens font ça. Arrête de poser des questions idiotes, c'est agaçant, à la fin, et puis abstiens-toi devant les gens, je vais avoir l'air de quoi ?

Olivier en conclut que les soirées parisiennes consistaient à aller sans poser de questions du bar « Le Bar » au restaurant « Le Resto », puis au sauna « Le Sauna » avant de finir au club « Le Club ». Il faut avouer que c'était un changement pour quelqu'un qui venait d'une ville où, dès qu'il était question d'enchaîner dans la même journée une après-midi dans un café et un dîner dans une pizzeria, on avait l'impression de « vivre à cent à l'heure ».

2

Crémaillère

Olivier avait faim et mal à la tête. Entre les innombrables coups de fil que Brice avait passés, reçus, failli passer et regretté de recevoir, ses aller-retours entre la salle-de-bains et la pièce principale pour lui montrer la nouvelle tenue qu'il avait choisie en fonction des avis qu'on venait de lui donner par téléphone, Olivier avait tout juste pu grignoter un fond de boîte de biscuits apéritifs. Finalement, après cinq ou six essayages, Brice en était revenu à sa tenue de départ. Dans le taxi qui les emmenait chez Nicolas et David, il fut saisi d'un doute terrible : les mocassins Gucci, c'était chic, mais était-ce trop *fashion* et pas assez *street* ? Une telle question aurait paru futile à n'importe qui. Mais pour Brice, c'était le genre de détail qui pouvait définitivement ruiner une soirée et, pourquoi pas, une vie entière.

Cela faisait deux jours qu'il n'était pas venu à Pigalle chez Nicolas et David et déjà le salon de l'ancien atelier d'artiste en fond de cour avait changé de couleur. Si David était un garçon simple à l'esprit pratique, Nicolas en revanche déployait régulièrement des trésors d'ingéniosité pour distinguer son appartement et justifier les nombreux exemplaires de *World of Interiors* et autres *Côté Sud* qui traînaient négligemment un peu partout. Sa dernière manie – la peinture et les moulages en plâtre – était probablement due à une vie de couple qui, de notoriété publique, était devenue pénible et que cet emménagement en commun était destiné à revigorer.

À peine arrivé dans cette pièce dont l'allure rappelait à la fois les premiers films d'Almodovar (période miracles avec des bouts de chandelles) et les dernières lubies des rédactrices de *Elle Décoration* (« Osez la couleur »), Brice se précipita sur des gens-qui-comptent-à-Paris tout en parlant fort et en faisant de grands gestes dans l'espoir d'attirer l'attention du très convoité Arnaud de Céret.

– C'est tellement difficile de nos jours de trouver un mec mignon, intelligent, bac + 4 si possible, pas ringard, pédélooké, rasé et qui ne rechigne pas à faire des trucs intéressants au lit, dit Sacha en se précipitant sur lui et en jetant un regard appréciateur sur Olivier. N'est-ce pas, Brice ?

Brice ne pouvait pas répondre : la soirée était ruinée.

Arnaud portait une chemise en jean, un jean et un blouson en jean. Et Arnaud était le directeur artistique du Paradiso.

Brice laissa en plan Olivier, qui fit mine de s'intéresser à l'impressionnante collection de disques de Nicolas pour se donner une contenance. Il empoigna Sacha par le bras et le prit à part pour tenir un conseil de guerre.

– Ben dis donc, il est habillé drôlement ringard, Arnaud.

– Mais non, il revient de Hambourg ! Nicolas te l'avait bien dit, de faire un total-look jean.

– Tu crois qu'il est actif ? demanda anxieusement Brice en jetant un œil dans le couloir. Il a pas vraiment l'air. (Brice était du genre qui s'assoit. Et ce n'était rien de le dire.) Et c'est qui, ce type à qui il parle ?

– Je sais pas, il est venu avec quelqu'un. Je crois qu'il s'appelle Gaël ou un truc comme ça.

Malgré toutes les tentatives désespérées de Brice pour attirer son attention (« Colette, Marcel Schmidt, papier mâché, résine de bronze, empilements de plâtre brut, concrétions de bouse de vache ? »), Arnaud persistait à converser avec ce type au regard habité qui lui racontait sa vie depuis le début de la soirée.

– Tu comprends, je sais qu'il m'aime, mais il veut pas l'admettre. Ça pose de vrais problèmes.

– Oui, sûrement, répondit distraitement Arnaud tout en se demandant si Gaël était bien monté ou pas. Et ça fait longtemps que vous êtes ensemble ? Vous êtes un couple libre ?

– Mais non, ça fait un an qu'il m'a largué.

– Ah, c'est bien, s'écria Arnaud, soudain plus intéressé. Enfin, je veux dire, il vaut mieux ne pas rester ensemble quand c'est comme ça. Tu dois traverser une période difficile.

– C'est affreux. Je donnais tellement de moi-même dans cette relation que c'était une véritable éviscération. Je suis en analyse transactionnelle depuis un an. Je suis incapable de coucher avec quelqu'un.

– Ah ? (Arnaud jeta un œil discret sur le reste de l'assistance. Il n'y avait pas grand monde d'excitant. Et ce Brice, qui avait une conversation si fatigante…) Eh bien, je vais te laisser, il vaut mieux être seul, dans des moments comme ça.

– Non, non, tu peux rester, au contraire. Tu fais quoi, après ? (Gaël griffonna son numéro sur un ticket de métro.) Appelle-moi demain, on pourra dîner ensemble, ça me ferait plaisir. Je connais un restaurant tibétain super…

Arnaud sentit qu'il avait mis le pied sur un terrain un peu dangereux. Il avait déjà à son actif une folle psychopathe, un maquilleur sadomasochiste et un directeur de galerie qui se faisait pisser dessus allongé sur les croûtes invendues dans son arrière-boutique. Il n'avait pas besoin d'une illuminée végétarienne en pleine transe new-age.

Dans l'angle opposé à la chaîne, mollement échoué dans un fauteuil de récup' artistement recouvert d'un drap blanc, Denis observait ce jeune mec qu'il n'avait jusqu'alors encore jamais vu. Depuis quelque temps Denis se sentait isolé, rejeté. Il y a encore quelque mois (ou bien était-ce des années ?) à peine arrivé dans une soirée, il était instantanément entouré d'une petite cour attentionnée qui lui demandait son point de vue sur tout et plus particulièrement n'importe quoi. Ce soir, non seulement il avait dû se débrouiller tout seul pour aller chercher son assiette de tomate-mozzarella, mais qui plus est son « mari » avait encore disparu Dieu sait où au bout de trois minutes. Personne n'ayant pu le renseigner sur ce beau petit gosse brun plongé dans les piles de disques, il avait fini par en déduire qu'Olivier était DJ. Bien sûr, il n'avait pas le look, mais Denis avait depuis un certain temps beaucoup de mal à se tenir au courant de toutes les subtilités des dernières tendances. Par exemple, il avait longtemps cru que les jeunes mecs en pantalon de survêt' et casquettes de base-ball qu'il croisait au Paradiso étaient d'authentiques petits rappers hétéros de banlieue. Jusqu'au jour où il avait vu Nicolas débarquer chez *One* dans cette tenue à une réunion de rédaction. Quoi qu'il en soit, cette fois, il n'avait aucun doute, un mec aussi décalé passant son temps dans les disques ne pouvait être qu'un DJ, et même un DJ hétéro. Ces deux certitudes lui donnèrent assez de courage pour oublier ses légendaires maux de tête, s'extirper de son fauteuil et traverser le salon en trottinant.

Alors qu'il venait de saisir un disque dont il trouvait la pochette jolie, Olivier entendit gémir derrière lui une voix souffreteuse :

– Je peux pas croire qu'un mec aussi sexy et aussi jeune puisse en plus aimer la première compilation *Café del Mar*...

Olivier se retourna et vit un invité qu'il n'avait jusqu'alors pas remarqué. Un type d'âge mûr habillé comme un môme, avec un short trop grand, une chemise fleurie et un bob vissé sur la tête. Il ne manquait que la cagoule et le cartable dans le dos, sauf qu'il devait avoir l'âge de sa mère, ce qui faisait peut-être un peu vieux pour jouer à *Sesame Street*. Il n'eut pas le temps de surmonter son étonnement, car l'autre continua de la même voix geignarde :

– Bonjour, je m'appelle Denis Maréchal et je veux me marier avec toi, tu es tellement beau... Et toi, comment tu t'appelles ?

Olivier chercha des yeux quelqu'un qui pourrait lui venir en aide. Personne ne réagit. Ils avaient l'habitude des pantomimes tragiques de ce Denis. Apparemment il était dans un état d'ébriété avancé : non seulement il lui lançait des phrases incohérentes, mais en plus il les ponctuait de petits cris inarticulés en se dandinant comme un échappé des *Teletubbies*.

– Je veux que tu m'emmènes voir les couchers de soleil sur la plage. Tu es l'homme de ma vie... Je peux pas te résister, tu es tellement beau.

– Euh, enfin, c'est que... se mit à bredouiller Olivier.

– C'est pas vrai, tu as une chemise Ralph Lauren et en plus tu aimes le *balearic*. La prochaine fois que je pars à Ibiza, je veux y aller avec toi et personne d'autre, chevrota l'autre d'un ton de supplicié.

On aurait dit l'un de ces cabots recalés à la Comédie Française qui cachetonnaient dans les matinées scolaires où l'on traînait Olivier en sixième.

– Tu n'es jamais allé à Ibiza et en plus tu es déjà marié, le coupa Nicolas. Et d'ailleurs, si tu ne t'occupes pas plus de ton mari, qui entre parenthèses est en bonne compagnie, tu risques une fois de plus de rentrer toute seule chez toi. (Puis, se tournant vers Olivier :) Ne t'inquiète pas, il n'est pas méchant. Seulement, dès qu'il voit un jeune mec sexy comme toi, il ne peut pas s'empêcher de lui faire son numéro.

– Oh, mais ça ne me dérangeait pas du tout, mentit Olivier devant la mine pleurnicharde de Denis.

– C'est possible, ajouta Nicolas en l'entraînant. Mais si je ne t'en avais pas débarrassé, tu aurais eu droit à toutes ses anecdotes sur la vie nocturne à New York et à Londres de 78 à nos jours, sans parler de l'histoire du mouvement gay depuis ce fameux soir du juin 69 au Stonewall Inn, bla, bla, bla… Ce n'est pas inintéressant en soi – quoique – mais comme tu viens de débarquer à Paris, tu auras tout le temps de les entendre au moins cent fois avant la fin de ton année scolaire.

Olivier esquissa un petit sourire gêné à l'intention d'un Denis abattu qui se tenait la tête entre les mains. Rattrapé par sa migraine, celui-ci se dirigea sans rien dire vers la cuisine pour aller se préparer un Aspégic – cela faisait vingt ans qu'il ne sortait plus de chez lui sans en emporter un stock.

Dans les baffles, une chanteuse probablement noire, mais évidemment américaine, faisait une déclaration torride au milieu d'une débauche sirupeuse de violons hollywoodiens.

Nicolas profita de l'ambiance moite et sensuelle pour étrenner son variateur de lumière et plonger en totalité son appartement dans une pénombre de bar américain. Tout le monde redoubla de hurlements, oubliant probablement qu'il ne suffit pas qu'il fasse noir pour que surgisse brusquement un bel inconnu qui vous broie dans ses bras. Dieu sait pourtant qu'ils se connaissaient tous et que, même forcés à séjourner ensemble sur une île déserte, ils auraient refusé de coucher les uns avec les autres.

Denis, qui ne connaissait pas encore les lieux et avait du mal à se repérer dans les ambiances tamisées, poussa par erreur la porte de la chambre de Nicolas et David. S'il ne distingua pas réellement bien les deux corps enlacés sur le lit, il reconnut en revanche par terre le proto du nouveau t-shirt fluo d'Outrage qu'il avait offert à son mari Renaud le matin même. Il se borna à marmonner un « Fait chier », avant de trouver instinctivement la porte d'entrée de l'appartement et descendre l'escalier d'un pas lourd.

La tête basse et douloureuse, il ne passa donc pas par la case cuisine, où David avait élu domicile depuis le début de la soirée. Du point de vue pratique, celui-ci tenait à maintenir l'ordre dans un endroit stratégique et particulièrement sensible lors d'une soirée. Du point de vue humain, il ne supportait dans ce genre d'occasions ni les mondanités de son mari ni ses amis, qu'il rangeait dans la catégorie « volatiles ». D'ailleurs les volatiles en question le lui rendaient bien et ne manquaient jamais de souligner à Nicolas qu'ils ne comprenaient pas comment un mec aussi « branché et en vue » que lui puisse vivre avec un type aussi « commun – pour ne pas dire basique » que David.

En franchissant la porte de l'immeuble, Denis vit arriver d'un pas rapide Carla, accompagnée d'une fille encore plus mal habillée qu'elle. L'espace d'un instant, il songea à remonter la rue en sens inverse : il n'avait envie ni d'expliquer son départ précipité ni de dire quoi que ce soit à Carla, qui le fatiguait énormément. Seulement, l'étoile de Denis n'était plus au firmament du monde de la presse depuis quelques temps. Celle de Carla était en pleine ascension. Dépourvue de tout esprit militant véritable, mais douée d'un arrivisme forcené, Carla faisait son marché idéologique là où cela servait au mieux ses intérêts économiques. À vingt-deux ans, elle avait découvert Londres et s'était rasée les cheveux. Depuis, deux ans plus tard, elle absorbait à peu près toutes les drogues disponibles, écoutait de la techno moins par conviction que pour faire comme tout le monde et expérimentait « les nouvelles avenues de la sexualité ». Elle s'était auto-proclamée spécialiste de la nouvelle génération lesbienne. Cela ne voulait rien dire, mais cela sonnait bien. Désormais, son réseau de relations couvrait tous les titres où Denis aurait aimé travailler et ceux vers qui il pourrait toujours envisager un repli stratégique, sans pour autant être déshonorant, si les choses empiraient pour lui. Il devait donc se montrer le plus consensuel et souriant possible.

– Carla, c'est pas vrai ! Tu arrives juste au moment où je pars. Comme c'est dommage.

– Salut, Denis. Je suis contente de te voir, surtout que j'ai des tonnes de trucs à te demander sur la nuit à Londres.

– Tout ce que tu veux, tu sais que je suis toujours prêt à t'aider. J'adore tellement tes papiers.

Denis et Carla vivaient dans un monde où l'on a la louange excessive, l'oubli facile et le mensonge chevillé au corps.

– Je te présente Christelle, elle va bosser dans la maison d'édition où je vais publier mon bouquin.

– Qu'est-ce que tu as comme chance, moi j'avance pas sur le mien. (Il agita désespérément le bras en direction d'un taxi. Il allait s'arrêter, tout de même, celui-là : l'abandonner avec cette vipère aurait été faire preuve de non-assistance à personne en danger.) Je file, tu m'appelles quand tu veux.

Dans la voiture qui fonçait en direction de l'avenue de l'Opéra, Denis tenta de faire le vide dans sa tête où résonnait une insoutenable pulsation qui lui rappelait les morceaux de transe teutonne qu'il avait subis une nuit entière, le soir de l'inauguration d'une boîte belge. Il ferma les yeux. À travers ses paupières mi-closes, les néons qui scintillaient auraient pu être ceux d'une rue de Londres, d'une avenue de New York ou d'un boulevard de L.A. *Bright light big city*. Ici, ouverture prochaine d'un magasin Gap, le « M » éclairé d'un McDonald, partout des affiches pour des slips Calvin Klein. Mais à cet instant, il savait trop bien où il était, et cela n'avait absolument rien à voir avec l'univers cosmopolite et glamour des mégalopoles où l'on glissait silencieusement dans une limo blanche en écoutant Whitney Houston, comme il le racontait dans ses articles. Dans la vraie vie, c'était une 504 brinquebalante qui roulait à tombeau ouvert tandis qu'une chanson de Serge Lama beuglait à la radio. Et avec leurs noms bien d'ici, les rues le conduisaient irrémédiablement vers son deux-pièces trop petit, trop cher et, ce soir encore, trop vide.

Chez Nicolas, la fête continua jusqu'à 5 heures du matin. Carla, qui n'avait encore une fois pu s'empêcher de faire de son corps un complexe alternatif de recyclage de molécules chimiques, était devenue toute pâle avant d'échouer toute malade aux toilettes. Une fois débarrassés d'elle, les plus téméraires décidèrent de faire un tour à l'after du Paradiso. Dans cette joyeuse bande, on avait en moyenne trente ans mais on persistait à se comporter comme si on en avait dix-sept.

Couché sur son lit, incapable de dormir, Denis se demandait si son « mari » en aurait bientôt assez de ramasser toutes les petites putes qui passaient à sa portée, s'il y était pour quelque chose, s'il devait agir ou se résigner. Les yeux fixés sur les moulures jaunies de son plafond, il ne parvenait pas à trouver le moindre début de réponse à ces questions.

Il venait d'avoir quarante ans, et ça le rendait presque impuissant.

3

C'est toi, là-bas dans le grand noir ?

Comme à chaque fois qu'il oubliait sa carte de parking, il était impossible de se garer. François-Xavier remonta lentement la rue du Commerce à la recherche d'une place libre.

– Mais qu'est-ce que c'est que cette agitée qui jette des regards terrorisés dans tous les sens ? maugréa-t-il en se penchant pour mieux voir à travers les vitres fumées.

Sur le trottoir, une femme en gris qui portait un sac de supermarché dans chaque main regardait d'un air affolé la Saab noire. Elle bouscula un passant, fit tomber l'un des sacs, se baissa précipitamment pour ramasser les oranges qui roulaient sur le trottoir, puis s'engouffra dans la première porte cochère venue comme si elle avait le diable à ses trousses. Il y avait vraiment des malades mentaux, et jusque dans le XVe, en plus. François-Xavier continua son chemin à la même allure en se demandant si les gens du quartier étaient aussi dérangés quand il était enfant, tourna dans la rue des Entrepreneurs et finit par trouver une place non loin de là.

Nicolas était allé s'acheter un Speedo aux Halles et avait donné rendez-vous à Sacha au Carrefour, une terrasse du Marais située près de l'arrêt du 75. Brice les rejoindrait directement à la piscine – il devait passer au journal prendre un short de bain Armani et un maillot qu'il avait soigneusement oublié de rendre après un shooting. Dans le 75, les vieilles revêches qui semblent n'avoir rien d'autre à faire que prendre des bus à longueur de journée et se battent pour la place tant convoitée en vous brandissant sous le nez leurs cartes prioritaires d'un air triomphal, avaient été remplacées par une population plus variée et bruyante qui s'apostrophait d'un bout à l'autre du bus bondé. Nicolas fit remarquer à Sacha qu'on se serait cru dans l'une de ces embarcations ivres remplies de créatures chamarrées, reliant Platti Yallos à la plage de Super Paradise sur Mykonos. Ce désir subit de piscine lui était venu lorsque David avait proposé d'aller faire un tour chez Castorama pour pouvoir ensuite réaliser dans l'appartement quelques travaux qui n'avaient malheureusement rien de créatif, mais qui étaient cependant essentiels.

Brice avait été le plus difficile à convaincre, mais Nicolas lui avait assuré que désormais « tout le monde » allait à David d'Angers et que la dernière fois, il y avait même croisé Pierre & Gilles, de même que certains de leurs modèles.

Une fois arrivés, Nicolas et Sacha se précipitèrent au solarium mais durent se contenter d'étendre une seule serviette pour deux.

– En plus, on n'est même pas dans le bon coin, se lamenta Sacha.

Vouée à une dure vie d'exodes successifs, après avoir d'abord émigré à la piscine des Lilas, la population des réfugiés de Deligny avait squatté depuis peu l'un des côtés du solarium de cette piscine proche des Buttes-Chaumont. Le côté opposé était majoritairement occupé par de petites caillleras qui roulaient leur caisse au milieu d'un étalage de radiocassettes poussées au maximum. En se retrouvant du mauvais côté, non seulement Nicolas et Sacha ne pouvaient pas étudier à loisir les bosses des maillots des petits Beurs, mais, plus ennuyeux encore, ils devaient s'exprimer avec une certaine discrétion, ce qui gâchait considérablement leur plaisir. Brice arriva avec deux heures de retard. Il s'était d'abord trompé de bus, puis un employé de la piscine l'avait obligé à troquer son short contre le maillot.

– … alors je lui ai dit mais c'est un Armani, quand même, ça vaut une fortune, s'énervait Brice. C'est vrai quoi, plus personne ne porte de maillots de bain. (Brice avait toujours beaucoup de mal à concevoir que la terre entière ne se plie pas aussi scrupuleusement que lui aux décisions des rédactrices de mode.) Heureusement que j'avais celui que je voulais t'offrir. Il est bien, non ?

Dans le brouhaha des radios d'où émergeait la voix de Céline Dion, Nicolas regarda le slip exigu vert et orange fluo, remercia la Providence de le lui avoir épargné et la maudit d'avoir créé des règlements de piscines interdisant les shorts.

– La prochaine fois que j'entends Manau, je fais un malheur. Ces keums, je kiffe pas, là. Ils font de la daube, c'est tout, c'est rien que des fonbous, lâcha-t-il pour s'attirer les bonnes grâces des amateurs de *gangsta rap* de la serviette voisine qui avaient commencé à s'agiter dès l'arrivée de Brice.

– Je trouve que le chanteur est vachement sexy, protesta Sacha, haut et fort.

– Moi, tous ces mecs qui font du rap je les trouve vachement vulgaires, même si parfois ils ont un style très intéressant. D'ailleurs j'aimerais assez faire un shooting… commença Brice en désignant d'un geste ample certains des Beurs de leur environnement immédiat. Il y aurait beaucoup… d'or.

Pendant que Brice entrait en transe créatrice, Sacha s'était lancé dans une observation systématique des occupants situés en zone gay.

– Oh, là, là. Splendeur à 14 heures, les filles, s'exclama-t-il, presque à bout de souffle.

– Le petit brun musclé qui est avec un blond ? demanda Nicolas.

– *Exactly*, confirma Sacha.

– Tu parles, c'est une cause perdue, il sort avec sa blondasse depuis deux ans, coupa Brice.

– Il est fidèle ? demanda Sacha comme s'il s'était agi là d'une tare congénitale, voire d'une maladie particulièrement triste et redoutable.

– Moi je suis sorti avec la blondasse lorsqu'elle est arrivée à Paris, intervint Nicolas. Elle est super-conne, mais elle lui a mis le grappin dessus. Depuis que je la connais, elle écume les piscines. Tant va la cruche à l'eau qu'à la fin elle se case, conclut-il avant de leur montrer un type rasé qui portait des Ray-Ban miroir. *Ça*, c'est de l'homme, reprit-il. Je ne sais pas si vous avez remarqué son maillot de bain… (Les deux autres dodelinèrent de la tête afin d'indiquer qu'effectivement ils avaient remarqué.) Eh bien, lui aussi je me le suis fait, lança-t-il une fois que Brice et Sacha eurent repris leurs esprits.

– Nooon ? lança le cri du chœur.

– En fait, il est super-naze. C'est un très mauvais coup, dit Nicolas d'un ton exagérément détaché.

– Pourtant, il a l'air bien mon… commença Sacha.

– Oui, mais ça ne fait pas tout, coupa Nicolas devant ses deux amis incrédules. Avec lui, tout est prévu d'avance, il suit un programme au lit comme à la gym. Au bout de la troisième fois, tu as carrément l'impression de suivre le parcours du combattant.

– Oui, ben moi je serais quand même prêt à m'engager, répondit Sacha, qui avait de la suite dans les idées.

– C'est ce que je me suis dit jusqu'à la quatrième fois, poursuivit Nicolas. Mais à la cinquième, lorsque je lui ai proposé de se laisser peut-être un peu plus aller, il s'est vexé, il a commencé à me demander ce que j'entendais par là et finalement on a passé la nuit à discuter avant de s'endormir chacun à un bout du lit. Je l'ai jamais rappelé.

– Tu as encore son numéro ? insista Sacha.

Mais entre-temps, Brice avait repéré un mec et s'agitait immodérément en poussant de petits gloussements de plaisirs ponctués de remarques salaces. Nicolas s'aperçut qu'ils avaient finalement réussi à attirer l'attention de leurs voisins et jugea prudent d'aller se baigner. Dans l'escalier en colimaçon menant au bassin, il fut involontairement frôlé par deux jeunes Beurs pressés et regretta d'être venu en compagnie de deux folles laides, si voyantes et extraverties qui réussissaient à vous faire repérer même dans une boîte pédé.

Il trempa un pied dans l'eau, la trouva un peu froide, fut pris d'une irrépressible envie de pisser et courut aux toilettes.

Dans ce havre de silence et de paix, il surprit une conversation provenant de la cabine voisine. En tendant l'oreille, il parvint à identifier parfaitement l'une des deux voix.

– Non, mais j'ai super envie de baiser avec toi, disait le mec. En plus, tu pompes super-bien, le problème c'est qu'ici, ça craint un max.

– Putain, mec, je suis super excité, j'adore ta bite, j'ai envie que tu me bourres bien à fond.

– Ouais, mais parti comme tu es, tu risques de crier ton plaisir un peu trop fort, alors vaut mieux qu'on aille faire ça dans un coin calme.

– Ouais, tu vois comme je bande, mec.

– Bon, ben tu sors le premier, tu te ressapes et je te rejoins dans le vestiaire, d'accord ?

– OK, lâcha la voix tremblante qui paraissait prête à accepter des requêtes beaucoup plus farfelues.

Nicolas quitta aussitôt sa cabine et prit un air détaché lorsque le mec surgit. La pose fut d'autant plus dure à conserver que le type en question portait un maillot assez minimal qui ne cherchait même plus à rien cacher. C'était un grand black musclé d'une trentaine d'années qu'on imaginait échappé d'une série de photos de Mapplethorpe. Je suis sûr qu'en plus, ce mec ne fait presque pas de gym, songea Nicolas devant ce corps où l'on avait beaucoup de mal à repérer le moindre défaut. En sortant de sa cabine, le type avait consciencieusement fermé la porte derrière lui, mais Nicolas n'avait pas besoin de voir. Pendant quelques instants il suivit encore des yeux cette silhouette massive qui se dirigeait d'un pas chaloupé vers le vestiaire, puis il courut retrouver Brice et Sacha. Dans sa précipitation il manqua à deux reprises de glisser sur le carrelage mouillé de la piscine et il ne s'aperçut même pas qu'un des Beurs qui l'avaient croisé dans l'escalier lui lançait à présent des regards qui n'avaient plus rien d'équivoque.

– Vous devinerez jamais qui était en train de se faire un gros black dans les chiottes, lança Nicolas avant même d'être arrivé à proximité de la serviette.

– Qui ? demandèrent Sacha et Brice vers qui convergeaient à présent les trois-quarts des regards du solarium.

– Renaud Lacoste, le mari de Denis, évidemment, triompha Nicolas.

– Quand je pense que le pauvre Denis a toujours rêvé de se faire un mec genre bomâle black, dit Sacha.

– Il est pas à plaindre. Avec Renaud, Denis a mis au point un concept post-moderne, le kama-sutra ultime, le sexe sans peine et sans risque : c'est son mari qui baise à sa place.

Dans le verre gradué, l'épais liquide jaunâtre moussait. Lait écrémé en poudre, une banane, Evian, deux blancs d'œufs, quatre cuillerées de protéine Inko à l'abricot, deux autres d'acides aminés. Et le tout six fois par jour : Philippe ne faisait jamais les choses à moitié.

La chose bue, il alla finir dans sa chambre sa dernière série de biceps-triceps (super-seven : rien de tel pour être bien gonflé), prélude indispensable avant d'aller se lancer dans des jeux de séduction. Les New Balance marron, les chaussettes de sport, le 501 de base et la Lacoste blanche attendaient sur le lit. Il était prêt. Ah non : il manquait le rinçage de bouche à l'alcool de menthe. Car se brosser les dents avant un passage au sauna n'était pas *safe*. Une fois habillé, il sortit de sa chambre et passa la tête par la porte du salon.

– Toi, tu t'es encore habillé pour aller chercher un mari dans un endroit où on ne peut pas en trouver, mmm ? demanda Sophie.

– Je ne sais pas, répondit Philippe.

– Qu'est-ce que tu ne sais pas ? Si tu t'es habillé pour chercher un mari ou si ce sont des endroits où on n'en trouve pas ?

Sophie avait envers Philippe des attitudes très maternelles. C'était à Saint-Lô, au lycée, qu'ils s'étaient connus en troisième, ou plus exactement reconnus. Quelques années plus tard, alors que Sophie entrait en fac, Philippe, ayant raté son bac, était parti suivre un vague apprentissage dans un restaurant, puis il était monté à Paris tenter sa chance. Sophie l'avait ensuite rejoint et il l'avait hébergée dans son studio. Après quoi, ayant pris goût à leur vie commune, mais leurs vies privées exigeant un peu plus d'espace – surtout celle de Philippe – ils avaient jugé qu'il fallait déménager.

La visite des appartements avait donné lieu à de grandes scènes tragiques. Philippe avait exigé que Sophie ose un maquillage discret et renonce à toute une vie de pantalons en velours côtelé kaki, grosses chaussures de marche et cols roulés marron pour adopter un tailleur en lin clair et des chaussures à talons qu'il jugeait, non sans raison, mieux adaptés au rôle d'épouse qu'elle devait tenir devant les agents immobiliers.

– J'ai l'impression d'être une pute, reniflait Sophie avant chaque visite.

– Mais non, tu es habillée en femme.

– On voit bien que tu ne sais pas ce que c'est, toi, d'avoir tous ces mecs qui te déshabillent constamment du regard.

– Figure-toi que si, je le sais très bien, avait dit Philippe.

Sophie avait invoqué les dégâts irréparables des talons hauts sur la colonne vertébrale, puis, en désespoir de cause, toujours prête à exagérer, elle avait prétendu que cela lui donnait le vertige. Malgré tout, à la troisième visite, après s'être rodés, l'un en bafouillant « ma concubine », « mon épouse », « ma femme », puis enfin « ma copine », l'autre en parvenant à marcher d'un air naturel, avaient trouvé leur appartement, un trois-pièces près de Parmentier. La propriétaire s'était laissé attendrir par ce beau garçon athlétique et cette jolie fille brune qui faisaient un couple si charmant.

– Eh bien, je crois que je ne veux pas trop y penser, répondit enfin Philippe. Et toi, tu fais quoi, ce soir ?

– Françoise et Carla viennent dîner.

– Ah. Je fais bien de partir, alors, dit Philippe qui avait déjà fait l'expérience de se trouver entre les feux de la militance et ceux de la décadence.

4

Dix lexique

Même si Nicolas avait promis à Olivier de l'emmener au Dix, il avait toujours une bonne raison pour s'aventurer dans le quartier des garçons sensibles. David, qui aurait préféré une soirée télé calme après la fête de la veille, annonça qu'il allait l'accompagner. En entendant David lâcher un « Bon, eh bien, je vais venir », d'une voix de sacrifié, Nicolas rangea les quatre t-shirts blancs taille douze ans entre lesquels il hésitait. Pourquoi David ne restait-il pas à la maison, pourquoi tous ses maris s'étaient-ils toujours échinés à l'empêcher d'être celui qu'il avait toujours voulu être, pourquoi avait-il oublié de laver son autre t-shirt blanc, l'extra-small Tommy Hilfiger qu'il avait rapporté de New York ?

– Tu es sûr que tu veux venir ? Tu sais, j'en ai pas pour des heures. En plus, j'aimerais bien parler avec Olivier et j'ai peur qu'il ait du mal à se confier si tu es là.

– J'avais envie de passer la soirée seul avec toi. La passer seul avec moi étant mon dernier choix, j'opte pour la solution intermédiaire, c'est tout. En revanche, si toi, tu préfères la passer une nouvelle fois loin de moi, vas-y.

– Tu vois, tu prends toujours les choses mal, dit Nicolas, qui s'empressa d'ajouter : mais viens, de toute façon, je suis pas sa nounou.

Le choix du moyen de transport pour se rendre chez Brice souleva un nouveau dilemme. Cependant, cette fois, Nicolas l'emporta : ils prirent un taxi. Nicolas alla sonner à l'interphone. Au premier coup de sonnette, Olivier avait répondu et l'instant d'après, il était déjà descendu. Avec Brice, il fallait généralement attendre le cinquième coup avant d'avoir une réponse. Ensuite, il vous demandait de monter, vous suppliait de l'aider à choisir dans les chemises entre *la* Prada et *la* Helmut Lang. Finalement, il décidait généralement de porter la tenue qui vous semblait la pire au milieu de cette débauche de tissus clinquants hors de prix et proprement anti-sexy. Au moins, son cousin était plus simple à gérer. Bien sûr, ce n'était pas un comportement très parisien, mais sa tenue ne l'était pas non plus. Olivier était joli garçon, mais il faisait penser à une pub vivante pour Ralph Lauren (pas Polo Sport). Si, sur un Beur ou un Black, ce total look pouvait faire *street*, dans son cas, on ne pouvait penser qu'à un fils de notable de province en route pour son tennis hebdomadaire. Nicolas avait beau trouver cela rafraîchissant, il n'en demeurait pas moins que pour aller au Dix, c'était limite. Mais il s'abstint de tout commentaire.

Ils se firent déposer sur le boulevard de Sébastopol. Voyant qu'Olivier ne comprenait pas pourquoi il fallait prendre un taxi si c'était pour s'arrêter finalement à cinq minutes à pied de l'endroit où on allait, Nicolas expliqua :

– Leçon numéro un. Ne jamais se faire déposer en taxi devant un bar du quartier, ça fait années 90. (Olivier jugea qu'on était encore dans les années 90 en question et qu'il n'y avait pourtant rien de mal à agir comme ses contemporains, mais préféra ne rien dire.) Ça fait vraiment trop grande dame et c'est juste bon pour la clientèle des Halles. Ici, on est chez les hommes, alors on vient en moto ou à pied, et avec une démarche virile. Tu as déjà essayé de descendre d'un taxi de manière virile ? Bref, pour la démarche, ça ne va pas être simple avec tes Docksides. (Olivier rougit. Il pensait pourtant ne pas être habillé en folle. Son cousin lui avait même dit qu'il était vraiment très basique.) Pour une démarche virile, poursuivit Nicolas, il faut des chaussures d'homme : rangers, chaussures de chantier, bottes de pompier, voire baskets. Tu porteras des grosses chaussettes si tu as opté pour les Nike. Attention : n'écoute pas ton cousin ! Les modèles de chez Colette sont trop *fashion* pour être crédibles.

Nicolas continua ses explications, de plus en plus lyrique : tout partait des pieds, mais l'âme de la démarche se trouvait dans le regard qui, sans être fuyant, ne devait pas pour autant être direct. Un regard noir, qu'il fallait balader sur le bar, comme sur une *terra incognita* à prendre d'assaut, avec l'ardeur et le sang-froid tout en masculinité d'un conquérant.

Olivier, désemparé, se demanda comment réagir. Il esquissa un sourire assez vague pour pouvoir signifier n'importe quoi. David, qui avait l'habitude, ne fit aucun commentaire. Nicolas avait sur l'univers qui l'entourait un regard lucide et sans pitié. Pourtant, connaître les règles et en rire ne l'empêchait pas de se laisser prendre au jeu, et Olivier lui rappelait ses premiers mois à Paris. Il avait eu lui aussi cet air propret de fils de famille qui plaît aux amateurs d'innocence, mais il avait bien vite suivi le courant. Ses armoires étaient remplies des vestiges des déguisements qu'il avait endossés : Doc Martens, bomber, teddy, casquettes, bonnets, perfecto. À présent, cheveux très courts, léger hâle et regard lourd, pantalon de survêtement à boutons-pression et maillot de football, Nicolas jouait au *zyva* et avait un certain succès dans le Marais, quartier où il y avait en permanence plus de pompiers, skinheads, skaters et autres bikers d'opérette qu'à un casting d'Hollywood – et où tout le monde trouvait cela parfaitement normal.

Presque tout le monde : David détestait cette façon qu'avait Nicolas de masquer le naturel à grands coups de faux airs et de faux-semblants. Il trouvait tout cela franchement pitoyable, même si parfois, Nicolas l'impressionnait lorsqu'il changeait à vue de personnage. Lui n'avait pas cette faculté, mais cela ne lui manquait pas. Il était comme il était. Châtain très clair, l'œil bleu, le sourire rare, mais franc, la fossette désarmante, il n'avait pas changé depuis son arrivée à Paris. Troquer un polo Celio contre un Fred Perry pour faire l'unanimité au Dix était le dernier de ses soucis. D'ailleurs, il n'avait rien à faire de ces types dont la sexualité était aussi compliquée que les enchevêtrements cabalistiques tatoués sur leurs épaules. Il avait Nicolas, et cela lui suffisait.

Lorsqu'ils franchirent la porte du Dix, gardée par un cerbère à l'air patibulaire à qui Nicolas fit la bise, Olivier eut une forte envie de faire demi-tour. Cet endroit qui exhalait des relents d'univers carcéral vous donnait envie d'implorer la clémence du jury et de partir en courant. Pourtant, il se contenta de suivre Nicolas qui fonçait tête baissée dans le nuage de fumée. Il leur fallut un bon quart d'heure pour atteindre l'extrémité du bar, qui n'était d'ailleurs pas un endroit particulièrement plus agréable que l'entrée. Après avoir salué une bonne cinquantaine de mecs qui se ressemblaient tous (cheveux ras, t-shirt moulant, bomber, Caterpillar et assimilées), ils rejoignirent un type aux vêtements plus familiers pour Olivier – pantalon de toile, Lacoste, flight-jacket, Paraboots – mais qui paraissait déplacé en ces lieux.

– Olivier, je te présente François-Xavier, mais on dit tous FX, précisa Nicolas. Olivier est le cousin de Brice, ajouta-t-il.

David s'efforça de sourire à FX, mais il savait déjà qu'il aurait mieux fait de rester devant n'importe quoi sur le câble. Nicolas guetta dans l'œil d'FX une lueur qui ne tarda pas à venir. Il ne fut pas non plus surpris par le petit geste qui signifiait qu'Olivier était à son goût. Il aurait déjà presque pu réciter mot pour mot la longue tirade enflammée et bourrée de superlatifs que lui ferait FX le lendemain au téléphone. Désormais, il ne lui restait plus qu'à attirer l'attention d'Olivier sur un autre mec, histoire de faire enrager FX, qui avait été son tout premier mari. Pendant ce temps, Olivier observait FX du coin de l'œil, discrètement. Trop discrètement pour un lieu où la subtilité dans la drague apparaissait comme un contresens en soi. FX, qui n'avait jamais voulu se plier aux lois de la drague directe, trop triviales pour un ancien jeune giscardien, fit mine d'ignorer Olivier pour s'intéresser poliment aux états d'âme de David. Ravi de voir que tout se passait selon ses prévisions, Nicolas proposa d'aller chercher à boire. En revanche, arrivé péniblement au bar, il fut accueilli par un serveur qui n'entrait pas dans son plan.

Il regretta une fois encore que son mari soit là et que le t-shirt Hilfiger soit au sale, remercia Mère Nature pour tant de beauté et pensa sans rire à tout un tas de choses qui auraient trouvé leur place dans un roman intitulé *Passion Caraïbe*.

– Éric est pas là ? demanda-t-il. Tu le remplaces ?

– Ouais, il est plus là. Moi, c'est Luis.

Nicolas n'était pas du genre à défaillir en entendant des mots comme *piña colada*, polka, (non, pas polka) et autres *paloma blanca*. Il ricanait des folles convaincues que *besame mucho* signifiait « baise-moi à fond ». Cependant, il sentit malgré lui une mantille lui pousser spontanément sur la tête et en déduisit qu'il était bien parti pour succomber au fameux *ritmo de la noche* dont on lui avait tant parlé. Un peu étourdi, il alla retrouver les autres, et les origines banlieusardes de son mari, naguère si délicieusement exotiques, lui parurent brusquement extrêmement fades. Du coup, il n'avait plus le *corazon* à faire souffrir FX en détournant l'attention d'Olivier. D'ailleurs, il était trop tard : tous deux étaient déjà en grande conversation.

– Tu veux rester ? demanda-t-il à Olivier après avoir bu son Coca plus vite que jamais.

– Euh, je ne sais pas. Tu t'en vas déjà ?

– Je peux le raccompagner, s'il préfère rester, intervint obligeamment FX.

– Comme tu es gentil, FX. Toujours fidèle à toi-même, souligna perfidement Nicolas. Tu as envie de rester, Olivier ?

– Pourquoi pas ?

– On s'en va déjà ? demanda pour la forme David, ravi de ce retour inespéré.

– Oui, je suis fatigué. Tu devrais être content.

– Je le suis, dit David en vidant son verre d'un trait.

FX les regarda s'éloigner en se demandant la raison de cette défection inattendue et de la facilité avec laquelle Nicolas lui laissait Olivier. Le gamin avait-il un vice de fabrication caché ? Il vit Nicolas se retourner, juste arrivé à la porte, et lancer le sourire radieux et tout en dents des stars de music-hall qui disparaissent en coulisses en espérant un rappel. FX se retourna à son tour. Le sourire n'était pas pour lui : car derrière, c'était à Nicolas que le barman faisait son plus beau clin d'œil viril tout en épaules.

Enfin seul, FX n'avait plus qu'une obsession : demander son âge à Olivier. L'idée le torturait. Intérieurement, il s'amusait à faire des paris. Vingt-trois, vingt-deux, vingt, dix-neuf ? Il n'arrivait même plus à alimenter la conversation. Il n'avait plus dans la tête que des chiffres, des chiffres et le plus magique de tous : dix-huit. Alors que bien des clients du bar couraient après le plus grand nombre de centimètres possibles, lui cherchait le plus petit en années. Alors c'était à ça que se résumait la vie des pédés ? À deux chiffres ?

– … De toute façon, à dix-neuf ans, c'était forcé, conclut Olivier.

Finalement, il n'avait pas eu besoin de demander. Bien sûr, à cet âge-là, on vous brandit ses années comme un étendard, quitte à se vieillir, parfois, à s'en rajouter une ou deux sans se douter que bientôt, on n'aura qu'une envie : se les enlever. Maintenant, seulement, il allait falloir qu'il dise le sien.

– Tu as eu le temps de voir un peu Paris ? demanda-t-il.

– Non, avoua Olivier.

– Tu veux que je te fasse une visite guidée avant de te déposer ? proposa FX qui n'avait absolument pas l'intention de rendre Olivier à son cousin.

– Ça me plairait bien, oui, dit Olivier.

5

Nuits câlines

Sous la lumière dorée des projecteurs des bateaux-mouches, la Conciergerie, l'Institut, le Louvre, l'Assemblée, puis les Invalides défilèrent les uns après les autres, tandis que la Saab noire glissait sur les quais.

– Tu n'as pas froid ? demanda FX alors qu'ils s'arrêtaient au feu rouge du Pont d'Iéna. Si tu veux, on peut recapoter.

– Non, ça va, dit Olivier. Qu'est-ce que c'est, en face ?

– Le Trocadéro. Et derrière, il y a Carette.

– Qui c'est ?

– Un très joli café. Je t'y emmènerai prendre le petit-déjeuner, fit FX qui faillit dire : « demain matin » et termina de justesse par : « un autre jour ». Dommage qu'il soit tard, tout est fermé… (Il y eut un long silence. Une voiture arriva à leur hauteur, puis le feu passa au vert. Olivier s'était tourné et regardait FX.)… à part chez moi, acheva-t-il, surpris d'avoir eu autant de mal à terminer sa phrase.

– Allons-y, alors, dit Olivier.

FX appuya sur l'accélérateur, lui montra au passage la Maison de la Radio, fila le long du quai André Citroën et de l'avenue Emile Zola pour atteindre le parking souterrain, dont la porte se referma sur eux. En même temps que le piège, songea FX.

Nicolas et David étaient rentrés en taxi. Une victoire bien amère pour Nicolas, en qui l'Espagne avait planté sa banderille. Si à peine arrivés à la maison, David était allé se coucher en pensant que Nicolas avait été pour une fois gentil de ne lui avoir fait subir le Dix qu'une heure, Nicolas, de son côté, s'était vautré dans le canapé, regardait la vidéo de *Talons Aiguilles* et, en soutien à Marisa Parédès, versa mentalement une larme en fredonnant *Piensa en mi*. Il tournait super mal, mais ça lui faisait du bien.

Claude passa la première et longea l'Hôtel de Ville. Il avait passé une bonne partie de son samedi à terminer avec son patron la relecture commencée dans le train de l'interview donnée au *Figaro*. Comme d'habitude, il avait fallu négocier âprement le moindre mot.

– Vous êtes sûr que vous tenez à dire que vous préconisez « des mesures drastiques » ? avait interrogé Claude.

– Bien entendu. Qu'est-ce que vous vouliez écrire ?

– « Des mesures radicales ». Sachant que vous n'aimez pas les anglicismes…

– « Drastique » est tout ce qu'il y a de plus français.

– Bien entendu. Comme vous voudrez, monsieur.

Pressé d'en finir et de s'épargner les interminables palabres avec un patron acariâtre qui tenait par-dessus tout à avoir raison, Claude s'était bien gardé d'expliquer que le dictionnaire donnait une définition très éloignée des vœux d'Édouard de Luscans : Drastique : se dit d'une substance dont l'ingestion provoque des contractions énergiques de l'intestin avec une forte évacuation des selles.

Après quoi, il était rentré chez lui et avait tenté de rassembler ses énergies pour affronter l'un des innombrables événements socio-mondains qui jalonnaient son week-end. Et la soirée avait été effroyable, comme prévu.

Le moteur du petit bateau qui faisait la traversée vers l'Île était trop bruyant. Quelle idée de donner un cocktail en plein Bois de Boulogne. Quelle idée d'avoir accepté d'y aller. Claude aurait nettement préféré des rames, une nacelle croulant sous les fleurs comme une châsse parfumée où il aurait été vautré, sublime et alangui, dans une immense robe blanche mousseuse. Arrivé de l'autre côté, pour débarquer, il se serait appuyé convulsivement sur un bras puissant, un écheveau de muscles, de veines saillantes et de tendons et…

L'embarcation avait mollement cogné le ponton et Claude avait ouvert les yeux sur une marée de visages avides.

– Oh, mon Dieu, rien que des fléaux, avait-il pensé en parcourant du regard une assemblée de femmes qu'un nom trop lourd à porter avait contraintes à finir rédactrices de mode ou tenancières de galeries d'art contemporain.

On lui avait collé dans les pattes un « charmant garçon » à la coiffure et aux vêtements incompréhensibles, aspirant journaliste qui souhaitait faire un stage. Un Boris ou un Brice quelque chose. Claude avait trouvé qu'il faisait vraiment pédé. Insortable. Même avec des efforts. Et inutilisable au lit. Il pouvait toujours compter sur son stage, celui-là. Il avait docilement accepté un déjeuner auquel il était certain de se décommander un quart d'heure avant et s'était éclipsé. Et puis, si on se mettait à lui présenter des pique-assiettes efféminés professionnels qui l'étourdissaient au bout de trois minutes de bavardage incessant, cela voulait-il dire que les gens commençaient à se douter de quelque chose ?

La rue des Archives était comme d'habitude encombrée. À 2 heures du matin. Heureusement qu'il avait des vitres fumées. Il était hors de question que quelqu'un le reconnaisse, immobilisé dans un embouteillage. Et une Saab noire à vitres fumées, c'était idéal. Cela satisfaisait son tempérament voyeur. Il obliqua, prit la rue Vieille du Temple, pesta encore un peu contre les groupes de garçons qui l'empêchaient d'avancer et déboucha enfin – enfin ! – sur la rue de Rivoli.

Sur le trottoir d'en face, il aperçut une silhouette familière. Ce bras levé, ces muscles parfaits, ce regard vide d'abruti qui ne voit jamais personne. La Lacoste blanche lui allait mieux que son uniforme de steward.

Au même instant, un taxi s'arrêta. Philippe se pencha, monta, et la voiture redémarra en direction de Bastille. Claude passa la première et suivit la Mercedes blanche à distance raisonnable.

Un quart d'heure plus tard, la Mercedes prenait dans une petite rue perpendiculaire à l'avenue Parmentier et s'arrêtait. Philippe descendit, continua à pieds, traversa la rue, tapa un code et disparut.

La vitre électrique baissa lentement et silencieusement. Claude sortit la tête et leva les yeux vers l'immeuble. Façade de plâtre. Quatre étages. Que faisait une telle perle dans un endroit aussi laid, alors qu'elle aurait dû vivre sertie dans un écrin précieux, chez lui, par exemple ? Une seconde fenêtre s'alluma à côté de la seule encore éclairée. Il habitait donc au troisième.

Philippe regarda sa montre en entrant : 2 heures et demie. Et elles étaient encore là. Des éclats de voix lui parvenaient du salon. Il se demanda comment elles pouvaient passer des soirées entières à discuter inlassablement, vautrées sur des coussins, devant des tasses de thé chinois qui empestait le goudron et des restes d'un repas dont il ne voulait même pas connaître la composition.

Il passa la tête par l'embrasure, salua mollement Carla et Françoise, fit un clin d'œil à Sophie et annonça qu'il allait se coucher.

– On va peut-être partir, dit Carla.

– Vraiment, Sophie, plus je le vois, plus je me demande comment tu fais pour vivre avec un mec, dit Françoise quand il eut refermé la porte.

Françoise avait trente-six ans. Sèche, les cheveux courts, le visage travaillé et le corps consumé en permanence par des angoisses sans nombre, elle aurait pu être jolie si elle avait sacrifié les lunettes austères à monture métallique, cessé de militer contre le fond de teint et considéré qu'il existe d'autres couleurs de vêtement que le noir et le noir. Fille unique d'un couple aisé, elle avait hérité à la mort de son père d'une importante somme dont elle avait promptement englouti une partie dans une maison d'édition destinée à publier de la littérature de femmes, puis par extension, d'auteurs gays, qui connaissait un succès variable, mais faisait d'elle une figure de la nomenklatura lesbienne. Intransigeante et reniant sa famille bourgeoise, elle avait décidé de travailler le plus tôt possible et s'était lancée dans l'éducation parallèle – une école privée aux méthodes novatrices qui avait fait une faillite frauduleuse au bout de trois ans. Elle avait réintégré l'Éducation Nationale et enseignait les arts plastiques, c'est-à-dire plus prosaïquement le dessin, à des élèves difficiles dans un CES difficile perdu dans une banlieue difficile, où elle allait trois fois par semaine en RER comme une sainte qui monte au supplice. Philippe représentait une autre de ses plus grandes terreurs, dont elle se soulageait deux fois par semaine chez une psychanalyste jungienne et une fois tous les deux ans dans des livres aux titres enchanteurs – *Antinéa, Dire le Désir* et *Les Filles d'Omphale* – sous le pseudonyme alléchant d'Armelle Cypris.

– Je préfère vivre avec un mec gentil que seule, dit Sophie.

– Mais enfin, il représente tout ce qu'on combat depuis des siècles. Et puis regarde comment tu t'habilles, maintenant, tu portes des trucs de pédé.

Sophie baissa les yeux sur la robe mi-longue collante en stretch bleu marine qu'elle avait achetée dans le magasin où elle avait choisi un t-shirt moulant pour l'anniversaire de Philippe. Il était vrai qu'elle l'avait mise exprès ce soir-là en se demandant distraitement si c'était pour choquer Françoise ou la séduire.

– C'est vrai, tu ressembles de moins en moins à une lesbienne, renchérit Carla en l'embrassant dans un concert de tintements métalliques.

Ces derniers temps, elle était plongée dans des recherches poussées sur le SM et ne savait plus très bien combien elle avait au juste de piercings. Chaque moment de sa vie était un happening conceptuel qu'elle justifiait par un joyeux mélange de théories radicales-féministes, art contemporain, traditions chamaniques de Sibérie et idées fortes glanées n'importe où. Pour Carla, son identité était un chantier en devenir permanent. Pour la majorité des gens, elle était tout simplement paumée. Pour Philippe, qui s'embarrassait moins de psychologie, c'était surtout une fille fatigante qui sentait beaucoup sous les bras.

– Dépêchons-nous, je veux rentrer chez moi, je meurs d'envie de pisser, dit Françoise dans l'escalier.

– Pourquoi tu n'y es pas allée chez Sophie ?

– Mais tu plaisantes, enfin ? Depuis que ce mec a couvert les murs des toilettes avec ses photos de gogo-boys, je ne peux plus y aller. Je me demande comment elle fait, Sophie. Pisser avec ces bellâtres qui vous regardent de tous les côtés, ça me paralyse complètement.

– Tu as lu mon projet de livre sur Londres ? demanda Carla, préférant passer à un sujet économiquement plus porteur.

– J'ai commencé, répondit Françoise alors qu'elles sortaient dans la rue. Mais il faudrait que…

Elle s'arrêta tout net.

– Que quoi ?

– Ils sont là, chuchota Françoise en l'entraînant.

– Qui ?

– Ceux qui me surveillent. Tu sais, l'autre jour et rien que ce matin, quand je faisais mes courses, je me suis encore fait suivre par quelqu'un dans une voiture aux vitres fumées : elle est là en face. Je suis sûre qu'on me surveille.

– Mais qui veux-tu qui te suive ? demanda Carla en pressant le pas pour rattraper Françoise.

– Vous me prenez toutes pour une folle ! Mais je sais bien que mes activités intéressent forcément la police ou quelque chose comme ça, grommela Françoise par-dessus son épaule. Enfin, cette voiture deux fois le même jour, c'est quand même évident. Et ce n'est pas la première fois que je la vois dans mon quartier. Tu penses bien que ça se remarque, une voiture noire aux vitres fumées, conclut-elle en arrêtant un taxi sur l'avenue.

– Oui, mais enfin, tu n'as pas non plus des activités illégales. Une maison d'édition…

– Mais bien sûr que si ! Ça pourrait être les Renseignements Généraux, ou quelqu'un qui veut me faire perdre mon poste au collège. Allez, monte, je te dépose. Tu n'imagines pas ce que c'est de vivre constamment traquée. Je vais te dire une chose que les petites jeunes dans ton genre n'ont jamais été fichues de comprendre : être lesbienne, c'est subversif.

Claude arpentait les pièces de son petit hôtel particulier du VIIe (dem. XIXe s., ent. rénov. 1960, jard. arboré 400 m^{2}, gar. 2 pl., 2 SDB, 2 réceptions, 4 ch., cuis. spac., office, lingerie, bibl.-fum., ch. de maître. 350 m^{2} hab.).

– Vous pouvez me dire à quoi ça sert, la chambre de maître, quand il n'y a qu'une maîtresse toute seule et pas de maître ? Et la télévision 16/9e, la vaisselle Sonia Delaunay, les trois Seurat, le Warhol, les objets d'art réédités, les tapisseries anciennes ? Et ce lit ! Oh, ce lit chinois sublime, tout de laque et de nacre, où je pourrais revivre les amours crapuleuses d'une courtisane de l'époque Song, à quoi sert-il ? Vous pouvez me le dire, Helmut ? Helmut ! Répondez à votre maman ! Helmut ? Cet enfant me rendra folle. Vous entendez ? Vous allez rendre folle votre maman, Helmut. (Helmut entra dans le dressing et s'assit à côté de Claude.) Ah, vous voilà ! Vous venez enfin voir votre maman qui est tellement malheureuse. Vous aussi, vous êtes malheureux de ne pas avoir de papa, n'est-ce pas ?

Helmut leva les yeux d'un air interrogateur.

– Peut-être que je devrais lui acheter du filet de bœuf demain, ça le changera des côtelettes d'agneau, songea Claude à haute voix.

Helmut prit un air très intéressé.

– Ah, quand on vous parle de manger, ça ! Ça, vous êtes là ! Mais il n'y a pas que la nourriture, dans la vie : il y a la grâce, l'élégance… Mais ça, bien sûr, vous ne pouvez pas comprendre. (Claude tapa du pied et hurla d'une voix stridente.) Oh, non, vous ne pouvez pas comprendre ! Vous êtes comme lui !

Helmut s'enfuit.

– Vous n'êtes qu'un ventre, glapit Claude en le poursuivant à grandes enjambées dans le couloir. Une bête ! Des hommes d'une beauté dont vous n'avez pas idée se sont traînés à mes pieds et je ne les ai même pas regardés. Et vous vous en moquez, tout comme ce crétin de Philippe qui m'ignore, moi Claude, l'immense, le *puissant* Claude !

Dans ses rêves les moins déraisonnables, Claude se voyait revêtir une féerique robe de mariée et, tout de soie lavée-plissée et de pongé de shantung blanc, avancer, radieuse et immaculée, vers Philippe et ses splendeurs anabolisées. À une jeune journaliste transie qui lui demandait comment les Parfums Luscans pouvaient si bien comprendre et capturer l'esprit de la femme dans leurs célèbres flacons, Claude avait répondu, impérial : « Je *connais* la femme ».

Il n'avait aucun mal : la femme était en lui et cela faisait quarante-et-un ans qu'elle trépignait pour sortir.

Après avoir traversé la maison, Claude retrouva Helmut dans un coin de l'entrée.

– J'ai tout ! Vous entendez ? Tout ! L'argent, la puissance, le pouvoir, la gloire, la célébrité. Qu'est-ce que cet imbécile d'abonné au Gymnase-Club peut y comprendre ?

Helmut aboya.

– Oooh, je suis dans un *état*, gémit Claude en se massant les tempes. Et toutes ces idiotes internationales qui s'étaient mises sur leur soixante-deux pour me faire suer avec leurs questions…

Le grand miroir du vestibule lui renvoya son image : chemise blanche, cravate noire, costume noir, souliers noirs. Quand comprendraient-elles, les connasses en Lacroix ? Le noir, c'était *ça*, la véritable élégance.

– Noires ? Ah, oui évidemment, elles sont pleines de cambouis, je suis en train de changer le carbu'. Tu entends pas ?

Victor cogna vaguement le tire-bouchon contre les barreaux de son lit tout en se disant qu'il avait bien fait de se laver les mains.

– Ah, putain, souffla la voix à son oreille. Et tu as ouvert ta salopette parce qu'il fait chaud, hein ?

– Ouais, ouais, la fermeture-éclair est complètement descendue. On voit mon slip. Bouffe-moi les couilles.

Victor reposa le tire-bouchon et entreprit de déboutonner la braguette de son pantalon de toile beige. C'est vrai qu'il faisait chaud, ce soir : on supportait à peine les mocassins.

– Tu la sens, là, tu la sens ma langue sur tes grosses burnes ?

– Ah, ouais, à mort. Suce-moi bien à fond les couilles.

Victor bandait sans conviction. Le type était bien côté texte, il avait une bonne voix, mais quand même, Victor bandait mou.

– Lèche-moi bien le cul aussi, ajouta-t-il en haletant pour faire bonne mesure. Tu t'es pas rasé, hein ?

– Non, non, grogna l'autre. Putain, elle est bonne ta bite.

– Vas-y doucement, là, je veux pas juter tout de suite, fit Victor. Faut que je démonte le delco aussi. Là, je la sens ta bouche sur ma grosse teub. Tu te branles ?

Il commençait à mieux bander.

– Ouais, je me branle sur ton bleu de travail bien taché de cambouis, continuait le type. Ah, putain, c'est bon, dis-moi que je suis ta salope.

– Ouais, c'est ça, ma salope. Suce-moi le bout bien à fond. (Victor accéléra le mouvement : il était déjà presque minuit.) Ah, tu me bouffes bien le bout, là, ouais, ajouta-t-il.

– Ah, putain, mec, je vais lâcher mon jus, brailla le type. Putain, c'est bon, je t'en ai mis plein le ventre.

Et il raccrocha. Victor reposa le téléphone et essaya vaguement de se finir, mais le téléphone sonna à nouveau.

– Allô ?

– Allô ! C'est Philippe. Qu'est-ce que tu fichais ? C'était occupé tout le temps.

– Ah, là, là, j'ai fait un client, c'était moyen et en plus il m'a lâché en route.

– C'était quoi, le scénario ?

– Oh, le mécano, garage, cambouis, tout ça. Victor remit son foulard dans son col de chemise. Ça m'a rendu dingue, ce chantier raté. C'est vraiment le dernier des métiers qu'on fait là. Et toi, qu'est-ce que tu as fait, ce soir ?

– Je suis sorti, dit Philippe.

– Oh, toi, tel que je te connais, tu es encore sorti chercher l'amour et tu t'es rendu malade pour rien, conclut Victor en se servant un troisième scotch sur son reste de glaçons fondus.

6

Thé et sympathie

Lorsqu'il se réveilla, le soleil de ce dimanche matin baignait la chambre au travers des rideaux orange qu'avait choisis Nicolas. David le regarda dormir un instant, remonta le drap et sortit discrètement du lit pour aller préparer le café. Dans la cuisine, le ciel qui se découpait au-dessus de l'ardoise incandescente des toits était d'un bleu à partir à Giverny ou à Barbizon. David mit un jogging et descendit l'escalier quatre à quatre en enfilant son t-shirt. Une journée à acheter des plantes pour le balcon. Clématites ou jasmin ? Ou bien à peindre la deuxième chambre et à boire du thé entre les deux couches. Il acheta des croissants, des brioches et des pains au lait, le *Géo* de septembre au kiosque qui était ouvert. Et en fin d'après-midi ils s'écrouleraient dans le lit sans même avoir le courage de faire l'amour tellement il faisait chaud.

Un quart d'heure plus tard, en revenant dans l'appartement, il trouva Nicolas assis par terre en train de zapper, un bol vide à côté de lui, et il comprit que c'était bien leur lit, leur chambre, leur appartement, mais que son existence et celle de Nicolas n'étaient pas leur vie, et il abandonna Giverny, la glycine et ses rêves de thé qu'on laisse refroidir en s'endormant dans les bras l'un de l'autre.

Il aurait dû s'en douter. À l'époque où ils avaient chacun leur appartement, passer une nuit ensemble, c'était toujours le parcours du combattant, entre les dîners de Nicolas, les concerts, les soirées, les nuits qu'il passait à naviguer sur le Web, les bouclages du journal et ses innombrables charrettes au cabinet d'archi. Il avait pensé qu'en prenant cet appartement ensemble, ils se retrouveraient plus souvent tous les deux et que cela amènerait Nicolas à une vie plus simple. Nicolas avait accepté l'idée avec aussi peu d'hésitation que d'enthousiasme – en tout cas beaucoup moins que pour les maxis, baskets et séries américaines pour lesquelles il s'emballait avant de les oublier la semaine suivante. David en avait été autant surpris que blessé. À peine le bail signé et les travaux entamés, l'appartement était devenu une ruche d'abeilles pas trop travailleuses au centre de laquelle avait trôné Brice qui donnait sur tout un avis plus écouté que celui de David. Il avait réussi à épargner la sauvagerie de Brice à une pièce où avaient été relégués ses meubles et le moindre objet qui reflétait ses goûts personnels.

Il remplit le bol bleu de café, déposa sur le plateau une assiette de croissants, brioches et pains au lait et alla boire du thé dans la chambre, parmi les meubles entassés. Nicolas ne s'était même pas aperçu de son retour.

– Toi aussi, tu t'emmerdes ? demanda-t-il au tiki qu'il avait rapporté de Rangiroa. Tiens, je vais te repeindre ta chambre, tu seras moins malheureux, ça te rappellera chez toi.

– Mais qu'est-ce que tu fais ? demanda Nicolas en fin d'après-midi.

– Tu vois bien, je suis en train de refaire la chambre, répondit David du haut de l'escabeau.

Brice passa la tête par l'embrasure.

– On y va ? Je veux pas y être trop tard, j'ai rendez-vous. Oh, mais ce que c'est moche, ce bleu, c'était l'année dernière !

– Vous allez où ? demanda David en reposant son rouleau dans le bac.

– Au Tea-Dance.

– Encore ?

– Comment, encore ? J'y suis pas allé depuis un mois et c'est le premier Tea-Dance de la rentrée.

– Impossible de manquer ça, renchérit Brice en tirant Nicolas par le coude.

La porte de l'appartement claqua. Il y eut des pas précipités dans l'escalier, des rires, puis le silence retomba. David reprit son rouleau, essuya d'un revers de main la sueur qui lui coulait dans les yeux et se remit à sa tâche.

– C'est con, je serais presque bien resté, dit Nicolas une fois dans le taxi.

– Mais tu es folle ? s'indigna Brice. Tu aurais fait quoi ?

– Je sais pas, il m'a fait envie, il était vachement sexy avec son rouleau à la main, comme ça, torse nu, en sueur. Tu as pas trouvé ? (Brice leva les yeux au ciel.) Il fait de la gym à mort, en ce moment, et ça se voit.

– Si seulement ça pouvait lui muscler le cerveau autant que les pecs… Non, mais je veux dire, *ce bleu* !

La Saab filait sur le périphérique presque désert. Sur les bas-côtés, les pelouses étaient jaunes, calcinées de soleil. C'était le dernier dimanche d'août. Au loin, Paris bruissait d'une vague rumeur, comme une chose irréelle, et FX se sentait toujours en vacances. Ceux qui l'étaient encore vraiment commenceraient sans doute à rentrer dans la soirée, le lendemain, peut-être.

Il avait emmené Olivier à Rambouillet prendre un brunch, puis ils s'étaient promenés dans la forêt sans croiser personne. Ils remontèrent l'avenue bordée de platanes. Sur les trottoirs, de rares passants marchaient sans conviction, comme on s'attarde dans les villes du midi. Le soleil déclinant inondait la place par-delà la rue transformée en un long tapis d'asphalte brillant où chuintaient les pneus. Pour FX, c'était une histoire maintes fois vécue. Il en connaissait les moindres rebondissements, les moindres détours et chaque étape : la maladresse de son invité, les géraniums du restaurant de Rambouillet qui sentaient la menthe, la pomme, la rose ou le citron, les jardins de Bagatelle, l'avenue Félix-Faure ou bien une autre, la pierre blonde de monuments qu'il ne regardait plus. Mais il guettait chaque surprise d'Olivier. Mieux, il la lui ménageait savamment et le regardait sourire du coin de l'œil.

– Ce que tu conduis vite, dit Olivier.

– *I brake for no one.*

– Ça veut dire quoi ?

– Je ne freine pour personne.

– Vraiment pour personne ? Ni pour rien ?

– Si. *I brake for kisses.*

Et, joignant le geste à la parole, FX s'arrêta à un feu rouge et embrassa Olivier qui se débattit mollement.

– Arrête, il y a des gens qui nous regardent.

– Et alors ? On est à Paris, pas à Cahors. De toute façon, on est presque arrivés. Tu dors à la maison, ce soir ?

– Ce soir, oui, mais demain matin, il faut que je retourne chez mon cousin, il va s'inquiéter.

– S'inquiéter, ce crétin ? Tu parles, on n'a jamais vu un carlin en sandales de créateurs s'inquiéter de quoi que ce soit.

– Et il faut que j'aille chercher ma malle de bagages qui a déjà dû arriver.

– J'irai avec toi. Ce sera plus facile en voiture, dit FX en se garant. Tu ne préfères pas habiter ici plutôt que chez lui ?

– Si, mais mes parents vont se poser des questions.

– Ils ne se posent jamais les bonnes, les parents.

Le physio remontait lentement la file d'attente qui s'allongeait sur le trottoir et annonçait de loin en loin d'un ton péremptoire « Inutile d'attendre, vous ne pourrez pas rentrer » à quelques malheureux qui n'avaient pas le bonheur de lui plaire.

– Heureusement qu'ils sélectionnent, dit Sacha.

Il était en train de se demander s'il n'aurait pas dû en profiter pour aller se changer.

– Moi, je trouve qu'ils ne sélectionnent pas assez, dit Brice. Parfois, ils laissent vraiment rentrer n'importe qui.

Quand au téléphone ses amis voulaient décrire quelqu'un de vraiment laid, ils disaient toujours : « Il était presque aussi moche que Brice ». Et dès que le moindre garçon un peu sexy l'ignorait, Brice – comme tous les gens un peu enveloppés, chauves à vingt-cinq ans et qui en paraissent dix de plus à vingt-huit – en concluait que c'était forcément un con.

– Regarde, il y a Antonio là-bas, dit Nicolas.

– Lequel ? demanda distraitement Brice, qui avait repéré un type qu'il n'avait encore jamais vu et qui travaillait sûrement dans la mode. L'ex de Loïc ?

– Non, pas celui-là, l'autre, celui qui est toujours fourré dans les bars à cul. On n'a qu'à aller avec lui, je suis sûr qu'il a des invitations.

– Moi je peux pas y aller, il peut pas me voir, dit Brice.

– Ah, toi, tu fais vraiment chier, à être toujours fâché avec tout le monde. Tu as qu'à rester là, on va quand même pas perdre une demi-heure d'attente à cause de toi.

Ce qui, tout bien considéré, n'était pas négligeable au Tea-Dance.

– Hé, fit Sacha. Il y a Arnaud qui nous fait signe, on peut rentrer.

– Il y a intérêt, parce que moi, j'ai peut-être pas d'argent, mais je fais pas la queue, dit Brice.

Esmeralda était dans le hall. Ceux qui l'avaient connue en garçon racontaient son passé de petite caillera du XIXe. Entre-temps, il y avait eu *Notre-Dame de Paris*, Tony avait eu une révélation, était devenu Esmeralda et avait entrepris une carrière dans les métiers du spectacle. De sa période petite frappe, Esmeralda avait gardé des couilles au cul, même si elle envisageait de s'en séparer prochainement et subventionnait un voyage à Amsterdam en faisant le commerce d'à-peu-près toutes les substances chimiques coûteuses de la création.

– Oh, toi, tu es belle, lui dit Sacha.

– Non, je suis amé*w*icaine, répondit Esmeralda en roulant des yeux. Mais je fais des bonnes choses aux hommes avec ma bouche.

– Tu as des extas ?

– Ouais, mais j'ai pas envie de t'en donner aujourd'hui, dit Esmeralda.

Et elle s'éloigna en se tortillant dans son fourreau en cuir quasiment cousu sur elle pour rejoindre Messaline, une espèce d'immense Brésilienne musclée en bas-résilles qui portait une robe arc-en-ciel.

– Esmeralda ! Ce que tu es belle ! Et quand je pense que tu fais tout ça pour me séduire, cria Nicolas.

– Et moi je suis pas belle ? fit Messaline. Si tu voyais, les hommes je les rends fous. Ils veulent tous que je leur mette un coup de bite. Regarde, j'ai pas de culotte.

Et elle fit tourbillonner sa robe en nylon. Elle n'avait pas de culotte, mais une chose énorme.

– Oh, là, là, c'est un truc à mourir brûlée vive, fit Brice qui, contrairement à d'autres, perdait plus facilement la tête devant des étoffes que devant des organes, même charnus.

– Tu crois qu'il y en a qui ont envie de se faire défoncer par une trave, toi ? interrogea Nicolas.

Mais Brice ne s'intéressait déjà plus à cette question.

– Tu as vu ce type, là-bas ? coupa-t-il. Il y a à peine six mois, il était vraiment hystérique. (Quand Brice disait « hystérique », il fallait comprendre « au top de la mode »). Et tu as vu comment il est maintenant ? En plus, je crois qu'il est devenu vestiaire au Queen.

– Il est toujours sous Special K, dit Sacha, tout en se demandant si être vestiaire au Queen était mieux qu'être vestiaire au Paradiso. En tout cas, c'était infiniment moins intéressant que vendeur chez Comme Des – et sans commune mesure avec l'enviable fonction d'attaché de presse de jeune créateur.

Arrivé à Paris cinq ans plus tôt, il avait assez rapidement saisi les grandes lignes de la pensée parisienne, mais il restait encore quelques zones d'ombre et son échelle des valeurs sociales était un peu chahutée.

– Qu'est-ce que c'est chiant, ici, reprit Brice.

– Pourquoi ? Il y a plein de beaux mecs, fit Nicolas qui regardait ailleurs.

– Tu parles, des beaux mecs ! Des cons, oui. Ils sont toujours là à rouler en débardeur, mais ils veulent jamais baiser.

– Mais chéri, c'est pas parce qu'ils veulent pas baiser, c'est qu'ils veulent pas baiser *avec toi*, dit Nicolas.

– Tiens, regarde celui-là ! dit Arnaud. Il est peut-être con, mais j'aimerais bien me le faire.

– Philippe ? Oui, il est un peu bizarre, au lit, lâcha négligemment Sacha, en faisant des sourires à la ronde.

– Tu l'as fait ?

Nicolas, Arnaud et Brice avaient parlé en même temps.

– Oui, pourquoi pas ? Il avait bu une vodka-orange et il était complètement pété. Je suis sûr qu'il se souvient pas. Il est gentil, mais très perturbé.

Effectivement, Philippe ne se souvenait pas. Pour le moment, il s'intéressait beaucoup à un type en t-shirt blanc qu'il n'avait jamais vu. Et pour Philippe, quelqu'un qu'il n'avait jamais vu était forcément encore plus sexy. Celui-là avait les cheveux courts et l'air assez peu commode. Philippe, qui avait encore des illusions, se dit que c'était probablement un militaire. Pendant ce temps, Brice se disait que si Sacha avait pu faire ce Philippe, il pourrait très bien y arriver aussi. Après tout, ils avaient le même genre. Et Brice trouvait toujours très sexy les types avec qui ses amis avaient déjà couché – bien que moins sexy que ceux avec qui ils voulaient coucher.

Malheureusement, Philippe n'avait pas l'intention de remarquer Brice.

7

Un Chien andalou

En entrant dans le studio, Olivier trouva Brice sur le convertible vaguement déplié, en train de ronfler bruyamment, avachi comme une baleine échouée, alors qu'à la télévision grésillait un épisode d'*Amour, Gloire et Beauté*.

– Tu n'es pas parti travailler ? demanda Olivier.

– Hein ? s'ébroua Brice en appuyant machinalement sur la télécommande.

À l'écran, une blonde crêpée à l'air humide se mit à beugler.

– Éteins ça, dit Olivier, on ne s'entend pas. Tu dormais ?

– Non, je réfléchissais à une idée de stylisme. Alexander McQueen a tout pompé sur *Dynasty*. Je vois pas pourquoi je me priverais d'en faire autant, hennit Brice. Je vais faire un truc complètement révolutionnaire pour mon prochain shooting : le look pied-noir. Je vois surtout du blanc. Chemise blanche, mocassins blancs, complètement Mireille Darc dans *les Seins de glace*. Ça sera parfait pour l'hiver. Il faut absolument que je note ça. Dis donc, ça fait deux soirs que tu es pas rentré, dit-il en renonçant à chercher son carnet. Et si ta mère avait appelé, je lui aurais dit quoi ? Je l'ai mis où, mon Filofax ? Tu pourrais faire du café ? Oh, je vais appeler Sacha pour lui expliquer, conclut-il en cherchant fébrilement son portable.

– J'ai rencontré quelqu'un, dit Olivier en s'apprêtant à entrer dans les détails.

– Oh, c'est bien. Moi aussi. Au Dix ? C'est vraiment un endroit nul, j'y vais jamais. Ah, ça répond pas, il doit encore dormir. Fait chier, il faut absolument qu'il me file l'adresse de ce mec qui fait des sculptures sur glace.

– Pourquoi tu ne ferais pas quelque chose à partir d'*Un Chien andalou* ? suggéra Olivier, agacé.

– Ah non, ça va pas du tout avec l'esprit que je veux donner. Me sors pas des trucs comme ça, tu vas me faire perdre mon idée. De toute façon, tu connais rien à la mode. Et le mec que tu as rencontré ? Moi le mien était super-canon. (Olivier renonça provisoirement à raconter son week-end : quand Brice était lancé, rien ne l'arrêtait. Si à Bordeaux, il était déjà un tourbillon, Paris avait fait de lui une véritable catastrophe naturelle.) On était au Tea-Dance et j'en ai eu marre, je les ai plaqués, je suis allé me promener au Parc Monceau, j'adore cet endroit. Et c'est là que je l'ai rencontré. Je t'assure, une apparition, une espèce de Gatsby, hyper-Las-Vegas, mais en même temps très naturel, une sorte de nonchalance, tu vois.

Olivier ne voyait pas, mais cela n'avait aucune importance : Brice s'y voyait, lui.

– Et vous avez fait… ça dans le parc ?

– Tu rigoles ? C'est bon pour les pauvres filles. Non, il m'a emmené dans sa Jaguar et on est allé au George V. Il est américain, ajouta-t-il comme si c'était une explication. Il a fait monter du Dom Pérignon et on a fait l'amour sur le lit. Il avait répandu toutes les roses qu'il y avait dans la suite. C'était hyper-ringard, mais vachement touchant en même temps. Il voulait que je l'accompagne à l'aéroport – il partait pour Milan, pour un shooting. Il a pas voulu me dire ce qu'il faisait, mais il est sûrement mannequin chez Donatella. Je suis sûr que si je fouillais dans mes catalogues Versace, je te le trouverais.

– Tu vas le revoir ?

– Lui il voudrait, mais moi, je sais pas. Je suis vachement trop occupé par ma carrière, je me sens pas disponible. Même pour un type vraiment beau.

– Il faut que je passe à mon école, dit Olivier après un long silence.

– Bon. Pendant ce temps-là, je vais m'occuper de mon shooting, dit Brice en empoignant de nouveau son portable.

Arrivé au métro, Olivier se rendit compte qu'il avait oublié sa carte orange. Il rebroussa chemin et remonta les six étages en pestant. Il sortait sa clé lorsqu'il entendit des éclats de voix dans le studio de Brice.

– Mais je m'en fous, Sacha, tu te démerdes. Je te dis que ça existe, c'est la tendance de l'hiver. Je suis quand même bien placé pour savoir, non ? Comment ça, un genre d'Espagnol breton ? Tu te fiches de moi, c'est une espèce de Staffordshire terrier… Oui… Mais enfin, j'en sais rien ! Je vais pas t'apprendre ton boulot. Tu appelles la Société Centrale Canine et tu me trouves dix chiens andalous blancs pour la fin de la semaine.

Claude était préoccupé. L'image de Philippe l'avait hanté durant tout le week-end. Il était temps de reprendre les choses en main et de se livrer à un autre de ses loisirs favoris : persécuter sournoisement une secrétaire. Édouard de Luscans lui avait laissé la haute main sur le personnel qui, étant en nombre, lui fournissait toujours une occasion de se distraire. Rien ne lui faisait plus plaisir que de mettre dans une même pièce deux collaborateurs qui se haïssaient, afin de les observer à son aise pendant qu'ils se déchiraient, se poser en arbitre magnanime et raisonnable lorsqu'une crise éclatait et, si elle mettait trop de temps à survenir, pour jeter de l'huile sur le feu. À l'égard des gens sur qui il avait une once de pouvoir, Claude se comportait, à quarante-et-un ans, comme ces enfants futurs psychopathes qui s'amusent à détruire une fourmilière en y versant lentement de l'eau bouillante ou à arracher minutieusement les ailes d'une bestiole quelconque.

L'un de ses jeux préférés consistait à faire reclasser intégralement par un assistant le courrier de toute une année, qu'il ne relisait bien entendu jamais. Ou à téléphoner à une secrétaire pour qu'elle lui compose un numéro introuvable. Ou encore, lorsqu'il était à l'étranger, de se faire envoyer par DHL un rapport urgent qu'il souhaitait vérifier, puis de rappeler pour demander qu'on le lui renvoie encore. Claude déployait dans ces activités une ingéniosité et une créativité aussi surprenantes qu'inépuisables.

Le téléphone l'interrompit. La petite stagiaire allait devoir attendre. De toute façon, envoyée par une grande école et ne pouvant se soustraire aux deux mois de stage sous peine de rapport désastreux, elle était prise au piège comme une mouche dans une toile d'araignée.

– Vous vous êtes occupé des papiers à faire signer à ma femme ? demanda Édouard.

– Oui, oui, certainement. Hier.

– Très bien. Je voulais juste m'en assurer.

Bien sûr qu'il s'en était occupé. Comme d'habitude. À peine Édouard lui avait-il remis la lettre qu'il l'avait lue – c'était un autre menu plaisir que de se repaître des drames conjugaux continuels des Luscans – avant de la cacheter et de la mettre au courrier. Il s'amusait à ce petit jeu depuis quinze ans et en savait assez long sur les sombres histoires de famille d'Édouard pour se faire une rente confortable auprès des journaux à scandales s'il l'avait voulu. Mais il préférait être le seul à connaître des secrets plutôt que les vendre. Et jamais Édouard ne l'avait découvert. Il avait failli, une fois. En avril dernier, Claude avait égaré l'une des lettres. Il s'était contenté d'envoyer à madame de Luscans une feuille à en-tête vierge. Cela n'avait aucune importance : elle n'avait pas dû voir la différence, étant à peu près aussi folle que son mari.

Olivier avait laissé son cousin à ses délires. Dans le bus qui l'emmenait à Montparnasse, il regrettait pourtant de n'avoir rien pu lui raconter. Oui, mais Brice aurait certainement exigé des détails scabreux qu'il aurait été incapable de lui donner.

FX et lui avaient passé des heures à discuter sur le balcon tandis que par la grande baie vitrée, *Can You Hear Me* glissait jusqu'à eux sur un friselis de saxophone et de violons. Olivier avait toujours pensé que Bowie était un ringard, mais il faillit descendre du bus pour acheter le CD à la FNAC. Au loin, de l'autre côté de la Seine, le Sacré-Cœur scintillait sous le ciel orange de Paris comme ces boules que l'on achète dans les magasins de souvenirs. Il avait frissonné sous la brise qui faisait voler la cendre de la cigarette d'FX dans la pénombre. FX lui avait alors apporté un sweat-shirt au lieu d'essayer de l'attirer dans la chambre comme dans un mauvais feuilleton, mais Olivier ne l'avait pas mis, il n'avait plus froid. Puis, plus tard, alors qu'accoudé à la balustrade, il regardait les voitures passer en chuintant sur le quai, FX lui avait glissé dans la main un Cherry-Coke qu'il était allé chercher dans la cuisine. Olivier s'était redressé, surpris, le Coke avait failli tomber, il avait senti sa nuque effleurer une étoffe, FX s'était penché, comme ça, il lui avait embrassé les cheveux, doucement, puis la nuque, Olivier s'était appuyé tout contre lui, contre cette chaleur, puis il s'était retourné, avait enfoui son nez dans le triangle doré qui s'ouvrait dans la Lacoste vert bouteille.

Dans la chambre, il avait soupiré quand la bouche d'FX s'était refermée sur sa queue. Il avait eu l'impression de disparaître tout entier dans un gouffre tiède. Il s'était mordu la lèvre, aussi, quand FX était entré en lui, puis des grognements qu'il n'imaginait pas lui étaient montés dans la gorge. C'était étrange, d'avoir en lui quelqu'un d'autre qui était aussi au dehors, qui l'écrasait d'un poids vivant, qui glissait sa tête sous la sienne et venait chercher sa bouche, étrange de sentir sur sa nuque des gouttes de sueur le brûler comme de l'acier en fusion, puis d'exploser, fendu en deux comme un arbre foudroyé. Mais il n'avait pas crié. Dans la chambre, il était resté longtemps sans dormir, le regard fixé sur les vêtements épars sur le parquet. Puis il s'était retourné, avait posé la joue sur la poitrine d'FX. Et dans les poils bruns qui luisaient sur cette peau-là, il avait senti, il le sentait encore, un parfum de mer, une odeur salée et sucrée, et sa première fois à lui garderait pour toujours l'odeur d'une peau bronzée et du vétyver.

Les bureaux de *One* ne correspondaient pas franchement à l'univers élégant, urbain et hype dont le magazine avait fait son credo. C'était en fait un deux-pièces vaguement aménagé en salle de rédaction et seule la sonnerie incessante des cinq téléphones dans un lieu aussi exigu parvenait à créer cette illusion. Comme tous les lundis, l'équipe était réunie autour d'une grande table posée sur des tréteaux.

L'ambiance était molle. Carla, toujours en avance d'une drogue, faisait une mauvaise descente d'exta, alors que Sacha contemplait le plafond avec hébétude. Denis était arrivé en retard à cause de ses légendaires migraines. Nicolas avait appelé pour prévenir qu'il arrivait, c'est-à-dire qu'il serait là après la bataille. Il était 15 heures trente. La réunion de 14 heures venait de commencer.

– Espagne ! prononça distinctement Brice. (Quatre têtes se tournèrent vers lui. Trois soulagées de la diversion. Une – celle du rédacteur en chef – inquiète.) *España*, comme on dit là-bas, poursuivit Brice, ravi d'avoir capté l'attention générale. Pour le thème des pages mode, je veux dire. Ça s'appellera *Chiennes Andalouses*, on fera le shooting à Barcelone.

– Pourquoi pas le Palais des Maures ? demanda le rédacteur en chef.

– Ah non, moi je veux pas un truc funèbre, je vois du blanc, mais très coloré, très vivant, corrida, beaucoup d'hommes nus à tête de taureau, là, une ambiance solaire, sang, flamenco, fado, movida, tapas, mais beaucoup de décadence. Je sais pas si vous saisissez, mais là, moi je vois complètement le truc, c'est comme un flash.

Pour Brice, le travail de créateur s'apparentait moins à celui d'un visionnaire qu'à la transe d'une voyante.

– C'est… intéressant, ânonna Denis.

– Moi, je trouve que chiennes andalouses, c'est hypersexiste, dit Carla sur le ton du comité de salut public. Mais d'un autre côté, j'aime bien l'idée de l'Espagne, ça permettrait de faire un truc sur Ibiza comme j'ai fait pour Londres.

– Je préférerais que ce ne soit pas fait comme pour Londres, justement, lâcha le rédacteur en chef.

– Ibiza, c'est tellement vulgaire, aussi, déclara Brice.

– On pourrait parler des drogues, suggéra Sacha.

– Tu dis ça tous les mois. Moi, je vois du glamour.

– Oui, le genre *Franco goes to Hollywood*, dit le rédacteur en chef, goguenard.

– C'est tout à fait ça, triompha Brice.

– Moi je trouve que c'est bien, dit Denis, prêt à toutes les compromissions pour en arriver le plus vite possible à son vœu mensuel.

– Et pour la couverture ? interrogea à point nommé le rédacteur en chef.

– Je voudrais qu'on mette Julian, geignit Denis. Il est tellement beau, je voudrais l'épouser. (Denis aurait eu besoin de plusieurs vies pour pouvoir se marier avec tous les garçons qu'il trouvait « tellement beaux ». Malheureusement, il n'en avait qu'une et elle n'avait été peuplée que de maris épousés faute de mieux.) Est-ce que je pourrais l'interviewer, aussi ?

– Une interview, ce serait plus envisageable qu'un mariage, mais on va avoir hyper-du mal à raccrocher ce mec à l'Espagne, dit Brice.

– Ça devrait aller, dit le rédacteur en chef après avoir jeté un regard las sur la photo.

– Est-ce que je peux m'en aller, maintenant ? Je l'appellerai de chez moi pour arranger le rendez-vous, gémit Denis, qui n'avait plus rien à faire maintenant qu'il avait obtenu ce qu'il voulait.

8

Vertige de l'amour

– Tiens, je t'ai apporté ton linge, mec, dit Luis d'un ton bourru qui contrastait étrangement avec la pile de t-shirts méticuleusement pliés qu'il apportait à Julian.

– Hein ? Ouais, d'accord pour vendredi. Ciao, dit Julian au téléphone. On pourrait pas louer la petite chambre, ça ferait un peu plus de fric, non ? lui demanda-t-il après avoir raccroché.

– Ah non, faut que je la garde, mec, tu sais bien. C'est vachement important pour moi, mec.

Luis s'apprêtait à partir au Dix et, ayant échangé son marcel blanc pour le marcel blanc qui constituait sa tenue de travail, se mettait en toute logique dans la peau d'un personnage qui, à force de répétitions quotidiennes, était devenu une seconde nature. Il constituait essentiellement en dandinements appuyés, hochements de tête de routier et ponctuation obsessionnelle du mot « mec » en fin de phrase. Toutes choses qu'un psychiatre aurait probablement diagnostiquées comme les symptômes précurseurs d'une forme d'autisme regrettable, mais considérées dans certains cercles comme l'acmé du sexy.

– C'est qui qui t'appelait ? demanda-t-il à Julian.

– Le mec qui fait la nuit chez *One*. Bonne nouvelle : il m'a demandé de faire la couverture du prochain numéro.

– *One* ? C'est un magazine hétéro.

– Et alors ? C'est un truc hétéro, mais branché, et la moitié des gens qui y bossent sont pédés. Et comme le mec de la nuit connaît tous les patrons de boîtes, ça peut être intéressant pour le taf. D'ailleurs, le type que tu as maté l'autre soir au bar, il y travaille aussi.

– Ah bon ? fit Luis en abandonnant sa danse d'ours en treillis pour prendre un regard de rosière.

En rentrant au cabinet après le déjeuner, Nicolas trouva un Post-it lui demandant de rappeler FX. C'était une bonne occasion d'éviter scrupuleusement de plancher sur le projet d'école primaire dont le manque de glamour le minait depuis un mois.

– Alors ? commença-t-il en sacrifiant tout savoir-vivre.

– Alors quoi ? répondit FX.

– Fais pas chier. C'est un bon coup, ou pas, le provincial ?

– Tu crois qu'après ma première nuit avec toi, je t'avais classé dans ce genre de catégorie ?

– Arrête. Pas à moi. Tes conneries un peu mièvres, tu t'en persuades tant que tu veux devant tes copains ou tes gamins, mais avec moi, ça marche pas.

– OK. C'était un bon coup. Il était beaucoup moins coincé que prévu, voire presque déluré pour un gibier de la sorte, mais la question n'est pas là.

– Tu es encore amoureux, c'est ça ?

– Arrête de jouer les cyniques parisiens. Tu étais encore provincial il y a dix ans. Réserve ça pour tes copines. *Capito* ?

– Tu parles espagnol, toi ? Tiens, ça me fait penser, l'autre soir… Il faut que je te raconte.

– Italien.

– Oui, bon, c'est pareil. Tu as vu le nouveau serveur du Dix ? Un mec super-sexy qui s'appelle Luis.

– L'espèce de caricature qui a l'air d'avoir appris la vie en regardant les dessins de Tom of Finland ?

– Non, arrête, il est vraiment super-bandant. Il est vachement bien foutu, et en plus, son regard…

– … Fait penser à celui d'une folle fronçant le plus possible les sourcils pour avoir l'air méchant. Nicolas, ce mec est fabriqué de la tête aux pieds. C'est une vue de l'esprit pour les gens en manque d'imagination.

– Moi je trouve qu'il fait petite frappe avec son jean super-baggy qui lui tombe sur les fesses en découvrant son…

– Calvin Klein, Nicolas ? Tu sais aussi bien que moi que Marky Mark faisait déjà ça il y a cinq ans. Tu crois franchement qu'un mec un peu mal dégrossi super-sexy et hors-ghetto travaillerait dans un bar du Marais ?

– Là, c'est toi le cynique. Et comme tu n'es plus tout jeune, je dirai même : aigri.

– Ce genre de mec ne me fait ni chaud ni froid. Ce n'est pas parce que je vote à gauche depuis 88 que je fantasme sur le look jeune prol'.

– Et ton jeune bessebège, alors ?

– Vote socialiste comme papa-maman. Sérieusement, j'ai un peu l'impression qu'il est mordu. Tu me diras, c'était sa première fois, alors c'est logique.

– Et toi qui es si charitable, tu vas te dévouer corps et âme pour faire son bonheur ?

– Pour l'âme, je ne sais pas encore. Je vais attendre un jour ou deux, histoire de voir s'il me manque, mais aussi pour le faire mariner un peu.

– En fait, tu es une belle salope.

– Oui, mais contrairement au sexe, là, c'est toi qui m'as tout appris.

Nicolas passa le reste de l'après-midi à tourner en rond, incapable de se concentrer sur ce fichu projet d'école qui ne l'inspirait décidément pas du tout. À

18 heures, il quitta son bureau et fila vers le Dix en sifflotant.

Au Dix, tout le monde buvait de la bière, du Coca, du whisky, du gin – bref : des boissons d'homme. Convaincu que la courbe du verre épousait celle de sa main, que le parfum d'anis était beaucoup plus subtil que celui, trop commun, d'un pastis, que la paille donnait à ses lèvres une sensualité et une élégance inédites, Brice avait décidé de devancer la mode – après tout, c'était son rôle – et sirotait une Marie Brizard sur glace. En fait, assis sur son tabouret avec une nonchalance qu'il jugeait exquise, il avait tout au plus l'air d'une grosse divorcée qui écluse son chagrin dans des liqueurs douceâtres. Le barman – celui que Nicolas trouvait si sexy – l'avait regardé avec des yeux ronds quand il avait commandé. Pas étonnant : ce type était tellement vulgaire (pour Brice le monde se divisait en deux catégories : chicissime et vulgaire). Et cette lourdeur (mais il avait des semelles en plomb, ou quoi ?). Et ce marcel (même pas une marque intéressante). Et ce bronzage (sur les plages, Brice finissait écrevisse). Il se demanda s'il avait bien fait de choisir l'Espagne comme thème de sa série de mode.

– Je ne vois absolument pas ce que tu lui trouves, à ton loukoum, annonça-t-il à Nicolas lorsque celui-ci arriva, frétillant d'impatience. Et je peux te dire que j'ai eu le temps de regarder.

Nicolas ne répondit pas. Il était trop occupé à se confectionner un sourire éclatant comme une rangée d'hôtels sur la côte de Floride pour Luis qui s'était approché en le voyant arriver et lui faisait un signe de tête minimal de marlou dans un nanar des années 50, complet avec sourcil ombrageux et moue lippue. Luis ne fumait pas, mais sa tendance à pencher la tête de côté, une lèvre en avant et une paupière plissée comme sous la fumée d'une cigarette, donnait l'impression qu'il avait perpétuellement une Gitane en train de grésiller au coin du bec.

– Une bière, grasseya de son mieux Nicolas, qui ne buvait presque jamais d'alcool.

Clin d'œil de Luis, façon j'ai-vu-Brad-Davis-dans-*Querelle*.

– Moi, la même chose, claironna Brice.

– Trente, lâcha Luis en posant le verre ballon devant Brice. Ça va, ajouta-t-il à Nicolas qui mettait la main à sa poche.

Nicolas sentit un frisson du genre qui chavirait les blondes dans les mélos lui parcourir l'échine. Des vers de Pessoa lui revinrent en mémoire en désordre. *Oh, mes fauves marins, maris de mon imagination. Crucifiez-moi dans les navigations*. Bon, d'accord, Pessoa était portugais, pas espagnol, mais Nicolas avait des lettres, même s'il n'avait pas toujours toute sa géographie.

– Alors ça ! siffla Brice une fois Luis reparti. Il te fait pas payer ! (Pour Brice, les choses se répartissaient aussi en deux catégories : cher et gratuit. Il était prêt à payer très cher une chemise de jeune créateur, mais une consommation devait être gratuite.) Et tu as vu ses mains ? s'indigna-t-il. Énormes. Des mains à traire des vaches, oui.

– Mmm… ronronna Nicolas qui n'avait pas écouté.

Il était en train de noter mentalement qu'il fallait qu'il appelle l'Institut Cervantès pour prendre des cours d'espagnol. Et qu'il passe à la FNAC acheter deux ou trois trucs, aussi.

– Tu ne viens pas te coucher ? l'appela David depuis la chambre un peu plus tard dans la soirée.

– Hein ? Euh… non, pas tout de suite, j'ai des trucs à faire.

David s'était montré très empressé quand Nicolas était rentré. Le dîner était prêt – c'était tout juste s'il n'y avait pas des chandelles. Nicolas avait grignoté distraitement en feuilletant des livres qu'il avait rapportés. Pour qu'il oublie l'image qui l'avait brièvement émoustillé la veille d'un petit peintre planté sur un escabeau, un filet de sueur le long du cou et un mouchoir noué sur la tête d'où s'échappait une mèche collée de peinture bleue, il avait suffi d'un grognement de Luis.

– Mais qu'est-ce que tu écoutes ? demanda David en s'encadrant dans la porte du salon.

Cette manie de porter un pantalon de pyjama en plein été.

– Rien, rien. Va te coucher, j'arrive.

David retourna mornement dans la chambre et s'endormit peu de temps après. Dans la chaleur de la nuit, il se réveilla, trouva le lit vide à côté de lui, alla chercher un verre d'eau dans la cuisine, entendit une vague musique et vit que la petite veilleuse du salon était encore allumée.

Le CD était en position *repeat* et une voix de femme chantait : *Todo el bien, todo el mal*...

Allongé sur le parquet, adossé au canapé, un volume de poésies de Lorca posé à l'envers à côté de lui, Nicolas dormait à poings fermés, les lèvres figées dans un sourire d'hébétude extasiée.

9

Les Malheurs de Sophie

– Françoise n'est pas arrivée ?

– Si, elle était là il y a un instant, mais elle est sortie faire une course.

Christelle regarda le type qui lui faisait face. Pas très grand, osseux, la trentaine très largement passée, avec cet air de contentement exaspéré qu'ont souvent les gens qui vivent sans le savoir au-dessus de leurs moyens intellectuels. Il était attifé d'une manière si extraordinairement ringarde que dans certains cercles très branchés on l'aurait trouvé avant-garde.

– Cela ne devrait pas vous empêcher de me donner mes exemplaires, enfin.

– Elle ne m'a pas prévenue, bafouilla Christelle.

– Mais enfin, vous savez qui je suis ? Christian Michaud, annonça-t-il comme s'il prononçait un mot magique. (Puis voyant qu'elle ne réagissait pas, il ajouta, sans bien se rendre compte de l'effet produit par cette accumulation de syllabes :) *Le* Christian Michaud du *Palanquin du Désamour*.

Le visage de Christelle s'éclaira. Christian la regarda avec une satisfaction qui ne dura qu'un instant : c'était moins par admiration que par soulagement.

– Christian, excuse-moi, j'étais sortie acheter du lait de soja. (Il se retourna et vit Françoise qui venait d'apparaître dans le couloir avec un sac de courses.) Allons dans mon bureau, dit-elle en disparaissant sans attendre sa réponse.

Christian laissa la fille et courut après Françoise.

– Heureusement que tu es arrivée, elle ne comprend rien, mais alors rien du tout.

– Elle est nouvelle, elle commence aujourd'hui seulement. Tu venais pour quoi ? dit Françoise, posant son sac et s'asseyant derrière un bureau encombré de dossiers avant de lever les yeux vers Christian, sanglé dans son imperméable ocre cintré.

– Prendre des exemplaires pour aller faire une signature en province.

– Encore ?

– Oui, encore. Heureusement que j'en fais, parce que le service de presse de la maison laisse un peu à désirer, je trouve.

– Merci. Quant à tes exemplaires, je suis désolée, mais il faudra que tu repasses, ils ne sont pas arrivés.

– Mais tu m'as dit ça la semaine dernière, gémit Christian. Comment veux-tu que je repasse, avec un emploi du temps aussi chargé ? Et où en sont les ventes ?

– Ils seront prêts le matin. Passe les prendre avant de partir. Pour les ventes, je ne sais pas encore. Ton bouquin est sorti il y a un mois, Christian.

– Bon, je n'ai pas le choix, alors, dit Christian d'un air pincé en se levant. Si tu les as avant, envoie-moi un e-mail, je consulte ma boîte plusieurs fois par jour.

– D'accord. À jeudi.

Professeur d'informatique, Christian était l'un des pionniers français de l'Internet et il passait souvent des nuits à visiter page après page ou discuter inlassablement sur les canaux gay. L'Internet était pour lui une sorte de vivier sexuel et commercial, grâce auquel il entretenait des relations suivies avec les nombreuses associations de province où il allait donner des conférences-débats-signatures et puisait à la fois ses lecteurs et ce qu'il appelait « des minous » : c'est-à-dire généralement des garçons un peu jeunes – ou faisant en tout cas moins – souvent assez désemparés pour mettre du fond de teint en croyant bien faire. Ils étaient suffisamment inexpérimentés pour passer outre ses mocassins informes, son pantalon à pinces vert bouteille et une chemise bleu pétrole qui disparaissait sous un pull en jacquard, et avides de repères que Christian s'empressait de leur donner en échange de menues faveurs. Et il avait justement sur le feu un jeune scout prometteur avec qui il entretenait une correspondance nourrie depuis la parution de son dernier ouvrage, son chef-d'œuvre : *Alessandro mon ami*.

– Alors tu as fait la connaissance de monsieur Michaud ? demanda Sophie en s'asseyant en face de Christelle.

Sophie l'avait emmenée déjeuner dans une brasserie au bout de la rue Haxo, pour faire connaissance. Christelle avait proposé le Quick, mais Sophie avait trouvé que c'était un choix dangereux, de la part d'une fille qui passait son temps à se plaindre de maux de ventre. Mais comme Sophie allait très vite le remarquer, Christelle n'était pas à un paradoxe près.

– Il est toujours comme ça ?

– Et il n'y a pas de raison que ça change. Tu n'as pas eu de chance : le mardi, c'est son jour. Françoise aurait dû te prévenir. D'habitude, c'est moi qui m'occupe de lui.

– Je devrais peut-être lire son livre, pour la prochaine fois.

– Tu parles.

– C'est si mauvais que ça ?

– Et pire encore. Bienvenue aux éditions L'Autre Désir, sourit Sophie.

Au cours de la matinée, Sophie avait été séduite par Christelle, dont la conversation la changeait des radotages techno-bazar de Carla. Durant le déjeuner, elle avait été surprise de constater que Christelle pratiquait en actes comme en paroles un féminisme bancal qui mêlait un sécessionnisme radical post soixante-huitard mal digéré à un mysticisme fin de siècle tout aussi indigeste : son livre de chevet était un best-seller américain intitulé *The Millenium Woman*, où il était question de « devenir la femme que l'on avait toujours rêvé d'être ». Ledit féminisme s'arrêtait à la porte de sa chambre, où elle exigeait que son homme, fourbu d'avoir été traité en ménagère toute la journée, se présente en macho bon teint. Bref, elle aurait voulu un mec qui soit une lavette de jour et un Harrisson Ford de nuit. Pas étonnant qu'ils l'aient tous larguée les uns après les autres pour se retrouver entre eux et qu'elle soit devenue une gastro-entérite ambulante.

En retournant au bureau, Sophie qui était d'une température plutôt consensuelle, avait trouvé que s'il y avait des gens plus royalistes que le roi, pour une hétéro, Christelle était plus gouine que Sapho.

En passant le mountain-bike dans l'entrée de son immeuble, Denis s'aperçut trop tard que la concierge balayait le porche. Il resta figé un instant, puis il se dirigea vers la loge avec la mine faussement contrite d'une folle transie d'amour qui aurait malencontreusement égaré votre numéro. La concierge lâcha son balai et lui indiqua le tas de cartons en tous genres qui s'entassaient dans sa cuisine-salle à manger.

– J'ai déjà des sacs et il faut que je monte mon vélo, dit Denis en fixant d'un regard vide les motifs floraux de la tapisserie. Je repasserai plus tard.

– Je veux bien vous les garder en attendant, mais j'en ai marre de ce bordel chez moi, répondit-elle d'un ton vindicatif.

Denis posa délicatement sur la table ses sacs W.H. Smith et Marks & Spencer, bras ballants, hypnotisé par le mot incompréhensible qui s'étalait sur l'écran de *Des Chiffres et des Lettres*. Il attendit que la concierge ait fini de fourrer ses paquets dans un grand sac ED.

– Vous me le ramènerez, hein ? J'en ai besoin pour les courses, parce que là-bas, ils vous les font payer un franc.

Denis opina en soupirant et, l'ascenseur étant en panne, s'arma de courage en repensant à Julian à qui il avait dit qu'il était beau, et monta les deux étages de son Golgotha avec sa croix hebdomadaire de dossiers de presse à lire, de disques à écouter et d'invitations à décommander, de cadeaux aussi laids qu'inutiles et de t-shirts trop grands dont personne ne voulait.

Une fois dans son salon, il s'affala sur son divan. Ses seules joies dans la vie venaient des beaux mecs dont il s'entourait sans jamais les toucher. Il vouait un culte primitif à ces idoles de chair dont il garnissait l'autel de t-shirts promos, invites VIP et extas. Il fixa longuement son plafond, puis rangea ses sandwichs tomate-cheddar au réfrigérateur et ouvrit les paquets.

Son regard tomba sur une pochette exhibant un jeune Portoricain qui semblait sortir d'une vidéo de chez Latino Fan-Club. Il glissa le CD dans le lecteur et compulsa le livret avec la ferveur d'un adolescent dévorant les pages slips de La Redoute. Tandis qu'aux quatre coins de la pièce les petites enceintes Bose diffusaient le genre de soul gluante qu'il détestait tant habituellement, Denis caressa béatement les photos lisses de Juan, dont le slip Converse était aussi lourd de promesses que les performances de Reynaldo da Leon. Il sombra dans un sommeil peuplé de *banji-boys* turgescents aux regards orageux, où Julian se tortillait lascivement en prononçant son prénom. C'était de la mauvaise soul, mais Juan avait cet effet-là sur lui.

Malgré ses écouteurs, David avait du mal à se concentrer sur le documentaire de *Planète* sur la plongée sous-marine. Eydie Gorme et Sara Montiel avaient ponctué un dîner durant lequel Nicolas était manifestement ailleurs, et à présent, il avait droit à la compile *Trip do Brazil* à fond (« Oui, mais c'est hyper-bien »), tandis que Nicolas était à plat ventre sur le parquet au milieu d'une marée de magazines anglo-saxons, qu'il commentait en hurlant, en jonglant avec deux téléphones. Nicolas avait un portable et un filaire, le signal d'appel sur l'un et la conversation à trois sur l'autre. Il aurait accepté un troisième appareil s'il avait été vendu avec une main de plus. Soraya, sa chatte nue mexicaine, qui faisait toujours penser David à un gros rat rose, s'était prudemment terrée dans un coin.

– Évidemment qu'elle est conne ! Mais personne ose le dire parce que tout le monde en a peur, c'est pour ça qu'elle règne sur le monde de la mode… Oui, exactement ! Elle est aussi larguée que lui. Tu as lu l'article de Jérémi sur Sonic Youth dans son canard ? Il a tout pompé sur l'interview de David Kemp dans *Wired*. Si, je te jure… Attends, j'ai un double appel, je te reprends dans deux minutes… Oh, là, là, ça va encore durer des heures. Je te rappelle !

– Allô ? C'est Denis. Je te dérange pas ?

– Non, non, mentit Nicolas.

– Dis, tu as reçu le CD de Juan Martinez ? D'habitude, j'aime pas ça, mais là, j'ai trouvé que c'était vachement bien, je sais pas pourquoi.

– Tu n'es pas encore prêt ? demanda David en prenant sa serviette et ses gants.

– Si, presque.

David leva les yeux au ciel. Nicolas était probablement la seule personne qu'il connaissait à cultiver l'art du retard jusqu'à la perfection. Pour David, aller à la gym consistait à ouvrir un casier, y ranger ses affaires, enfiler sa tenue de sport, puis à monter dans la salle s'entraîner pendant une heure, prendre une douche et rentrer. Pour Nicolas, les choses avaient une dimension nettement plus sociale. Le choix du costume était un dilemme souvent cruel, la salle le dernier salon où l'on causait et la douche une occasion supplémentaire de traîner.

– On va en profiter, dit David une fois qu'ils furent dans la salle. Le développé-couché est libre.

– Oui, mais j'aime pas ça, ça me fait mal. Vas-y, je te regarde. Il est vachement bien, ce mec qui fait des épaules, là-bas, dit Nicolas à David qui s'apprêtait à faire une première série.

David se redressa et vit un type qui soulevait apparemment sans peine – l'expression qui lui vint à l'esprit était « avec grâce » – une charge qui devait être assez lourde. Nicolas n'avait pas tort et d'ailleurs, cela aurait été difficile. Il était mat, la trentaine approchante, un mètre quatre-vingts, cheveux noirs et yeux très clairs, avec cet air un peu absent qu'ont certains garçons dont la beauté semble pour eux plus une fatalité qu'un don du ciel, et cette coupe de cheveux simple que David considérait toujours comme « une coupe de gentil garçon ». Ce devait être le genre qui rougissait facilement. Et à qui cela allait bien.

– Tu as vu comment il est foutu ? reprit Nicolas. Je suis sûr qu'il prend des trucs.

– Je ne crois pas, dit David qui était connaisseur. Je pense plutôt qu'il s'entraîne, lui.

– Il sort tout le temps, en ce moment, répondit Nicolas sans écouter. On le voit partout. Mais je ne l'ai jamais vu rentrer avec personne.

David se rallongea pour continuer ses séries. Il ferma les yeux, se concentra pour balayer l'image du type au jogging gris coupé aux genoux et au t-shirt blanc collé par la sueur, en se disant qu'il y avait des gens qui avaient de la chance de pouvoir parvenir à des résultats aussi impressionnants sans efforts.

Si Philippe avait su que David mettait en doute le mal qu'il se donnait, il aurait été vexé. Il devait en fait son physique avantageux à une douloureuse scolarité dans la campagne normande sous la férule cinglante d'un prof de gym catalan à nom de dictateur qui avait choisi pour exutoire à une sexualité trouble et péniblement refoulée un culte aveugle – enfin, pas si aveugle que cela – pour le corps et l'exprimait d'une voix nasillarde par des aphorismes obscurs (« *mens sana in corpore sano* », « gymnastique vient du grec *gymnos*, qui signifie *nu* », etc.) propres à terroriser des enfants lâchés dans la sauvagerie des études secondaires et déjà bien assez travaillés par la naissance ou l'absence de poils sur leur bas-ventre. Le professeur ne perdait pas une occasion de joindre le geste à la parole et de faire déshabiller ses élèves pour un oui ou pour un non avant d'exécuter devant cet auditoire médusé et grelottant des poses de culturiste pour leur montrer l'exemple tout en leur chantant la beauté du corps masculin et de la virilité.

Philippe attendait les deux heures de sport du mardi matin avec un mélange de délice et de terreur. Le premier était dû à la possibilité de voir monsieur Batista en slip faire ces chorégraphies martiales dont il se demandait toujours si c'était un spectacle de beauté pure ou une pantomime franchement grotesque. La seconde provenait de sa peur de se déshabiller devant ses camarades, étant totalement glabre et chichement doté. Il ignorait alors qu'être imberbe lui éviterait de douloureuses et coûteuses séances d'épilation une fois arrivé dans un monde qui plaçait les corps lisses plus haut que tout, mais il se doutait déjà plus ou moins consciemment que cette absence de poils ne viendrait jamais racheter ces autres avantages dont il avait été irrémédiablement privé. Toujours est-il qu'il en éprouvait immanquablement cette douce chaleur au creux de l'estomac qui est l'apanage des saintes et le privilège des vierges extasiées et que monsieur Batista avait décidé de faire de ce garçon grassouillet une incarnation moderne de son idée de la statuaire antique, sentant sans doute chez lui quelque potentiel.

Et pendant sept ans, en compagnie d'autres jeunes gens choisis par monsieur Batista, Philippe avait passé ses mercredis et ses samedis après-midi à faire des agrès, de la gym au sol et, plus tard, tous les soirs après les cours, de la musculation.

À dix-sept ans, Philippe avait décroché la meilleure note de l'académie en éducation physique après avoir conquis un jury de professeurs pourtant manifestement moins versés dans l'hellénisme que monsieur Batista. Malheureusement, si l'examinateur de français lui avait généreusement accordé une note supérieure à la moyenne après avoir écouté son laborieux commentaire des *Chats* de Baudelaire en fixant intensément d'un regard ému sa chemise entrouverte, les autres s'étaient montrés moins sensibles et Philippe avait lamentablement échoué à son bac.

Mais pour l'instant, il pensait à tout autre chose. Il avait mal aux épaules et il avait très faim.

David était parvenu à convaincre Nicolas de le suivre à la presse-papillon lorsque FX et Olivier arrivèrent à leur tour. En bon pygmalion, FX ne pouvait pas s'empêcher de lancer ses nouvelles conquêtes sur le parcours du combattant afin de les transformer en créatures idéales. Plus prosaïque, Nicolas disait qu'il « les mettait au turbin ». Le problème, c'est qu'à force de devenir idéales, les créatures finissaient tôt ou tard par lui échapper, mais pour l'instant, aveuglement de la nouveauté aidant, Olivier suivait docilement.

– Tiens, tu as de la chance, David est là, dit FX. Il va pouvoir t'expliquer tout en détails. Tu vas avoir un partenaire, continua-t-il pour David en posant une main protectrice sur la nuque d'Olivier. Je vais aller faire des abdos avec Nicolas.

– Alors, ça se passe bien ? demanda Nicolas en étalant sa serviette sur l'un des tapis devant un espalier.

Durant les séries d'abdos, Nicolas et FX passaient le plus clair de leur temps allongés sur le côté comme deux gamins dans l'herbe en été ou des dames de la période Directoire qui recevaient sur leurs méridiennes.

– Oui, bien sûr, mais je voulais te demander un truc. Il faut que j'achète des disques, mais je ne sais pas quoi prendre pour lui plaire. Ils écoutent quoi, les gosses, maintenant ?

– Je sais pas très bien ce qu'on trouve à Paris en ce moment, dit Nicolas, appuyé sur les coudes. Tu sais, moi, j'écoute que des imports américains et je les commande sur le Web. Tu n'as qu'à aller chez D-Sound, comme la dernière fois.

– Il fait jamais de gym avec toi ? demanda Olivier une fois que David lui eut montré comment se servir des appareils.

– S'il n'y a personne avec qui bavasser, si. Mais c'est rare. Ça va quand c'est avec FX, mais s'il fallait que je supporte Brice, je changerais de salle.

Brice était venu deux ou trois fois à la gym en se disant que si tout le monde y allait, c'est que ce devait être intéressant. Il avait très vite renoncé en s'apercevant que, contrairement aux autres situations, il ne suffisait pas de s'allonger en attendant que ça se passe et avait trouvé les gens vraiment pas du tout élégants. Et en plus, ça sentait mauvais dans les vestiaires.

En y retournant pour prendre une douche une heure plus tard, Olivier se disait que ce n'était pas désagréable. Un peu contraignant, sûrement, mais David lui avait dit qu'il avait des dispositions. Il commençait à penser que la vie gay était une course jalonnée d'étapes obligées.

– Pas forcément, dit David. Moi, je ne sors presque jamais.

– Oui, mais par exemple, ils ont tous des slips Calvin Klein, des tatouages…

– … Et le torse, les jambes et les couilles rasées, oui. Eh bien, moi pas.

Contrairement à certains qui suivaient aveuglément la moindre tendance en pensant qu'il suffisait de raser consciencieusement des mollets de coq pour avoir un physique marmoréen ou de se faire tatouer une ancre ou un motif samoan pour avoir l'air d'un repris de justice ou d'un surfeur, et tout aussi contrairement à ceux qui en prenaient systématiquement le contre-pied et s'étonnaient que personne ne les regarde, David avait choisi la voie médiane. Les tatouages étaient une mode qui comme toutes les autres, passerait un jour, mais qu'on ne pouvait pas jeter à la poubelle. À la gym, il portait des vêtements sensés, c'est-à-dire conçus pour faire du sport. Il aimait bien les poils blonds sur sa poitrine et de toute façon, jugea Olivier en le regardant ôter son jogging et son t-shirt, il n'avait pas grand chose à envier à bien des gens. David était le genre de beau mec qui n'avait pas besoin de se raser les cheveux et de mettre un treillis pour être sexy.

Au moment où Nicolas et FX rejoignaient David et Olivier, un type brun aux allures de jeune businessman entra dans les vestiaires. C'était Arnaud.

– Oh, mais tout le monde est là. Vous faites quoi, samedi ? demanda-t-il à Nicolas en jetant son sac sur un banc.

– On va sûrement sortir. Pourquoi, il y a une soirée ?

– Parce qu'on oserait donner une soirée à Paris sans te prévenir ? persifla David. Impossible.

– Si je ne devais compter que sur toi pour utiliser les cartons que je vous envoie, David, j'aurais arrêté depuis longtemps, dit Arnaud. Tu accepteras quand même de venir dîner à la maison samedi, même si tu ne sors pas après ?

– Bien sûr qu'il viendra, dit Nicolas. Tiens, tu sais avec qui on fait la couverture de *One* le mois prochain ?

– Julian, oui, je sais, dit Arnaud. D'ailleurs, ça tombe bien, je l'ai invité aussi. Venez aussi, vous deux, ajouta-t-il pour FX.

– Qui c'était, le mec qui nous a invités ? demanda Olivier en nouant sa serviette autour de sa taille.

– Tu ne te rappelles pas ? Il était chez moi le soir de ma crémaillère, dit Nicolas. C'est le directeur artistique du Paradiso. Il est très gentil. Un peu torturé, mais très gentil. Il s'appelle Arnaud de Céret.

– Il est noble ? demanda naïvement Olivier.

– Mais non, voyons, de Céret, c'est un nom de scène, dit Nicolas. Son vrai nom, c'est Lefèvre. Cela dit, à la particule près, c'était bien trouvé, tellement il était coincé du cul quand il est arrivé à Paris. Mais avec tous les Karim qu'il y a eu depuis, ce serait plutôt *des Cérets*.

Arnaud était en train de plier soigneusement sur un cintre un costume sombre et la chemise immaculée qu'il possédait en un nombre considérable d'exemplaires. Frais émoulu d'une petite école de gestion de province, il avait quitté Carpentras à vingt-deux ans et était monté à Paris mettre ses talents de commercial au service de la nuit. Dans un univers où tout le monde est chef de quelque chose, où un mac à gogo-boys est consultant en ressources humaines, un trave en retraite conseillère en relations publiques, et où les têtes volent comme un jour de carmagnole, Arnaud méritait son titre, et cela depuis cinq ans. Il était prévenant, séduisant et par-dessus tout compétent.

– Ah, fit Olivier qui n'était pas certain d'avoir bien compris. C'est drôle, il a l'air de tout sauf de quelqu'un de la nuit. C'est par où, les douches ?

– C'est facile, dit Nicolas. Suis le monsieur devant toi.

Olivier se retourna. Un type aux cheveux grisonnants un peu hirsutes venait de sortir du hammam dans un nuage de vapeur et posa sur Olivier un regard hagard et un peu triste.

– Tu vois, si tu es perdu dans une salle de gym, il suffit de suivre Alain Clair, reprit Nicolas.

– Le présentateur de télé ? chuchota Olivier. Il vient ici ?

– Dans les douches seulement, précisa Nicolas.

10

Festival

Il faisait encore très beau. Sur le seuil de son hôtel, Philippe leva les yeux vers un ciel où montait la nuit parcourue des cris des hirondelles en chasse. Il avait préféré prendre son repos à Avignon plutôt que retourner à Paris après avoir enchaîné trois TGV en une journée. Il rentrait en fin d'après-midi demain : il pourrait aller à la piscine – il avait toujours du succès dans les piscines. Mais pour l'instant, n'ayant jamais été du genre qui passe le temps en lisant, il s'ennuyait.

Le bar qu'il avait choisi avait un patio qu'un amateur plus éclairé aurait trouvé hispanisant. Philippe, qui était plus prosaïque, se contenta de le trouver joli. Malheureusement, il était mal tombé et en fut pour ses frais de ses khakis Calvin Klein et de son t-shirt DKNY que bombaient ses pecs : le premier jeudi de chaque mois était réservé à une association locale. L'affichette au gros feutre annonçait :

COMING-OUT : LE DIRE, SE DIRE
DÉBAT AVEC CHRISTIAN MICHAUD.

Le patio était plein du genre de monde qui n'était pas fait pour Philippe et vice-versa. Plusieurs créatures improbables qui semblaient s'être ingéniées à brouiller les pistes – elles auraient probablement dit : « faire un travail ludique et subversif sur l'ambiguïté de la notion carcérale du genre » – en mélangeant moustache adolescente, coupe de cheveux entre Bonnie Tyler période *It's a Heartache* et catogan années 80, glapissaient des choses incompréhensibles avec la voix de Jean Marais dans *Le Bossu*. En hiver, cela aurait été un festival de pulls tricotés main. Un silence se fit quand Philippe parut. Des têtes se tournèrent vers lui. Il alla s'adosser au mur le plus éloigné, une main dans la poche, son verre dans l'autre.

– C'est exactement ce que je disais, murmura une fille obèse de l'air de celle qui en veut au monde entier d'exister. Exemple typique de *body-fascism*.

Deux types sans âge posèrent sur Philippe un long regard humide de convoitise suppliante. Une deuxième fille lui fit un sourire, comme pour excuser les autres.

– Allons, allons, s'éleva une voix pleine de componction conciliante. Il faut raison garder. Ce n'est pas parce que nous avons là une apparition digne de *L'Âne d'or* d'Apulée que nous allons oublier le sujet qui nous occupe.

C'était Christian Michaud, en personne et dans ses œuvres. Philippe trouva qu'il avait vraiment la tête à écrire ses livres. Chemise fleurie ouverte sur une poitrine décharnée, pipe à la main, épaules étroites, regard en coulisses, inflexions mielleuses.

– Tu fais beaucoup de sport, non ? demanda une voix.

Philippe tourna la tête. C'était un type de son âge, un peu plus petit, dégarni, avec des lunettes et du ventre. Quelconque.

– J'essaie, sourit poliment Philippe.

Il y eut un silence durant lequel il sentit que l'autre le toisait. Christian Michaud s'était lancé dans une tirade enflammée, l'œil rivé sur un jeune type aux sourcils mal épilés qui le contemplait avec le regard énamouré d'une adolescente prise d'un flux du ventre.

– Un jeune homosexuel, débitait-il comme un animateur de supermarché bien rodé décidé à harponner la ménagère, l'*éphèbe* (regard appuyé vers l'épilé) de l'Hellade, a besoin d'être guidé dans ses premiers pas par un aîné.

S'ensuivit une tirade où se mêlaient allègrement des bons mots dont *Les Grosses Têtes* n'auraient pas voulu, des expressions toutes faites qu'il devait ressortir à chaque fois comme ces comiques pitoyables qui se produisent dans des cabarets minables devant trois alcooliques, et des termes ampoulés – « l'*erastè* et l'*eromenè* de la grande Sparte » – devant lesquels l'assistance opinait béatement. Même Philippe, qui n'était pourtant pas une fusée, eut envie de rire.

– C'est pour ça que tu bois du Perrier ? reprit soudain l'autre. (Philippe s'apprêtait à répondre, mais le type poursuivit.) Tu es Monsieur Propre au dehors comme au dedans, c'est ça ? (Philippe fut un peu surpris de son ton agressif, mais il avait pourtant l'habitude : chaque fois qu'il opposait un refus poli à quelqu'un, il avait droit au couplet aussi hargneux que prétentieux :) Tu t'es trompé d'endroit, Musclor. Ici, il faut un minimum de cervelle. Pour les balaises, c'est l'Atlantide, ajouta-t-il en s'éloignant, prudent.

Philippe baissa les yeux vers son verre vide et réfléchit à la suggestion du type. Il était 21 heures. Après tout, l'autre n'avait peut-être pas tort.

Il posa son verre au passage sur le comptoir, essuya le « Vous partez déjà ? » flûté d'un client permanenté, blond et sans âge, et, sans vraiment se rendre compte de la symbolique ironie de la situation, demanda au portier « le chemin de l'Atlantide ».

Philippe avait l'habitude de demander la lune, de ne plus la vouloir si on la lui décrochait et de se contenter de rien du tout ou, pire, de pas grand-chose. L'autre dimanche, le militaire du Tea-Dance n'avait pas voulu de lui. Et, en vertu d'une loi presque immuable selon laquelle on ne s'intéresse qu'à ce qu'on ne peut pas avoir, Philippe n'avait pas non plus voulu de tous ceux qui lui tournaient autour et était une fois de plus reparti du Tea-Dance, seul, pour échouer dans un souterrain obscur et laisser s'agglutiner autour de lui une grappe de mecs avides qu'il avait laissé faire en fermant les yeux. En arrivant à la porte du sauna, il était résolu à rencontrer ce soir encore sinon l'homme de sa vie, du moins celui de sa nuit.

Il descendit les marches, sa serviette soigneusement serrée autour de sa taille, ce qui faisait admirablement ressortir ses pectoraux. Il savait que de se crisper autant lui donnerait des courbatures le lendemain, mais il ne pouvait pas s'empêcher de faire saillir tout ce qu'il y avait à faire saillir. Lui aussi donnait beaucoup de lui-même.

Au bas de l'escalier, un grand type un peu maigre le toisa avidement. Celui-là, on savait tout de suite ce qu'il avait à faire saillir, pensa Philippe en passant d'un air méprisant. Le type le regarda s'éloigner avec la mine déconfite de la folle qui vient de se faire rafler sous le nez en pleins soldes privés la dernière paire de Patrick Cox taille 40, puis lui emboîta le pas dans le hammam. Il est parfois nécessaire d'insister quand on tient à ses Patrick Cox taille 40.

Dans la vapeur, Philippe avait tendance à s'endormir. Il fut réveillé par une main étrangère qui l'entreprenait audacieusement. Il ouvrit un œil, attrapa tendrement la main et la broya minutieusement avant de la reposer sur les genoux de son propriétaire qui poussa un geignement étouffé et quitta le hammam. C'était la grande maigrichonne.

– Ils laissent vraiment rentrer n'importe qui, se dit Philippe.

– Ils laissent vraiment rentrer n'importe qui, se dit la maigrichonne en courant précipitamment aux toilettes se tremper la main sous l'eau froide.

Un quart d'heure plus tard, Philippe alla au jacuzzi. Le broyage de main n'avait pas découragé la maigrichonne. Il devait y avoir deux ou trois beaux mecs – enfin, selon les critères de Philippe. Dès que l'un d'eux passait à sa portée, la maigrichonne leur emboîtait le pas, quitte à abandonner la poursuite dès qu'un autre se présentait. De temps en temps, elle s'arrêtait à bonne distance du jacuzzi pour jeter à Philippe les regards de convoitise désespérée de la chatte famélique qui fait les cent pas autour d'une mare où une carpe alléchante a élu domicile. Vu du dessus, cela devait évoquer une espèce de Pacman sexuel.

Philippe avait renoncé à aller se proposer aux occupants des cabines depuis le jour où il s'était approché d'un matelas où un mec très musclé avec des tatouages maoris impressionnants était allongé à plat-ventre. À peine avait-il fait un pas que le mec avait glissé une main sous sa serviette sans même le regarder, l'avait tâté avec agacement puis l'avait repoussé en disant une phrase qui lui cuisait encore : « Te fatigue pas, c'est pas avec ton petit bagage que tu vas me faire voyager, toi. »

La technique de Philippe était désormais tout l'opposé. Il prenait son temps dans un endroit stratégique et se laissait repérer par sa proie. Ensuite, il n'y avait plus qu'à prendre une pose avantageuse et pleine de promesses dans une cabine à la lumière judicieusement dosée. C'était la tactique de l'araignée-lion.

Le seul problème, c'est qu'il y avait parfois une mouche plus énervée que les autres. La mouche maigrichonne, en l'occurrence, avait fini, à force de tourner en rond et de poursuivre frénétiquement les autres mouches, par les faire fuir.

Une heure plus tard, le vide s'étant irrémédiablement fait dans le sauna, Philippe décida de partir, furieux d'avoir perdu son temps. Ce n'était jamais que la sixième fois cette semaine.

En repassant dans un couloir, il entendit s'élever du jacuzzi une voix onctueuse qui entonnait à l'adresse d'un garçon efflanqué qui ouvrait de grands yeux transis :

– *Lyre d'or, apanage commun d'Apollon et des Muses aux tresses violettes, à ta voix, le pays rythmé des choreutes ouvre la fête*… C'est beau, n'est-ce pas ? C'est du Pindare.

Car Michaud disait « du Pindare » comme on dit « du Livarot ».

11

Fabio II : Le Retour

Penché sur la table, Brice regardait avec une moue connaisseuse les polaroïds étalés devant lui.

– Non, ça va pas *du tout*, décréta-t-il en se redressant. Il y a quelque chose qui me plaît pas. Mais je saurais pas dire quoi. Sacha, tu peux lui faire un truc, là, avec les cheveux ? Et quelqu'un peut rapporter du café ou du Coca, enfin quelque chose ? Et puis je voudrais revoir le shopping, aussi, ajouta-t-il en agitant une main impérieuse dans le vide, attendant sans doute que les vêtements s'y matérialisent immédiatement.

Sacha vaporisa de l'eau sur les cheveux de Julian assis sur un tabouret, puis les ébouriffa savamment avec les doigts.

– Oui, c'est mieux, dit Brice.

En fait, il n'y avait pas grand-chose de changé. Depuis quatre heures, la séance-photo avait des allures de jeux de petites filles qui piaillaient au bord d'un bac à sable en se chamaillant une poupée Barbie grandeur nature qu'elles prenaient un immense plaisir à habiller, déshabiller, coiffer, décoiffer, peinturlurer, essuyer et repeinturlurer. Certes, Julian avait l'habitude d'être pris en photo, mais en général, c'était plus simple : on lui demandait de prendre un air boudeur, rebelle ou dangereux – ou les trois à la fois. Le maquillage se composait principalement d'huile de vidange ou de cambouis, les costumes se réduisaient à un treillis et des rangers et l'accessoirisation à un poignet de force et des plaques militaires. Là, il se retrouvait avec un type indifférent à sa plastique qui le photographiait sans cette gourmandise à laquelle il était habitué. Le coiffeur-maquilleur quasi-chauve était méprisant, d'une incroyable laideur, avec les ongles des pieds vernis de noir et des tongs. Le styliste était capricieux, gras et presque aussi dégarni, avait des exigences incompréhensibles et fumait des St-Moritz menthol qu'il écrasait n'importe où après deux bouffées. Tous étaient dotés d'assistants moches qui faisaient les choses à leur place. Ces gens habillés comme des chauffeurs de bus et des caissières de supermarché parlaient de lui comme s'il n'était pas là et tourbillonnaient dans tous les sens sans rien faire vraiment, mais ils avaient l'air très occupé de ceux qui font quelque chose d'important. En plus, ils s'acharnaient à l'enlaidir. Julian venait d'entrer dans le monde de la mode.

– Bon, on va changer les vêtements, décida Brice. Mets ça, toi. (Il lui tendit un pantalon pattes d'éléphant en velours marron à grosses côtes, une chemise cintrée bleu foncé à fleurettes blanches et des mocassins blancs à boucles dorées.) Fais pas cette tête-là, c'est hyper-tendance. Sacha, aide-le à enlever le col roulé, qu'il mette pas de fond de teint partout.

– Oh, ça doit pas être trop grave, quand même, dit Julian en s'apprêtant à ôter le pull.

– Comment ça « pas trop grave » ? s'insurgea Brice. Mais ne tire pas par le col, tu vas le déformer ! Ça vaut une fortune, figure-toi. C'est des Cardin de 74 qu'un collectionneur chicissime nous a prêtés. On aura l'air de quoi si on lui rapporte avec des taches ? Bon, là, c'est top. José, passe-lui la gourmette, aussi. Sacha, mets-lui un peu de bleu sur les paupières, du khôl ou quelque chose. Du brillant à lèvres, tiens. Ou des dessins au henné. Pourquoi tu boutonnes pas la chemise, Julian ?

– C'est pour qu'on voie les abdos.

– Les *abdos* ! Mais on s'en fout ! Remarque, ça me donne une idée. Sacha, tu pourrais lui mettre un cabochon rubis dans le nombril ? (Sacha vint coller à Julian une espèce de pierrerie rouge et rejoignit Brice. Ils reculèrent pour juger de l'effet. Les assistants s'attroupèrent avec un air pénétré.) C'est pas mal. Ajoute-lui une fine chaîne en or autour de la taille. Mmm… Non, ça va pas. Essaie avec une émeraude, ça rappellera ses yeux. Ouais, c'est pas mal. Ou un foulard autour du cou, un truc un peu flash complètement *seventies*, un collier de perles un peu baroques. Non, reboutonne la chemise, en fait. Voilà, et tu en sors un bout du pantalon, Sacha. C'est tip-top. On peut shooter.

– Tu pourrais lui demander d'arrêter de plisser les paupières en avançant la lèvre ? demanda le photographe. On dirait un boy's band.

– Moi je trouve qu'il fait trop mec, dit Sacha.

– Moi je trouve qu'il fait tapin, dit le photographe. Faut quand même pas oublier que *One*, c'est pas un magazine gay non plus.

– Je suis complètement d'accord avec toi, de toute façon c'est un tapin. Mais, bon écoute, moi j'étais complètement contre l'idée de le prendre, je le trouve hyper-trop vulgaire. Ils ont même pas fait de casting. Et puis ces muscles, c'est complètement 90. J'avais proposé un mec *sublissime* de chez Elite, tu vois, pour faire un truc très décalé, mais ils voulaient leur tapin, ils l'ont. Me demande pas ce qu'ils lui trouvent. Moi je suis là pour essayer d'en tirer quelque chose d'intéressant. Et tout ce que je vois, c'est lui faire un look féminin, dit Brice.

Julian se regarda dans la glace. S'il avait eu les cheveux blonds et plus longs, il aurait ressemblé à Françoise Sagan.

– Prends une pose ringarde, dit Brice. Voilà, c'est ça que je veux, mais en même temps avec un côté féminin subtil, très fausse-couture, décadence-décalage, tu vois ? (Julian ne voyait pas très bien. Il écarta les jambes, se voûta légèrement en avançant le bas-ventre, dans une imitation de l'idée qu'il se faisait d'une pose de vrai homme.) Mais non, enfin ! s'exclama Brice. Un côté ringard. L'idée, c'est que tu serais un routier… Euh, non, plutôt Jackie Kennedy qui serait un routier, tu sais ? Écoute, il faut que tu aies la même allure que cette conne qui est serveur au Dix, là. Tu vois qui je veux dire, non ?

– Oui. Luis. On habite ensemble, lâcha Julian.

– Bon, alors tu fais pareil, reprit Brice sans se démonter. Ça m'étonne pas qu'ils habitent ensemble, tiens, ajouta-t-il en baissant la voix. Deux cons bodybuildés qui savent même pas ce que c'est que la vraie élégance.

N'empêche que les deux cons bodybuildés, tu aimerais bien te les faire, sinon tu passerais pas ton temps à me tripoter en douce, pensa Julian qui avait entendu.

– En fait, voilà : il faudrait que tu regardes l'objectif, mais sans regarder l'objectif, expliqua le photographe.

Victor alluma une cigarette en observant sa proie du coin de l'œil. Le type s'était arrêté et regardait un étalage de montres dans une vitrine. Bon genre. Un rien fin de race, avec un gros derche, songea Victor. Contrairement au goût généralement répandu dans le monde gay – cheveux ras, tablette de chocolat, t-shirt moulant, pecs impeccables, etc. qu'il qualifiait de « trop sucrés » – Victor avait une prédilection pour ce qu'il appelait « les bonshommes » : une coupe de cheveux un peu vieille France, un teint plutôt rosé, une tête légèrement ronde – et surtout, *surtout*, un gros derche. Les gros derches sortaient le samedi après-midi et traînaient dans les galeries marchandes.

Celui-là était un emblème de la perfection. Un pantalon en velours côtelé vert bronze, d'une affriolante taille 44, une chemise en vichy bleu à col boutonné et un pull en coton noué sur les épaules. Il s'engouffra dans le magasin Nature & Découverte voisin, Victor sur ses talons.

Qu'est-ce qu'il vient foutre ici ? se demanda Victor.

Le type examinait les jouets en bois. Victor feignit de s'intéresser au même rayon.

– Excusez-moi, dit une voix. (Victor se retourna.) Vous ne vous appelez pas Victor ?

– Si, mais je… (Il marqua un temps, puis :) Gaël ?

– J'étais sûr que c'était toi. Quand tu es entré dans le magasin, je t'ai immédiatement reconnu. D'ailleurs, ce matin, en venant, j'ai eu un flash et…

Victor recula d'un pas pour bien regarder son interlocuteur.

– Après combien ? Quinze ans ? Moi, je ne t'aurais jamais reconnu. Tu travailles ici, alors ?

– Depuis deux ans, oui. Il y a des bonnes énergies, ça me recale dans mon centre. Et toi ?

– Oh, moi, rien. Écoute, là je suis un peu pressé, dit Victor en voyant son gros derche sortir. Je…

– Il faut vraiment qu'on se voie, tu habites où, maintenant ?

– Viens dîner à la maison ce soir si tu veux, dit Victor en griffonnant son adresse sur un bout d'enveloppe. Vers 9 heures, OK ? Il faut vraiment que je file, ajouta-t-il en le lui tendant.

– D'accord, ça me fait vraiment plaisir, lança Gaël à Victor qui s'en allait à la poursuite de l'autre.

Flash ? Bonnes énergies ? Centre ? songea Victor en scrutant la foule de la galerie marchande. Apparemment, Gaël était devenu un peu étrange. En revanche, sa proie avait disparu. Il décida de rentrer chez lui.

– Allô ? (Long silence.) Aaallôallôallô ?

Denis se pétrifia. Il connaissait cette voix venue d'une époque qu'il avait passé toutes les années 80 à faire oublier. Apparemment, le travail n'avait pas été totalement achevé.

– C'est qui ? tenta-t-il d'une voix plaintive.

– *Un beau jour, ou peut-être une nuit...* entonna la voix chargée de Kiravi. Tu m'as oublié, divine traîtresse, chair de mes yeux, toi à qui j'ai tout appris.

Fabio. Denis se redressa et alluma la lampe. Il tenait l'appareil comme les héroïnes blondes des téléfilms de M6 harcelées au téléphone dans un immeuble désert par un psychopathe sanguinaire, incapables de raccrocher, comme hypnotisées. Fabio était revenu.

Lorsqu'il avait débarqué en 76 de Clermont-Ferrand, Denis avait été pris en main par Fabio, le premier chroniqueur de ce monde de la nuit qui naissait avec le Palace et les Bains-Douches. Dans ces années où la gloire était facile, Denis, sous l'aile de Fabio, avait été de toutes les fêtes, depuis les couscous chez Sonia Rykiel jusqu'à l'anniversaire de Fabrice Emaer. Fabio était laid et sans le sou, et s'il était entouré au Sept et au Colony des plus beaux garçons de Paris (comme on disait à l'époque), rares étaient ceux qui montaient les six étages menant à sa misérable chambre de bonne à Saint-Germain-des-Prés. Denis, qui n'était pas mieux que Fabio, avait eu ce courage : on a les Steven Rubell qu'on peut.

Lorsque le magazine où il travaillait avait fait faillite et que celui du Palace avait été créé, on avait pressenti Fabio. Malheureusement, ayant remplacé le régime champagne-whisky-petits fours-cocaïne par le sec-beurre-Valstar-Mandrax, il n'avait pas été à la hauteur. Denis s'était alors lancé, muni de l'agenda de son ancien amant qu'il s'était empressé d'oublier. Fabio était tombé de Dom Pérignon en Nicolas, puis de Pré-fontaines en

Gévéor. Il n'avait plus à présent comme seul titre de gloire que d'être le plus ancien RMIste de France.

– Tu pourrais pas me faire rentrer à *One* ? demanda Fabio.

Denis fut pris de panique.

– Pour quoi faire ? demanda-t-il ingénument.

– Pour gagner ma croûte, salope ! hoqueta Fabio. Tu me dois vingt ans de loyer de mon carnet d'adresses.

– Il faudra que je demande, se défila Denis qui n'avait jamais le courage de rien affronter. Rappelle-moi un autre jour, il faut que je m'en aille.

Il raccrocha immédiatement. Puis, prudent, il débrancha le téléphone. Fabio était capable de le harceler toute la nuit.

Il resta allongé sur son canapé. Renaud était parti à une fête chez des copains. Il avait toujours une fête où aller. Cela avait commencé par un soir par semaine, puis deux, puis cinq. Parfois, il ne rentrait même pas dormir à la maison. Denis s'était résigné à lui demander de raconter par le menu ses exploits, voire à le pousser dans les bras de garçons qu'il désirait en vain. Il était désormais habitué à vivre l'extase de la jouissance par procuration au petit-déjeuner. Un jour qu'on lui demandait si Denis était actif ou passif, Nicolas avait perfidement répondu : « Cent pour cent cérébral ».

Les phares d'une voiture balayèrent le plafond. Denis ferma les yeux. Il n'avait pas beaucoup d'avenir, pas tellement de présent, et maintenant, son passé le rattrapait : l'Aigle noir était revenu. Et il n'était pas content.

Lorsqu'Arnaud ouvrit la porte, Olivier trouva qu'il ressemblait vaguement à Julio Iglesias jeune. Comme à son habitude, Arnaud de Céret portait un pantalon de costume Emporio Armani et une chemise aussi blanche et impeccable que son sourire, ouverte sur une poitrine légèrement musclée, mais trop bronzée. Avec l'autorité commerciale des anciens élèves de mauvaises écoles de gestion, Arnaud leur indiqua la terrasse éclairée par des torches de jardin. En traversant le salon, Olivier, FX, Nicolas et David remarquèrent Julian, en marcel blanc, affalé sur des coussins devant l'écran géant du *home-cinema*, où Neil Tennant, imperturbable, feignait d'ignorer les deux beautés aussi brésiliennes que lascives qui s'agitaient explicitement devant lui. Julian perçut vaguement des présences humaines et voulut se retourner pour les saluer, mais le temps qu'il réagisse, tout le monde avait déjà disparu. Sa gorge le brûlait, mais il n'avait même plus assez de volonté pour aller à la cuisine. Il allait falloir qu'il freine sur les pétards. Mais il avait aussi entendu dire que les vrais artistes se défonçaient pour donner le meilleur d'eux-mêmes à leur public.

– Tes voisins ne se plaignent jamais ? demanda Olivier en entendant le fracas de guitare qui devait arroser tout le quartier.

– Oh non, ils ont l'habitude. J'ai acheté le dernier equalizer Sony. Il y a une dizaine d'ambiances : stade, cathédrale… Viens voir. Et on m'a rapporté le Glastron DVD du Japon. Tu veux essayer ? C'est super, on se croirait tout seul dans une petite salle.

Olivier ne voyait pas très bien l'intérêt de regarder la télévision avec un casque dans une ambiance tunnel ou cathédrale, mais il suivit Arnaud dans le salon. FX resta sur le grand canapé en teck de la terrasse en se disant que le champagne qu'on leur avait servi devait être un cadeau de fournisseurs.

Chez Arnaud, on restait assis en attendant le traiteur qui livrait les plats, et on se levait pour dîner debout.

– Tu n'aimes pas le Tex-Mex ? demanda Arnaud à Olivier qui hésitait devant le tacos.

– Si, si, se hâta de répondre Olivier.

Arnaud trouvait qu'avec sa chemise vichy bleu marine et ses airs de petit garçon bien élevé, Olivier correspondait parfaitement au genre qu'il avait décidé d'épouser. Depuis peu courait le bruit qu'il ramassait tous les soirs au Paradiso des mecs à qui il donnait rendez-vous dans une rue voisine par discrétion. Sa façade trop parfaite commençait à se fendiller et le monde de la nuit riait dans son dos de son insatiable fringale de petits Beurs, au point qu'un chroniqueur moins soucieux que Denis de ne se mettre personne à dos l'avait cruellement surnommé *Lefèvre Utile* – ou plus simplement LU. Olivier aurait été idéal pour mettre un terme à ces rumeurs.

Malheureusement, Olivier n'était pas très sensible aux gadgets électroniques, pas plus qu'aux poses étudiées et ringardes apprises auprès des photographes pour des publicités de minitels que Julian égrenait devant lui. Accoutumé à un régime de viandes stéroïdées ou à la date de péremption passée, habitué à sentir sur lui les caresses de regards suppliants, Julian était perturbé par l'indifférence de ce garçon propret et sérieux qui de plus manquait à sa collection. C'était sûrement parce qu'Olivier ne l'avait pas bien vu.

– Il fait chaud, non ? tenta-t-il en enlevant son marcel dans une véritable chorégraphie grotesque, entre la Patricia Kaas de *Elle voulait jouer Cabaret* et le marin sicilien de *La Terra trema*.

En le voyant onduler comme une liane, jean descendu au ras du pubis, Nicolas, dont la sensibilité était plus émoussée que celle d'Olivier, ne put s'empêcher de le trouver sexy et d'espérer que Brice ne l'avait pas trop abîmé lors du shooting.

FX était ravi de voir Olivier rester de marbre devant les stratégies commerciales d'Arnaud et les efforts plastiques de Julian. Lorsqu'Olivier posa son assiette et vint s'adosser contre lui sur la terrasse, il savoura en vieux mâle dominant leur mine dépitée. La vie sociale homosexuelle avait parfois des allures de colonie de babouins au zoo de Vincennes.

– Quel succès tu as eu ! ne résista-t-il pas à dire à Olivier alors qu'ils rentraient. (Selon le rituel des gens de la nuit, les dîners, traiteur ou pas, assis ou debout, se terminaient à minuit, heure à laquelle tout ce petit monde partait travailler sous les feux de la rampe.) Tourner le dos à l'un des plus beaux mecs du moment et au directeur artistique du Paradiso, c'est très fort.

– Bof, fit Olivier. Gameboy ou gogo-boy, c'est pas comme ça que je me laisse attraper.

– Ah bon ? Tu te laisses attraper comment, alors ? demanda FX, qui espérait pêcher un compliment à bon compte.

– Pas avec un Cherry-Coke non plus, si c'est ce que tu voulais savoir. Si je suis venu chez toi le premier soir, c'est parce que j'en avais envie, pas parce que tu m'avais attrapé.

Victor habitait un grand deux-pièces à Neuilly dans une rue à l'écart, au troisième étage d'un immeuble moderne. Depuis l'âge de dix-huit ans, il avait décidé qu'il ne travaillerait jamais. Sa mère, qui habitait l'appartement du dessous, veillait à ce que les trois congélateurs de la cuisine soient en permanence remplis et ne montait qu'après avoir téléphoné pour demander l'autorisation, afin de faire le ménage ou de lui apporter des cartouches de cigarettes ou ses repas.

Au départ meublé comme un appartement ordinaire, le deux-pièces s'était progressivement réduit à l'essentiel : une méridienne Empire qui servait de lit, la télévision posée en face sur le parquet et une table basse où reposaient des boîtes de kleenex, des cigarettes, un immense cendrier, le téléphone portable et les nombreuses télécommandes, avec lesquels Victor jonglait savamment.

Victor consacrait en effet presque autant de temps au téléphone qu'à la télévision, souvent simultanément et à des heures déraisonnables. Le premier lui servait essentiellement à appeler des réseaux de rencontres hétérosexuelles sur lesquels il se faisait passer avec un certain succès pour un travesti, à réveiller des connaissances pour les interroger sur leur vie ou leur intimer l'ordre de regarder telle émission et, qu'ils le veuillent ou non, la leur raconter en même temps. La seconde était principalement branchée sur le magnétoscope, afin de pouvoir visionner pendant des nuits entières une impressionnante collection de cassettes qu'il connaissait déjà par cœur : films introuvables de réalisateurs hollywoodiens méconnus, nanars français d'avant-guerre ou vieux enregistrements hétéroclites des années 70 allant des épisodes disparates de feuilletons aux extraits d'émissions diverses en passant par les variétés.

Le terme de collection aurait pu faire penser à l'accumulation de clichés inévitables et parfois navrants à force d'être vus qui jonchent les vidéothèques homosexuelles. Il n'en était rien. Victor ne s'intéressait pas à *La Mort à Venise*, aux Spécial Dalida-Sheila, ou à un grand morceau de bravoure du cinéma gay expérimental comme *Pink Narcissus*. Ce qui l'intéressait, c'était des scènes précises et apparemment anodines, qu'il décryptait pendant des heures. Cela allait d'un dialogue d'une minute dans *La Nuit de l'iguane* à un regard, voire un simple mot dans *Pas de Printemps pour Marnie*, ou encore une chanson française oubliée dans une émission de Guy Lux en noir et blanc granuleux, toutes choses qui le plongeaient dans l'extase. Sa seule concession – que certains auraient trouvée sujette à polémique – à une éventuelle sub-culture homosexuelle était les trois volets de *La Cage aux folles*, qu'il connaissait si bien qu'il aurait pu les présenter à un concours d'entrée à une école d'art dramatique en jouant tous les personnages. Avec *La Cage* pour bréviaire, il déchiffrait – avec une certaine justesse – les comportements de ses contemporains. Pour Victor, tout le monde avait en lui quelque chose de Zaza.

Et à mesure que passait la soirée, il sentait que son invité était un spécimen d'un genre nouveau qui venait enrichir sa collection de toqués. Gaël était une Zaza qui aurait fait un très mauvais trip à Goa et n'en serait jamais redescendue.

Pour commencer, Gaël avait examiné l'appartement d'un long regard circulaire de ses yeux liquides et lui avait dit qu'il n'était pas *feng-shui*.

– Tu comprends, si tu dors dans un lit sous une fenêtre, tu as des pertes d'énergie.

Sur ce, il s'était lancé dans une très longue et très confuse explication que Victor avait écoutée avec la plus grande attention, où il était question de *ba-gua*, de Maison de la Montagne, d'objets de couleurs variées et d'angles droits, avant de choisir soigneusement un endroit où s'asseoir (pour son *ch'i*) et de faire brûler du néroli.

L'après-dîner fut particulier. Gaël avait comme Victor une obsession butée pour des dadas dont il déviait rarement. Il reprit son cours tout en séchant plusieurs bouteilles, se plaignit du désert de sa vie sentimentale et sexuelle, refusa d'utiliser les toilettes parce qu'elles produisaient des énergies négatives, puis Victor lui expliqua les raisons de son malheur à grands renforts d'extraits de films. C'était comme deux grands scientifiques sourds discutant avec passion de thèmes très différents, mais pas contradictoires. En général, leurs auditoires respectifs sombraient dans le sommeil au bout de quelques heures. Gaël tint bon. Ce fut Victor qui s'endormit dans son canapé, télécommande à la main, alors que défilaient à l'écran les images de *What's New Pussycat*.

Gaël resta à se demander ce qu'il devait faire. Il sortit un bloc de papier recyclé et un crayon non agressif pour la couche d'ozone et commença à écrire une longue lettre de remerciements pour Victor. Après plusieurs brouillons qu'il froissa sans bruit, il calligraphia un vers de Rabindranath Tagore judicieusement choisi, plia méticuleusement la feuille en huit et trouva en moins d'une demi-heure un endroit *feng-shui* où la déposer : derrière une photo encadrée représentant le Lac de Côme (pour la Maison de l'Eau), avec un morceau de ruban jaune qu'il sortit de son sac.

Quand il revint chez lui, il fut accueilli par les pépiements de ses deux inséparables. Il s'agenouilla auprès de la cage soigneusement orientée vers l'Est et leur raconta sa soirée.

– Tiiiit ! répondirent Tipi et Hedren.

Et Gaël fut certain d'avoir agi comme il convenait.

12

La vie du rail

– Mais enfin, est-ce que tu te rends bien compte ?

– Maman… tenta Olivier.

– C'est incroyable, tout de même. Tu es à Paris depuis presque deux mois et tu nous as appelés tu sais combien de fois ? Deux. Je me suis fait un sang d'encre. Tu as surtout de la chance que ton père ne soit pas là pour te dire le fond de sa pensée.

– Mais Maman, tu vois bien que je suis vivant ! protesta Olivier.

– Oui, et qu'est-ce qui nous le disait ? J'ai téléphoné je ne sais combien de fois et à toutes les heures possibles et imaginables chez ton… cousin avant de pouvoir lui parler et apprendre que tu étais sorti. Vous êtes constamment par monts et par vaux ou quoi ?

Olivier sentit que sa mère était finalement plus inquiète qu'en colère.

– Ce n'est pas ça, mais dans la journée je suis à la fac et Brice travaille, et…

– Et le soir aussi, sans doute ? J'ai appelé plusieurs fois le soir, et jusqu'à minuit, et je n'ai eu que le répondeur.

– On devait dormir, c'est pour ça.

– Olivier. Dis-moi la vérité. Quel genre de vie mènes-tu ?

Avant d'appeler ses parents, Olivier avait longuement répété mentalement la conversation. Avec la distance, l'idée de dire à sa mère qu'il préférait les garçons lui avait semblé envisageable. Maintenant qu'il l'avait au bout du fil, il jugea que ce n'était pas le meilleur moment.

– Une vie normale, enfin ! Pourquoi tu me demandes ça ?

– Pour la bonne et simple raison que je trouve inquiétant de ne pas avoir de nouvelles pendant presque un mois et de devoir apprendre par quelqu'un d'autre que tu n'es pas rentré depuis trois jours. Voilà pourquoi.

– Mais c'est trop petit à deux, chez lui, expliqua-t-il d'un ton peu convaincant. Alors des fois, je dors chez un copain.

– Un copain ? Mais tu ne connais personne à Paris en dehors de ton cousin.

– C'est un copain à lui. C'est plus près de la fac. D'ailleurs, il m'a proposé de partager son appartement, en profita Olivier.

– Partager son appartement ? Olivier, tu m'entends, je ne sais pas ce que tu fais à Paris, mais tu vas prendre un train dès demain et rentrer t'expliquer avec ton père. Un copain à lui, répéta-t-elle, scandalisée. Mais on ne le connaît même pas. Qu'est-ce qu'il fait dans la vie ? Il est étudiant ? Il travaille ?

Olivier sourit intérieurement en entendant une question qu'une mère pose plutôt généralement à sa fille concernant un éventuel futur gendre.

– Il travaille dans une banque, éluda-t-il.

– Bon. Enfin, quoi qu'il en soit, tu rentres demain. Je ne serai pas tranquille avant. C'est bien clair ?

– Oui, soupira Olivier. À demain.

– Ton père et moi t'embrassons, ajouta sa mère d'un ton plus conciliant.

– Moi aussi.

Il raccrocha et retourna dans le salon.
– Alors ? demanda FX. Ça s'est bien passé ?
– Ils veulent que je rentre pour le week-end, dit Olivier.
– Qu'est-ce que tu vas leur dire ?
– Ce qu'il en est, non ? Que je vis avec toi.
FX haussa les sourcils.
– Eh bien, les choses ont changé depuis que j'étais gamin. Moi, j'ai attendu d'avoir trente-cinq ans pour leur parler. Tu es sûr de ce que tu fais ?
– Oh, il faudra bien leur dire un jour. Sauf que je ne sais pas très bien comment je vais m'y prendre.
– Tu n'as qu'à lire le bouquin de Michaud qui est sorti le mois dernier.
– C'est bien ?
– Je n'en sais rien du tout. On m'a juste dit que ça racontait le même genre de situation. Tu y trouveras peut-être des arguments. D'après Nicolas, c'est niais à souhait. Si tu veux, on peut aller l'acheter maintenant, ils doivent sûrement l'avoir aux Mots à la Bouche. Et puis on pourra prendre un verre au Dix.
– Je veux bien aller chercher le bouquin, mais prendre un verre, ça me dit trop rien.

En montant dans le train de 13 h 59, Olivier eut l'impression de quitter un monde où tout était possible pour retourner dans la grisaille. C'était pourtant l'inverse : sa mère lui avait dit qu'il faisait encore beau à Cahors, tandis que les gouttes minuscules d'une pluie insistante et glacée criblaient la vitre du wagon. Alors que le train quittait les banlieues sinistres, il sortit de son sac *Alessandro mon ami* et replia précipitamment la couverture qui avait failli le dissuader d'acheter le livre et qui les avait fait rire, FX et lui.

Le début était laborieux. Il était question de *garçons splendides pressant sur leur torse imberbe des éponges* et *d'eau ruisselant sur leur peau satinée comme le jus sanglant de grenades mûres*. On en avait plein la bouche. Olivier passa quelques pages, constata que c'était du même tonneau mièvre et sauta à la moitié : *membres vigoureux, désir impérieux, beauté farouche et noble*. Il avait du mal à croire que ce livre avait vraiment été écrit en 1998. Ça tournait tellement autour du pot qu'on aurait dit un ramassis de contributions d'André Gide saoûl pour une revue uraniste des années 20. Il retourna le livre et regretta de n'avoir pas lu plus tôt le texte de présentation :

Alessandro était beau, et il le savait. Mais sous ce front boudeur, ce regard d'une insolente et troublante beauté classique, ces lèvres pleines, quel drame secret et inavouable cachait ce garçon solitaire de dix-huit ans, quelle…

Je ne vais quand même pas servir ce truc ringard à mes parents, songea Olivier en imaginant leur réaction. Ils seraient embarrassés ou affolés. Peut-être même qu'ils riraient. Finalement, après avoir parcouru le bouquin, on se disait que la couverture était bien choisie. Elle représentait un jeune blond un peu fade, aux cheveux gominés, qui fixait l'objectif avec un regard humide. La beauté insolente et troublante en question avait des airs de tapin qui ne mange pas tous les jours.

Au dos figurait le portrait de Christian Michaud : Une chemise marron ouverte sur un t-shirt bleu ciel, le regard pénétré. *Christian Michaud a trente ans et est enseignant.* Alessandro mon ami *est son troisième roman.*

Trente ans ? Il en fait quinze de plus, pensa Olivier. D'ailleurs, ce devait être le genre qui faisait déjà trente ans quand il en avait seize. Il coinça le livre entre le siège et la paroi et appuya le front contre la vitre froide lacérée par la pluie. Ce livre était vraiment trop mauvais. Il s'endormit en songeant que s'il l'avait apporté à ses parents, il aurait eu l'impression d'être un chat qui ramène une souris morte sur le tapis de sa maîtresse.

Entre deux averses, un dernier morceau de ciel bleu avait vu déferler sur les terrasses parisiennes une vague de marcels, de shorts, de lunettes de soleil et de peaux bronzées qui donnaient à la place de la Bastille des allures de station balnéaire à l'heure de l'apéritif. Coincé dans le flot de voitures échoué au pied de la colonne du Génie, FX remarqua l'horloge qui se trouvait autrefois à Beaubourg. Quand il avait connu Nicolas, en 86, ils y avaient inséré dix francs et reçu chacun une carte postale témoignant de leur passage et des secondes qui les séparaient de l'an 2000. Nicolas lui avait demandé si elle s'autodétruirait aux derniers douze coups de minuit du millénaire. Il n'avait aucune idée de l'endroit où il l'avait fourrée, cette carte. Quant à Nicolas, au cours de ses déménagements successifs, il avait dû perdre la sienne.

Sur le siège en cuir, le tas de CD qu'il avait achetés s'étala alors qu'il tournait. Il avait dû subir la mine renfrogné des vendeurs de la boutique que lui avait conseillée Nicolas.

Oui, je sais, avait-il pensé devant les gamins habillés *baggy* qui s'entre-tuaient presque pour claquer leur argent de poche dans des maxis introuvables, aussi longs et monotones que la traversée des Landes en voiture. Je sais que je ne suis plus – quel était le mot qui avait remplacé « in » ou « branché » ? Seulement je viens vous acheter dix disques qui sont au top de la *hype* et que les clubkids du Twilo s'arrachent. Évidemment ils ne sont pas pour moi, mais moi, je paie avec ma carte Premier.

Si Nicolas l'avait entendu, il lui aurait à coup sûr fait remarquer qu'à son âge…

Oui, à son âge on allait à la gym par obligation, on suivait des régimes, on se mettait le soir sur le crâne des produits infects pour retarder la chute des cheveux – si on ne les teignait pas, n'est-ce pas, Nicolas ? Et quand on l'avait oublié, l'âge qu'on avait, on transformait sa salle de bains en un laboratoire où proliféraient des cultures de liposomes actifs, de rétinol pur et autres acides de fruits.

Oui, à son âge on était à deux doigts de tout laisser tomber avant que ça vous lâche. Car immanquablement, on croisait de plus en plus souvent un vendeur au sourire perfide ou des gamins remarquant qu'on n'avait pas le bon modèle de New Balance. Et si on trouvait un Nicolas pour vous conseiller les bonnes baskets, ce serait finalement le t-shirt qui n'irait pas : trop large, trop moulant ou pas le bon logo.

Il était arrivé à un âge où malgré tous les efforts, on ne pouvait être que trop ou plus assez.

L'express 4409 venait de passer Limoges et Philippe remontait l'enfilade des wagons avec son chariot. C'était un train qui ne lui plaisait guère. Il n'y avait pas beaucoup de monde : les étudiants et les bidasses prenaient celui du vendredi soir, le dernier, pour rentrer dans leurs foyers. Il n'avait vu personne qui lui plaisait. Si, il y avait ce petit mec qui sommeillait. Il lui semblait bien l'avoir vu quelque part… Dans le train ou dans un bar. Ce qui était assez logique, puisque avec la gym, c'étaient les deux seuls endroits que fréquentait assidûment Philippe. Il avait changé, en tout cas. La coupe de cheveux était plus courte, un peu étudiée. Il faisait toujours fils de bonne famille, mais avec quelque chose en moins. Ou en plus. En tout cas, il le préférait comme ça.

Si Philippe avait été davantage porté à la réflexion, il en aurait sans doute déduit que ce qu'avait perdu Olivier, c'était probablement une certaine innocence. Et contrairement à FX qui la guettait chez les garçons et faisait tout pour la leur faire perdre, Philippe cherchait ceux chez qui elle avait été remplacée, comme pour lui, par une morgue blasée.

Philippe regagna son bar en regrettant d'être un steward de la SNCF et non pas dans une compagnie aérienne, où ses confrères connaissaient dans les soutes ou derrière les rideaux fermés des galées des aventures sexuelles débridées qui l'avaient toujours fait rêver. Sa réalité à lui, c'étaient des femmes entre deux âges, trop coiffées, des hommes qui l'étaient à peine moins, qui lui lançaient des œillades incendiaires en commandant un sandwich ou des gamines habillées en Spice Girls qui restaient des heures à glousser devant un café en lui jetant des regards en coulisses.

Lorsqu'il fit son second passage après l'arrêt de Cahors, le train était presque vide. Il n'y avait plus personne dans la voiture et le jeune mec qui sommeillait était descendu. Il avait oublié son livre. Qui sait, songea Philippe en le ramassant, peut-être y avait-il son prénom, une adresse ? Philippe souffrait de cette tendance si répandue chez les garçons dont on dit toujours qu'ils ont tout pour eux : au lieu de saisir les nombreuses occasions qui s'offraient à lui, il les laissait immanquablement passer, le regrettait aussitôt et tentait de les rattraper par un biais invraisemblable et sombrait à chaque fois dans une rêverie aussi sentimentale et débridée que romanesque qui commençait toujours par « J'aurais dû… ».

Tiens, c'est un bouquin de la boîte de Sophie, remarqua-t-il en lisant le nom de l'éditeur. Malheureusement, si cela confirmait que le jeune mec devait lui aussi aimer les hommes, il n'y avait aucun autre indice dans le livre. Apparemment, il ne l'avait pas oublié, mais laissé intentionnellement : il avait dessiné au stylobille noir une mouche et une perruque bouclée à la créature de la couverture. Philippe l'emporta machinalement et le feuilleta une fois arrivé à son bar. Au bout de trois pages, il le jeta dans la poubelle avec les restes de Sonate d'Automne en se disant qu'il n'y avait vraiment rien à tirer de ce fichu bouquin qui était moche, chiant, même pas excitant pour un sou et ne lui disait rien de son ancien propriétaire.

La pauvre Sophie, qu'est-ce qu'elle doit s'emmerder à lire et corriger des trucs pareils, se dit-il. Surtout quand on voit ce qu'en font les lecteurs. D'ailleurs…

Il reprit le livre dans la poubelle, essuya les traces de graisse, l'enveloppa dans une serviette en papier et le mit dans son sac. Cela amuserait sûrement Sophie de voir à quoi servait tout le mal qu'elle se donnait.

13

Valeurs familiales

Claude posa ses jumelles sur le rebord de la fenêtre. C'était une merveilleuse idée, ces retraites mensuelles à Cessac. Caressant comme d'habitude Édouard dans le sens du poil, il l'avait convaincu de mettre régulièrement une partie de son château à la disposition d'une troupe de scouts traditionalistes. Du coup, depuis cinq ans, ces rassemblements d'une cinquantaine d'adolescents épris d'activités viriles lui avaient fourni un spectacle qui le ravissait. Richard, surtout. Brun, les cheveux toujours rasés sur les tempes, une mèche trempée de sueur collant à son front, un regard d'un bleu de glacier, le teint hâlé par le grand air, le menton toujours volontaire, on aurait dit une couverture vivante de la collection Signes de Piste. C'était l'un des plus anciens, l'aîné d'une famille nombreuse de la région, pauvre et méritante, comme on dit. Claude l'avait vu grandir et faire régner l'ordre dans cette bande de gamins de quinze ans. Il avait chez lui un album de photos de Richard prises l'été dernier au téléobjectif depuis sa chambre du troisième étage, d'où il avait une vue plongeante sur le campement au fond du parc. Richard hissant les couleurs, Richard torse nu, Richard en train de prendre sa douche au petit matin, ses fesses blanches jusqu'à mi-cuisses… Oh, ces cuisses de footballeur, vigoureuses et puissantes à la fois, ce tourbillon de poils bruns qui montait sur son bas-ventre, contournait ce nombril parfait, glissait entre ces splendides abdominaux et venait mourir au creux de sa poitrine entre ces pectoraux magnifiques et durs… À Paris, Claude s'étourdissait en feuilletant son album dans son lit, s'imaginant en train de griffer ce dos noueux, de crisper ses mains sur ce cul en béton tandis que Richard penché sur lui, les dents serrées, haletant, l'aurait inlassablement besogné pendant des heures entières.

Jusqu'à une date récente, il avait été son préféré. Désormais, dans ses rêveries débridées, Claude mêlait à l'image de Richard celle de Philippe.

Il faut que je me calme, il faut que je me calme, songea-t-il. Ils sont tous les deux inaccessibles. Il y en a un qui ne regarde que les abrutis de culturistes qui lui ressemblent et qui doit sûrement vouloir faire du cinéma et l'autre qui ne pense qu'à la patrie et à la Vierge et finira marié à une blonde vulgaire ou à un catho pincée qui lui donnera quinze enfants et lui fera de la blanquette de veau le dimanche.

Mais il y avait peut-être une solution… Et il allait s'en occuper dès maintenant.

En arrivant dans sa chambre d'hôtel à Toulouse et en défaisant son sac, Philippe trouva entre deux chemises un magazine.

Qu'est-ce que c'est que ce truc ? se demanda-t-il. Il se souvenait bien avoir emprunté deux ou trois magazines dans le stock qui était en vente à son bar, mais certainement pas *One*, qui n'y était pas vendu et que Philippe refusait d'acheter, parce qu'il l'avait feuilleté une fois et qu'on y disait du mal de Véronique Sanson. Sur la couverture était collé un Post-it avec un message de la main de Sophie :

Pour ta collection et pour te tenir compagnie
à Toulouse aussi. Love. S.

Philippe décolla le petit papier rose (elle avait toujours des attentions délicates) qui cachait le visage du modèle et vit un type brun avec une casquette comme en portait sa grande sœur dans les années 70, un pantalon à pattes d'éléphants en velours orange vif et une chemise verte, brillante, dont seul le bouton du haut était mis. Le mec était pâle, les cheveux collés en mèches sales, il avait l'air d'un chien battu et du rimmel coulait sur une joue jusqu'à ses lèvres. Il portait de grosses chaussures bicolores rondes à semelles épaisses et était affalé dans un fauteuil gonflable en plastique transparent rose. Sa main posée sur l'accoudoir avait une bague à chaque doigt et les ongles vernis en bleu foncé écaillé. En travers était écrit « SPÉCIAL PARIS NUIT ».

– Mais pourquoi elle m'a donné ça ? se demanda Philippe à haute voix. Ce que c'est moche !

Il feuilleta l'intérieur dans l'espoir de trouver une explication. Il y avait un interminable article intitulé « Parcours Parisien » qu'il lut vaguement en diagonale, où on parlait des délires grandioses du Studio 54, de Bowie et de Warhol, et dont il retint que la nuit à Paris n'était plus ce qu'elle était. Un autre article intitulé « Repères » dressait la liste des disques, films, expos et livres du mois, dont les critiques lui parurent particulièrement absconses, avec des termes comme *Erzählungzeit, pulsations magmatiques* et autres *paradigme de la représentation*. Suivaient des photos de mode aussi effrayantes que la couverture, avec des types maquillés comme des roulures, photographiés avec des porte-jarretelles dans les toilettes du Paradiso. Il y avait aussi une double page de tout petits portraits de gens pris dans la rue, dans des boîtes et dans des boutiques.

Perplexe, il revint au début du magazine et parcourut le sommaire, où il lut, consterné :

ONE #53- NOVEMBRE 1998
COUVERTURE CONCEPTION STYLISME :
BRICE MOISSAC ASSISTÉ DE SACHA.
SHOPPING : MISS SHAPIRO.
MISE EN BEAUTÉ : GÉRALD K.
FASHION COVERBOY : JULIAN

– C'est très bien, ce que vous lui avez proposé, dit Édouard après le dîner, tandis que la gouvernante leur apportait le café dans la bibliothèque. C'est rassurant de voir qu'il y a encore dans notre pays des gens animés d'un noble idéal et d'une générosité désintéressée. Richard a beaucoup de chance. Mais vous ne pensez pas que Paris risque de le désorienter ?

– Il a vingt ans, tout de même. Et puis vous savez, même s'il n'aura pas de rudes journées comme à l'exploitation de ses parents, je crois qu'il aura assez à faire avec le jardin pour ne pas se laisser distraire.

– Oui, vous avez sûrement raison. Ce garçon a la tête sur les épaules et ce n'est pas le genre de ces… (Il faisait allusion à la manifestation pour le PACS dont ils avaient vu des images à la télévision avant le dîner. Édouard avait failli s'étrangler de fureur.)… dévoyés qui ruinent les fondements de notre société. Si cette loi passe, ce sera un grand, un très grand malheur. Heureusement qu'il reste encore des gens comme vous et moi pour défendre la vraie famille, le dernier bastion de la morale.

Et pour la morale comme pour la famille, Édouard savait de quoi il parlait. Puissant industriel, à la tête d'une entreprise du secteur de la chimie, il avait épousé à la fin des années 50 une riche héritière dont les finances et les relations avaient contribué, après la crise pétrolière qui l'avait presque aussi durement éprouvé que les événements de 68, au lancement et à la réussite éclatante d'une diversification devenue le plus beau fleuron de son portefeuille : la branche parfums de luxe.

Sa vie privée avait connu moins de succès. Démasqué par le *Canard Enchaîné* comme l'un des principaux bailleurs de fonds de l'extrême-droite européenne, il avait été harcelé par la presse à scandales à un moment plus qu'inopportun : il venait de découvrir que son épouse avait un amant et que l'enfant qu'elle portait n'était pas le sien. Lui-même avait une liaison avec l'une de ses assistantes. La jeune fille, enceinte de lui, pensait naïvement que ce fils qu'elle lui donnerait le convaincrait de quitter sa femme et de l'épouser. Les convictions religieuses d'Edouard et son attachement aux valeurs de droite rendaient impensable un divorce et criminel un avortement encore illégal. Il avait abandonné sa maîtresse en lui assurant pour prix de son silence une confortable rente mensuelle destinée à assurer l'éducation et l'entretien d'un fils qu'il refusait de reconnaître. Quant au couple Luscans, il était parvenu à un compromis à la faveur d'un accident survenu dans le massif du Mont-Blanc : un complaisant médecin de ses amis, un Américain établi en Suisse, avait accordé le permis d'inhumer sous l'identité de Claude de Luscans le corps d'une alpiniste solitaire morte lors d'une expédition en montagne et jamais identifiée. C'était ce médecin peu regardant qui avait accouché les deux femmes et s'était chargé de confier le bâtard de Madame de Luscans à l'Assistance Publique. La somme que lui avait versée Edouard lui avait permis d'oublier définitivement le serment d'Hippocrate et de disparaître pour s'établir quelque part dans les Caraïbes.

Et c'est ainsi qu'Édouard avait assisté, digne et une larme à l'œil, aux obsèques d'une inconnue qui reposait désormais dans le caveau familial des Luscans à Cessac, tandis que son épouse, toujours vivante, se voyait contrainte de finir recluse dans leur propriété de Vevey, surveillée par une gouvernante, avec l'interdiction d'en sortir. Pendant ce temps, la presse, témoignant d'une mansuétude peu commune, avait renoncé à s'acharner sur lui et s'était contentée de publier des articles chantant la beauté, l'élégance et la grandeur d'âme de la disparue et pleurant le deuil de cet homme meurtri par un tragique accident.

Depuis, Édouard ne se montrait plus que vêtu du noir qui sied à un veuf inconsolable et avait repris ses généreuses donations à toutes les organisations dont le but était de sauver l'Occident de la décadence et de la débauche et de lutter contre ces fléaux des temps modernes qu'étaient l'union libre, l'avortement, le féminisme, la dénatalité, l'exode rural, le communisme et l'homosexualité.

Ce que Claude Peyrelevade faisait depuis presque vingt ans aux côtés de cet homme austère, aux cheveux argentés et aux lèvres minces, qui posait sur tout le monde un regard glaçant et terrorisait son entourage aurait pu être un mystère. En réalité, pour qui connaissait intimement Claude – et il avait toujours fait en sorte que personne ne soit vraiment en position de le percer à jour – c'était parfaitement logique. Lorsqu'il y pensait lui-même, lorsque ses rares amis homosexuels l'interrogeaient sur ce paradoxe, il répondait avec une gourmandise qu'il éprouvait une immense excitation à l'idée qu'il était « le ver dans le fruit ».

À douze ans, il avait fait ses premières armes dans l'abjection en draguant d'une manière éhontée le maître-nageur de la piscine où il allait tous les jeudis après-midis, puis il l'avait attiré dans une cabine des vestiaires. C'était la première fois qu'il se retrouvait avec un homme et il s'était brusquement rendu compte que le plaisir physique qu'il éprouvait à caresser le corps athlétique convoité depuis longtemps n'était rien à côté de celui qui l'avait envahi en surprenant l'air coupable de l'homme lorsque Claude avait commencé à le sucer goulûment avant de se laisser enculer. Il avait joui en plongeant son regard dans les yeux terrifiés du maître-nageur, puis froidement, il était ensuite allé le dénoncer au directeur de la piscine. À l'époque, on ne plaisantait pas. Le maître-nageur avait fait quinze ans de prison pour détournement et viol de mineur avec ascendant. Le soir même, Claude avait joui en repensant à la scène et depuis, le plaisir qu'il ressentait n'était jamais complet s'il n'était pas assorti de l'ivresse du pouvoir qu'il détenait sur son partenaire. S'il avait vécu à une époque ou dans un pays où le meurtre pouvait rester facilement impuni, il n'aurait pas hésité un seul instant. Au Moyen Âge, il aurait été l'un des membres les plus empressés de la Sainte Inquisition et se serait repu d'aveux extorqués à de pauvres diables. Si Édouard avait été le sénateur McCarthy, Claude aurait été son Roy Cohn et aurait poursuivi sans relâche ses semblables en disant qu'ils étaient les ennemis de la société. Sous Vichy, il aurait été un fonctionnaire de police zélé prêt à expédier promptement son amant de la veille dans le premier train pour Auschwitz après lui avoir fait croire qu'il était venu pour le sauver.

Tout le monde disait que Claude était l'éminence grise d'Édouard de Luscans. En réalité, c'était une éminence noire.

Claude passa le reste de la soirée à entretenir la vindicte d'Édouard. Cela l'amusait d'entendre son patron vomir des torrents d'insultes indignées sur les agités qui brandissaient leurs pancartes devant l'Assemblée. S'il savait à qui il s'adresse, songeait Claude avec un frémissement délicieux en entendant le vieil homme se répandre sur ces « dégénérés de plus en plus nombreux. Bel exemple pour notre jeunesse. Regardez-moi cela : on n'ose même plus appeler cela des femmes ou des hommes. Un ramassis d'hommasses et de travestis. C'est dégoûtant. Pendant ce temps, les pays du Tiers-monde font des enfants et prolifèrent. On ne peut plus sortir dans la rue sans entendre parler d'autres langues que le français. » Lorsque Édouard eut épuisé un répertoire pourtant riche, il monta se coucher. Claude alla faire un petit tour discret dans la grande salle de bal qui servait de dortoir aux scouts une fois passée la belle saison. Il espérait surprendre quelque activité répréhensible, Richard en train de se tripoter, par exemple, mais tout était calme. Son futur jardinier dormait à poings fermés, sa veste de pyjama ouverte.

Mon Dieu, que ce garçon était beau. On aurait dit un guerrier alangui… songea Claude en montant à son tour dans sa chambre. Il n'était pas très tard. Il en profita pour consulter son e-mail. Rien d'intéressant. Comme il n'avait pas sommeil et que l'image de Richard dépoitraillé dansait encore devant ses yeux, il se connecta sur un groupe de discussion sous le pseudonyme de Jeun-Scout et passa une bonne partie de la nuit à faire saliver l'un de ses interlocuteurs en lui racontant de véritables contes de fées sexuels alimentés par les photos de Richard qu'il avait scannées et enfouies dans un dossier bien dissimulé de son portable Toshiba et qu'il lui envoyait.

Chez les Boissières, l'ambiance avait été nettement moins torride. Olivier était arrivé juste pour le dîner. Ses parents l'attendaient dans le salon, assis sur le canapé Régence Louis-Philippe, un peu raides. Olivier posa son sac à dos et s'assit en silence dans l'un des fauteuils avec l'impression d'être dans un film policier, face au duo de flics, le gentil et le méchant.

– Alors, interrogea sa mère. Répète à ton père ce que tu m'as dit hier au téléphone.

– Pour quoi faire ? fit Olivier d'un air de défi. Tu lui as déjà raconté, non ?

– Fais ce que te dit ta mère, lâcha son père d'un ton agacé.

Olivier se mit donc en devoir de raconter dans les grandes lignes son premier mois à Paris.

– Et qui est exactement ce garçon ? demanda son père, quand il en fut arrivé à François-Xavier.

– Mon copain.

– C'est un copain de la fac, bien sûr ? fit sa mère.

C'était moins une question qu'une sorte d'affirmation pour se rassurer elle-même. Les mères ont cette étonnante faculté de deviner systématiquement le pire, mais, même placées devant l'évidence, de tenir absolument à se convaincre du contraire. Si elle avait surpris Olivier dans un lit avec un garçon, elle aurait probablement été du genre à clamer d'un ton à la fois enjoué et tremblant : « Allez, les garçons, on arrête la lutte gréco-romaine et on descend manger ses céréales. »

– Non, mon copain.

– Et qu'est-ce que c'est censé vouloir dire ? demanda sèchement son père.

– Ça veut dire que ce n'est pas *ma* copine, mais *mon* copain. (Long silence.) Il y a des garçons qui aiment les filles, reprit Olivier, résolu à en rajouter une couche. Moi, je préfère les garçons.

– Nous n'aurions jamais dû te laisser habiter chez Brice, commença sa mère, oubliant qu'elle était une femme à l'esprit ouvert pour plonger sur la première sottise venue.

– Tu as pris de la drogue, aussi ? enchaîna son père, qui apparemment ne voulait pas être en reste.

– Papa…

– Et tu as pensé au… aux risques ? renchérit sa mère.

– Maman…

– Bon. Et peut-on savoir qui est ce François-Xavier, en dehors du fait que c'est ton… copain ? demanda son père. (Olivier expliqua. Une fois qu'il eut terminé :) Trente-huit ans ? Tu sais que ce monsieur pourrait être ton père ? Enfin, une chose est sûre : si tu ne peux pas nous demander d'être heureux d'un tel choix, on peut espérer que ce soit quelqu'un de sensé. C'est presque préférable que ce soit lui que tu fréquentes, plutôt que ton imbécile de cousin.

– Alors dans ce cas, je peux habiter avec lui ? demanda Olivier, plein d'espoir.

– Et puis quoi encore ? D'ailleurs, c'est bien simple, tu vas réintégrer la maison dès la semaine prochaine. Puisqu'on ne peut pas te faire confiance, tu resteras ici.

– Et mes études, alors ? Et puis je suis majeur, j'ai quand même le droit de…

– Tu auras tous les droits que tu veux quand tu ne dépendras plus financièrement de nous, coupa son père. Et ne demande pas les clés de la voiture pour partir en vadrouille après dîner, c'est hors de question.

– C'est du chantage ! protesta Olivier.

– Appelle cela comme tu voudras. Mais je ne te verse pas six mille francs par mois pour aller les dépenser avec tes… Oh, tiens, je préfère ne rien dire, je serais capable de le regretter, conclut son père en se levant. Passons à table.

Ce fut l'un des plus longs dîners qu'ait jamais eu à subir Olivier. Son père s'était muré dans un mutisme obstiné et évitait de croiser son regard. Sa mère renonça à alimenter la conversation après deux vaines tentatives. Olivier refusa le dessert et alla s'enfermer dans sa chambre.

Il était furieux. Contre ses parents, contre lui-même. Évidemment, on était bien loin des âneries romanesques d'*Alessandro mon ami* – père immensément riche et lointain, mère fantasque, qui accompagnait son fils dans des villégiatures tourbillonnantes sur le lac Balaton. C'était bien la peine d'avoir des parents à la sensibilité « de gauche », un père préoccupé du bien-être de ses employés et une mère psychologue scolaire qui affichait pour la galerie une mansuétude tranquille quand c'étaient les fils des autres, si c'était pour entendre le même florilège d'idées reçues. Enfin, au moins, il n'avait pas été déshérité, renié, ou jeté dehors avec un baluchon.

Restés seuls avec une charlotte aux fruits rouges morose qui se désagrégeait lentement devant eux, ses parents ne s'amusaient pas davantage.

– Tu as peut-être exagéré, dit enfin sa mère lorsqu'ils montèrent se coucher à leur tour.

– C'est tout de même toi qui l'as laissé partir à Paris.

– Il fallait bien qu'il poursuive ses études. Ce n'est pas ici qu'il aurait pu.

– Il pouvait très bien aller à Lyon ou à Toulouse.

– Tu sais bien que ça n'aurait rien changé.

– Tu lui as toujours tout passé.

– Ce n'est quand même pas ma faute !

– C'est tout de même bien la faute de quelqu'un, dit Pierre Boissières en éteignant la lumière, une fois dans leur chambre.

Madame Boissières continua à réfléchir dans le noir, adossée à ses oreillers et très ennuyée. Elle était nourrie de lectures progressistes et de grandes et nobles idées (tolérance, droit à la différence, altérité, bref : des idées larges), dont on brandit toujours facilement l'étendard quand on n'est pas soi-même autrement impliqué que par ce qu'il faut bien appeler une affectation généreuse. Lorsqu'elle était devant une mère désemparée ou un lycéen « différent » qui s'ouvrait à elle, elle savait trouver quelques phrases bien senties. Seulement, ce soir, c'était elle, la mère désemparée. Et lorsqu'elle considérait le problème – non, se corrigea-t-elle mentalement, il ne fallait pas dire un « problème », c'était négatif… Une « situation », alors ? – en face, elle était bien obligée de convenir qu'il lui venait des objections dont elle avait finalement honte, ces mêmes réflexions qu'elle qualifiait de ridicules chez les autres : elle aurait tant aimé avoir des petits-enfants. Qui allait hériter de la maison, de l'entreprise ? Qu'allaient dire les gens ? Comment annoncer la nouvelle à la famille, toujours prompte à demander quand Olivier (un si joli garçon) allait se marier ? Et d'ailleurs, deux hommes ensemble, en fin de compte, comment s'y prenaient-ils, tiens ? C'est vrai, il n'y avait rien sur la question dans les livres qu'elle avait lus. Les Freud, les Dolto, tous ces gens, finalement, ils vous faisaient de grands discours, mais ils ne vous donnaient pas les détails techniques. Et imaginer Olivier en train de... Mais qu'est-ce qu'elle était en train de penser ? Était-elle bien encore cette même femme qui avait pourtant accueilli la proposition de loi sur le PACS comme une grande avancée sociale ? Tiens, ça aussi, ce serait un problème – pardon : une situation. Elle qui se voyait déjà sangloter à l'autel en donnant son fils unique à une autre femme... Après tout, elle pourrait peut-être venir sangloter aussi le jour où Olivier signerait son PACS. Était-ce envisageable ? Et comment fallait-il s'habiller pour aller au tribunal d'instance ? Elle qui avait toujours voulu une cérémonie avec de l'allure : grand dais dans la cour, fleurs à profusion, traiteur, foule d'invités. Après tout, on devait bien pouvoir donner un lunch ou un vin d'honneur dans la grande salle où on recevait les représentants après les vendanges... Oui, mais qui inviter à un mariage homosexuel ? Et la pièce montée ? Le traiteur n'avait sûrement pas un couple d'hommes en sucre en magasin, il fallait certainement le faire fabriquer sur commande. Décidément, c'était très compliqué.

De son côté, Monsieur Boissières n'était pas mieux loti. Sa réaction un peu... violente – oui, c'était vrai, Anne avait raison – ne cadrait pas du tout avec son image de patron éclairé. Un patron qui avait accordé longtemps avant tout le monde les trente-cinq heures au personnel de son exploitation viticole, un patron qui avait réussi à donner au capitalisme un visage tellement humain qu'il n'y avait jamais eu de syndicat dans son entreprise et qu'il était le parrain de certains des enfants de ses employés. Oui, mais enfin : il était tout de même un notable dans la région. Son nom était connu. De quoi aurait-il l'air avec un fils homosexuel ? Comment allait-il le dire à ses employés ? Il s'imagina annonçant la nouvelle. Mais pourquoi je leur en parlerais ? songea-t-il en fronçant les sourcils dans l'obscurité.

Vint ensuite le moment des culpabilités. Sa mère l'avait-elle trop couvé ? Lui-même avait-il été trop distant, absent ? Avaient-ils l'un ou l'autre failli à remplir leurs rôles respectifs ? Mal jugé ses fréquentations ? Chacun de leur côté, l'un et l'autre essayaient de se rappeler les épisodes marquants de l'enfance d'Olivier. C'est vrai, il jouait à la dînette avec sa cousine. Et il n'aimait pas beaucoup les sports collectifs. Oui, mais en revanche, il était sportif, il avait fait de la natation pendant des années, des compétitions, même. Ha ! La natation. Promiscuité des vestiaires. Corps dénudés. On ne se méfie jamais assez de ces choses-là, on les croit saines, et puis… songea-t-il en bâillant. Anne Boissières continuait à réfléchir : peut-être que c'était à cause de ses lectures. Elle essaya de visualiser la bibliothèque d'Olivier. Y avait-il des auteurs suspects ? Gide ? Proust ? Genet ? Elle aurait dû y regarder de plus près. Et puis comment savoir ? Ces auteurs-là étaient au programme du bac – enfin, pas Genet, mais les deux autres. C'était combien la proportion d'homosexuels ? Un sur dix ? Et ils avaient combien ? Trente vignerons ? Donc il devait aussi y en avoir trois qui… Seulement lesquels ? Mais qu'est-ce qu'elle racontait ? Des vignerons homosexuels ? Une vision fugitive de robustes Cadurciens enlacés dans une étreinte torride entre deux barriques lui traversa l'esprit. Mais je suis folle, songea-t-elle, ignorant dans son innocence de mère de famille que ce genre de vision n'aurait pas du tout été incongrue dans l'univers aux fantasmes déchaînés du cinéma porno homosexuel.

14

Polémique Victor

Denis jeta un rapide coup d'œil circulaire dans la cuisine et constata les dégâts laissés par le copieux brunch qu'avait englouti Renaud avant de s'enfermer une bonne heure dans la salle de bains. Il en était ressorti à 14 heures trente métamorphosé en créature de la nuit, puis il avait marmonné un vague « à plus » en claquant la porte. Chez les Maréchal-Lacoste, l'ambiance, c'était : après avoir baisé, mon mari fume une clope et prend un verre – et parfois, il lui arrive même de rentrer à la maison.

Denis retourna au salon, baissa les stores, alluma la télé et commença son repassage. Il soupira en repensant aux marathons disco épuisants qu'avaient été ses dimanches à l'époque où les GTD avaient encore lieu au Palace. Aujourd'hui, ils avaient pris la forme apaisante d'un interminable morceau d'*ambient* propice aux retours sur soi-même et au linge sale de Renaud. Cette longue nappe mélodieuse vint se briser sur une sonnerie d'autrefois : *Last Night A DJ Saved My Life* ou peut-être *Come And Get Your Love*. Il ne parvint pas à se décider. Ça devait être Nicolas. Il l'appelait en général une fois par semaine pour lui faire le compte-rendu des dernières soirées. Ce n'était pas son jour ni surtout son heure, mais Denis alla quand même décrocher.

– *Moi j'essuie les verres au fond du café...*

– Fabio ? demanda Denis.

– Ton Piaf de mauvaise augure, vomit Fabio.

Denis, le téléphone coincé sur l'épaule, alla se réfugier dans la cuisine. *Mais il n'y avait nulle part où courir*, songea-t-il dans une mauvaise traduction d'une chanson des Supremes.

– Tu pourrais pas m'appeler un jour où j'ai rien à faire ?

– Il faut que tu me fasses rentrer à *One*, sinon ce sera ma mort, éructa Fabio dans un relent aviné si puissant qu'il neutralisa métaphoriquement les effluves de CK One dont Renaud s'était abondamment aspergé. Et tu auras sur la conscience la fin réaliste d'un chanteur tragique.

Denis fouilla ses placards à la recherche de quelque chose de sucré, chaud et apaisant. Finalement il alla ramasser la boîte de Lexomil qui se trouvait près de son lit.

– Tu sais bien que je n'ai aucun pouvoir. J'ai déjà demandé des dizaines et des dizaines de fois au rédac-chef, mais il veut pas, reprit Denis sur un ton qu'il aurait voulu sincère.

– Tu m'assassines, vomit la voix à la Damia sur la nappe d'*ambient*. Mais la bête bouge encore et elle pourrait parler.

Il y eut un long silence, puis Denis se résigna :

– Écoute, je vais essayer demain. Je te rappelle, d'accord ?

Denis coupa, débrancha le téléphone, alla s'allonger dans l'obscurité de sa chambre et réécouta la nouvelle version de la cassette de la BO de son enterrement. *My pride and joy*, disait-il, comme on parle de son unique rejeton.

Aux alentours de 23 heures, Renaud le trouva là, prostré, et referma la porte sans bruit. Il alla grignoter un truc à la cuisine, ôta son t-shirt, en rafla un propre sur la table à repasser et fila au Blockhaus, bien décidé à le salir encore plus que celui qu'il venait de jeter dans la corbeille à linge.

– Alors ? demanda FX en accueillant Olivier à la gare. Ça s'est bien passé ?

– Moyen, dit Olivier qui entreprit de raconter son week-end. Le lendemain, ils étaient calmés, mais ils ne veulent plus que j'habite avec Brice ni avec toi. Il faut que je cherche une chambre ou un studio. C'était ça ou je devais me débrouiller tout seul.

– Les parents veulent toujours avoir le dernier mot. C'est une manière de ne pas perdre la face, probablement. Mais tu aurais aussi pu ne rien leur dire.

– Sûrement pas, s'indigna noblement Olivier. Au contraire, je préfère avoir crevé l'abcès.

– À ta guise. Mais si tu avais dû te débrouiller tout seul, tu sais bien que je ne t'aurais pas laissé tomber.

– Je n'ai pas envie de me faire entretenir, dit Olivier.

– C'est pourtant bien ce que tu fais avec tes parents, non ?

– Oui, mais c'est pas pareil.

– Tu aurais pu prendre un petit job, si tu tenais tant que ça à ton indépendance. Ça n'aurait pas été très compliqué de t'en trouver un, je connais suffisamment de monde.

– Tant mieux. Je saurai m'en souvenir quand il faudra que je fasse mon stage.

– Enfin, c'est dommage quand même, c'était agréable de t'avoir comme colocataire, dit FX.

– Juste comme colocataire ?

– Mais non, tu sais très bien ce que je veux dire. On l'aurait su plus tôt, il y avait un studio libre dans mon immeuble, tu aurais pu le prendre.

– J'en trouverai bien un pas loin de chez toi.

– Oui, mais quand tu auras ton petit studio à toi tout seul, tu y prendras goût et tu viendras me voir moins souvent, se plaignit FX.

– Hé ! Tu arrêtes, oui ? J'ai subi ça pendant deux jours, c'est pas pour retrouver la même chose en rentrant à Paris !

Philippe était fatigué. Il avait passé la nuit de samedi à Toulouse où il avait mal dormi, bien que seul. En revenant du compartiment du contrôleur, il ralentit le pas en voyant une touffe de cheveux au-dessus d'un visage qui lui était familier : celui de la couverture d'*Alessandro mon ami.*

Décidément, tout le monde lit ce bouquin, se dit-il en passant. Le lecteur leva les yeux vers lui, baissa le livre avec un sourire entendu et le regarda de haut en bas.

Il était à peine revenu à son bar que le type arrivait et posait le livre bien en évidence sur le comptoir en le fixant droit dans les yeux. Philippe fit semblant de ne rien remarquer et lui demanda ce qu'il désirait.

– Du thé, s'il vous plaît, demanda le type. Sans sucre, ajouta-t-il. (Philippe se retourna pour prendre le nécessaire.) C'est quelle sorte de thé ? reprit le type.

– Du thé en sachet, répondit Philippe.

– Non, je voulais dire : c'est un jardin particulier ? (Philippe le regarda d'un air interloqué.) Du Ceylan, du Darjeeling, du Chine ?

– Du Lipton, monsieur.

– Ah, fit l'autre d'un air pincé. Enfin… ça ira quand même.

Philippe posa en silence la tasse d'eau chaude et le sachet devant le type et se mit en devoir de ranger les magazines et faire l'inventaire de son stock.

– Excusez-moi, dit le type. (Philippe releva la tête.) J'ai remarqué que vous regardiez l'ouvrage que je lisais tout à l'heure. S'il vous intéresse, je serais très heureux de vous l'offrir.

– C'est très gentil à vous, mais je ne voudrais pas que vous vous en sépariez, dit Philippe en se demandant comment se sortir d'affaire.

– Oh, ne vous inquiétez pas, j'en ai plusieurs exemplaires dans ma valise, dit le type.

– Ah bon ? répondit Philippe sans trop s'engager, en songeant qu'il fallait être fou pour acheter un tel bouquin et plusieurs par-dessus le marché.

– Oui, je suis l'auteur, voyez-vous, dit le type en retournant le livre et en posant le doigt sur la photo.

– Ah, c'est vous qui l'avez écrit… dit Philippe en se rappelant brusquement où il avait vu cette tête-là et entendu cette voix pleine de componction.

– Quel prénom dois-je mettre ? dit Christian Michaud en sortant son stylo.

– Non, non, je vous remercie, ce n'est pas la peine. Vous savez, je ne lis pas beaucoup, je n'ai pas le temps.

– Ah bon ? fit Christian Michaud, vexé, en récupérant prestement son livre. Eh bien, tant pis. Au revoir.

Et il tourna les talons. Il aurait dû s'en douter, qu'un bellâtre stupide comme celui-là ne lisait jamais rien. Mannequin raté. Et méprisant, avec ça. C'est beau – enfin, ça se croit beau – alors ça s'imagine tout permis. Aucun respect. Mais qu'est-ce qu'il pensait être ? Après tout, ce n'était rien de plus qu'un barman. Ah, ça, pour le gel et les produits solaires, il devait être incollable. Et ce regard bovin. Incapable d'aligner trois mots, alors pour ce qui était de lire pour une fois quelque chose d'un peu plus intéressant que *Gala* ou *Voici*… Il avait peut-être un physique de dieu grec, mais ce n'était pas le tout. Ces choses-là ne duraient jamais bien longtemps. Ah, beauté éphémère, mirage trompeur… Ce crétin ne savait pas ce qu'il perdait. Quand il aurait passé l'âge, il regretterait amèrement de ne pas s'être musclé la cervelle aussi, tiens. Seulement, il serait trop tard.

– C'est pas vrai, tu as envoyé chier Christian Michaud ? dit Victor en l'entraînant vers le parking où les attendait la voiture.

– Je ne savais pas que c'était lui, dit Philippe. En fait, je l'avais déjà croisé, mais je ne l'ai pas reconnu.

– Évidemment, toi, dès que les gens ne te plaisent pas, tu oublies qu'ils existent. Moi, je peux pas la supporter, cette vieille tanche. Un jour, il faudra que je lui fasse la peau. Oh, j'aurais adoré être là pour voir la tête qu'elle a fait, cette pauvre femme.

Victor avait une conception très personnelle de la répartition des sexes. Il avait fallu un certain temps à Philippe pour s'y faire et cesser d'interrompre Victor dans ses récits ou ses explications en demandant « quelle femme ? ». Pour Victor, tous les hommes hétérosexuels étaient des « bonshommes ». Les hommes homosexuels étaient des « femmes », les femmes – hétérosexuelles ou lesbiennes – étaient des « filles » et tout le reste – voiture, télévision, chien – était des « gosses », à une exception près : étaient aussi des gosses les très jeunes gens. Au premier abord, Philippe avait pensé que Victor cédait à la tendance à tout féminiser, mais il s'était aperçu à la longue que c'était un système beaucoup plus complexe – il était effectivement parfois difficile de comprendre une phrase comme « la gosse est avec la gosse dans la gosse » alors qu'il était question d'un chien, d'une jeune folle et d'une voiture – et finalement assez réjouissant. En effet, lorsque Victor accompagnait Philippe dans des endroits louches où les hommes s'habillent en soldats et émettent des grognements en se palpant mutuellement l'entrejambe, ses commentaires (« Qu'est-ce qu'elles font, ces deux femmes qui poussent des cris ? ») avaient le don de remettre certaines activités en perspective.

Le dîner se passa comme tous les dîners avec Victor. Mis de mauvaise humeur par la voiture qui était tombée en panne, heureusement à une centaine de mètres de chez lui, il avait commencé par pousser des hurlements au téléphone sur sa mère qui avait oublié de réapprovisionner le congélateur avec ses plats préférés, puis il avait préparé ce qu'il avait trouvé et entrepris de cuisiner Philippe sur ses sujets favoris : pourquoi persistait-il à habiter avec une fille alors qu'il ne cessait de se plaindre qu'il voulait vivre avec un homme ? Que pensait-il du PACS ? Avait-il vu la retransmission des débats grotesques à la télévision dans sa chambre d'hôtel à Toulouse ? Et Édouard de Luscans, qui finançait à tour de bras toutes ces associations rétrogrades et conservatrices, avait-il une opinion sur ce salaud ? Pourquoi s'obstinait-il à faire de la gym, et d'ailleurs, qu'est-ce que c'était que cette manie qu'avaient toutes les femmes à se façonner des nibards énormes ? À quoi ça servait puisqu'elles finissaient immanquablement dans des caves obscures à se les tripoter en faisant des trucs de lesbiennes ? D'ailleurs, c'était évident que Philippe vivait mal sa sexualité : sa tendance à souligner en permanence qu'il était actif, son sentimentalisme débordant, ses rêves de midinette, ses regrets de ne pas avoir d'enfants, son mépris des folles, l'adoration qu'il vouait à des gogo-boys cons comme des bites, son cinéma d'homme viril, son frère jumeau dont il était jaloux et qu'il ne voyait jamais, le coming-out qu'il n'avait jamais fait auprès de ses parents, et puis aussi, depuis combien de temps n'avait-il pas fait *le* test ? Tout cela était suspect. Victor était inlassable. Quand il avait un sujet sur lequel exercer ses talents de psychologue, il ne le lâchait pas, mélangeait tout, fouillait, scrutait, sondait, posait des questions, exigeait des réponses, les faisait lui-même quand il ne les obtenait pas, le tout en illustrant ses théories des inévitables extraits de films de sa collection.

Philippe, épuisé, finit par le laisser vers 3 heures du matin, télécommande à la main, alors qu'il était en train de demander son avis sur la question qui l'occupait à un correspondant lointain qu'il avait tiré de son sommeil.

Resté seul, Victor décida d'appeler un réseau. Après avoir écouté les voix qui égrenaient mécaniquement les mêmes annonces, il jeta son dévolu sur un type dont l'intonation lui plaisait et qui cherchait un couple homme-femme pour un plan à trois, lui demanda son numéro et l'appela immédiatement.

– Salut. Alors tu cherches un couple ?

– Oui, répondit le type.

– Tu as déjà fait ça ou c'est la première fois ?

– La première fois, dit l'autre d'un ton gêné.

– C'est pas grave. Bon, je t'explique. Moi c'est Victor, j'ai trente ans, je suis brun, un mètre soixante-quinze, bien foutu, bien monté. Ma femme, c'est Sabrina, elle est pas là ce soir, mais c'est moi qui trie, j'ai pas envie de la prêter à n'importe qui, tu vois. Elle est brune, très plantureuse, gros seins, très salope. Et toi, tu es comment ?

– Euh, j'ai vingt-six ans, hésita l'autre.

– Tu t'appelles comment ?

– Jérôme.

– OK, Jérôme. Continue. Tu es sportif ?

– Oui, je fais un mètre quatre-vingt, soixante-dix kilos, je suis brun, les yeux bleus…

– Tu es bien monté ?

– Euh…

– Combien ?

– Je sais pas, je…

– Non, je demande, parce que Sabrina, elle aime bien les mecs au moins aussi bien montés que moi, sinon c'est pas la peine. Tu aimes les gros seins ?

– Oui…

– Tant mieux. Elle adore qu'on lui bouffe. Tu bouffes la chatte, aussi ?

– Euh, oui…

– Tu suces ?

– Si je suce quoi ?

– Ben les mecs, enfin. Tu suces les mecs ?

– Euh…

– Non, parce que ce qui l'excite, c'est de voir un mec qui me suce. Tu l'as jamais fait ?

– Non.

– Tu as envie d'essayer ?

– Oui, pourquoi pas…

– Bon. Tu encules, aussi ?

– Elle aime ça ?

– Elle adore ça, tu veux dire. Mais elle aime bien aussi que je lui bouffe la chatte pendant qu'un mec m'encule. Tu l'as jamais fait non plus ?

– Non…

– Tu as envie d'essayer ?

– Je sais pas…

– Non, parce que si tu assures pas, c'est pas la peine.

– Bon, d'accord, alors…

– OK. Tu te fais sauter, aussi ?

– Me faire sauter ? Mais par qui ?

– Eh bien par moi, enfin ! Non, parce que tu vois, elle est très dominatrice, et elle aime bien ordonner au mec qui la baise de se faire baiser par moi. Elle adore ça. Tu l'as jamais fait ?

– Ah non !

– C'est pas grave, tu verras, dans le feu de l'action, ça passe sans problème, surtout quand elle te fourre la tête entre ses gros seins, elle est super salope. Tu es libre quand ?

– Euh… Maintenant, mais tu m'as dit…

– Oui, je sais, elle est pas là ce soir, elle est en déplacement, elle est hôtesse de l'air. Mais elle revient demain soir. De toute façon, il faut que je te voie avant, pour savoir si tu conviens, si tu peux lui plaire, tu vois ? Tu as une bagnole ?

– Oui…

– OK. Alors voilà l'adresse. Depuis le XIVe, à cette heure-ci, ça roule bien, tu devrais pas avoir de problème et il y a de la place pour se garer dans la rue. Je t'attends dans une demi-heure, OK ?

– OK.

Victor raccrocha. Encore une fois, l'affaire avait été rondement menée. Il alla prendre un bain et se rasa. Trois-quarts d'heure après, on sonnait à la porte.

15

Fashion Pack

– J'ai trouvé un truc génial, lança Nicolas en débarquant à la réunion de rédaction avec ce petit sourire à la fois carnassier et triomphant qu'il arborait dans ces moments-là. *Le Tormentor*. Un gode révolutionnaire.

– En parlant de révolutionnaire… intervint Carla.

Nicolas, qui n'avait pas plus que les autres envie d'entendre parler d'une version féminine – mais toujours avec moustache – de Che Guevara, reprit aussitôt :

– Bref, fini les godes *realistic* moulés sur nos pornstars les mieux membrés.

– Tu penses pas que dans un magazine hétéro, le coupa cette fois le rédacteur en chef qui avait déjà cédé un article sur « L'explosion du porno gay portoricain à New York » et un reportage intitulé « Une nuit dans l'enfer d'un sexclub gay ».

– Mais je connais plein d'hétéros qui utilisent des godes, reprit Nicolas qui ne décrochait pas aussi facilement. Celui-ci est violet translucide, c'est un vrai iMac sexuel, il…

– Est-ce qu'il est aussi décliné en plusieurs couleurs, fraise, mandarine, myrtille et citron vert ? demanda Brice, qui était très sensible aux noms de couleur.

– L'intérieur est éclairé, continua Nicolas sans même prendre la peine de lever les yeux au ciel. Ça transforme en moins de deux votre deux-pièces en un appart' période Amérique du Sud en pataugas.

– En parlant de ça, reprit Carla qui était du genre monomaniaque, j'ai rencontré cette semaine un groupe de lesbiennes chiliennes qui font des choses vachement intéressantes et importantes pour les femmes et qui ont créé un site…

– En plus l'extrémité s'ouvre et il en sort un truc qui tourne et décuple votre plaisir. On dirait un Alien, parvint finalement à conclure Nicolas.

– Bon OK, concéda le rédacteur en chef, mais tu me fais ça sous un angle 100 % hétéro.

– Et les Chiliennes ? continua Carla.

– On est un magazine branché, on n'est pas chez *Lesbia*. Alors, tes Chiliennes, elles remballent leurs flûtes des Andes et elle se les foutent où je pense, hurla le rédacteur en chef.

Alors que Brice se demandait s'il était élégant de boire du champagne à la pêche dans ce genre de flûtes et que Carla ruminait les paroles d'une chanson féministe séparatiste, Nicolas appela IEM.

Pour la dixième fois, Denis n'avait pas eu le courage de mentionner le nom de Fabio.

Revenu chez lui, il ouvrit le petit carnet où il avait noté « iMac sexuel » et « Che Guevara » dont il avait déjà entendu parler dans une chanson des Pet Shop Boys. Il barra une liste de mots et expressions sur son carnet tout en se demandant comment il allait bien pouvoir faire pour placer « byzantine » dans un article déplorant encore une fois la fin de la nuit parisienne. Sa G-Shock annonçait 22 heures, son mari aurait déjà dû être rentré. On était bien lundi, pourtant. Il alla se chercher un sandwich Marks & Spencer dans le frigo et s'installa devant la télévision. Sur l'écran, une énième déclinaison d'Angie Dickinson se terrait en hurlant dans un angle de son appartement, évidemment terrorisée par son téléphone qui n'en finissait plus de sonner. Lorsque finalement la sonnerie retentit dans le sien, Denis eut un mauvais pressentiment.

– Alors ? demanda Fabio avec une certaine sobriété, verbale uniquement.

– Quoi ? répondit Denis d'une voix traînante.

– *One...* (On aurait dit un long rot). Ou alors, la fin. *Les Adieux d'un sex-symbol*, entonna la voix sur l'air d'une fin de repas de communion.

– J'ai fait tout ce que j'ai pu tout à l'heure, mais le rédac-chef veut pas. Il dit que tu es ringard.

– Toi aussi bientôt tu vas goûter à la mouise, astre en déclin. Rigole, chante, danse et bois du champagne avant que ça devienne du vinaigre. Tu es en voie de fabioïsation (Denis laissa tomber le récepteur qu'il avait coincé sur son épaule, le ramassa pour entendre la suite de cette indigestion verbale :) ... prédire la fin de la nuit parisienne.

Comment il peut savoir ça ? se demanda Denis sans écouter la suite. Il se rappela qu'à l'époque, Fabio lui avait parlé de voyages en Inde, d'ashrams, de portes de la perception et de maîtres spirituels. Ce cinglé avait dû faire du vaudou ou un truc dans le genre. Il comprenait mieux maintenant pourquoi il avait sans cesse des maux de tête. Sur *Planète* il avait vu un reportage dans lequel on plantait des aiguilles dans des poupées... Il en eut la chair de poule.

– Qu'est-ce que tu veux que je te dise ? finit-il par geindre.

– Tu le sais, répondit Fabio avant de raccrocher brusquement.

Victor héla un taxi en pestant à mi-voix contre cette bande d'imbéciles, l'heure tardive et sa voiture toujours en panne. Toujours maugréant, il monta dans la

Mercedes, fouilla dans la poche de son duffle-coat à la recherche de l'un des nombreux paquets de cigarettes qu'il transportait toujours, puis il leva les yeux.

– Je peux fumer ?

– Oui, oui, dit le chauffeur en baissant sa glace.

Pas mal, songea Victor en regardant tour à tour la nuque du chauffeur et ce qu'il voyait de son visage dans le rétroviseur. Il alluma sa cigarette. Les quais de Seine défilaient sur sa droite. Le type devait avoir trente ans. Belle gueule. Le genre un peu basque. Beaux avant-bras poilus. Épais. Grosses mains. Sûrement un gros derche, aussi…

– Je peux vous demander quelque chose ? interrogea Victor alors qu'ils passaient près de la Tour Eiffel.

– Oui ?

– Combien vous voulez pour votre slip ?

Le chauffeur pila plus que nécessaire au feu rouge et se retourna.

– Pour mon slip ? demanda-t-il en écarquillant les yeux.

– Oui, pour votre slip. Je vous l'achète. Vous voulez combien ? Cinquante, cent, deux cents balles ?

– Hé, je suis pas comme ça, moi, dit le chauffeur.

– Je vous demande pas si vous êtes comme ci ou comme ça, je vous demande combien vous voulez pour votre slip.

– Pourquoi vous voulez mon slip ? demanda le chauffeur.

– Je fais la collection, dit Victor.

– Mais c'est dégueulasse ! dit l'autre en redémarrant.

– Pourquoi ? Vous l'avez pas changé depuis une semaine ?

– Ah non, je l'ai mis ce matin, mais c'est dégueulasse quand même !

– Vous avez tort. Vous avez dû le payer cinquante balles et je vous en offre deux cents. C'est tout bénéfice pour vous.

Le chauffeur ne répondit pas.

– Et comment je vais faire pour l'enlever ? demanda-t-il après un long silence, alors qu'ils passaient la Porte Maillot.

– Vous pouvez l'enlever dans le hall de chez moi, derrière l'escalier, il y a la place.

– Ah non, je marche pas, je suis pas homo, moi.

– Je sais, vous l'avez déjà dit. Mais vous avez pas à vous inquiéter, vous aurez qu'à vous mettre sous l'escalier, enlever votre slip et me le donner. Je vous regarderai même pas.

– Vous me faites marcher, là !

– Pas du tout. Tenez, dit Victor en sortant un billet de deux cents francs. Voilà la preuve. Vous me donnez votre calbut et vous avez le billet.

Ils venaient de s'arrêter au pied de l'immeuble de Victor. Le chauffeur se retourna à nouveau, un bras sur le dossier de son siège, et fixa Victor droit dans les yeux.

– Je vous paie la course, reprit Victor. Réfléchissez pendant que vous me rendez la monnaie.

Le chauffeur se baissa pour regarder l'entrée de l'immeuble.

– Vous êtes sûr que personne peut me voir ? demanda-t-il.

– Certain. Vous vous mettez sous l'escalier, là-bas, moi je vous attends dans l'entrée.

– Bon, OK, dit le chauffeur en ouvrant sa portière.

Ils entrèrent dans le hall. Le chauffeur alla sous l'escalier. Victor entendit la boucle de ceinture qui cliquetait, le froissement de l'étoffe rugueuse du jean, un soupir étouffé, puis :

– Ça y est, vous pouvez venir le prendre, dit le type.

Victor avança au bout du hall et regarda sous l'escalier. Le type était là, son slip dans une main, le jean dans l'autre et la queue en l'air, avec un sourire gêné, attendant quelque chose. Victor prit le slip, lui colla le billet dans la main et tourna les talons.

– Hé, pourquoi tu pars ? le héla le chauffeur en baissant la tête au coin de l'escalier tandis que Victor s'éloignait. Tu veux pas me sucer ?

Victor fit non de la tête, courant presque, le slip collé sur le nez comme un inhalateur. On aurait dit Madonna dans les couloirs de l'hôtel de la vidéo de *Justify My Love*.

Le salon était baigné dans la pénombre, Denis farfouilla dans la boîte à shit qui se trouvait sur la table basse et en sortit un paquet de skunk que son mari avait encore rapportée de Dieu sait où. Il prit ensuite deux Lexomil et alla se coucher. Du côté de Renaud traînait une fiole contenant du Special K, il renifla en se disant qu'après tout…

La clim' de la limo était à son maximum et Denis ouvrit la vitre fumée pour hurler *Let's Groove Tonight* à la face d'un New York endormi. L'écho résonna sur les carcasses d'acier du World Trade Center tandis qu'un black géant en Gucci se matérialisait sur le siège arrière. La ville n'était plus qu'un vaste terrain vague dans lequel les armées de la nuit déboulaient comme autant de zombies en Halston. La limo s'immobilisa devant un groupe de *beautiful people* à qui Steve Rubell hurlait des horreurs avant de se précipiter vers la voiture pour leur ouvrir la porte. Denis demanda si David et Bianca étaient déjà là. Dans le hall était accroché un tableau géant qu'Andy avait fait de lui. Liza vint lui glisser quelque chose sous le nez tandis que Joe et le beau black, qui était un modèle de Scavullo, évidemment, l'entraînaient vers les toilettes. Dans la cabine voisine ils reconnurent le rire guttural de Grace malgré la sono déchaînée où vibraient les premiers accords de *Heaven Must Have Sent You*. Il quitta l'étreinte fougueuse de ces deux sex-machines pour se retrouver dans le couloir où

Julian Schnabell le poursuivit. « Ça fait des mois qu'il veut que je parle de lui », lâcha-t-il à Debbie (Harry. Blondie, quoi) qui descendait au sous-sol. Il fut accueilli sur le dance-floor par une débauche de violons et les corps parfaits des danseurs qui ne portaient la nuit qu'une goutte de Baby Oil. Tel Moïse face à la Mer Rouge, il vit la foule s'écarter devant lui tandis que des colombes s'envolaient au milieu d'un nuage de paillettes. Il traversa la salle sous les feulements moites de Donna Summer. Et là-bas, c'était Jackie et Farrah. Puis d'un seul coup les ventilateurs démesurés projetèrent sur la salle une tempête de coke. Denis était *walking on music*, Denis était *walking on air*. Il en avait les larmes aux yeux. Comme autant de photos déchirées d'un calendrier Colt, dix sosies bodybuildés de Christopher Reeves arrachaient leurs costumes de Superman et leurs corps qui n'étaient plus que des bites géantes qui pulsaient l'emportaient pour une croisière au long cours sur une mer d'huile dans une pluie d'étoiles, avec Richard, éternellement *American Gigolo*, et que des milliers de sifflets traversaient des fumigènes aux parfums tropicaux. La salle était extatique, des pétales de roses qui sentaient l'amour recouvraient les danseurs en orbite, et du plafond descendait une nacelle en plumes d'autruches mauves, où une créature à l'immense crinière rousse se tortillait comme une algue. Ils étaient tous là : Patti, Iggy, Margaux, Dali, Andrée, et puis aussi Pierre & Gilles – mais non, pas encore – Burroughs, Nico, Monty – mais non, il était mort – et puis Filip et Quentin et Ricky – et eux, c'étaient des bébés, ce n'était pas la bonne époque. Les feux d'artifice qui avaient jailli aux quatre coins de la piste avaient mis le feu aux tentures de satin rouge. La basse reptilienne de Chic disparaissait, aspirée par un accordéon pleurnichard.

Denis se retourna. Tout autour de lui, la salle était déserte, les lambeaux des tentures noircies se tordaient comme des ailes arrachées dans le vent. Il continuait d'avancer vers la nacelle, vers la femme qui ondulait dans un tourbillon de plumes carbonisées.

– Donna ! cria Denis.

– Oui, Denis, viens, beugla la femme en se retournant.

– Non ! Donna ! Non ! *Non* ! hurla Denis tandis que la femme le prenait par les épaules et le secouait comme un prunier.

– Tu es en voie de *fabioïsation* ! vomit-elle alors que l'accordéon lui transperçait les tympans…

– Mais qu'est-ce que tu fais ? dit Renaud en le secouant. Denis se rendit compte qu'il était dans son lit, entortillé dans ses draps trempés de sueur.

– Ah, tu es là, dit-il avec soulagement. J'ai fait un rêve horrible, expliqua-t-il à Renaud qui attendait patiemment à côté du lit, les bras croisés. J'étais en train d'écouter ma cassette, tu sais, la…

– Je sais, dit Renaud.

– Bon. Je rêvais que j'étais au Studio 54 avec tout le monde et puis je sais pas, je me suis senti mal, la musique a déraillé, c'est devenu des trucs affreux comme en écoutait tout le temps Fabio et puis je ne sais plus ce qui s'est passé, sauf qu'à un moment, Julian était devant moi et qu'il me regardait… Mais qu'est-ce que tu fais tout nu ?

– Eh bien, Julian, il était vraiment au pied de ton lit à te regarder. Et si je suis tout nu, c'est parce qu'on était en train de baiser à côté. Tu gueulais tellement qu'on est venu voir. Et tu lui as foutu tellement les jetons qu'il a fichu le camp.

– Pourquoi ? geignit Denis. Il est *tellement* beau ! J'ai toujours voulu coucher avec lui.

– Oui, eh bien, en tout cas, c'est pas en prenant des cachets et en gesticulant en poussant des cris comme un dogon échoué dans une mangrove que tu vas le séduire, dit Renaud en se couchant et en éteignant la lumière.

16

C'est quoi ton prénom, au fait ?

Ça faisait longtemps, songea Sophie en voyant entrer Christian Michaud. Le matin même, elle avait reçu un e-mail vengeur dans lequel il se plaignait de la mise en place de ses livres en province et de la faiblesse de la promotion de son chef-d'œuvre. La visite hebdomadaire de Michaud dans les bureaux des éditions l'Autre Désir y était considérée comme El Niño en Amérique du Sud ou le choléra aux Indes : une calamité naturelle et régulière ou une maladie endémique, mais finalement plus comique que tragique. Chacun y réagissait à sa manière. Françoise, d'un tempérament tour à tour dépressif ou enthousiaste, et donc essentiellement imprévisible, se découvrait généralement des courses stratégiques et urgentes à faire. Christelle, née avec deux bras cassés et un téléphone greffé en permanence à l'oreille dans lequel elle chuchotait à qui voulait l'entendre les nombreuses misères qui l'accablaient depuis sa naissance, était brusquement assaillie d'un redoublement de sa légendaire et impérieuse gastro-entérite et filait s'enfermer aux toilettes – sans oublier son portable. Sophie restait donc seule à affronter ce qui aurait voulu être un ouragan mais n'était finalement qu'une agaçante averse.

– Je ne suis pas très content, commença Michaud.

– Bonjour aussi, répliqua Sophie. Et apprenez-moi aussi quelque chose de nouveau vous concernant.

Michaud la regarda sans comprendre, cligna légèrement des paupières et poursuivit.

– Où en sont mes ventes ?

– Les ventes ? répondit-elle. C'est assez moyen.

– Moyen ? Comment ça, « moyen » ?

– Moyen, ça veut dire un peu moins de deux cents.

– Pas étonnant ! Je reviens de province et personne n'était au courant de la sortie d'*Alessandro*. Qu'est-ce que ça veut dire ? Vous faites votre travail ou quoi ?

– Vous devriez voir Françoise, pour les questions de promotion, dit Sophie. Moi, je me contente de corriger les fautes dans les manuscrits.

– Il n'y en a pas dans les miens, dit sèchement Michaud.

– Heureusement, c'est déjà tellement tuant à lire, fit Sophie.

– Pardon ? Qu'est-ce que vous sous-entendez ?

– Qu'après avoir préparé ce manuscrit, je trouve que moins de deux cents exemplaires, c'est presque un exploit.

– C'est parce qu'on n'a pas contacté les médias. La sortie d'un livre, ça s'annonce. On fait de la publicité. On appelle les journalistes, on a une attachée de presse professionnelle qui connaît son métier. Évidemment, vous, ça vous dépasse. Ici, c'est de l'artisanat et je gâche mon talent. Heureusement que je peux compter sur mes fidèles lecteurs.

– En tout cas, celui-là ne l'a pas été, dit Sophie en balançant sur son bureau l'exemplaire que lui avait rapporté Philippe. (Michaud considéra avec horreur la couverture maculée de taches de graisse et la perruque frisée dont on avait affublé le charmant modèle qu'il avait lui-même choisi pour incarner Alessandro.) Voilà : c'est si mauvais et ringard que les gens griffonnent dessus et le jettent tellement ils ont honte qu'on les voie avec.

– Très bien. Ce genre d'insolence ne vous mènera nulle part et je compte bien en parler à Françoise dès son retour. Et puisque personne n'est fichu de le faire, je vais prendre les choses en main, organiser une signature aux Mots à la Bouche et appeler les journaux. Je connais des gens chez *One*, moi.

– Tu es tout seul ? Où est Nicolas ?

David se retourna et reposa ses poids. C'étaient FX et Olivier qui venaient d'arriver.

– Il avait des rendez-vous. Il a constamment des choses à faire, des gens à voir. Entre le journal, son boulot au cabinet et ses sorties, je le vois le matin quand je me lève et parfois le soir juste avant d'aller me coucher.

– C'est drôle, enfin, c'est bizarre, tous ces gens que tu connais et qui vivent ensemble, ils ont l'air moyennement heureux, dit Olivier un peu plus tard en se rhabillant dans le vestiaire. Quand ils sont seuls, ils se plaignent de n'avoir personne dans leur vie et quand ils ont quelqu'un, ils font tout pour que ça déraille.

– Tu parles de Nicolas et David ? Oh, ça fait un moment qu'ils sont ensemble, il y a peut-être de la lassitude, je ne sais pas.

En fait, FX savait très bien. La lassitude, elle venait toujours rapidement. Quelques années plus tôt, il lui arrivait même de penser qu'elle n'arrivait pas assez vite. Cette fois, il s'étonnait lui-même d'éprouver pour Olivier le même désir curieux. Pourtant, au début de leur rencontre, il avait pensé qu'il s'agissait d'une aventure de plus avec un provincial à peine débarqué à Paris, une histoire insignifiante, amusante, distrayante. Et toutes les histoires sentimentales de garçons se terminaient invariablement par « Ils vécurent heureux et n'eurent jamais plus de trente ans ». Seulement peut-être qu'il avait vieilli, maintenant. Il éluda la question.

– Il y a une soirée Halloween au Paradiso jeudi soir. On devrait y aller, on n'est même pas encore sorti. Tu n'as pas cours le vendredi matin et moi je peux prendre ma journée quand je veux.

– C'est chiant, les boîtes. Il faut attendre 1 heure du matin pour sortir et quand on rentre on pue le tabac froid. Et puis les gens sont pas intéressants.

– Tu ne vas quand même pas tenir des discours de vieux à dix-neuf ans ?

– Je préfère ça que de tenir des discours de jeune à quarante, rétorqua Olivier.

– Pourquoi tu dis ça ?

– Enfin, tu me proposes de sortir danser, brusquement, comme si c'était toi qui débarquais à Paris pour la première fois. C'est moi qui viens d'arriver, n'oublie pas.

– Moi je trouve ça bien, de sortir, danser, tout ça.

– Oh, écoute ! Et qu'est-ce que c'est que ce tas de CD de techno que tu as achetés pendant que j'étais chez mes parents ? Tu aimes pas la techno : ici c'est rempli de CD d'opéra ! La techno, j'ai qu'à allumer la radio pour en entendre. Au moins, l'opéra, ça m'intéressait, j'apprenais quelque chose. Pourquoi tu veux absolument jouer aux ados ?

– Quand je t'ai rencontré, tu voulais aller partout et tout voir.

– Quand je t'ai rencontré, tu avais la même allure que maintenant. Si j'avais voulu rencontrer un mec de mon âge, je serais pas ici ce soir. Tu sais, tu as pas besoin d'acheter de la techno et m'emmener au Paradiso pour me séduire, au contraire.

– Je pensais que ça te plairait.

– Si ça continue, tu finiras en culottes courtes et tu me demanderas de t'emmener faire des pâtés à la plage.

– Si, je t'assure, il y a des prénoms prédestinés, dit Nicolas.

– Tu crois aux trucs new-age, toi, maintenant ? dit Sacha.

Il contourna du bras une grande bouteille de Coca pour attraper le sucre sur la table de la cuisine qui ressemblait à un champ de bataille.

Malgré leur âge, sa sœur et lui continuaient à faire des dîners qui ressemblaient davantage au genre de catastrophe qu'improvisent les adolescents à qui leurs parents ont imprudemment confié la maison durant les vacances. Christelle habitait Paris depuis ses dix-huit ans et en avait à présent trente et un. Au début, elle suivait à bonne distance des cours en fac et vivait l'une de ses premières histoires d'amour déchirantes avec l'un de ses premiers hommes mariés. Christelle avait ainsi fait successivement deux années d'anglais, une d'histoire, une de lettres modernes et deux premières années de psychologie. À sa majorité, Sacha l'avait rejointe et ils partageaient un appartement à Bastille. Il était entré au Cours Berçot, où il avait réussi à terroriser ses professeurs, pourtant habitués à ce que l'on appellera pudiquement une fantaisie débridée. Il faut dire que Sacha avait derrière lui une longue pratique. Avant de quitter la ferme familiale, sa sœur avait subi toute son adolescence des essayages de créations qui faisaient rire tout le village et que certains accusaient même de faire avorter spontanément le bétail. Sa sœur partie, Sacha avait créé des vêtements pour ce qui lui restait sous la main. On voyait ainsi régulièrement s'échapper sur les routes de campagne des porcelets vêtus de tenues imprévues. La truie, elle, était restée très ferme et avait vaillamment résisté. Ses parents avaient renoncé à dompter un fils qui refusait de donner le moindre coup de main et préférait se réfugier dans une grange pour confectionner ses collections. Ils avaient compris qu'il était inutile d'insister le jour où, à six ans, Sacha avait exigé qu'ils achètent des paons sous prétexte que les poules n'étaient pas élégantes. Il sentait confusément que le nom de son village natal ne pouvait que le prédestiner à de très grandes choses : c'était Arnac-Pompadour.

Toujours est-il qu'à présent, comme pour se libérer de la tyrannie alimentaire sous laquelle ils avaient vécu pendant de longues années, ils se lançaient dans des orgies auprès desquelles les régimes les plus permissifs ressemblent à des manifestes jansénistes. Ils avaient expérimenté le tout-fruits, le tout-pizzas et d'innombrables variations à base de Pépitos et autres barquettes à l'abricot généreusement arrosés de Fanta, le tout avec des résultats malheureux. Christelle, ex-boulimique, puis anorexique, était maintenant un cas d'école pour la Faculté. Sacha quant à lui était grand, empâté, avec plus de poils dans le dos que sur le crâne. Lorsque Brice et lui étaient juchés sur leurs tabourets, le nez en l'air, au Dix ou ailleurs, on aurait dit deux otaries chauves pétées à la liqueur de banane.

– Non, ça n'a rien à voir, mais tu as des gens, on dirait qu'ils sont devenus pédés à cause de leur prénom. Regarde, par exemple, tous les prénoms en *ien*, les Julien, Aurélien, Damien, Adrien, Vivien, Lucien, Fabien… Est-ce que tu les imagines pas forcément blonds et fragiles ? Comme les Valentin, tiens !

Nicolas faillit ajouter à sa liste Sacha et Brice, mais en les voyant, il se rendit compte qu'il avait un parfait contre-exemple.

– Oui, mais là, c'est pas les parents qui les ont appelés comme ça, c'est eux qui ont changé pour prendre un prénom en accord avec leur vie, dit Brice.

– Moi, c'est plutôt les Rodolphe, les Reynald et les Romuald que je trouve super-folles ringardes, dit Sacha qui se demanda si c'était dans *-ald* ou dans *Ro-* que résidait la particule de follitude.

– C'est comme les Patrice. Ça fait garçon-coiffeur. Chaque fois que j'entends ce prénom, je peux pas m'empêcher d'imaginer « Vous allez passer au bac avec Patrice ». En revanche, les Eric, c'est toujours des mecs-mecs, dit Nicolas. Comme les Yves et les Bruno…

– C'est vrai, dit Christelle, dont le dernier homme marié en date s'appelait ainsi. Bruno, par exemple…

– Alors il y a des prénoms de passives et des prénoms d'actives ? coupa Sacha qui préférait les questions pratiques au énième récit des tragiques aventures sentimentales de sa sœur.

– Non, mais par exemple, Cyril, Benoît, Christophe, Olivier, Quentin, c'est des prénoms de petits mecs sexy.

– Quentin ! s'exclama Brice. Et Olivier !

– Mais oui, regarde ton cousin, il est vachement mignon.

– Il est surtout hyper-ringard coincé. C'est comme David, dit Brice.

– David est pas coincé, dit Nicolas. Et puis il y a aussi les Antoine, Arnaud, Renaud, Thibaut.

– Renaud ? Le seul Renaud que je connaisse, c'est le mari de Denis et il est super-salope. Et Arnaud, il fait plutôt chanteur de Las Vegas.

– Tu pourrais coucher avec un type qui s'appellerait Roger, Albert, Émile ou Marcel ? demanda Sacha.

– C'est pas pareil, dit Brice. Ceux-là, c'est des prénoms de vieux.

– Oui, mais un prénom de vieux sur un mec jeune, ça peut être vachement sexy, dit Nicolas. J'ai connu un Émile qui était vachement beau. Et puis regarde, ce mec qui est tout le temps au Dix et que tout le monde trouve bandant, il a pas trente ans et il s'appelle Gérard.

– Oui, mais il a tellement honte de son prénom qu'il se fait appeler Loïc.

– Tu te rappelles, il y a dix ans, il y avait plein de Kevin sur minitel, dit Nicolas.

– J'étais beaucoup trop jeune il y a dix ans, dit coquettement Brice.

– On oublie toujours parce que tu fais plus vieux, dit méchamment Sacha à qui il n'avait pourtant rien à envier.

– C'est comme les prénoms étrangers, continuait Nicolas qui était lancé.

– Tu dis ça à cause de Luis ?

– Non, s'offusqua Nicolas.

– Tu coucherais avec lui s'il s'appelait Léon ?

– Je ne sais pas. (Nicolas réfléchit un instant.) Je crois que si.

En réalité, il était vrai que le prénom intervenait parfois fortement sur ses choix. S'il n'avait pas un goût aussi prononcé qu'Arnaud pour l'Outre-Méditerranée, Nicolas se laissait facilement séduire par un brun à la peau mate s'il s'appelait Farid plutôt que Jean-Michel.

– Tu te rappelles l'époque où les Beurs faisaient tout pour que tu saches pas qu'ils étaient arabes ? Ils se faisaient tous appeler Alain ou Frédéric. Maintenant, c'est le contraire.

– C'est dingue la mode, si ça se met à envahir votre vie comme ça, dit Christelle.

– La mode est *partout*, dirent Brice et Sacha en chœur.

– L'autre jour, au sauna, je vois un mec brun aux cheveux ras avec une petite cicatrice dans le cuir chevelu, tu sais, comme les cailleras, continua Nicolas. Le mec me dit qu'il s'appelle Karim, mais je sais pas, je lui trouvais quelque chose qui collait pas. Et dans le vestiaire, j'ai entendu quelqu'un qui l'appelait Dinesh ou quelque chose comme ça. En fait, c'était un Indien ou un Pakistanais, mais il avait tout compris au truc.

– Tu crois qu'on pourrait lancer une nouvelle mode sexuelle ? demanda Brice.

Tous les trois se mirent à réfléchir aux nouvelles possibilités : les pays de l'Est, les Kurdes, les Iraniens ?

– Est-ce que ça marche aussi pour les filles ? demanda Christelle à Carla qui revenait des toilettes où elle s'était débattue avec un mélange de drogues qui ne lui réussissait pas.

– Tu parles, toutes les lesbiennes, elles s'appellent Béatrice, Brigitte ou Claudine, dit Nicolas.

FX se souleva sur un coude : par une fente des rideaux, la clarté de la rue traçait une longue bande claire sur le lit, coupait en deux le corps d'Olivier et laissait dans la pénombre son visage buté dont FX ne distinguait presque rien.

Il tendit la main pour l'effleurer, puis il la retira. Incapable de dormir, il se leva sans bruit, enfila un short, alla dans la cuisine et s'assit sur le tabouret, face au réfrigérateur, les coudes sur les genoux. Sans relever la tête, il ouvrit la porte, prit une bouteille de Perrier et dévissa le bouchon. Le chuintement résonna dans la pièce silencieuse. Il se retourna vers la vitre noire. Alors le grand brun qui s'adossait au pilier du Dix avec un sourire énigmatique et supérieur, qui se voulait séducteur et l'était invariablement sous les lumières toujours propices, pour guetter l'arrivée d'un nouveau visage, c'était lui : un type assis, une bouteille à la main, face au triangle jaune d'un frigo ouvert, qui lui rendait à présent son regard ?

La gorgée de Perrier lui brûla la langue et lui fit monter les larmes aux yeux.

Combien de fois s'était-il adossé à ce pilier, convaincu qu'il pourrait passer des mois, des années, la vie, peut-être, à attendre ainsi ? À rencontrer des garçons qui ressemblaient à ce qu'il avait été un jour, qui s'enfonçaient à leur tour dans la vie, comme lui, incapables de vraiment s'arrêter, poser enfin un front épuisé sur une épaule lasse et fermer les yeux.

Il s'était longtemps donné l'illusion que cette vie-là ne cesserait jamais, qu'il était fait pour passer son temps à chercher et que chacun de ces visages qui lui souriaient n'était que la promesse d'autres sourires plus radieux. Il s'était efforcé d'y croire, jusqu'à ces moments d'écœurement, de nausée et de dégoût où il ne sentait plus que la vague amertume qui lui venait aux lèvres. Et maintenant, avec Olivier qui dormait presque chaque soir à ses côtés, Olivier dont le dos venait se loger contre sa poitrine, dont les lèvres lui brûlaient les mains la nuit et dont il respirait les cheveux jusqu'à s'étouffer, il comprenait que cette vie n'avait été qu'un mirage derrière lequel il n'avait cessé de courir.

– Qu'est-ce que j'ai fait ? murmura-t-il. J'ai un bel appartement, une belle voiture, encore une belle gueule, toutes les cartes de crédit imaginables, un job impressionnant… J'ai joué à séduire, j'ai gagné, sans réfléchir. C'était tellement facile, tellement amusant. Et maintenant que je n'arrive plus à gagner à tous les coups et que je voudrais m'arrêter avant qu'il ne soit trop tard, je suis pris à mon propre piège avec un gamin qui commence à m'échapper.

Le réfrigérateur se mit en marche en tressaillant. La lumière clignota imperceptiblement. FX vit dans le miroir d'encre de la vitre que le type avait les yeux pleins de larmes et que cette fois, cela n'avait rien à voir avec le Perrier.

17

Amuse-gueules

– Oui… soupira Nicolas en levant les yeux au ciel. Je l'ai bien reçu, évidemment, puisque vous êtes venu le déposer vous-même mardi après-midi.

– Oui, vous n'étiez pas là et je l'ai beaucoup regretté : j'aurais aimé vous en parler plus longuement, grésilla la voix de Christian Michaud à l'autre bout du fil.

– Vous savez, un livre, c'est censé se suffire à soi-même…

– Oui, tout à fait, mais rien ne remplace le contact humain. C'est pour cela que je vous ai appelé une ou deux fois cette semaine.

Christian Michaud avait appelé une ou deux fois par heure depuis mercredi matin. Jusque-là, Nicolas avait tout fait pour ne pas le prendre en ligne, mais malheureusement, là, il avait imprudemment décroché.

– Vous avez sûrement raison, mais j'ai un peu peur que… commença Nicolas.

– Oui, je sais : la notice biographique de la quatrième de couverture est très incomplète. Vous voulez sans doute que je vous donne quelques détails.

– Non, ce n'est pas ça, mais…

– Qu'avez-vous pensé du livre, d'ailleurs ?

– Eh bien, c'est très… intéressant… dit Nicolas.

Alessandro mon ami lui était tombé des mains dès la troisième page.

– J'étais certain qu'il rencontrerait auprès de vous un écho favorable. Vous avez besoin de photos pour illustrer l'interview, peut-être ?

– C'est-à-dire que nous n'avions pas prévu une interview.

– Ah ? Vous n'avez pas peur qu'une double page exclusivement sur ce livre, cela fasse un peu trop ? Une interview aurait allégé… Remarquez, je suis flatté : tout un article sur *Alessandro*, je ne m'y attendais pas.

– Je crois que je me suis mal exprimé, monsieur Michaud. Je ne vais pas faire de double page.

– Ah bon ? Vous allez seulement en parler dans votre rubrique livres ?

– Non.

– J'aime mieux ça. *Alessandro* n'est pas un livre ordinaire.

– Non. D'ailleurs, je ne vais pas en parler du tout.

– Comment ?

– Je ne pense pas que ce soit un livre qui intéresse nos lecteurs. *One* est un magazine grand public. Et votre livre a un sujet franchement homosexuel.

– Oui, bien sûr, mais il y a un message de tolérance et des qualités littéraires qui lui donnent une portée universelle.

– Je pense qu'il serait plus judicieux que vous vous adressiez à la presse gay, dit Nicolas.

– Vous rejetez mon livre à cause de son sujet ? Je vois. Vous savez comment on appelle votre réaction ? De l'homophobie.

– Mais non, ce n'est pas de l'homophobie, répondit Nicolas. Je suis pédé, enfin !

– Alors c'est d'autant plus grave, car cela démontre que vous avez intégré le discours homophobe ambiant.

– Ça n'a rien à voir, dit Nicolas, agacé.

– Alors si ça n'a rien à voir, dites-moi ce que c'est !

– Je vous ai dit de vous adresser à la presse gay par politesse.

– Pardonnez-moi, mais je ne comprends pas.

– Je vais essayer de vous le dire autrement : votre livre ne m'a pas intéressé.

– Ce n'est pas parce qu'il ne vous a pas intéressé qu'il n'intéressera pas vos lecteurs, au contraire. Et puis vos collègues n'ont peut-être pas forcément la même opinion que vous.

– Je crois que si.

– Que voulez-vous dire ?

– Oh, je veux dire que votre bouquin nous a consternés et que personne n'a envie de se couvrir de ridicule en publiant quoi que ce soit dessus. Voilà ce que je veux dire.

En fait, la veille, toute l'équipe de *One* avait pleuré de rire en écoutant Nicolas en déclamer des passages pendant une heure avec les trémolos d'un acteur des années 40.

Occupé à composer un mélange à base de santal et d'oliban que venait de recevoir la boutique, Gaël ne remarqua pas les deux mecs qui l'observaient depuis le rayon musique new-age. Malgré des t-shirts toujours trop décalés arborant des logos d'obscurs groupes californiens barbus à la pensée floue, une coupe de cheveux toujours trop approximative, et un regard d'un bleu de Sainte-Marie-de-la-Mer un jour de liesse gitane, Gaël plaisait aux mecs. Même un samedi après-midi où des cars entiers de touristes en goguette s'abattaient sur la Joconde avant d'atterrir dans les boutiques de la galerie où erraient déjà des grappes compactes de Parisiens en désespoir de cause, Gaël flottait dans la boutique avec le zen d'un moine bouddhiste devant l'envahisseur chinois.

Son mélange terminé, il prit un bon quart d'heure pour choisir une musique de circonstance. Il médita devant le brûle-parfums, emporté par le flot d'une cascade s'écrasant au milieu d'une jungle birmane, avant de l'allumer avec tout le cérémonial nécessaire – et le superflu aussi. Voyant finalement les petites volutes parfumées s'élever et se répandre à travers tout le magasin, Gaël éprouva ce sentiment de bien-être et d'accomplissement personnel que procure une mission menée à son terme.

Il regretta juste de n'avoir pas vu plus tôt ces deux garçons qui venaient de sortir de la boutique. Ils avaient quelque chose d'assez indéfinissable dans leur allure qui lui faisait penser qu'ils auraient peut-être pu lui plaire – enfin il n'en était pas sûr non plus. De toute façon il n'aurait pas osé leur parler, se consola-t-il en faisant tinter une série de clochettes dont il trouvait le son idéal pour un samedi après-midi. Une quinquagénaire occidentale transcendée d'étoffes indiennes et emberlificotée dans ses chakras lui demanda un ouvrage de Castaneda. Gaël, bien que n'ayant pas le livre, se lança dans une ode lyrique, déstructurée et presque aussi flamboyante que le henné de la dame sur les visions que procuraient le mescal, avant de lui conseiller d'aller à la FNAC. Du comptoir où attendaient des clients chargés de cartes de la Lune et de livres sur le *feng-shui*, son chef lui lança vainement un regard réprobateur. Celui-là, de toute façon, il n'aurait pas aimé croiser son aura le soir dans une rue sombre.

– Vous auriez ces petites étoiles fluo qui se collent au plafond ? demanda derrière lui une voix ferme et décidée.

Gaël détestait les gens pressés. Mais il faisait cependant un travail sur lui-même pour apprendre à l'accepter. Il pencha la tête en arrière, maîtrisa son souffle grâce à une technique hâtha-yoga, et se retourna lentement vers son interlocuteur en inspirant et expirant à un rythme régulier.

– Oh, mais vous… tu n'étais pas à une fête chez Nicolas fin août ? reprit Arnaud.

– Si, marmonna Gaël. Et tu ne m'as jamais appelé, ajouta-t-il d'un air de reproche.

– Non, je n'ai pas pu, s'excusa Arnaud, un peu désemparé. Mais si tu veux, on peut aller…

Gaël abandonna Arnaud, fonça vers le rayon faune et flore, se prit la tête entre les mains et jeta un long regard circulaire alentour avec cet air dépassé par les événements d'un fidèle de St-Nicolas du Chardonnet qu'on viendrait de téléporter à Fire Island à l'heure de la Beach-Party. Puis il revint avec un paquet d'étoiles, son blouson sur le dos, hocha la tête d'un air entendu.

Dans le taxi qui le ramenait chez lui, Arnaud pensa qu'il n'aurait jamais dû inviter Gaël à déjeuner. Pour commencer, l'autre cinglé l'avait entraîné dans un resto végétarien infect où les rares clients parlaient à voix basse de peur de troubler un interminable chant tibétain monocorde qui soufflait dans les enceintes et vous donnait envie de grimper sur la table en hurlant *Flesh For Fantasy*.

– J'aurais dû m'en douter, dit-il à voix haute.

– De quoi ? demanda le chauffeur qui n'attendait que cela pour engager la conversation.

– Vous pourriez plutôt me déposer à la FNAC des Ternes ? répondit Arnaud, chez qui la moindre contrariété se réglait par l'achat d'un énième gadget inutile.

Il allait s'acheter le dernier modèle de graveur de CD double-platine.

Arnaud sortit son nouveau Nokia chromé de la poche de sa veste et appela Space Hair pour prendre un rendez-vous aux environs de 21 heures. La Soirée Halloween allait être éprouvante et Arnaud tenait à être parfait.

De son côté, Gaël passa l'après-midi à arpenter la boutique à la recherche de son souffle intérieur.

– … Et en plus, il va falloir que j'aille à Vevey la semaine prochaine, grésillait la voix dans le portable. (Claude remonta la vitre électrique, baissa l'auto-radio et leva les yeux au ciel en pressentant la suite.) Il faudra que vous m'accompagniez. Vous savez comment elle est et nous avons beaucoup de travail, avec cette histoire de PACS. (Et voilà. Ça n'avait pas manqué. Alors qu'il avait prévu de faire des photos de nu de Richard.) J'ai accepté de présider le comité de soutien d'un groupe de députés très bien qui organisent des manifestations.

– Bien entendu, répondit Claude. Et je serai ravi d'aller à Vevey, comme d'habitude.

Il venait d'avoir une idée merveilleuse.

Il vit arriver une silhouette familière au bout de la rue. Philippe. Mon bel abruti, songea-t-il. Fidèle à lui-même, avec son bomber bleu – mais qu'est-ce qu'ils avaient tous à porter cet uniforme ridicule ? – avec un sac de chez Virgin. Qu'est-ce qu'il s'est encore acheté ? Une saloperie, probablement. Ah, s'il était à moi… songea Claude en voyant Philippe entrer dans l'immeuble. Je lui ferais découvrir des choses d'une beauté inouïe.

Une Mini rouge s'arrêta à sa hauteur. La femme au volant lui fit un signe interrogateur.

– Oui, je m'en vais, connasse, grinça-t-il avec un grand sourire.

La conductrice qui n'avait évidemment rien entendu prit un air plein de gratitude.

– Qu'est-ce que tu as acheté ? demanda Sophie en accueillant Philippe.

– Un CD de Véronique Sanson.

– Encore ? Mais tu ne les as pas déjà tous ?

– Celui-là, je l'ai oublié à Avignon, alors je l'ai racheté, dit Philippe.

– Philippe ! s'écria Françoise. Dis-moi que je ne suis pas folle. Tu as bien vu une voiture noire en bas quand tu es arrivé, non ?

– Je n'ai pas regardé, avoua Philippe. Et puis, il y avait pas mal de voitures, tu sais.

– Elle nous bassine avec ça depuis tout à l'heure, dit Victor.

– Je vous bassine ! C'est bien une réflexion de bourgeois ! s'indigna Françoise.

– Tu es aussi bourge que lui, sinon plus, rétorqua Sophie.

– Vous n'avez qu'à regarder par la fenêtre de ta chambre, dit Philippe. S'il y a une voiture, elle y est encore.

Tout le monde partit à la suite de Françoise.

– Enfin, elle était là ! dit-elle.

Au bout de son index, tout en bas dans la rue, ils ne virent qu'une Mini rouge.

– Je suis tombé sur un mec complètement timbré, ce midi, dit Arnaud. C'est con, parce qu'il est sexy, enfin il pourrait l'être. S'il allait chez le coiffeur, par exemple. Il a passé le déjeuner à essayer de me persuader que je devais reprendre possession de mon corps en m'initiant aux danses africaines traditionnelles et il m'a raconté que le monde de la nuit n'était pas fait pour moi et que je devais m'engager bénévolement dans une ONG.

– Il faudrait pas que je tarde, dit Julian qui n'avait pas la moindre idée de ce qu'était une *ohennegée*.

Il consulta sa montre, une espèce de chose aussi voyante qu'une Porsche et aussi fiable qu'une Trabant.

– Tu as intérêt à être à l'heure pour ton passage, dit Arnaud.

Julian avait un emploi du temps de ministre. À 23 heures, il devait passer au Dix prendre du fric que devait lui donner Luis. Il ferait son client à minuit, filerait ensuite chercher Luis à 1 heure au Dix, ils fonceraient au Paradiso où il ferait son strip à 2 heures. Après quoi, il lèverait une créature dans son genre, musculeuse et aussi fauchée que lui. Julian était une sorte de Robin des Bites : il volait les riches pour se donner aux pauvres.

– Ils n'arrêtent pas de te regarder dit FX à Olivier. (Le City Café n'était pas un très bon restaurant, mais FX avait tenu à montrer à Olivier que lui aussi connaissait les endroits où tout le monde se montre. La musique était trop forte, les gens se faisaient de grands signes d'une table à l'autre. Il regarda distraitement l'assiette que le serveur déposait devant lui et se dit que sa taille était inversement proportionnelle à son contenu insipide. Il se demanda si l'on trouverait un jour des livres de recettes de cuisine homosexuelle. Olivier haussa les épaules.) Mais si, tu vois qu'il te va bien, ce t-shirt, reprit FX.

Dans l'après-midi, cédant à une impulsion aussi subite qu'imbécile, FX était allé faire claquer sa Premier et son Amex sur tous les comptoirs. Après avoir manifesté quelques réticences en déclarant qu'il ne voulait pas donner l'impression d'être entretenu, Olivier avait accepté l'argument du cadeau (« On dira que c'est pour fêter Halloween ») en concédant que, non, en effet, ils ne pouvaient pas aller au Paradiso habillés comme pour une partie de campagne à Marly. Et c'est ainsi qu'il s'était retrouvé avec un cinq-poches G Star et un t-shirt moulant Firetrap. Un instant, FX avait songé s'acheter la même chose puis, se rendant compte à temps qu'il glissait sur une pente dangereuse, il s'était rabattu sur son marché habituel, les Galeries Lafayette, où il avait plus sobrement choisi un treillis beige et un polo chez Gap.

– Si on me voit uniquement parce que je mets des trucs que tout le monde porte, dit Olivier, c'est vachement superficiel.

– *Beauty is skin-deep*, dit sentencieusement FX.

Au même moment, Arnaud et Julian quittèrent leur table et firent un détour par la leur en sortant.

– Vous venez à la fête ? Vous voulez des invites ? demanda Arnaud en leur tendant deux cartons sans attendre la réponse. Ça vous évitera de faire la queue, il va y avoir un monde dingue, ce soir. Je file, on ouvre dans trois quarts d'heure.

– Ben dis donc, fit Julian en posant sur Olivier un regard lourd et prolongé. Tu as de l'avenir, toi…

Olivier ne répondit pas.

– Qu'est-ce qu'il a voulu dire ? demanda-t-il quand ils furent partis.

– Je ne sais pas. Que tu pourrais toujours te lancer dans une carrière « artistique », dit FX en mimant des guillemets avec les doigts, si jamais tu rates tes études. Enfin, ne sois pas idiot, il te drague, quoi.

– Et ça ne t'ennuie pas qu'on me drague sous ton nez ?

– Ça se fait tellement que j'ai fini par avoir l'habitude. Maintenant, ça me flatte.

– Hé, je suis pas non plus une poupée que tu exhibes pour rendre tout le monde jaloux, dit Olivier.

Christian était très content de lui. Il avait bien fait de prendre en mains la promotion de son livre. Il emporta son assiette en carton et alla la remplir de taboulé et de poulet froid au buffet au fond du local. Les choses étaient très professionnelles, maintenant : quand on le recevait, il y avait à manger, à boire… Et en plus, cette association de Tours regorgeait de minets (Christian prononçait : « minais ») somptueux.

Particulièrement celui-là. Un beau garçon blond frisé, avec des yeux en amande qui portait un t-shirt Mylène Farmer et baissait les paupières en rougissant quand Christian lui adressait la parole. Et il ne s'en privait pas.

– Le sexe, se refuser au sexe, c'est mal. Dans l'Hellade, l'éphèbe se donnait à son amant, généralement plus âgé que lui… (Trois types qui avaient passé la cinquantaine opinèrent du bonnet.) Souvenons-nous d'Antinoüs, le jeune et beau Syrien, amant d'Hadrien qui avait trois fois son âge… (Toute la tablée hocha la tête, qui rassurée de la perspective d'avenir que lui offrait cet exemple prestigieux, qui nostalgique de cet âge d'or où les jeunes gens écoutaient moins de techno et remettaient ça sans se faire prier.) Par exemple – comment t'appelles-tu ? demanda-t-il au jeune garçon rougissant.

– Jérôme, répondit le pâtre grec de carnaval en baissant les yeux comme une jouvencelle.

– Ah, Jérôme, *hieros nymos*, le nom sacré. Eh bien, vois-tu, Jérôme, reprit-il en le regardant d'un air pénétré, si nous vivions dans l'antique Athènes, cette resplendissante république de sages dont le fondement… (Il se reprit :) … qui reposait sur l'amour si bien décrit dans *le Banquet* et *le Critias*, je te couronnerais de pampres et nous ferions l'amour en buvant, ensemble, l'ambroisie dans un cratère d'or ciselé de gymnastes…

Certains ont le vin gai, d'autres l'ont mauvais. Christian avait le vin grotesque.

Il continua à discourir pendant tout le reste du repas, faillit s'étouffer avec le kouing-aman – mais que faisait une pâtisserie bretonne en plein cœur de la France ? – et termina un peu incohérent en portant plusieurs fois des toasts hoquetants à la fierté homosexuelle et à Jérôme, « le beau Jérôme » – qui venait justement de se planter devant lui avec son livre.

– Pour que vous me le dédicaciez avant que je parte. Si vous pouvez écrire : « À Maurice »…

– Maurice ? Tu ne t'appelles pas Jérôme ?

– Si, si, mais celui-là, c'est pour l'offrir à mon ami.

– Ah ? Parce que tu as un ami ? demanda Christian en dissimulant avec peine sa déception. Il doit être aussi beau que toi. Les couples de jeunes gens… commença-t-il lyriquement.

– Oh, oui, il est encore très beau. Il est un peu plus jeune que vous, il a quarante ans.

– J'ai trente ans, dit Christian Michaud, pincé.

– Ah bon ? (Jérôme eut l'air ennuyé.) Enfin, je voulais aussi vous remercier. Si je n'avais pas lu votre livre, je n'aurais jamais eu le courage de lui avouer mon amour.

Christian griffonna la dédicace de mauvaise grâce. Se faire rafler par un vieux un splendide minet qui vous traitait de débris par-dessus le marché. Ha !

Quand Jérôme eut quitté la salle, Christian s'aperçut qu'il ne restait plus que lui et un gros garçon boutonneux avec d'énormes lunettes et des cheveux couleur queue de vache.

– Je vous attendais pour fermer, dit le garçon.

– Ah. Oui, pardon, dit Christian en enfilant son imperméable.

– Vous voulez que je vous raccompagne ? C'est un peu loin, le Formule 1, de là où on est.

– Oui, merci.

– C'est très beau, ce que vous avez… euh, tu… Je peux vous tutoyer ? dit le garçon, qui s'appelait Romuald, une fois qu'ils furent dans sa voiture, une antique Dyane asthmatique qui chassait beaucoup, surtout dans les virages.

– Oui, oui, dit Christian.

– C'est vrai, c'est rare d'entendre quelqu'un dire de si belles choses sur l'amour des garçons. Quand j'ai lu votre livre, je me suis tout de suite identifié à Alessandro.

– Oh… C'est… comment dire ? surprenant, dit Christian en tressautant, ratatiné sur le siège défoncé, tellement avachi qu'il avait les genoux sous le menton et voyait à peine la route.

– Oui, et le personnage de Rudolph, celui qui aime tant Alessandro, c'est toi, en fait, n'est-ce pas ?

– C'est-à-dire que… commença Christian.

– Oh, je le savais ! dit Romuald en freinant brusquement. (Ils étaient sur un bout d'autoroute sombre, non loin de l'hôtel.) Embrasse-moi ! Laisse-moi te déshabiller et être nu avec toi, prends-moi sur la bande d'arrêt d'urgence ! Depuis que je t'ai vu, je te désire, nous étions faits l'un pour l'autre et je n'ai jamais connu l'amour. À trente-deux ans !

– Mais laissez-moi, enfin ! hurla Christian, épouvanté devant la trogne de Romuald qui fondait sur lui en ouvrant une bouche béante où s'agitait lubriquement une énorme langue rose.

– Mais tout à l'heure, tu disais qu'il ne fallait pas refuser le sexe et qu'un jeune homme a besoin d'un aîné pour le guider, un homme de quarante…

– Trente ans ! cria Christian en sautant de la voiture et en partant en courant dans la nuit vers l'enseigne du Formule 1. Enfin, mais c'est un monde !

18

Les Enfants du Paradiso

– Mais le monde de la nuit, il serait rien sans le monde de la mode, dit Brice.

– Ah, non, c'est le contraire, dit Nicolas.

– Oui, mais non… commença Sacha.

Cela faisait deux heures qu'ils tournaient en rond avec leurs âneries. Sacha avait roulé un énorme joint à la fin du dîner et tout le monde avait fumé, sauf David, qui trouvait cela crétin. Et même si les trois autres lui soutenaient que l'herbe décuplait leur créativité artistique, le spectacle qu'ils donnaient laissait penser le contraire. Sacha fabriquait avec tout ce qui lui tombait sous la main des chapeaux effrayants qu'ils essayaient à tour de rôle en hurlant. Brice gribouillait des croquis pour son prochain shooting de mode qui serait « complètement Brésil. Brésil et braises ».

– Voilà que tu t'intéresses aux lusophones, maintenant ? avait dit Nicolas.

– Oui, pourquoi pas ? avait évasivement répondu Brice qui avait aussitôt couru noter sur son Filofax : « Accessoirisation : appeler Paul Beuscher pour acheter lusophone ».

David connaissait ces soirées par cœur. Après avoir couru en braillant dans tout l'appartement, écouté toute la collection de disques (« Et ça ? Tu te rappelles ? »), zappé frénétiquement sur les cinquante chaînes du câble et transformé la cuisine en chantier en se gavant de cornichons et d'Apéricubes, tout le monde finirait hébété sur la moquette du salon.

Il alla chercher le dictaphone de Nicolas, enclencha l'enregistrement et le posa discrètement sur la table basse avant d'aller se coucher.

Encadrée par deux videurs pourtant colossaux qu'elle dépassait d'une tête avec ses immenses talons, Esmeralda, décolleté pigeonnant et fourrures opulentes, refoulait les indésirables. Elle venait d'éconduire un trio de secrétaires provinciales en stage de formation à Paris qui s'étaient pourtant donné beaucoup de mal pour avoir ce qu'elles pensaient être le look du Paradiso.

– Ah, non, chérie, tu es trop vilaine. Hooopopopopop ? Où tu vas, toi ? s'écria-t-elle.

– Je viens voir Arnaud, dit Gaël avec le calme opiniâtre et confiant du Jésuite en mission chez les Dayaks.

Pendant toute la soirée, il avait interrogé le Yi-Qing et récité des mantras. Tous les signes étaient là, confirmés par la géomancie. Il fallait absolument qu'il parle à Arnaud.

– Mais elles viennent *toutes* voir Arnaud ! s'esclaffa Esmeralda. (Elle se pencha acrobatiquement en avant et effleura le nez de Gaël du bout d'un ongle interminable.) Et moi, alors ? Est-ce que tu as une grosse bite, au moins ?

– Non, madame, dit Gaël.

– Ah, tu es poli, au moins. Mais qu'est-ce que je fais à perdre mon temps avec toi, aussi ? Allez, file, c'est une soirée privée. (Elle se redressa tandis que Gaël s'en allait. Le Yi-Qing n'avait pas prévu Esmeralda.) Je veux des vrais hommes ! Levez la main, les vrais hommes ! (Une douzaine de bodybuildés agitèrent les bras en l'appelant dans la file d'attente.) J'ai dit des *vrais* hommes, pas des passives !

Philippe lui tendit son carton et celui de Victor.

– Oh, toi, tu as l'air du genre qui mord les matelas, lui dit Esmeralda. Allez, passe quand même, va. Tu as de la chance que ton copain ait l'air d'un homme du monde. Tu me paies un verre au bar tout à l'heure, chéri ? lança-t-elle à Victor par-dessus son épaule.

– Pourquoi elle a dit ça ? demanda Philippe à Victor dans l'escalier. Je suis pas passif.

– Oh, tu répètes ça tout le temps, fit Victor, une Salem au bec. Tu joues les bonshommes, mais ça se voit, pourtant, que tu es fait pour sentir l'homme en toi. (Philippe prit un air offusqué qui fit rire Victor.) Mais regarde ce que tu cherches, enfin ! Tu veux toujours des mecs qui poussent des cris rauques et au lit, vous vous faites des trucs de collégiennes. Non, je te dis, si tu veux du bonhomme, tu devrais bosser avec un petit caraco au Bois, là, tu verrais ce que c'est. Ah là, là, quand je pense que tu me traînes là-dedans, que ça hurle et que ça m'emmerde et que je pourrais être chez les exhibs du boulevard Suchet. Là-bas au moins, c'est pas du chiqué.

Lassé d'entendre les sempiternels discours de Françoise, Philippe avait décidé d'aller au Paradiso et avait réussi à grand-peine à convaincre Victor de l'accompagner. Carla avait essayé de venir, mais Victor, qui ne supportait pas ses airs de donneuse de leçons, avait prétendu qu'ils allaient d'abord prendre un verre chez lui.

– Et puis, il faudrait que quelqu'un lui dise de se mettre du déodorant, avait-il ajouté dans l'escalier. Putain, quand elle lève les bras, qu'est-ce que ça klaxonne !

À 22 heures, Christelle avait terminé la bouteille de Beaujolais nouveau. Elle décida de donner encore un peu de temps à Bruno. Peut-être qu'il n'avait pas bien compris l'heure ? Ou qu'il était en retard ?

Sacha devant rentrer tard du Paradiso, elle avait l'appartement à elle toute seule. Ses relations étaient déjà assez difficiles avec Bruno sans qu'elle ait besoin d'expliquer les couleurs de cheveux spéciales de son frère ou ses bracelets de cheville indiens et ses orteils peints au safran (quand il était dans ses périodes les plus sobres.) Elle avait passé l'après-midi à préparer ce repas en tête-à-tête. Évidemment, il avait fallu qu'elle appelle dix fois sa mère pour obtenir des précisions.

– Tu mets la viande quand l'eau commence à bouillir et les légumes une heure après, au fur et à mesure, du plus dur au plus fragile, avait dit sa mère.

Elle était restée un long moment à méditer devant la marmite bouillonnante et l'évier où s'amoncelaient des tas de légumes qu'elle avait péniblement épluchés.

– Non, ma chérie, tu les remets au frais, tes saucisses de Morteau. On n'en met pas dans ce plat. Enfin, pas chez moi.

Christelle avait donc rangé ses saucisses, attendu un premier bouillon qu'elle avait écumé, puis un second, et elle avait commencé à mettre les légumes. Et là, un doute l'avait saisie.

– Non, on ne met pas de tomates ni d'aubergines ni de pommes de terre. Du chou si tu veux, oui. Tu es sûre que c'est un pot-au-feu que tu veux faire ? Pas une potée, une choucroute ou une ratatouille ?

À 20 heures, c'était prêt. Elle avait mis la table, allumé les bougies, enfilé un petit truc tout simple de chez Zara – une jupe kaki. Christelle aimait le brun, le marron, l'ocre et le kaki. Des couleurs tendance, disait Sacha. Oui, tendance diarrhée, disait son père.

À 23 heures, comme Bruno n'arrivait pas, Christelle décida de manger le pot-au-feu pour deux à elle toute seule. Elle s'empiffra de légumes en sanglotant, dévora la moitié du morceau de jarret et toute la macreuse en descendant la deuxième bouteille de Beaujolais. Puis elle mangea toutes les bananes flambées et vida un pot de Ben & Jerry chocolat-pécan-caramel arrosé du reste de rhum en regardant la mort dans l'âme un truc affreux sur la télé dont l'antenne intérieure cassée ne captait plus que TF1.

À 1 heure du matin, elle se sentit un peu ballonnée et gargouillante. Cinq minutes plus tard, elle revoyait son dîner à l'envers. Quand Sacha rentra à l'aube, il la trouva affalée dans les toilettes, étreignant la cuvette comme une Pietà post-moderne et vraiment, mais alors *vraiment* très malade.

Nicolas entra triomphalement au Paradiso. Non seulement il étrennait sa nouvelle carte VIP, qui lui avait permis de fendre la foule agglutinée et suppliante qui piétinait devant l'entrée, mais en plus, il avait eu une idée géniale de t-shirt, juste avant de partir. Sur un Petit Bateau blanc taille 14 ans, il avait écrit au marqueur indélébile : SO MANY FIOTTES SO LITTLE TOPS. En descendant l'escalier principal, il ne put s'empêcher de bomber le torse pour que tout un chacun puisse profiter de cette créativité si débordante qu'il avait beaucoup de mal à la canaliser.

– C'est sûr qu'au Paradiso, les supermodels, on peut les compter sur les doigts d'une main, lui avait dit Brice en voyant l'inscription.

– C'est pas de ces tops-là que je parle, idiote. Les *tops*, en anglais, c'est les actifs, avait répliqué Nicolas en se demandant pourquoi il continuait à traîner dans son sillage une créature idiote, bruyante et même pas sexy.

Apparemment, ce soir tout le monde était là.

– Enfin, les gens qui comptent, précisa Brice en jetant un regard circulaire sur les habitués réunis en bas de l'escalier.

Des attachés de presse, des créateurs aux spécialités indéterminées, des journalistes tendance-tendance, de futurs DJs, d'anciens organisateurs de soirées (lire « directeurs artistiques »), des graphistes à la mode et même un écrivain : c'était là que se retrouvaient les « vrais gens importants ». Le carré VIP était beaucoup trop vulgaire.

– Tu te rends compte que la plupart des gens qu'on fréquente sont les célébrités de demain ? dit Nicolas, sur qui l'exta avait toujours des effets aussi imprévisibles que navrants.

Arnaud distribuait déjà des tickets de consos dans cette pépinière de jeunes talents qu'on irriguait au gin-tonic.

– Il connaît notre pouvoir. Après tout, c'est nous qui faisons le succès des endroits où nous allons, dit Brice en roulant des yeux et en s'emparant d'une poignée de tickets.

En tout cas, ce n'était pas lui qui les faisait vivre.

– Oh, j'adore ce truc, dit Nicolas en se mettant à danser, les bras en l'air en ondulant des hanches. Avec son t-shirt trop court qui lui remontait au-dessus du nombril, on aurait dit une houri qui donne un cours de macarena dans un cabaret d'Istanbul.

En le voyant, Carla vint se planter devant lui, leva un regard humide sur le mode bac-à-sable-dis-tu-veux-bien-que-je-sois-ton-amie ? et se mit en devoir de l'imiter laborieusement, convaincue que c'était le dernier cri, avec l'application butée d'une touriste allemande bien décidée à apprendre la danse de l'été.

Avec son slip d'homme Calvin Klein qui dépassait de son jean et son air persuadé de s'amuser follement, elle vous pourrissait une soirée comme un rien. Carla aimait la danse, mais la danse ne l'aimait pas. Carla aimait les drogues, mais les drogues ne l'aimaient pas. Mais Carla persévérait. Carla était un peu comme les moules : il fallait toujours qu'elle s'accroche à quelque chose. Et elle avait aussi quelque chose d'imputrescible.

Je suis bien, moi, avec une grosse dinde pétée à la Marie-Brizard et l'autre naine qui danse comme une pintade saoûlée au marc de cassis, se dit Nicolas en continuant sa fougueuse danse du ventre.

C'est alors qu'il s'arrêta tout net. *Il* était là. *Il* venait d'arriver.

En voyant Luis traverser le Paradiso avec toute la mâle assurance d'un jeune taurillon lâché dans les rues de Pampelune, Nicolas fit virevolter d'un geste expert son sweat-shirt comme pour exécuter une véronique avant les premières banderilles. Il était hors de question que le bel Ibère voie son t-shirt : ça faisait vraiment trop folle. Il risquait de penser des choses. Et Brice qui allait revenir. Celle-là, on ne pouvait pas vraiment dire qu'elle ferait un péon convaincant.

Il alla se planter contre le poteau qui se trouvait au bord de la piste. Luis l'avait repéré, il n'allait pas tarder à charger. Nicolas se figea précipitamment et recréa avec une application étudiée cette pose d'une virilité classique et naturelle qu'il avait vue sur les affiches de *Querelle*. Brad Davis, clope pendante au bec, y était appuyé nonchalamment à un pilier, baigné dans une lumière orange. C'est sobre et de bon goût, songea-t-il. Malheureusement, avec les lumières noires qui se reflétaient sur ses lentilles de contact, Nicolas rappelait plutôt Michael Jackson dans le clip de *Thriller*.

Brice s'approcha de lui, dans chaque main un cocktail multicolore surmonté d'une petite ombrelle en papier plantée dans une cerise confite :

– Ça va ? lui demanda-t-il, visiblement inquiet de cette soudaine métamorphose.

– Ouais, ouais, grommela Nicolas avec la voix d'un fumeur de Gitane Maïs au réveil, avant de recoincer à la commissure de ses lèvres une Winston Ultra Light qu'il tenait entre le pouce et l'index, tête penchée sur le côté, mâchoire figée et sourcils froncés au point de n'être plus qu'une barre au bas du front. Là, c'était Matt Dillon dans *Rumble Fish* : à l'époque, il avait adoré.

– Ben, tu fumes, toi, maintenant ? poursuivit Brice en le dévisageant.

Nicolas se sentait prêt à donner l'estocade. Ouais, mec, il était prêt, mec.

– Mais prends un remontant, ma chérie, roucoula Brice d'une voix de Liz Taylor période tardive, en lui tendant un verre à pied gros comme un bol à punch. Tiens, ton Acapulco Dream. Parce que tu le vaux bien, rajouta-t-il avec la moue assortie.

Brice était un pionnier, même pour les blagues de folle à deux francs.

Cette fois, Luis s'approchait. Après avoir salué deux trois personnes avec la subtile et masculine nonchalance d'un Stallone dans *Rocky*, il fendait la foule pour franchir les derniers mètres qui le séparaient de l'ultime combat. Nicolas gardait la pose. Au fond de lui une petite voix piaillait : « *Everything is under control, darling* », mais il s'efforça de penser : « Je suis prêt, putain mec, ouais, je suis prêt. »

En contraignant la femme qui était en lui à se comporter en docker, il l'avait transformée en trave du Bois.

Comme au ralenti, il vit Luis lever son bras et l'approcher du sien qu'il leva à son tour. Finalement leurs mains se rejoignirent dans une claque sonore comme dans les clips de… Nicolas n'aurait pas su le dire : il ne connaissait rien au rap.

– Content que tu sois là, mec, dit Luis.

– Ouais, c'est cool… répondit Nicolas, avant d'ajouter comme on s'efforce à recracher une arête : … *mec*.

– Vaut mieux entendre ça que d'être soûle, fit Brice en levant les yeux au ciel.

Nicolas le fusilla d'un regard noir. Et avec les lentilles, hein, c'était pas facile.

– Ben, quoi ? fit Brice en levant à nouveau les yeux au ciel (Il avait un nombre limité d'expressions à sa disposition.)

– On va s'en jeter un ? proposa Nicolas (Mais il avait vu jouer ça où ?) en tentant d'éloigner Luis de Brice.

– Tu veux pas ton cocktail, cocotte ? D'habitude, tu prends que ça, dit Brice avec un grand geste malheureux.

Nicolas sentit tout Acapulco lui dégouliner dans le cou.

– Ben si tu es mouillé, pourquoi tu enlèves pas ton truc, là ? demanda Luis.

Olivier était venu en traînant les pieds, mais l'appétit vient en mangeant – ou plutôt en l'occurrence en dansant. Il y avait beaucoup de gens déguisés, des citrouilles évidées où brûlaient des bougies, un nombre incroyable de folles costumées en sorcières, le masque de *Scream* avait fait un carton et toutes les drag-queens étaient encore plus… drag-queens que d'habitude. Sauf Esmeralda, déguisée en Cruella DeVil, qui menait la danse du haut de son podium, entourée de quatre gogos peints en blanc avec des taches noires.

Olivier avait beaucoup dansé.

– Tu t'amuses ? avait demandé Brice avant d'ajouter d'un air blasé : C'était mieux l'année dernière.

Sur la piste, un type baraqué lui avait fait des tas de sourires en lui faisant signe d'enlever son t-shirt. Olivier ruisselait, mais il avait encore beaucoup trop de pudeur – ou d'amour-propre, ou de raison – pour se lancer dans un numéro d'exhibition.

FX ne dansait pas. Il était resté au bar à boire du Perrier, avec tout de même un peu l'impression d'être dans le rôle du vieux chonchon qui fait tapisserie pendant que son gamin s'amuse. Mais en même temps, il éprouvait cette satisfaction un peu vide de voir qu'Olivier s'amusait manifestement, mais revenait régulièrement le retrouver. Il ne se doutait pas qu'à force de montrer au chat le chemin de la laiterie…

Alors qu'Olivier venait de le rejoindre, un type s'approcha et se planta devant eux.

– Pas mal, ton petit matos, fit-il à FX en regardant Olivier comme un maquignon à la foire aux bestiaux d'Aurillac.

– Tu veux lui examiner les dents, aussi ? rétorqua FX.

– Oh, c'est pas les dents qui m'intéressent. Tu l'as bien dressé, il bosse bien ? Il est docile ? Il fait quoi, comme trucs ? reprit l'autre sans quitter Olivier des yeux. On pourrait s'en occuper tous les deux, vous faites quoi, là ?

– Laisse tomber, dit FX. C'est vraiment pas notre genre.

– Non, mais tu as vu ces deux dingues, là ? dit Victor en poussant Philippe du coude. (À quelques mètres de là, deux mecs torse nu se palpaient en faisant des grimaces de gladiateurs, un peu comme des oiseaux-lyres qui auraient vu un documentaire sur la lutte turque et ne s'en seraient jamais remis. Cependant, Victor avait des références moins zoologiques.) On dirait Jane Russell et Jayne Mansfield qui comparent leurs tours de poitrine. Dans cinq minutes, elles vont chanter.

Nicolas, qui avait précipitamment remplacé dans les toilettes son t-shirt par son sweat, avait fini par tout enlever à cause de la chaleur.

– Il est bien, ton tatouage, fit Luis en empoignant son biceps orné d'un bracelet de ronces comme un garçon-boucher qui sort un plat de côtes de la chambre froide.

– Le tien est bien aussi, dit Nicolas en désignant le Tom of Finland qui ornait le pec de Luis. Tu l'as fait où ?

– C'était à Djibouti, quand j'étais mataf.

En fait, c'était entre deux fjords en Norvège quand il était serveur sur les Croisières Paquet.

– Ah ouais, c'est bien. Moi, c'est un pote qui me l'a fait en taule avec une aiguille, dit Nicolas qui ne se rendait même plus compte de ce qu'il racontait.

En fait, il s'y était repris à deux fois pour aller chez Bruno, rue Saint-Sébastien et, en apprenant qu'on ne pratiquait pas l'insensibilisation locale, il s'était bourré de Lysanxia.

Renaud avait réussi à s'échapper. Denis avait pris ses deux Lexomil, mais Renaud lui en avait rajouté deux autres *in extremis*.

– Mais je les ai déjà pris, avait gémi Denis. Quand j'ai mangé mon yaourt.

– Non, non, je t'assure, avait dit Renaud. Regarde, ils sont encore sur la table. Tu fais peut-être de l'Alzheimer…

– Ah bon ? C'est pas un peu tôt pour mon âge ? avait demandé Denis qui le croyait et voyait déjà une nouvelle maladie dont il pourrait se plaindre.

Denis s'était endormi comme une souche et Renaud s'était éclipsé. Il était arrivé juste à temps pour voir Julian terminer son numéro et l'avait entraîné au bar dans l'espoir de le convaincre de reprendre leur chantier là où les vagissements de Denis l'avaient laissé. Ils pouvaient même faire ça aux toilettes, s'il y avait une cabine libre. Renaud n'était pas regardant. Certains l'avaient surnommé Nescafé, parce qu'on pouvait se le faire en cinq minutes dans une tasse.

– Ouais, mais tu vois, je sens que je te mérite pas, lui dit Julian en lui tripotant un sein à travers son t-shirt.

En plus, tu as un mec, et puis je suis pas prêt à m'engager et je sens qu'avec toi, je pourrais facilement tomber amoureux, tu vois.

Julian avait pour habitude de ne jamais se faire repasser deux fois par le même. Quant à Renaud, la simple mention du mot « amour » suffisait à le faire fuir. Pour faire bonne mesure, Julian le prit dans ses bras et l'embrassa à pleine bouche, puis il se recula et le regarda longuement dans les yeux. Ça marchait toujours, dans un sens ou dans l'autre.

– Je vais rentrer, dit Renaud au bout d'un moment.

– Tu veux qu'on partage un taxi ? Je m'en vais aussi.

– OK.

Philippe les vit remonter l'escalier, Julian un bras sur l'épaule de Renaud, Renaud une main lui empoignant les fesses.

Philippe n'avait pas quitté Julian des yeux pendant tout son strip. Il était hypnotisé comme un voyageur de commerce en goguette qui se laisse attendrir dans un rade de Pigalle par une roulure qui lui joue le numéro de la pensionnaire des Oiseaux.

Si ça se trouve, ils sont ensemble, songea-t-il. Après tout, c'est normal, un si beau mec ne pouvait pas être seul. Et de se monter tout un cinéma. Comme c'était beau : Renaud, étudiant sans le sou, Julian qui gagnait la vie du couple en offrant en pâture aux clients du Paradiso son corps dont il réservait les trésors pour son petit homme à lui. Pourquoi Philippe n'avait-il pas droit aussi à sa part d'un bonheur aussi limpide ?

– Tu veux rentrer ? lui demanda Victor. Qu'est-ce que tu étais en train de regarder ?

– Oui, dépose-moi, dit Philippe en l'entraînant.

– Ces deux-là ? dit Victor une fois sur le trottoir en désignant du menton Julian et Renaud qui attendaient un taxi. Mais tu rigoles ! Ils sont pas plus ensemble que toi et moi. Et c'est l'autre machin musclé que tu veux te faire ? Tu vas avoir intérêt à assurer, parce que d'après ce que je sais, la gamine qui est avec lui, quand elle te grimpe, elle te joue « Quatre Garçons dans le ventre » à elle toute seule.

Carla ne se sentait pas très bien. Elle avait énormément fumé, son exta ne passait vraiment pas et elle ne savait plus très bien où elle était. Elle avait un mal fou à tenir debout dans le mélange gluant de bière, de poussière, de Coca et de choses encore moins ragoûtantes dans lequel elle piétinait depuis… Depuis combien de temps, au fait ?

Je me sens vachement bien, se dit-elle. La musique est super, les gens sont super, je passe une soirée super. Elle arrêta de caresser les briques suintantes du mur en voyant Nicolas la regarder, se mit à mouliner frénétiquement à contretemps sur la techno en chantant en yaourt d'un air enjoué et leva le pouce en l'air en criant « Je suis super-bien ! ». Mais Nicolas s'était retourné pour parler à quelqu'un. Carla essuya la sueur, glacée malgré la chaleur, qui perlait sur son front. Oh, là, là, ça va pas du tout, là, je me sens partir, se dit-elle. Elle s'apprêta à s'asseoir, mais elle vit Sacha qui approchait et se remit à danser, enfin, à faire des gestes avec les pieds, une sorte de bourrée. Son jean trempé par les éclaboussures de boue commençait à lui coller jusqu'aux cuisses. Les yeux mi-clos, elle fit avec les bras de périlleux mouvements ondulants et sensuels censés évoquer la transe mystique dans laquelle elle se trouvait, un peu comme une danseuse balinaise. Tout le monde pouvait voir qu'elle était super-bien en ce moment. En fait, elle avait plutôt l'air de la candidate d'*Intervilles* sur une poutre passée au savon noir qui chasse des mouches en essayant d'éviter les féroces vaches landaises. C'est d'enfer, ce que je fais avec mon corps, se dit-elle. Ouais.

– Oh, c'est cool, ton maquillage. Moi j'ai pas eu le courage, dit Sacha qui l'avait rejointe et se demandait si c'était chez Clarins qu'on faisait du fond de teint vert pâle.

– C'est super-bien, ce qu'ils passent, là, articula pâteusement Carla. J'adore l'*ambient*.

Mais Sacha était déjà reparti. Le DJ était en train de passer un remix monstrueux de 2 Unlimited.

Carla continua de danser mollement en regardant autour d'elle. Il n'y avait plus personne qu'elle connaissait. Elle vit une place sur les marches et s'y dirigea d'un pas malaisé. En passant devant l'un des miroirs embués, elle eut juste le temps de voir dans la trace d'une main qui l'avait essuyé qu'elle était livide, les lèvres exsangues, les cheveux collés au crâne par la sueur et elle s'écroula avant d'atteindre les marches, dans dix centimètres de boue noirâtre qui sentait le gerbi et l'alcool.

19

Le cri de la moite

Christian Michaud avait eu beaucoup de mal à s'endormir. Romuald l'avait poursuivi sur le parking et il n'avait dû son salut qu'à la bienveillance du veilleur de nuit. C'est transi de terreur, serrant son cartable sur lui qu'il avait gagné sa pitoyable petite chambre, où, au son du vent qui sifflait dans la toiture et secouait les volets en ferraille tandis que gargouillaient des canalisations déficientes, il était resté à grelotter en pyjama dans son lit et à méditer sur la douloureuse condition d'écrivain gay et la vanité des belles paroles devant la misère sexuelle des autres – qui, il faut le dire, était tout de même un peu la sienne aussi.

David se réveilla en sursaut. Dans l'obscurité, il cligna des yeux et vit que les chiffres bleus du réveil indiquaient 5 heures et demie. La place était vide dans le lit à côté de lui. L'appartement était silencieux. Nicolas n'était pas rentré.

– Mais pourquoi il a dit ça ? demanda Brice alors qu'il gravissait avec Sacha l'escalier de chez lui.

Quand ils étaient montés dans le taxi, le chauffeur leur avait jeté un regard entendu et leur avait demandé s'il devait les déposer à Jaurès.

– Je sais pas, dit Sacha. Tu crois que c'est parce qu'il a trouvé qu'on faisait pédé ?

– Mais on n'était pas déguisés ! dit Brice. On était comme d'habitude. (Ils s'étaient arrêtés sur le palier du troisième. Sacha en profita pour enlever ses tongs. Brice regarda les ongles des pieds vernis de Sacha, son pantalon en tergal bleu pétrole et sa chemise à rayures orange et vertes.) Je suis sûr que c'est à cause de tes fringues. C'est toi qui fais pédé, je trouve.

Sacha regarda Brice. Avec ses paupières papillonnantes, son sourire joufflu et son immense chemise blanche (Brice avait eu du mal à trouver baggy, à cause de sa taille, mais il y était arrivé), on aurait dit une génisse à qui on avait passé une blouse d'infirmière.

– Oh, tu peux parler. Il aurait sûrement rien dit si tu avais pas gesticulé sur le trottoir en poussant des cris quand il s'est arrêté.

Ils reprirent leur ascension.

– En fait, c'est sûrement parce qu'il a pas l'habitude de voir des gens *vraiment* à la mode, conclut Brice.

Quand ils rentrèrent, Olivier alla se coucher pendant qu'FX allait chercher un Cherry-Coke à la cuisine. FX était épuisé : cela faisait des années qu'il n'était pas sorti jusqu'à 6 heures du matin, mais le spectacle d'Olivier courtisé par tout le monde, par les vendeurs, au restaurant, au Paradiso, l'avait – eh bien, oui : émoustillé. Voilà que je me mets à penser comme un vieux jeton, songea-t-il.

Quand il se coucha à son tour, Olivier passa un bras sur sa poitrine et enfouit son nez dans le creux de son épaule en poussant un soupir de chiot repu. FX l'embrassa, se retourna sur le côté et descendit lentement le long de son cou. C'était salé. Olivier posa mollement une main dans ses cheveux. FX descendit encore, sur sa poitrine et son ventre encore moites qu'il effleura de son menton. Olivier frissonna. Sa main glissa et retomba. Il s'était endormi.

À l'autre bout de Paris, Philippe était couché depuis longtemps, mais il ne dormait toujours pas. Sur la minichaîne, Véronique Sanson chantait *Le Temps est assassin*. La haute glace posée à côté de la cheminée contre le mur du fond de la chambre lui renvoyait l'image du grand lit, d'un type allongé dont la poitrine parfaite émergeait de la couette blanche comme le corps d'un naufragé rejeté par la mer. Mais non, elle n'était pas parfaite. Peu importaient les regards envieux que lui jetaient les mecs dans les douches de la gym. Ceux qui le regardaient ne l'intéressaient pas. La perfection, c'était quelqu'un d'autre. Et ce quelqu'un existait, puisqu'il le voyait, ce type sans visage, sur les emballages de ses Calvin Klein. Il aurait tellement voulu être aussi beau. Il avait les sourcils asymétriques, un épi sur le dessus du crâne qu'il n'avait jamais réussi à dompter, un air méditerranéen qu'il n'aimait pas et qui lui valait invariablement de la part des voyageuses trop blondes à la quarantaine habillée en gamine un « Vous êtes italien ? » assorti d'une moue humide.

Il avait les cheveux bouclés : il les aurait voulus raides. Il avait des yeux bleus qu'il trouvait fades : il aurait voulu que les autres se perdent dans des yeux noirs. La perfection, non, ce n'était pas lui, c'étaient tous ces autres dans les pages des magazines qu'il découpait et encadrait religieusement comme une dévote qui constelle les murs de sa chambre d'images pieuses.

Quand il était arrivé à Paris, qu'il avait vu au Palace tous ces mecs merveilleux qui sniffaient des poppers, qui dansaient à perdre haleine sur la scène et s'enlaçaient, ruisselants, il s'était dit qu'un jour, il connaîtrait ce bonheur-là, il serait comme eux. Puis, quand il y avait dansé à son tour, son t-shirt trempé passé dans sa ceinture, il en avait vu d'autres, encore plus beaux, encore plus souriants, encore plus parfaits.

C'était comme s'ils avaient tous été sur un immense escalier et qu'ils ne regardaient que la marche au-dessus de la leur.

C'était sans fin.

… Quelquefois, je sens les mystères de toutes ces choses que je comprends mal, comme si j'étais toute seule sur terre à rechercher un idéal…

Il avait beau fermer les yeux, il les voyait toujours, ces images de mecs qui dansaient derrière ses paupières. Mais au moins, il ne voyait plus en face de lui celle de ce type aux yeux fermés, fermés très fort, aux dents serrées et aux lèvres crispées dans une grimace, dont la poitrine se soulevait comme dans un grand soupir tandis que des larmes silencieuses coulaient sur ses joues.

Si Sophie l'avait vu, elle l'aurait consolé.

Si Victor l'avait vu, il aurait ri.

Après avoir déposé Philippe, Victor obliqua pour prendre par le canal St-Martin. En longeant le trottoir à petite allure, il remarqua un mec, se gara un peu plus loin et redescendit vers lui à pieds. Le mec, qui s'était retourné sur le passage de la voiture et l'avait suivi du regard, fit volte-face en le voyant descendre et rebroussa chemin.

Tiens, tiens, se dit Victor en le suivant. Au bout de quelques pas, comme l'autre semblait décidé à s'en aller, Victor jugea préférable de repartir vers sa voiture. Le mec se remit à le suivre. Victor s'arrêta. L'autre en fit autant. Victor s'avança dans sa direction. L'autre partit en sens inverse. Mais qu'est-ce que c'est encore que ça ? se dit Victor. Elles vous font des grands signes et quand on vient les voir, elles s'enfuient. S'il ne faisait rien, il risquait d'être encore au même point le lendemain matin. Il accéléra l'allure et finit par rejoindre le mec et l'aborder.

– On va tourner longtemps comme ça ? demanda-t-il en arrivant à sa hauteur.

– Euh, non, je me promenais, dit le mec d'un air dégagé.

– Ah, oui, à Jaurès, fit Victor. Par moins deux degrés et à 4 heures du matin. Comme tout le monde.

– J'habite à côté.

– Oui, oui, bien sûr, dit Victor. Bon, je t'emmène ?

– C'est que je n'ai rien sur moi, hésita le mec. Je suis juste sorti prendre l'air et je n'ai rien emporté, je…

– Ah, t'emballe pas, je t'emmène pas au Guatemala, on va chez moi, tu auras pas besoin de tes cartons à chapeaux.

– Toi, alors, tu es drôlement direct, gloussa le mec.

En remontant vers sa voiture, Victor commençait déjà à regretter sa proposition.

– Tu fais quoi dans la vie ? demanda-t-il alors qu'ils s'arrêtaient à un feu rouge.

– Je suis dans l'aviation, dit le type d'un air pénétré.

– Dans l'aviation ? répéta Victor. Tu es pilote ?

– Oh, non, je suis PNC.

– Tu peux pas dire steward comme tout le monde ? C'est comme les serveurs et les réceptionnistes : il faut toujours qu'ils disent qu'ils sont dans la restauration ou dans l'hôtellerie.

– C'est pas ça, protesta l'autre. C'est que c'est une profession tellement cliché chez les pédés.

– Et alors ? C'est pas avec un corps de métier qu'on couche, c'est avec un corps tout court.

– Oui, mais attention, je suis peut-être bonniche, mais bonniche de luxe : je suis sur Air Liberté, pas à la SNCF.

– Écoute, poupée, pas la peine de me faire tout ton cinéma. Ça, tu peux le garder pour tes conversations entre bonniches. Peut-être que ça impressionne un barman de la SNCF de savoir que tu sers tes drinks en altitude et pas lui, mais moi, je suis client et ça me fait ni chaud ni froid, dit Victor. Une bonniche sur roulettes ou une bonniche volante, pour moi ça reste toujours une bonniche.

– Toi alors, tu as un sacré caractère, s'extasia la bonniche.

Arrivés chez lui, Victor expédia les formalités, fourra un verre de n'importe quoi dans la main d'Alexandre (*Alexandre !*), le lui ôta des mains au bout de cinq minutes en voyant qu'il restait comme une cruche qui fait le pied de grue dans une galerie d'art en attendant que ça se passe et le dirigea *manu militari* vers le lit.

– Arrête ! Pas là, ça chatouille, piailla Alexandre une demi-heure plus tard alors que Victor lui dévorait le bas-ventre.

Victor s'interrompit et se redressa. Il avait déjà eu droit à « Ah non ! Ça fait mal » quand il lui avait touché le bout des seins, à « Oh, là, là, tu piques » quand il l'avait effleuré du menton et à une tape sur la main qu'il avait égarée entre ses fesses.

– Bon, on va dormir, hein ? fit-il en éteignant la lampe.

– Ben, pourquoi ? demanda Alexandre.

Quand Victor se réveilla le lendemain matin, il trouva au pied de son lit un mot griffonné d'une écriture compliquée qui disait : *Merci pour cette nuit inoubliable. Appelle-moi*, suivi d'un numéro de téléphone.

Victor se recoucha immédiatement.

Luis était allongé sur le lit. Il entendait au loin résonner les accords suaves et porteurs de promesses de *Besame Mucho*. Ça c'est sûr, ils allaient bien baiser. La bonne grosse main se posa sur sa queue. Putain, il bandait, rien qu'à le regarder, le bracelet de ronces sur le biceps, il bandait. Ouais, vas-y, c'est bon, continue. Il attrapa le crâne et l'appuya sur sa teub en train d'exploser son slibard. Putain il était doux, son crâne, bien rasé, bien sexe. Putain mec, viens, on va se raser les couilles, ça te branche ? Mais l'autre avait déjà englouti son gland et commençait à descendre le long de sa bite. Putain sa bite, bien gonflée, bien grasse avec de bonnes grosses veines. Il repoussa la tête, c'était trop hot, trop vite. Il posa un pied hors du lit, et l'autre lui claqua un bon coup sur les fesses. C'était chaud, ça le brûlait, il eut envie de pousser un gémissement (rauque, le gémissement). L'autre avait déjà planté sa bonne gueule de mec entre ses fesses. Ce qu'il lui bouffait bien le cul. C'était trop bon. Il enfouit la tête sous l'oreiller, il allait éclater. Il aurait dû mettre de la techno, un truc bien hard, ouais, avec un bon beat. Putain, il croyait que ça allait être un plan câlin, mais là c'était super chaud. L'autre poussa l'oreiller et lui fourra sa queue dans la bouche. Allez, suce, tète-moi ma bonne queue, t'aimes ça hein ? Putain, ouais, il aimait ça. Elle était bonne sa teub. Bien large. Il lui limait bien la gueule. Il donnait des bons coups de reins et lui enfonçait bien profond dans la gorge. Il sentait que ça montait, l'autre allait lui gicler au fond de la gueule. Il essaya de s'enlever, il voulait le voir jouir. Mais il était déchaîné, il pistonnait de plus en plus fort, il le repoussa. Attends, mec. Te branle pas, mec. Sois cool, laisse-toi bien aller. Lui aussi il allait dégorger, il arracha son cockring, sa teub était trop gonflée, elle faisait mal. Il avait chaud. Le va-et-vient dans sa bouche. Le mec le clouait au matelas, sa sueur dégoulinait sur lui. Ils étaient trempés. Il s'arrêta d'un coup. Attends une minute, mec. Cool. Il se tourna sur le côté, il tenait sa bite à pleines mains, il le regardait, son gland rougi et couvert de salive. Luis n'en pouvait plus, il ne voulait plus attendre. Il se retourna et se jeta sur la bite bien raide du mec.

– Arrête, mais t'es conne ou quoi ? dit Julian. Tu rêvais encore des saloperies, espèce de chienne. Tu vas quand même pas me sucer, non ? T'es *mon* sœur !

– Fais chier, connasse, dit Luis en se rendormant de son côté du lit.

20

Des fées et des logis

En arrivant devant l'immeuble à 9 heures, Olivier se demandait si cela valait la peine de persister, après toutes les variantes de refus méprisants qu'il avait déjà essuyées dans des agences immobilières : « Vous êtes étudiant ? Mais il fallait vous y prendre en mai, jeune homme » et autres « Mais monsieur, dans le XVe, vous n'espériez tout de même pas trouver un studio à moins de quatre mille francs ? ». Là encore, l'affaire se présentait assez mal. Dès le quatrième étage commençait une interminable file d'attente de gens armés de papiers, prêts à se battre pour obtenir le droit de payer un prix exorbitant une minuscule chambre de bonne au septième.

– Non, les toilettes sont communes. Pour ce prix-là, pensez, lâcha la dame de l'agence, auburn, la quarantaine pressée, efficace et agacée, à Olivier, dont le tour de visiter venait enfin d'arriver à midi.

– Alors il n'y a pas de salle de bains ? demanda naïvement Olivier.

– Une salle de bains ? répéta la femme en détachant chaque syllabe, comme s'il lui avait posé une question obscène. Mais pourquoi pas un jacuzzi, aussi ? Bon. Vous la voulez, ou pas ? (Elle consulta sa montre.) J'ai d'autres gens qui sont très intéressés, vous savez.

– Non, répondit poliment Olivier.

– Très bien, dit la dame en ramassant les formulaires posés sur l'égouttoir du microscopique coin-cuisine.

En redescendant l'escalier, Olivier commençait à désespérer de trouver le studio de ses rêves. Il allait falloir se résoudre à chercher ailleurs.

Si un photographe en mal d'inspiration avait saisi cet instant, le cliché – car c'en était un – aurait fait le tour des magazines en mal d'images de rôles-modèles pour terminer découpé et religieusement encadré sur le mur de quelque créature crédule. Le soleil de cette après-midi d'automne aurait aisément pu passer pour celui d'une matinée d'été, et cela tombait bien, car ils prenaient généralement leur petit-déjeuner vers trois heures. Luis était déjà harnaché d'un marcel immaculé qui faisait ressortir tatouages ethniques et piercings héroïques et Julian, qui sortait de sa douche, arborait plus sobrement une serviette nouée très bas sur les hanches, par déformation professionnelle. Trop de bronzage, juste assez de gel, pas assez de rides : l'image lisse d'un bonheur de couple parfait, en somme. Mais les photos n'enregistrent pas les sons, et en l'occurrence, c'était tant mieux.

– Je suis crevé, annonça Julian.

– Tu rebosses ce soir ? On est en retard pour le loyer.

– Non, là ça va, j'ai eu ma dose hier. C'est mon client spécial, il demande des trucs pas possibles, mais pour le loyer, t'inquiète, je bosse au MAD la semaine prochaine et ça va me faire une grosse rentrée.

Julian était à peu près tout ce dont la majorité homosexuelle peut unanimement rêver au fond d'un lit un peu froid et trop solitaire. Sourire perpétuel, dents parfaites à provoquer un soulèvement général chez Fluocaril, cheveux rasés sur un crâne qui semblait fait pour ça, mâchoires carrées mais yeux de fille, et pour le reste, un physique qui était un cours d'anatomie à lui tout seul. C'était paradoxalement le seul défaut que lui aurait trouvé une équipe de télévision avide de sensations extrêmes et de romanesque à arracher des larmes. Car la vie de Julian, de son vrai prénom Jean-Louis, était exemplaire : né à Bobigny, il n'avait guère eu le temps de connaître son père, qui avait plaqué sa mère alors qu'il avait deux ans. Il avait connu le sexe à huit ans avec un cousin de sept ans son aîné qui l'avait déluré et en avait fait une poupée anale. À seize, il avait franchi le périphérique et avait très vite été pris en main, moins au figuré qu'au propre – mais en fait pas tellement au propre, à bien y regarder – par quelques mécènes du show-biz toujours à la recherche de nouveaux talents pour égayer leurs soirées. « Je ferai de toi une star », Julian l'avait abondamment entendu. À vingt-six ans, il gagnait sa vie et son Special K comme danseur (c'est-à-dire en s'agitant lascivement sur des podiums au Paradiso et dans des boîtes gay de province tenues par d'anciens routiers qui avaient fait fortune dans la hi-fi tombée des camions), comme acteur (dans des films où il donnait apparemment autant de plaisir à ses partenaires qu'aux futurs acheteurs des cassettes) et comme accompagnateur pour des messieurs généreux (c'est-à-dire plus prosaïquement comme pute). Julian considérait d'ailleurs cette dernière activité professionnelle comme un sacerdoce et déclarait sans l'ombre d'un sourire qu'il apportait beaucoup de bonheur à des gens qui sans lui n'en auraient jamais eu. Convaincu qu'un jour, il monterait tout en haut de l'échelle sociale, deviendrait quelqu'un et se marierait avec l'homme de sa vie, il ne savait pas qu'à force de se faire grimper, on ne fait que rester quelque chose et qu'on n'achète pas l'amour quand on est soi-même à vendre.

– C’est loin, dit plaintivement FX pendant le dîner.

– Mais je dormirai ici. J’irai là-bas juste assez pour donner le change à mes parents.

– Oh, on sait comment ça finit. Au début, tu viendras tous les soirs et puis tu finiras par en avoir assez de prendre le métro et traverser tout Paris pour me voir.

– Mais enfin, je ne l’ai même pas encore visité ! protesta Olivier. Si ça se trouve, je vais encore me faire griller ou alors ça va être une catastrophe.

Finalement, Olivier ne s’était pas fait griller et l’appartement n’était pas une catastrophe. Bien sûr, c’était un studio, mais, si le pire pouvait – souvent – arriver quand il s’agissait de caser une douche, un coin-cuisine et un lit dans trente mètres carrés, Olivier avait eu la chance de tomber sur le meilleur. Pour ne rien gâter, l’horaire de la visite, 7 heures, en avait découragé plus d’un. Il ne s’était donc trouvé en concurrence qu’avec un couple qui avait – légitimement, car la jeune fille était enceinte jusqu’aux yeux et le mari du genre à ne pas s’arrêter en si bon chemin – jugé l’endroit trop petit.

– Alors, il vous convient ? demanda la dame.

– Oui, il me plaît beaucoup, répondit Olivier. Je voudrais bien le prendre.

– Ce sont vos parents qui fournissent la garantie ? demanda la dame en consultant son agenda où elle avait pris des notes durant leur conversation au téléphone la veille.

– Oui. Le bail sera à leur nom.

– Ils ne sont pas venus visiter avec vous ?

– Non, ils sont en province, mais je vais les appeler quand je serai rentré chez un ami qui m’héberge, expliqua Olivier.

– Nous pouvons les appeler tout de suite, si vous voulez, dit la dame en sortant son portable. Si ce n’est pas trop tôt pour eux, évidemment.

– Non, non, mon père se lève de très bonne heure.

– Ah oui. Il est industriel, c'est ça ?

– Non, enfin, oui : il a une entreprise, oui.

– C'est parfait. Vous me donnez le numéro ? dit la dame, un index interrogateur levé au-dessus des touches de son Ola.

En une demi-heure de conversation, l'affaire avait été conclue et, devant un café dans un bar de l'avenue Parmentier, Olivier songeait déjà à ce qu'allait être désormais son existence. Sa mère venait à Paris le vendredi pour signer les papiers et acheter quelques meubles et le soir même, il pourrait emménager dans son chez lui à lui tout seul. La dame, qui était d'ailleurs la propriétaire, s'était montrée particulièrement obligeante et lui avait expliqué qu'elle ferait rétablir l'électricité à son nom d'ici là et prendrait rendez-vous pour qu'on lui installe le téléphone.

– Oh, tu ne vas pas recommencer à faire la tête, quand même ? dit Olivier à FX. Mais regarde-toi, on dirait un gosse qu'on a privé de dessert.

– C'est exactement ça, dit FX en reposant ses couverts. (En effet, il avait vraiment l'air d'un gamin : il avait passé la moitié du dîner à dessiner des lignes dans sa purée de céleris du bout de sa fourchette.) C'est parce que c'est toi, mon dessert.

– Mais je t'ai dit que je viendrais de temps en temps chez toi, enfin !

– Ah ! Tu vois comme tu as changé : il y a deux jours, tu disais que tu viendrais ici dormir tous les soirs. Et tu disais chez *nous*.

– Arrête de jouer sur les mots. Tu as très bien compris.

– Et puis en plus, tu ne m'as même pas proposé d'aller le visiter, cet appartement.

– Tu le verras toujours assez tôt, puisque tu viendras dormir chez moi aussi.

– Tu sais très bien que je n'aime pas dormir ailleurs que dans mon lit. J'y avais pris goût, moi, à mon dessert, dit FX, surpris lui-même de faire un aveu qui lui aurait coûté quelques mois plus tôt. Déjà que tu es occupé tout le temps depuis que tu as commencé tes cours.

– Tu ne veux quand même pas que je sois ici toute la journée à repriser tes chaussettes ?

– Il n'y a pas de trous à mes chaussettes, dit FX en se penchant par-dessus la table pour l'embrasser.

– Alors je m'ennuierais encore plus, répondit Olivier une fois le baiser terminé.

– Je connais un très bon moyen de te distraire, dit FX en l'attirant de nouveau vers lui.

– Tu as mis du parfum, mec ? demanda brusquement Luis à Nicolas dans le taxi qui les emmenait chez lui.

– Non, non, mec, répondit Nicolas. Ça doit être le… (Il faillit dire : « parfum d'intérieur ») désodorisant dans la bagnole.

Oh, zut, songea-t-il. Il aurait été dommage d'échouer si prêt du but. Déjà que cela avait été très compliqué. Luis lui avait donné rendez-vous à 2 heures au Paradiso. Pour ne pas éveiller les soupçons de David, Nicolas avait demandé à Brice d'appeler chez eux en prétextant une urgence au journal. En bon comédien, Nicolas avait fait semblant de pester, puis il était allé prendre une douche. David s'était étonné de le voir s'enduire d'onguents comme une jeune mariée tamoule le soir de sa nuit de noces et lui avait demandé s'il était obligé de s'habiller en pute pour aller faire un bouclage.

– On ne sait jamais, s'il y a des gens, avait dit Nicolas.

Au Paradiso, Brice avait été intenable. Nicolas l'aurait étranglé.

– Avant, je mettais Giorgio de Beverly Hills, puis cet été, j'ai mis Essence, dit Luis. Mais là, j'en ai plus depuis un mois.

Essence était le dernier-né des Parfums Luscans. Cela avait été une telle rage pendant l'été que Nicolas n'avait pas pu s'empêcher de ricaner que sortir en boîte devenait dangereux avec toutes ces folles qui s'arrosaient d'Essence.

Il y eut un long silence.

À peine arrivé chez lui, Luis recommença dès le couloir ses délires qui ne connaissaient plus de bornes dans l'intimité d'un appartement où il avait manifestement tout le matériel nécessaire. Effaré, Nicolas vit s'ouvrir un placard rempli de treillis, chaps, bottes, shorts et casquettes de toutes sortes que Luis lui faisait essayer les uns après les autres. Après Giorgio de Beverly Hills, il y avait un manque de transition.

À chaque fois que Nicolas pensait pouvoir arriver à ses fins, Luis trouvait une nouvelle tenue à lui faire enfiler à la place. Vers 4 heures du matin, épuisés et en sueur, ils s'écroulèrent sur le canapé du salon. Luis mit la radio. Ce devait être Nostalgie ou quelque chose de ce genre, car Nicolas entendit *Laissez-moi danser*.

– Oh, là, là, Dalida, fit-il d'un air mâle.

– Tu aimes bien ? coupa Luis. (Nicolas s'apprêtait à répondre quelque chose d'assez irrespectueux, mais l'expression de Luis le retint.) Moi, je l'adore. Tu sais, elle m'a guidé toute ma vie. Je connais toutes ses chansons.

– C'est dingue le nombre de CD d'elle qui sortent depuis qu'elle est morte, observa Nicolas, faute d'avoir mieux à dire sur le sujet.

– Elle est pas morte, dit Luis.

– Oui, elle vit encore à travers ses fans, dit Nicolas.

– Non, non, sérieux, mec. En fait, c'est son frère qui est mort. Elle en avait marre de la célébrité, tout ça, et elle en a profité pour faire croire que c'était elle. Elle s'est coupé les cheveux et tout, mais c'est elle. D'abord, elle avait tout prévu, elle le disait dans une de ses chansons. C'est pour ça qu'il y a plein de disques d'elle qui sortent, maintenant.

Nicolas s'apprêtait à lui expliquer que c'étaient des remixes ou des inédits, mais il préféra se taire en voyant le regard dangereusement habité de Luis.

– On va se coucher ? demanda-t-il d'un ton dégagé.

Le lendemain matin, il fut réveillé par un Luis en kimono de satin rouge avec des dragons brodés dans le dos, qui lui apportait un café sur un plateau avec un soliflore où était plantée une rose.

Mon Dieu, songea Nicolas. Quand je pense que j'ai découché pour vivre une nuit de gitane et que j'ai droit à ça.

Il est vrai que Giorgio plus un rodéo vestimentaire plus Dalida, cela faisait beaucoup.

– Le XIe ? demanda Brice d'un air horrifié lorsque Olivier le retrouva en fin d'après-midi. Mais c'est pas du tout élégant. Remarque, poursuivit-il d'un air songeur, ça peut être intéressant, si c'est vraiment un volume atypique. Oui, quelque chose d'inhabituel, expliqua-t-il en voyant l'air médusé d'Olivier. Enfin, je ne sais pas, moi, un loft, une ancienne usine, une imprimerie désaffectée. Mais bon, évidemment, toi tu veux un studio, alors oublions ça.

21

Justify My Love

Une fois seul chez lui, Luis réveilla son boss pour lui dire qu'il ne pourrait pas venir travailler ce soir, car il ne se sentait pas bien, puis, après avoir décroché le téléphone (on ne savait jamais, si Nicolas appelait), il partit faire une razzia au Leader Price du coin (bière-Coca-chips-jambon blanc et assortiment de bonbons). Il trouva ensuite que son appartement ne correspondait plus aux sentiments nouveaux qui l'habitaient et fit un peu de rangement. Il alla chercher un des disques qu'il gardait jalousement dans son armoire, se demanda si Nicolas avait trouvé le mot qu'il avait glissé dans la poche de son pantalon, puis il s'écroula sur son lit.

Dans le métro, Nicolas arborait un visage radieux qui lui valut les regards envieux de mecs en quête d'épanouissement. En montant l'escalier, il se composa la mine épuisée de celui qui a passé la nuit à trimer – ce qui, d'une certaine manière, était assez proche de la vérité. Cependant, ce fut inutile : David était déjà parti à son bureau. Il glissa un CD dans sa platine et s'affala sur le canapé tandis qu'Eydie Gorme chantait quelque chose où il était question de *la ultima noche que pasé contigo*. Avant de partir, David n'avait pas ouvert les stores et la pièce était baignée dans une douce pénombre propice aux songes latins les plus profonds.

Vers midi et demi, le téléphone sonna.

– Ah, c'est toi, dit-il en reconnaissant la voix de son cocu de mari. Je voulais t'appeler. Et si on restait tranquillement à la maison ce soir ? s'entendit-il proposer. (Puis, craignant que son ton suave d'épouse rongée de remords puisse être perçu comme un aveu de culpabilité :) J'ai bossé vachement dur (C'était vrai.) Je suis super-naze. (C'était vrai aussi, et plus qu'il ne le pensait. Il essaya d'ajouter quelque chose de gentil, mais il ne parvint qu'à ajouter :) J'ai qu'une envie, aller me coucher.

– À ce soir, bébé, dit David qui, lui, n'avait aucun mal à exprimer gratuitement un mot tendre.

Malgré l'envie qui le tenaillait d'appeler Luis, Nicolas se contenta de téléphoner à Brice pour lui raconter sa soirée en omettant les détails embarrassants, tout en se demandant si l'on pouvait qualifier de « folle » une nuit au cours de laquelle il s'était travesti en homme.

En fin d'après-midi, ayant éconduit tous ceux qui encombraient sa ligne plus de cinq minutes et grignoté du bout des lèvres une tranche de jambon, Luis, une main glissée dans le slip, plongea la tête dans l'oreiller où Nicolas avait posé la sienne.

– Putain, j'assure pas, grogna-t-il tout haut dans la pièce vide.

Il se retourna et regarda le plafond, longtemps. Il n'y avait plus que le ronronnement constant des voitures dehors, un bruit de fond qu'il ne remarquait même plus tant il s'y était habitué, parfois un long klaxon ou le bruit strident d'une alarme qui se déclenchait. La musique aussi. Tous ses disques avaient dû y passer. Pour la plupart des histoires contées par des femmes mortes ou entre deux âges chantant des passions qui avaient viré à l'habitude : deux gosses, un mari bedonnant affalé dans son fauteuil une bouteille de Kro à la main, la télé à fond. Ça lui rappelait le jukebox du café où il traînait à Metz, les virées interminables en 103 Peugeot customisée. Les bals de la région dont son pote et lui revenaient toujours seuls.

– Y a que des pouffiasses, ça me fout les glandes, disait-il dans la pétarade du retour en se cramponnant à la taille d'Alain.

Après le petit dîner qu'il avait lui-même préparé (tomates-mozzarella, tagliatelle carbonara, figues flambées), Nicolas proposa naturellement d'aller se coucher, d'une voix un peu trop lascive pour vraiment bien cadrer avec le décorum romantique qu'il avait mis en place. David ne put lui faire remarquer que la voix de Dorothy Malone dans *Écrit sur du Vent* s'accordait mal avec les *Suites Anglaises* de Bach par Glenn Gould et le parfum de foin coupé que distillait la bougie Diptyque tenant lieu d'éclairage, car il n'avait jamais entendu parler de Dorothy Malone. Nicolas ne quitta pas son caleçon Abercrombie & Fitch. Pendant de longues minutes ponctuées de mots doux, de regards intenses et de caresses sensuelles, Nicolas donna à David une toute nouvelle facette de ses talents, avant de s'enrouler dans les draps en grognant à l'autre bout du lit.

– Ça le fait pas, pensa Luis avant de se rouler un petit joint avec un peu du shit qui traînait au fond de la poche de son survêt.

Finalement tout le morceau y passa.

Lorsqu'il rentra, Julian esquissa un sourire en trouvant son sœur, écartelé sur le lit, une grimace douloureuse barrant son visage, le bas-ventre inondé, telle une jeune fille retrouvée violée sur un tas d'ordures, tandis que Nicole Croisille braillait sur la chaîne : *Téléphone-moi-aaaah... Appelle-moi, dis-moi que tu m'ai-ai-aimes...*

– Excuse-moi de pas t'avoir appelé avant, dit Nicolas le lendemain. J'étais super-débordé de boulot jusqu'à mardi soir hyper-tard. En plus j'ai des problèmes à la maison... (Le silence à l'autre bout du fil lui donna l'impression qu'il en avait trop dit.) Non, non, c'est pas mon mec, t'inquiète pas, mentit-il. C'est mon ex-mec, tu vois, mais comme on partage un appartement, c'est pas toujours facile, étant donné qu'il est encore vachement amoureux. (Là, il mentait moins.) Mais là, ça va être bon. Demain, il va chez sa sœur passer le week-end, on pourra se voir tout le temps. En plus, je bosse pas.

Sophie posa délicatement les beignets de courgettes sur un papier absorbant et balaya la cuisine du regard. La salade de cresson, germes de soja, boulgour et châtaignes n'attendait plus que l'huile de carthame et le jus de tamarin, la ratatouille judicieusement recuite de la veille embaumait toute la maison d'une odeur d'huile d'olives et de thym, les champignons crus farcis aux légumes, à l'ail et à la menthe étaient au frais, avec le yaourt brassé aux concombres et aux poivrons. Comme d'habitude, elle en avait fait un peu trop. Mais trop suffirait-il pour séduire Christelle, puisque Françoise ne la regardait même pas ?

Pendant toute la matinée, Christelle avait gémi devant l'aréopage des femmes de l'Autre Désir. Son mec lui avait posé un lapin et ne lui donnait plus aucune nouvelle depuis. Françoise y était allé de son petit discours sur les hommes qui ne valaient pas grand-chose, Carla avait émis une phrase très longue et très incompréhensible où tout le monde avait entendu « super-dégueulasse » et « sororité ». Lorsqu'une écrivaine radicale présente à ce moment, qui exigeait qu'on l'appelle « une auteu*re* » et prononçait le mot femme avec un trémolo dans la voix, avait pris un ton menaçant pour parler d'une expédition punitive avec une paire de sécateurs, Christelle avait commencé à expliquer que c'était principalement cette partie du corps qui l'intéressait le plus chez son mec et Sophie l'avait précipitamment fait taire avant de l'inviter à dîner.

– Et il y a quoi comme viande ? demanda Christelle en l'aidant à poser les grands plats marocains en grès sur la table.

– Il n'y en a pas, dit Sophie en s'asseyant. C'est un repas végétarien.

– Ah ? C'est… sympa, dit Christelle.

– Oui, et en plus, c'est bon. Et c'est très équilibré, ajouta doctement Sophie qui se lança dans une longue explication où il était question d'acides aminés, de graisses polyinsaturées, de protéines non animales et de ration lipidique avant de s'interrompre en se rendant brusquement compte qu'elle succombait une fois encore à son travers habituel : les discours scientifiques rasants.

– Et ça, c'est quoi ? demanda Christelle en désignant les grands verres remplis d'un liquide blanchâtre et moussant.

– Ça ? C'est du lassi. C'est indien. C'est du petit-lait battu avec du citron. C'est délicieux, ajouta Sophie en voyant l'air peu convaincu de son invitée qui manifestement commençait à considérer que son dîner allait être moins « sympa » que prévu.

– Je peux avoir de l'eau à la place ? demanda Christelle.

Nicolas était dans un état euphorique. David n'était pas encore rentré de son dîner avec ses collègues, il s'en allait le lendemain jusqu'au dimanche soir, Nicolas allait avoir tout le week-end pour lui. Il balança son sac à dos sur le canapé, posa l'*Immaculate Collection* de Madonna sur la chaîne, programma ses chansons préférées, monta le volume à fond et se déshabilla en semant ses vêtements tout le long du couloir jusqu'à la douche. Il se fit un shampooing en hurlant à tue-tête qu'il était une *material girl* qui vivait dans un *material world*, se savonna comme une fille qui se lave le train dans un hôtel de passe en beuglant qu'avec Luis il s'était senti comme une *virgin* pour la *very first time*, sauta gracieusement de la douche pour s'étriller sur *Like a Prayer* et entreprit la phase cruciale des crèmes habituelles et variées en se lançant dans des chorégraphies périlleuses sur *Vogue*, une grande serviette blanche autour de la poitrine et une autre nouée en turban sur la tête comme une baigneuse d'Ingres. Une brosse à la main en guise de micro, il sortit de la salle de bains et descendit le couloir comme Line Renaud le grand escalier du Casino de Paris en scandant à chaque marche imaginaire : *Don't go for seee-cond best, baaa-by, put your love to the test – you know, you know, you know you got to*, assorti de mouvements impérieux du bras à la toile-garçon façon Sylvie Vartan, tandis que Soraya, qu'il poussait au train du bout du pied, s'enfuyait devant lui en poussant des miaulements déchirants.

Au moment où il tournait le coin du couloir pour regagner le salon, les yeux mi-clos et la bouche en cœur avec sur les lèvres un tonitruant et impérieux *respect* !, il se retrouva presque nez-à-nez avec une grosse dame sans âge, vêtue d'un manteau bleu informe, un gros sac à main sur le bras, debout devant la porte d'entrée encore ouverte, qui le regardait d'un air mi-hébété, mi-terrorisé derrière d'énormes lunettes.

À cet instant, la musique baissa brusquement.

– … *yourself*, acheva Nicolas, très le-show-must-go-on, en rougissant comme une pivoine et en cherchant un endroit où battre en retraite.

– Nicolas ! (David surgit du salon et s'arrêta brièvement, puis poursuivit :) … Je te présente Catherine, qui travaille à la compta. On passait juste prendre…

– Je vais peut-être vous laisser, dit Catherine d'un air embarrassé avant de tourner les talons et de prendre subitement la fuite en lançant un « À demain » précipité.

– Je peux entrer ? demanda Sophie en entrebâillant la porte de la chambre de Philippe.

– Oui, oui, je ne dormais pas. Alors ?

– Alors ? Rien du tout. Si ça continue, le jour où j'aurai enfin à nouveau une femme dans mon lit, je ne saurai plus comment on fait.

– Oh, c'est comme le vélo…

– Oui, je sais, théoriquement, ça ne s'oublie pas, dit Sophie en s'asseyant sur le rebord du lit.

– Je vois pas pourquoi tu t'acharnes sur une fille hétéro alors qu'il y a Françoise. Bon, d'accord, elle est un peu pénible, mais elle est assez jolie.

– Mais devant elle, j'ai l'impression d'être transparente, de ne pas exister !

Elle regarda Philippe se redresser, empiler deux oreillers contre le mur et s'y adosser. Ses deux plaques militaires tintèrent en glissant le long de leur chaîne et vinrent se blottir au creux de sa poitrine.

– Qu'est-ce que tu regardes ? demanda Philippe.

– Rien… fit Sophie, évasive. En te voyant, je me disais juste que tu avais de la chance d'être comme tu es.

– Comme je suis ?

– Oui, enfin, écoute, tu ne vas pas le nier ? Tu es quand même un beau mec, non ?

– Depuis quand tu as des avis sur la beauté masculine ?

– Tu en as bien sur la beauté féminine, toi !

– Ça, c'est le privilège des pédés, dit Philippe en riant.

– Oui, sûrement… Enfin, chez vous, c'est plus simple : vous faites de la gym, vous vous épilez le torse quand vous avez des poils, vous vous rasez le crâne, vous mettez un pantalon de survêtement et un marcel et le tour est joué. Chez nous, ça ne marche pas.

– Tu as essayé ?

– Non, mais tu sais bien ce que je veux dire. Et puis, je vais pas finir en treillis et rangers, je suis pas Carla non plus ! Depuis que je mets des jupes ou des trucs féminins, je me fais traiter de pute par certaines. Si je mets un jean, un t-shirt et un blouson, on me dit « Monsieur » chez Félix Potin, d'autres filles me traitent de camionneuse et les timbrées comme Carla me disent que je suis ringarde. Enfin, regarde Arielle. Elle est quand même assez masculine d'allure, elle a un visage vachement carré, mais elle persiste à vouloir porter des fringues hyper-féminines et résultat, avec sa choucroute sur la tête, son maquillage hyper-forcé et ses robes, on dirait juste un trave.

– Si tu crois que c'est facile chez nous, tu te trompes.

– Toi, au moins, tu as la chance d'être né beau.

– Oui, mais la beauté physique, tout le monde peut l'avoir. Ce qui est important, c'est d'avoir la beauté de l'intérieur.

– Non, mais écoute-toi ! Alors, ça, vraiment, c'est typiquement la phrase du beau mec qui n'a qu'à entrer dans un bar pour que la moitié des gens viennent lui manger dans la main. Si c'était vraiment la beauté intérieure qui comptait, tu rentrerais avec des mecs moches, des fois, et tu ne m'infligerais pas des collages de gogo-boys dans les chiottes.

– Oh, Julian, c'est pas pareil, protesta Philippe. Il est tellement beau…

– Oui, tellement qu'on voit sur son visage la beauté de son âme, c'est ça.

– Oh, ça va. Pourquoi elle a pas voulu rester, ta copine ?

– Christelle ? Eh bien, je crois qu'elle est définitivement hétéro à fond et qu'il n'y a rien à faire : elle a passé toute la soirée à me bassiner avec son mec qui l'a plaquée. J'ai même pas pu en placer une. Je sais pas ce qu'elles leur trouvent, aux bonshommes, ces hétéros.

– Moi je sais, dit Philippe avec un sourire rêveur.

22

Poupée désir, poupée de con

– Tiens, dit Nicolas en tendant à David le dernier album de Shazz. Tu l'écouteras dans le train ou chez ta sœur. Tu l'embrasseras pour moi, aussi.

– Et moi, tu ne m'embrasses pas ? dit David en le voyant qui s'apprêtait à tourner les talons.

– En pleine Gare de Lyon ? Je t'ai connu moins militant.

– Et moi, je t'ai connu plus militant.

Nicolas hésita l'espace d'un instant, puis il déposa un baiser rapide sur les lèvres de David. Le haut-parleur annonçait le départ du train pour Valence. David monta dans la voiture, chercha sa place, posa son sac sur le siège et se retourna tandis que le train s'ébranlait dans un crissement. Il vit Nicolas sur le quai qui lui faisait un signe. Il agita la main. Nicolas fut caché par un pilier. Quand le train l'eut dépassé, David le vit qui s'éloignait, portable déjà collé à l'oreille.

– Pourquoi tu ne prends pas du filet de bœuf en brioche ? demanda Anne Boissières. Je t'emmène dans un restaurant digne de ce nom, tu devrais en profiter.

– Mais enfin, Maman, dit Olivier. Je ne t'ai pas attendue pour manger à ma faim.

– Ah oui, c'est vrai, dit sa mère, un peu pincée. Tu as quelqu'un qui s'occupe de toi.

– On ne va pas recommencer, Maman.

Anne Boissières avait débarqué au milieu de l'après-midi, toute fringante au volant de sa Mini qu'elle avait très sportivement conduite dans Paris avec une dextérité et un sens de l'orientation qui avaient étonné Olivier.

– J'ai été étudiante à Paris aussi, avait-elle triomphé.

Évidemment, après l'allégresse des retrouvailles, elle n'avait pas pu s'empêcher de le regarder anxieusement de la tête aux pieds comme pour chercher sur lui les signes des ravages que la capitale n'avait pas manqué de provoquer. C'est tout juste si elle ne lui avait pas examiné les veines. Du coup, Olivier s'était félicité d'être resté très ferme dans son refus quand FX avait voulu l'accompagner pour être présenté à sa mère. Son examen terminé, elle avait fini par admettre qu'il avait bonne mine. Il faut dire qu'Olivier, qui avait déjà une tendance à être bien fait de sa personne, avait bien profité de ses deux premiers mois de gym.

– Tu fais de la musculation ? Mais quand ton père te l'avait proposé en quatrième, tu avais hurlé. Après tout, tant mieux. C'est sain.

Olivier avait renoncé à lui expliquer qu'entre les cours de gymnastique suédoise de l'Institut Castellac de Cahors et les effusions effrénées de certaines salles parisiennes, les choses étaient notablement différentes.

Le studio lui avait plu. La propriétaire aussi, qui lui avait parlé de « son grand fils » qui faisait son service militaire pas loin de Cahors (vraiment, le monde était petit). Les papiers avaient été signés sur fond de commisération mutuelle de mères sevrées de leurs fils uniques (vraiment, le monde était mal fait). Après quoi, ils avaient fait un rapide tour chez Habitat pour commencer à choisir des meubles.

Quand Olivier avait annoncé à la fin du dîner qu'il rentrait dormir chez FX, sa mère avait réprimé juste à temps un « Mais pourquoi ? » qui ne cadrait pas avec la largeur d'esprit dont elle se targuait. Elle fit promettre à Olivier de venir la retrouver chez Hélène et Lionel le lendemain matin, le déposa devant chez FX en se penchant pour jeter un coup d'œil critique à la façade de l'immense immeuble, puis repartit à tombeau ouvert, comme déterminée à se comporter jusqu'au bout en femme moderne aux idées modernes et à la conduite résolument moderne.

Ce soir-là, Nicolas était lui aussi résolument moderne dans son genre. Tout en remontant la rue vers l'appartement de Luis, il songeait au côté vaudevillesque de la situation. Le mari mis au train, il avait couru à perdre haleine (métaphoriquement s'entend) retrouver l'amant.

– Je te laisse les clés, tu as qu'à m'attendre chez moi, je finis à 2 heures, lui avait dit Luis quand il était arrivé au bar.

Une fois chez Luis, il s'affala dans le canapé du salon, une pitoyable chose en skaï qui avait dû être blanche, recouverte d'un plaid en patchwork multicolore au crochet (en parler à Brice), et alluma la télévision. Ah, il n'y avait pas le câble, évidemment. Il tenta de s'intéresser à un téléfilm grotesque de M6, dont le résumé devait probablement être, comme d'habitude : « Une femme seule dans un immeuble désert est en proie au harcèlement sadique d'un dangereux psychopathe recherché par la police. » Découragé par les hurlements, il coupa le son et alla se chercher un verre d'eau dans la cuisine.

Dans le réfrigérateur sur lequel étaient collées des photos de mecs et de drag-queens découpées dans des gratuits, il trouva des boîtes de crème Mont-Blanc, un pot de mayonnaise rance, une carotte rabougrie et une petite bassine remplie d'un liquide visqueux, noirâtre et couvert de moisissures nauséabondes. Heureusement, il y avait une bouteille d'Evian encore scellée. Il en but une gorgée et inspecta la cuisine d'un regard circulaire.

Nicolas avait encore deux heures à tuer. Il décida de visiter l'appartement dont il n'avait vu que le salon – et de nuit.

Les placards de la cuisine ne contenaient que de la nourriture d'enfant : Choco-BN par paquets familiaux, collections de céréales au chocolat avec des marshmallows multicolores, pots de confiture géants à la fraise, boîtes de Nesquik et de Ricoré, fraises Tagada, paquets de bonbons infects du genre qu'on trouve dans les supermarchés.

Oh, là, là, songea Nicolas en poursuivant ses investigations.

Dans le salon, sous une sellette en fer forgé où une plante achevait de mourir, il trouva une pile de CD et de vinyles aux pochettes élimées qui portaient toutes au dos une date et le prénom Robert d'une écriture de débile mental. Ce devait être à son père. Non, les dates ne correspondaient pas : 1990, 1991… Un cadeau ? Mais qui serait allé offrir des quarante-cinq tours de Patricia Carly et Corinne Charby ou des albums de Shouki & Aviva, Michèle Torr ou Nicole Croisille à un farouche hidalgo ? Et puis tiens, d'ailleurs il n'y avait pas le moindre disque espagnol en vue.

Les livres étaient dans l'entrée. Trois volumes dépareillés de *Tout l'Univers*, un manuel de cours de dessin par correspondance entre les pages duquel étaient glissés des dessins de vaisseaux spatiaux au stylo-bille et des tentatives anatomiques idéalisées de mecs disproportionnés qui avaient tous des airs de tueurs, des bites grosses comme des bras, et des bras plus gros que des cuisses. On aurait dit du Tom of Finland sous Piconbière. Dans une boîte à archives d'une société de restauration d'entreprise, il trouva toute une collection de photos d'Arnold Schwartzenegger, Stallone, Dolph

Lundgren et Van Damme, et des magazines de culturisme dont certains passages étaient soulignés. Un cahier d'écolier qui contenait des listes d'exercices de musculation et de régimes laborieusement recopiés. L'un des chapitres était intitulé « les acides *animés* ». Suivaient des livres aux titres évocateurs : *S'imposer en société, La Sexualité masculine, Les Mystères de l'Atlantide, Le Continent Mu*... À côté, il y avait un diplôme de BEP de cuisinier encadré au nom de Robert Martin.

La collection de vidéos plongea Nicolas dans le désespoir. Il n'y avait en tout et pour tout que *Titanic* et *Forrest Gump*.

Nicolas avait toujours refusé d'aller voir l'un comme l'autre. De deux maux choisissant le moindre, il glissa *Forrest Gump* dans le magnétoscope, fut consterné dès les premières images et profondément endormi au bout de dix minutes.

David s'était réveillé lorsque le train s'était arrêté à Lyon. À présent, alors qu'il s'enfonçait dans la vallée du Rhône plongée dans la nuit déchirée le temps d'un éclair par les néons d'une gare solitaire, David retournait la pochette du CD. Il n'aurait jamais écouté ce genre de musique avant de connaître Nicolas, deux ans plus tôt. Il songea au carton où étaient rangés ses disques, dans la chambre du tiki. Nicolas lui avait dit qu'ils ne témoignaient pas d'un goût particulier – comme le reste, d'ailleurs. Nicolas ne s'intéressait qu'aux magazines anglais ou américains, voire australiens, qu'on ne trouvait à Paris qu'à quelques exemplaires. Quand il revenait triomphant, brandissant son numéro de *Blue* comme un trophée, David se demandait toujours quel intérêt il y avait à se battre pour acheter de la presse. C'était si simple d'aller au kiosque du coin chercher *Géo, Auto-moto*, des magazines d'informatique ou de jardinage. Son service militaire à Tahiti avait été le premier vrai grand voyage d'un banlieusard qui n'était jamais allé plus loin que Berck ou Coutainville. Il en avait gardé un souvenir ébloui et était reparti dès qu'il avait commencé à travailler et eu assez d'argent. Sac et tente canadienne sur le dos, il avait visité le Cachemire, le désert du Namib, la Colombie, Java. Bien sûr : d'où tu croyais qu'ils venaient, les masques africains et indonésiens ? De Clignancourt ? De chez Asiatides ?

Du camping ? avait dit Nicolas qui ne concevait pas un voyage autrement qu'en avion, en train climatisé et dans des hôtels. Oui, et du stop, aussi, du canyoning, et du bungee. Nicolas avait été fasciné.

Il avait même eu brièvement une copine, failli se marier, dans ces années où l'on se dit qu'on va faire comme tout le monde.

Un ancien hétéro ? avait dit Brice. Il y aura rien à en tirer. Pas étonnant qu'il soit aussi ringard.

Non, avant de connaître Nicolas, David n'avait jamais mangé de viande des Grisons ni de carpaccio, il mettait des chemises achetées n'importe où, faisait des soirées pierrade avec ses collègues de bureau, n'allait pas chez le coiffeur toutes les semaines et mettait de l'après-rasage Old Spice, mais cela n'avait pas empêché Nicolas d'en tomber presque instantanément amoureux. Et maintenant ? Maintenant qu'il se faisait couper les cheveux chez Space Hair, qu'il portait des boxers Hanes et des chemises Ben Sherman, qu'il savait ce que c'était que le mascarpone et les sushis – qu'il en mangeait, même – est-ce que Nicolas l'aimait encore ?

Pour l'heure, Nicolas ne se posait pas de telles questions. Luis était rentré et l'avait réveillé.

– T'es en forme, mec ?

Nicolas entrevit une nouvelle séance interminable d'essayages variés ponctués des grognements appréciateurs de Luis et assortis de grosses claques sur les pecs. Toutes ces manœuvres martiales les épuiseraient tellement qu'ils n'auraient plus la force de rien faire une fois le moment venu – s'il venait.

– J'ai un peu sommeil, dit prudemment Nicolas.

– T'as pas envie de lutter ?

Nicolas n'avait pas eu le temps de répondre que Luis était revenu, harnaché d'un maillot de lutte gréco-romaine, un autre maillot dans une main et une bouteille dans l'autre.

– De l'huile de table ? dit Nicolas d'une voix faible en se retenant d'ajouter : Et de chez Ed, en plus ?

– Ouais, mec, c'est pour que ça soit plus difficile. C'est celui qui gagne qui encule l'autre. T'aimes la lutte, hein ?

Il prononce le mot « lutte » avec dans le regard la lueur de gourmandise coupable d'un gosse de six ans qui dit pipi-caca, songea Nicolas en enfilant le maillot, la mort dans l'âme.

Évidemment, devant les soixante-dix huit kilos de Luis, les soixante-sept de Nicolas peinèrent, malgré toute la bonne volonté que mettait Luis à offrir les prises les plus faciles, et il se retrouva cloué sur la moquette tachée d'huile.

– Bon, OK, tu as gagné, dit Nicolas.

Luis eut l'air ennuyé.

– Non, mais bon, c'est pas grave, on va tirer à pile ou face. Je prends face. Si je gagne, tu m'encules.

Évidemment, c'est pile qui sortit.

– Bon, on va recommencer, elle est pas bien tombée, dit précipitamment Luis.

Nicolas ne se sentait pas d'attaque à attendre. Il rafla la pièce, la retourna et annonça :

– Voilà. Elle est tombée sur face. Tu avais triché, hein ?

– Ouais, ouais, mec, j'avais triché. Tu vas me punir, hein ? Tu vas me dominer pour me faire regretter.

C'était bien la peine de se lancer dans des préliminaires aussi longs et aussi compliqués à se la jouer *Querelle de Brest* pour finir en *Chamaille de Saint-Trop'*. Nicolas, qui n'avait plus la force de rien faire, s'écroula dans le lit sans même prendre de douche et s'endormit aussitôt.

Claude était ravi. Le jardin n'avait jamais été aussi splendide, même en automne, depuis que Richard avait planté des espèces tardives et rustiques. Ce garçon présentait des dispositions éclatantes, à tous égards. Et en cet instant même, il en donnait la preuve.

– Comme ça ? demanda-t-il sans tourner la tête.

– Mmm… fit mine de réfléchir Claude. Attends.

Il s'approcha de Richard, qui gardait docilement la pose. Ce soir-là, Claude avait décidé de le photographier dans un nouveau style. Il lui avait montré un grand livre de reproductions d'affiches de l'époque vichyiste, des photos des sculptures d'Arno Brecker et quelques œuvres de la statuaire italienne.

– Bien sûr, les bolcheviques (Richard s'était légèrement raidi – mmm…) ont volé cette imagerie, mais nous allons la faire renaître dans toute sa vérité, avait-il dit pour faire bonne mesure.

Et c'est ainsi que Richard s'était retrouvé devant une enclume, affublé d'une salopette grise dont une bretelle dégrafée découvrait une épaule à la rondeur parfaite, des dorsaux tendus comme des câbles de marine et une poitrine bombée comme un bouclier celtique. Claude l'avait choisie juste assez large pour qu'elle offre une vue plongeante et riche de promesses sur cette ceinture d'Apollon (comme disaient les gens du métier), cette hanche dure comme un soc de charrue et l'ombre (oh, cette ombre !) du duvet qui remontait sur la peau hâlée où vibraient les abdominaux comme une orgie de serpents (oh, des serpents !). L'idée de la masse était excellente. Brandie ainsi, elle obligeait Richard à crisper tout le bras et à dévoiler une aisselle brune dont Claude huma l'odeur de sous-bois tout en vaporisant généreusement le visage et le corps de son modèle innocent d'un mélange d'eau et d'huile solaire qu'il étalait du plat de la main en lui frôlant furtivement le bas-ventre.

– C'est parfait, annonça-t-il en dissimulant le sien derrière le pied de son appareil.

Il avait bien fait de mettre un slip au lieu d'un caleçon, tiens.

Il fut interrompu par la sonnerie de son portable. Il fit signe à Richard de se reposer : seul Édouard l'appelait à ce numéro. Qu'est-ce qu'il lui voulait encore ?

Apparemment, le vieux venait à nouveau de se rappeler quelque lubie inutile. Claude lui répondit sans se rendre compte qu'il gardait le ton martial destiné à convaincre Richard qu'ils étaient entre vrais hommes, si bien qu'Édouard lui demanda :

– Mais qu'est-ce que vous avez, ce soir ?

– Rien, rien, bafouilla Claude.

– Écoutez, je vous rappellerai plus tard quand vous serez dans votre état normal.

Et il raccrocha.

Claude prit une cinquantaine de clichés en se disant qu'il aurait presque pu les vendre. Il y avait une clientèle pour ce genre de choses, une clientèle qui les prenait au premier degré, qui y croyait. La prochaine fois, il le ferait poser nu. Il en avait assez de ne voir Richard se livrer à ses activités nocturnes intimes que dans la minuscule fenêtre en noir et blanc floue et pixellisée de la petite caméra de surveillance qu'il avait installée dans la chambre du garçon et consultait à distance sur son Toshiba. Les merveilles de l'Internet !

Nicolas se réveilla. La lueur d'une enseigne sur le mur d'en face posait un aplat rouge et luisant sur le corps de Luis, un peu gras, juste un peu, affalé à côté de lui, sur les tatouages hétéroclites – un bracelet de flammes au biceps, une Vierge sur le bras, un Tom of Finland sur un pec, un Milou sur l'autre. Qu'il avait l'air vulnérable, endormi, le front reposé, maintenant qu'il n'était plus en représentation à jouer les matadors ou les macs gitans en plein règlement de comptes.

Nicolas se leva sans bruit du lit trop mou, sortit de la chambre et glissa pieds nus sur la moquette rugueuse à la recherche des toilettes. Par là, c'était le salon… Là-bas, la cuisine. Là, l'entrée… Bien sûr, comme dans les films : au fond du couloir à gauche. Il ouvrit la porte, tâtonna le long du mur, trouva l'interrupteur dans l'obscurité et appuya. Mais ce ne fut pas un néon blanc aveuglant ou l'une de ces horribles boules déprimantes en ficelle collée qui s'alluma.

Tout autour de la minuscule pièce, des dizaines, non, des centaines de petites ampoules multicolores de guirlandes de Noël s'étaient allumées et clignotaient lentement dans une pauvre féerie. Et dans le halo jaune, rouge, vert, bleu, Nicolas resta étourdi, saisi, en voyant se dresser devant lui sur les étagères recouvrant les trois murs, mises en scène dans leurs petits salons roses, dans leurs robes de soirée en satin rose, leurs bikinis roses, sous des parasols roses, dans des voitures roses, des chaises-longues roses, des boudoirs roses, tout un peuple de poupées Barbie qui le fixaient de leurs petits yeux bleus.

23

Maisons et Jardins

– Comment ça, « Tu ne parles pas bien » ? demanda Isabelle en haussant les sourcils.

– Si, tu sais bien ce que je veux dire, répondit David. Je suis un peu complexé avec lui, j'ai pas la facilité de Nicolas pour m'exprimer, j'ai pas sa culture.

– Complexé ! répéta Isabelle. Enfin, écoute, tu n'es ni bête ni repoussant. Je ne sais pas comment ça marche chez les garçons, mais si je me souviens bien, tu en as fait pleurer plus d'une au lycée.

À trente-deux ans, de deux ans son aînée, Isabelle avait été la confidente de David, le témoin de ses premiers émois, celle qui l'avait poussé – quelle intuition ! – la première fois dans une boîte gay de province alors qu'ils étaient en vacances au Cap-d'Agde juste avant que David ne parte pour Tahiti.

– Et si tu n'étais pas mon petit frère préféré, je ne l'aurais pas appelé David, reprit-elle en tapotant son ventre énorme. Ce n'est pas seulement parce que ce sera ton filleul.

Laurent et elle, qui vivaient ensemble depuis leur adolescence quand ils s'étaient connus à l'École Normale, avaient attendu qu'elle obtienne sa mutation et le rejoigne à Valence pour avoir leur premier enfant. Elle était en congé de maternité depuis six semaines.

– C'est pour bientôt, alors ? demanda David.

– La mi-novembre.

David songea à cet autre petit lui-même – ils se ressembleraient, c'était évident : sa sœur lui ressemblait beaucoup, Laurent avait lui-même un faux-air de famille… Elle avait de la chance, finalement. La vie scintillante de Paris n'avait jamais émerveillé David comme elle avait enchanté Nicolas à son arrivée. David avait des bonheurs simples qui ne portaient pas de griffe. Il rêvait de partir en province, acheter une maison, monter un haras… Il n'en avait jamais parlé à Nicolas. Celui-ci aurait immédiatement refusé : ni Hilfiger ni Agnès B. ne faisaient des couvertures de cheval.

Madame Boissières lorgna obliquement Brice qui gesticulait bruyamment au rayon lampes d'Habitat. Elle n'avait pas vu son neveu depuis un an, mais elle trouvait qu'il avait beaucoup changé – et pas en bien.

– J'espère que ton ami est d'un autre genre, glissa-t-elle à son fils.

– Maman…, fit Olivier, incapable de trouver quoi que ce soit pour la défense de Brice.

Son cousin avait tenu à les accompagner pour « les guider dans le choix des objets ». Il avait pris une mine renfrognée en voyant que la voiture ne s'arrêtait devant aucune des boutiques de ses créateurs préférés. Pour une fois qu'il aurait pu y entrer avec des gens qui allaient vraiment acheter, c'était rageant. Cependant, il était parvenu à pousser insensiblement sa tante vers le Conran Shop.

– Oui, c'est assez joli, avait dit Anne Boissières devant une longue table basse en chêne de Virginie à plateau de zinc. Et tu compterais nous la faire mettre où dans un studio, cette table de trois mètres à… (elle retourna l'étiquette.) Quinze mille francs ! s'exclama-t-elle.

– Oui, mais c'est du Conran, avait répondu Brice, vexé.

Comme la Mini se serait évidemment révélée trop petite pour des meubles et trois personnes dont un poids mort, mais bruyant, qui en aurait princièrement occupé toute la banquette arrière, Anne Boissières avait emprunté à Hélène son Ford Cruiser. Ils avaient donc tout chargé dans la voiture – des stores, une lampe en papier japonais, un futon et une couette, linge de maison, vaisselle, une table pliante qui pouvait faire office de bureau et une bibliothèque. Alors qu'ils passaient devant l'une des boutiques que convoitait Brice, Olivier l'entendit distinctement murmurer :

– Quand je pense que j'aurais pu aller faire mes courses avec un sac de chez Aphex Light en guise de cabas…

Il faisait froid. David remonta le col de son blouson et alla s'asseoir sur la balustrade du jardin public. Les platanes dressaient leurs moignons noirs et nus dans la nuit. Quelque part, un clocher égrena 11 heures. David avait passé la journée à se promener, il avait encore longuement parlé à sa sœur et son beau-frère et, en les entendant éclater de rire devant quelques anecdotes de son quotidien avec Nicolas et ses exubérants amis, il avait eu un peu l'impression de s'être résigné, d'avoir accepté comme naturelles et allant de soi des choses qui pour l'ensemble des gens semblaient totalement extraterrestres. Sa sœur était loin d'être une oie blanche, mais les âneries de Brice l'avaient laissée… assise. Quant à Laurent, il avait du Paradiso une image véhiculée par des reportages sensationnalistes qui en faisaient l'un des derniers cercles de l'Enfer.

David sortit son portable et composa le numéro de la maison. Le répondeur décrocha immédiatement. Il entendit le message plein d'enthousiasme qu'ils avaient enregistré ensemble, se souvint du plaisir qu'il avait eu à dire « nous » sur le moment, songea avec un pincement de cœur qu'il n'y avait plus guère de « nous » dans sa vie avec Nicolas et coupa sans laisser de message. Nicolas n'était pas là. Nicolas était ailleurs.

En se retournant et en remettant son portable dans sa poche, il vit derrière lui un type assis sur le dossier d'un banc qui lui demandait du feu d'un geste de la main. David ne fumait pas, mais il avait un briquet sur lui et il était sociable. À la lueur de la flamme, il reconnut – mais en avait-il douté un instant, avec le bomber, le 501 et les Timberland ? – quelqu'un qu'il voyait dans le Marais à chaque fois qu'il y accompagnait Nicolas et qui l'ignorait toujours superbement.

– Tu fais quoi, là ? demanda le type.

– Je me promenais et j'allais rentrer, dit David.

– Dommage, je t'aurais bien emmené prendre un verre.

– Merci, mais j'ai un mec, dit David en s'éloignant.

– Et alors ? C'est pas ça qui m'aurait gêné. Le mien, il est en train de faire la même chose à Paris en ce moment, lança l'autre.

Olivier referma la porte du studio et contempla son intérieur. Il avait passé la matinée à monter les meubles avec sa mère, qui venait de le déposer et était repartie après avoir déjeuné avec lui à la Coupole. Brice s'était lâchement défilé dès qu'il avait été question de manutention. Bien sûr, il y avait encore des choses à faire, mais c'était déjà agréable. Et calme, même si la vue n'avait pas grand intérêt : la grande baie donnait sur l'étroite cour de l'immeuble voisin tout proche et Olivier n'avait droit qu'à un panorama de fenêtres. L'électricité avait été installée comme promis. Pour le téléphone, il faudrait attendre un peu à cause d'un problème de lignes. Quand Olivier avait appelé FX d'une cabine pour lui dire qu'il avait envie de rester coucher chez lui, celui-ci avait fait un drame, puis il s'était calmé en bougonnant : il apporterait la malle d'Olivier le lendemain et il resterait à dormir. Ah, oui : il faudrait accrocher les stores. Les voisins d'en face avaient peut-être envie de tout connaître de la vie privée d'un jeune étudiant, mais Olivier était du genre à garder ses plaisirs pour lui-même.

24

Un café nommé Désir

La campagne défilait dans les fenêtres du train. Il était 22 heures et David, ayant épuisé la lecture d'un magazine idiot qu'il avait trouvé dans le vide-poches de son compartiment, était allé au bar. Discman vissé sur les oreilles, il se laissait bercer par les vocalises orientalisantes de Madonna. Nicolas, qui lui avait offert le single de *Frozen* en janvier dernier, s'étonnait toujours que David continue de l'écouter, « alors qu'il y avait tant de trucs nouveaux qui sortaient », mais David était fidèle. Et la chanson lui disait des choses familières.

– Pardon ? fit-il en ôtant ses écouteurs, voyant que le steward lui disait quelque chose.

– Vous n'allez pas à la gym à Grenelle, par hasard ?

– Si, quelquefois.

– Il me semblait bien que je… vous y avais vu.

– Moi aussi, dit David en le reconnaissant à son tour. On peut se tutoyer. Comment tu t'appelles ?

– Philippe.

– Moi c'est David. Justement, je t'ai cité en exemple il y a quelques semaines quand j'y étais.

– En exemple ?

– Oui, un de mes copains disait que tu devais forcément prendre des trucs pour être aussi bien foutu et moi je disais que c'était plutôt parce que tu t'entraînais sérieusement.

– Merci, dit Philippe qui se surprit à rougir.

C'était la première fois qu'on lui faisait un compliment apparemment sincère et désintéressé.

– Moi, je fais le maximum, mais tout ce que j'ai pour me guider, c'est un bouquin de musculation, dit David, qui croyait à la vertu des livres.

– C'est mieux d'avoir quelqu'un, dit Philippe, qui croyait au relationnel. Si tu veux que je te montre deux ou trois trucs un jour où on s'y trouvera ensemble, n'hésite pas.

David, qui pensait que les garçons comme Philippe étaient des créatures inaccessibles, fut surpris qu'il condescende à lui parler, qui plus est à entamer la conversation, et le tout avec gentillesse et simplicité, sans les effets de manches que n'aurait pas manqué de faire Nicolas.

David aimait les hommes comme son café : pas trop chaud, mais pas frappé non plus. Avec Nicolas, il était servi.

De son côté, Philippe s'étonna de ce qu'il venait de dire. David n'était pas son genre, lui dont l'univers était peuplé de modèles d'Herb Ritts.

Philippe aimait les hommes comme son café : allongé et très sucré. David était tout le contraire.

– Pourquoi c'est toi qui es marié avec lui et pas moi ? fit Denis d'une voix geignarde.

Nicolas n'avait pu s'empêcher de profiter de l'absence de David pour venir avec Luis au Tea-Dance. Nicolas regardait les hommes de deux manières. Soit comme une Helen Ford qui décèle l'exception rare chez un garçon que d'autres trouvaient ordinaire et qu'il mettait ensuite toute son énergie à faire éclore, quitte à s'en lasser une fois l'œuvre achevée. Soit comme un gamin qui trépigne devant la dernière console Sony uniquement parce que tout le monde la veut et qu'il sera le seul à l'avoir. Luis, qui était à lui tout seul une mise en scène de Fassbinder-Almodovar-Kazan, tombait dans la seconde catégorie.

Nicolas aimait les hommes comme son café : Costa-Rica ou Arabica – corsé, mais pas subtil. Avec Luis, c'était tout ça, et Robusta par-dessus le marché.

– Je ne suis pas marié avec lui, dit Nicolas en comptant mentalement les regards envieux, tandis que Denis n'avait d'yeux que pour Luis qui oscillait sur le dance-floor avec des airs de marin sur le pont par un jour de gros temps.

Pour une fois, Renaud avait accompagné Denis. Cela ne changeait pas grand-chose aux occupations présentes de Denis, qui venait au Tea-Dance depuis sa création en bigote qui va à vêpres et considère l'apparition du moindre mec bodybuildé en sueur en train de s'agiter sur un plot comme une manifestation de l'Esprit-Saint. Il avait passé sa vie à idolâtrer des garçons qui trouvaient sans doute attendrissants – mais pas trop longtemps quand même – les longs regards humides qu'il leur lançait. Il ne s'en rendait pas très bien compte, mais si exta et herbe avaient remplacé coke et poppers, le syndrome de Fabio ne le guettait pas moins.

Renaud était à Denis ce que Denis avait été à Fabio. À ceci près qu'il était comptable aux Galeries-Lafayette et qu'ils habitaient un deuxième étage avec ascenseur, ce qui témoignait de nettement moins de courage. Renaud avait vingt-cinq ans, il était mince, avec cet air faussement effacé doublé d'un regard sournoisement goulu qui est l'apanage des très grandes salopes. Il ne payait pas de mine, mais il avait dans la culotte un énorme filet de bœuf propre à rassasier les appétits les plus ambitieux, quelque chose dont il avait appris – et fait connaître – très tôt la valeur et qui faisait de lui quelqu'un de très recherché dans les cercles les plus ouverts de la capitale. Et ce soir, Renaud, malgré la présence de Denis, avait pris son air de furet des grands jours qui annonçait un carnage au rayon viande. Dans ce qui leur tenait lieu de couple, oui, il y avait des *Hommes qui passent, Maman*, mais c'était Renaud qui les attrapait en cours de route.

Renaud aimait les hommes comme son café : express ou instantané, pas forcément au lit, mais plusieurs par jour.

– Oui, mais il est tellement beau, ce Luis, reprit Denis avec une mine de supplicié.

Denis aimait les hommes comme son café : noir, bien tassé et qui l'empêche de dormir. Malheureusement, avec Renaud, c'était plutôt camomille.

Malgré l'heure tardive, Olivier avait passé la soirée à lire, allongé sur son lit. Puis, comme la journée avait été fatigante et que les suivantes ne promettaient pas d'être de tout repos, il éteignit la lampe en papier japonais et ferma les yeux. S'il commençait à passer des nuits blanches, ses cours allaient être sérieusement compromis.

Au moment où le sommeil commençait à le gagner, il fut réveillé par un rectangle de lumière jaune d'un plafonnier qui venait de s'allumer sur le mur d'en face. Il faudrait décidément qu'il installe ses stores au plus vite si ces voisins-là avaient l'habitude de se coucher aussi tard que lui.

Alors qu'il se retournait en tirant la couette à lui pour masquer cette lumière agaçante, il vit apparaître la silhouette d'un type ceint d'une serviette blanche, les cheveux noirs hérissés, qui devait sortir de sa douche. Le type ôta sa serviette d'un geste et se frictionna les cheveux, la jeta dans un coin, se regarda apparemment dans une glace en les lissant du plat de la main, puis il tendit un bras sculptural pour éteindre. Olivier fut de nouveau plongé dans le noir, dressé sur un coude, avec sur la rétine l'image auréolée d'or d'un demi-dieu prosaïquement surpris dans sa toilette du soir.

Mais Olivier n'aimait pas le café – ce qui simplifiait beaucoup les choses.

Et Carla, dans tout cela ? Bien évidemment, ce qu'elle préférait, c'était le *cafe con leche*.

25

Figures de style

Au fond de la longue pièce, une ancienne peausserie dont la restauration avait soigneusement laissé apparentes les structures industrielles – l'énorme poulie d'un monte-charge, les canalisations, une cuve, l'escalier en spirale – un type nu, épilé de la tête aux pieds, faisait des mouvements très lents devant un écran rétro-éclairé, sur une musique mêlant des instruments japonais et des sons synthétiques stridents.

– Ce sont ses gestes qui déclenchent les sons et les changements de lumière, dit FX à Olivier en lisant la petite plaquette qu'on leur avait remise à l'entrée. Il a des capteurs sur tout le corps.

Les capteurs en question étaient invisibles, car l'artiste était recouvert d'une épaisse couche de substance jaune paille.

Olivier feuilleta la brochure de huit pages rédigée par plusieurs critiques d'art conceptuel illustrée par une photo de l'artiste « en civil », un certain Steven Moore. D'après la bio – qui regorgeait d'expressions comme *déconstruction de l'espace urbain, réappropriation du paradigme corps contraint / corps producteur / corps social* ou *réorganiser la métaphore du dialogue artistique, qui n'est plus un dire, mais un faire* – Steven Moore était un ancien mannequin de trente-huit ans qui avait délaissé le monde de la mode pour se lancer dans une carrière de *performance-artist*. Le texte se terminait d'ailleurs par des remerciements qui mêlaient Lady Di, Gianni Versace et Dieu.

Sur l'écran noir clignotait en blanc le mot MILK.

La Galerie Nadir était bondée. Il y avait beaucoup de gens habillés en noir qui plissaient le front d'un air appréciateur et se chuchotaient des choses à l'oreille. Une grande femme maigre au visage de Carmélite en proie au tourment prenait fébrilement des notes sur un petit calepin.

– C'est hyper-intéressant, disait Carla à Christelle, suffisamment fort pour que la femme l'entende. (Enhardie par le mauvais champagne qu'elle buvait depuis une heure, elle était bien décidée à se faire remarquer de la célèbre critique, n'ayant trouvé personne qui la lui présenterait.) Surtout au niveau de l'objectivisation.

Carla n'avait pas encore appris des mots intéressants comme *noumène* et *aporie*.

Sur l'écran noir était apparu le mot CREAM.

– Ça, et puis il y a aussi le désir comme producteur de sens, renchérit Christelle.

Elle semblait très sûre de ce qu'elle disait. Carla nota mentalement la phrase. Ça pourrait toujours resservir.

Brice, que toute foule dans une pièce avec un verre à la main attirait irrésistiblement, était entré. L'art ne l'intéressait pas tellement, mais l'artiste était bien foutu – et puis, un ancien mannequin…

Ça sent quand même drôlement fort, pensa-t-il en remontant sur son nez son col roulé imprégné d'Heure Bleue.

Sur l'écran noir était apparu le mot BUTTER.

Un peu plus tard, quand le champagne avait été éclusé jusqu'à la dernière goutte, tout ce petit monde se dispersait.

– C'est vraiment vachement fort, dit Carla en pressant le pas pour rattraper Christelle qui marchait plus vite qu'elle. D'autant que c'est pas facile de danser dans des flaques de beurre.

Avoir été les spectatrices d'une performance où un homme recouvert de beurre qui faisait de mystérieuses chorégraphies tandis que le beurre fondait pour révéler le corps de l'artiste leur avait donné la certitude de participer à un grand moment d'art contemporain à l'aube du prochain millénaire. Étant aussi idiotes l'une que l'autre, elles avaient naturellement sympathisé. Carla avait proposé d'aller prendre un verre au City-Café.

– Moi, j'ai surtout aimé l'idée de la transformation, ça va vachement loin dans les implications.

À la fin de sa performance, l'artiste, qui avait baratté pendant une heure un demi-verre de lait dans sa bouche, avait délicatement déposé sur une plaque de plexiglas une petite motte de beurre devant l'assistance fascinée.

– Je sais pas comment il fait pour que le beurre fonde pas dans sa bouche avec la température, quand même, dit Carla.

– Moi, j'ai connu une fille d'un cabaret de Pigalle qui était capable de nouer une queue de cerise dans sa bouche avec sa langue. Si elle avait dit que c'était de l'art, elle aurait été célèbre. Dis donc, c'est aussi pénible pour se garer par ici que chez moi, dit FX en inspectant les deux côtés de la rue.

– Mais tu as un garage ! dit Olivier.

– Oui, mais parfois, j'ai la flemme d'y descendre quand c'est juste pour faire un saut à la maison. Tant pis, je vais refaire le tour.

Françoise s'arrêta sur le trottoir, pétrifiée. Au bout de la rue, il y avait encore la voiture noire aux vitres fumées qui avançait lentement. Elle recula dans l'embrasure de la porte d'entrée, la poussa du dos et retourna dans le hall sans cesser de fixer le véhicule qui ralentissait à sa hauteur.

– Qu'est-ce qu'elle attend, cette bonne femme, sur le pas de sa porte ? demanda Olivier. On croirait qu'elle a vu le diable.

– Quelle bonne femme ? fit distraitement FX qui regardait de l'autre côté. Ah, là…

La voiture s'était arrêtée, maintenant. Françoise vit les feux stop qui projetaient une lueur rouge sur la chaussée et la façade. Le métro était tout près. Ils ne pourraient pas la suivre en marche arrière assez vite pour la rattraper. Peut-être qu'elle parviendrait à s'échapper in extremis.

– Mais regarde, elle court, s'exclama Olivier. Peut-être qu'elle s'est fait agresser. Tu ne crois pas qu'on devrait aller voir ?

– Tu ne crois pas plutôt qu'on devrait la trouver, cette place, au lieu de s'occuper de toutes les folles de ton quartier ? (Le visage d'FX s'éclaira brusquement alors qu'il redémarrait.) Tiens, d'ailleurs, c'est marrant, ça me fait penser : figure-toi que la même chose m'est arrivée… quand c'était ?… Il y a un mois ou deux, juste avant qu'on se rencontre. Il doit y avoir un club de femmes allergiques aux Saab noires, à Paris.

En rentrant chez elle, Christelle n'était pas très sûre d'avoir passé une bonne soirée. Elle avait très mal au ventre d'avoir ingurgité des canapés qui n'étaient probablement pas très frais et elle avait encore cette odeur de beurre rance dans les narines.

Au City Café, elle avait écouté Carla lui parler pendant des heures de Londres, de la scène alternative techno, du parallèle entre la performance qu'elles avaient vue et le travail que faisaient certains groupes lesbiens d'avant-garde sur leur corps, en lui exhibant les implants en chrome en forme d'étoile qu'elle s'était fait faire sous la peau aux seins. Christelle, qui était sensible, avait failli vomir.

À côté d'elles, un type déjà complètement aviné s'était fait payer kir sur kir pendant toute la soirée par un jeune mec pas mal, mais complètement azimuté, avec qui il avait discuté de Fréhel, Damia et d'autres chanteuses françaises dont Christelle n'avait pas retenu le nom.

Mais pourquoi faut-il toujours que je me fasse draguer par des gouines ? se demanda Christelle en se brossant les dents.

Plus tard, alors qu'FX s'était endormi en pestant contre l'inconfort du futon, Olivier vit apparaître une fois de plus le rectangle jaune sur le mur noir de l'immeuble d'en face. À nouveau, la silhouette du voisin entra brièvement dans la lumière puis vint s'encadrer comme une ombre chinoise dans l'embrasure. Le type s'étira, puis il secoua la tête comme un chien qui s'ébroue, posa un bras sur le montant de la fenêtre et y appuya le front. Olivier resta à regarder le triangle sombre nimbé de lumière. Est-ce qu'il les avait vus faire l'amour ? Est-ce qu'il le voyait maintenant ? Non, Olivier n'avait pas allumé chez lui. Le type resta dans la même position un moment, comme s'il pensait à quelque chose ou cherchait à distinguer les contours de la cour plongée dans l'obscurité. Olivier ferma les yeux.

Quand il les rouvrit, il n'y avait plus de lumière sur le mur d'en face.

– C'est bien, chez toi, dit Luis en regardant autour de lui.

Nicolas fut flatté. Vraiment, Luis était merveilleux. Il exsudait une sexualité torride et en plus, il appréciait ses talents de décorateur. David ne faisait ni l'un ni l'autre.

– Je t'offre quelque chose à boire ? demanda Nicolas d'un ton de maîtresse de maison dans un film des années 60.

Un peu plus et il aurait dit « un drink » ou une expression du même genre qui l'aurait immédiatement affublé d'une robe d'hôtesse virtuelle.

– Un Coca, dit Luis.

Nicolas fila à la cuisine. Évidemment, il n'y avait pas de glaçons, mais étant donné la saison… Et puis le Coca était frais. Il retourna au salon les deux verres à la main.

Les vêtements de Luis étaient posés sur la chaise. Quant à Luis, uniquement vêtu de ses chaussettes blanches, il était à trois pattes au milieu de la pièce, la quatrième fébrilement occupée entre les deux autres.

– Oh… Je vois que tu ne… perds pas de temps, fit Nicolas du même ton mondain et faiblement crispé qu'une dame de Neuilly qui fait semblant de ne pas remarquer les bruits inconvenants que persiste à faire un invité.

– Tu as pas de fringues bandantes ? demanda Luis en le regardant par en-dessous.

– Des… fringues bandantes ?

– Ouais, du cuir.

Nicolas inspecta mentalement ses placards. Il avait bien un blouson qui datait de sa période bon genre.

– Du daim, ça ira ?

– Il est de quelle couleur ? demanda Luis.

– Cognac.

– Dommage qu'il soit pas noir, dit Luis. Mais mets-le quand même. Tu as pas des chaps ?

– Non.

– Un short ? En satin ? Noir ? (Nicolas avait un short de gym. En satin. Rouge.) Ça ira. Et un débardeur ? (Nicolas en avait plusieurs.) Fais voir.

Luis choisit un débardeur blanc uni. Les autres étaient de couleur un peu voyante, ou portaient des inscriptions fantaisistes qui seyaient apparemment mal à la solennité de la situation.

– Et des rangers, tu en as ? (Pendant que Nicolas allait chercher une paire de chaussures approximatives, Luis ajouta :) Et des lunettes noires et une casquette, aussi.

Une fois Nicolas habillé, Luis, toujours à trois pattes, lui demanda de se mettre contre le mur dans « une pose dure, avec un regard méchant, tu vois ? » et de repousser du bout du pied la main tremblante que Luis approchait de lui.

Au bout d'une demi-heure, affublé de vieilles Doc Martens vertes, d'un short en satin rouge, d'un marcel blanc, d'un blouson en daim cognac et d'une casquette de base-ball, Nicolas en avait assez d'enlever et remettre ses vieilles Wayfarer en écaille tout en écartant du pied Luis qui vagissait à chaque fois « Oooh, tu domines bien, tu domines bien, t'as fait ça toute ta vie ».

– On va peut-être se coucher, maintenant ? proposa-t-il.

– Oh, oui, tu vas me larver, continua Luis.

– Oui, mais la prochaine fois, parce que demain, je dois me lever tôt, dit Nicolas.

Dans la salle-de-bains, tandis que Luis le regardait en répétant qu'il dominait bien, Nicolas songea mélancoliquement : « Mon Dieu, même quand je me brosse les dents, je domine bien. » Luis avait vraiment beaucoup d'imagination s'il avait pris goût à une prestation qui évoquait plutôt Danièle Gilbert en train de commenter une visite du Salon de l'Agriculture.

– Au fait, pourquoi il y a écrit Robert sur tous tes disques ? demanda-t-il alors qu'ils se couchaient.

– Tu as fouillé dans mes affaires ? fit Luis.

– Mais non ! J'ai juste voulu mettre un disque l'autre fois, c'est tout. Alors ?

– C'est mon vrai prénom, Robert. Luis, c'est quand j'étais dans la Légion Étrangère. Mon nom, c'est Robert Martin.

– Parce que tu as été dans la Légion, maintenant ?

Nicolas faillit lui balancer une méchanceté, mais il se souvint juste à temps que dans son élan, au Paradiso, il avait prétendu qu'il s'était fait faire son tatouage en taule. Luis n'avait jamais relevé, soit par bêtise, soit par gentillesse, car n'importe qui de sensé et de moins charitable en entendant un bobard aussi énorme lui aurait immédiatement demandé si c'était pendant la période où il avait été visiteuse des prisons.

– Ouais. Enfin, j'ai juste fait quinze jours à Aubagne, mais j'y suis pas resté parce que c'était trop dur.

Quinze jours à Aubagne, c'était probablement trente fois plus que Nicolas aurait pu tenir.

– Pourquoi tu voulais t'engager ?

Nicolas avait des frémissements dans les reins quand il était question de légionnaires et de soldats en général. Durant la Coupe du Monde, il avait surtout regardé les interviews des joueurs dans les vestiaires. Cependant, contrairement à bien des folles – et des moins folles – il n'allait pas jusqu'à s'imaginer, à force de voir des pornos où la Légion semble essentiellement se consacrer au repos du guerrier, que c'était un univers d'hommes d'une beauté défiant l'imagination qui passaient leur temps à se monter les uns sur les autres au lieu de graisser leurs fusils.

– C'était quand je voulais tout larguer, éluda Luis.

– Mais tu étais pas obligé de garder Luis comme prénom ensuite, dit Nicolas avant d'ajouter, devant l'air malheureux de Luis : C'est vrai que ça te va bien, mais Robert, c'est bien aussi. Regarde Robert Redford, conclut-il, brusquement inspiré.

– C'est vrai ? demanda Luis en venant se blottir contre lui, moins comme le légionnaire que comme la fille qui se colle à lui dans un bar de Djibouti.

Juste avant de s'endormir, Nicolas ne put s'empêcher de récapituler. Il était allongé avec un Andalou qui n'était pas espagnol, un légionnaire qui croyait en Dalida comme d'autres s'en remettent à Sainte-Rita et qui faisait l'élevage de poupées Barbie dans une chambre. Quelle serait sa prochaine découverte ? Que Luis était un transsexuel ?

Mais le plus dur dans l'histoire, ce qui le tenaillait le plus, c'était qu'il se demandait s'il pourrait jamais s'avouer en face que son amant s'appelait Robert.

26

Le feu au luc

Claude était en train de défaire ses bagages dans sa chambre en cherchant une bonne excuse pour s'éclipser le dimanche après-midi à Lausanne. Les vêpres ? Risqué. Édouard était capable de vouloir l'accompagner. Un musée ? Risqué aussi, pour les mêmes raisons. Des courses un dimanche, c'était ridicule. Oh, après tout, se dit-il en dépliant une chemise blanche pour le dîner. Il pouvait prétendre un retour précipité à Paris. Édouard était un homme d'habitudes : il quittait toujours Vevey par le dernier avion. Le tout serait de ne pas se retrouver dans le même. Le trajet aller avait déjà été assez mouvementé comme cela.

Le hasard ne faisant pas si souvent bien les choses qu'on le prétend, il avait fallu qu'ils prennent le même vol que la troupe entière des artistes du Paradiso – drag-queens et gogo-boys menés par un type qui n'était pas mal, si on aimait le genre rastaquouère.

– Regardez-les, avait tempêté Édouard. Ils ne se cachent même plus, c'est une honte.

Claude avait froncé discrètement les sourcils à l'adresse de Julian lorsqu'il était entré dans la cabine. Julian avait acquiescé tout aussi discrètement. Il connaissait les habitudes de ses clients et observait scrupuleusement la règle sacro-sainte des professions libérales : la confidentialité.

– Mais le commandant de bord ne peut donc pas les faire taire ? s'emporta Édouard, tandis que la petite bande poussait des hurlements. Et ça voyage en classe affaires, en plus. Mon Dieu, quelle vulgarité, ajouta-t-il, écarlate. Regardez cette femme. Je suis sûr qu'elle est décolorée.

La femme en question, poitrine opulente et crinière blonde, maquillée comme un camion un jour de hold-up et moulée dans un justaucorps imprimé léopard, s'était jetée à peine arrivée sur le chef de cabine un peu dépassé par les événements, lui avait pris sa casquette et s'en était coiffée avant de déambuler dans la coursive comme une pute qui a tout le trottoir pour elle. Pendant ce temps, le reste de la troupe scandait en chœur : Es-meralda ! Es-meralda !

– Et ça demande à se marier. Vous ne dites rien. Ça ne vous scandalise pas, vous ?

– Si, bien sûr, avait répondu Claude.

– Mais avec votre air imperturbable, c'est à croire que vous voyez ça tous les jours.

C'était tout à fait faux : Claude ne voyait Julian qu'une fois par semaine, et uniquement en tête-à-tête, si l'on pouvait dire.

En descendant au dîner, Claude s'arrêta sur le palier en entendant des éclats de voix.

– Si, je vous l'ai dit. Je vous l'ai même écrit ! (La voix d'Édouard. Un murmure presque inaudible. Sa femme, évidemment. Un bruit de pas précipités, puis :)… Votre fils !… Impossible… en étions convenus… (Encore le même murmure indistinct.) Non !… expier votre faute. (Il y eut à nouveau des pas, une porte claqua, puis on dévala l'escalier. Claude s'empressa de descendre. Les drames conjugo-familiaux des Luscans, il voulait bien les entendre, mais pas y participer.) Claude ! (Il s'arrêta net sur une marche en entendant son prénom.) Rentrez dans votre chambre immédiatement.

Non, cette fois, c'était pour Claude de Luscans, pas pour lui. Décidément, cette similitude de prénoms finirait par lui jouer un tour.

Il va quand même falloir que je me calme, songea Christian Michaud. Le mois dernier, il avait dû débourser quatre mille francs de téléphone. L'Internet commençait à grever sérieusement son budget. Mais il ne se lassait pas de son cyberlover, JeunScout, un garçon d'une sidérante beauté qu'il avait rencontré sur un canal de discussion. Évidemment, il fallait faire attention : sur ce channel, on vous éjectait quand vous parliez de sexe trop ouvertement, mais Christian venait régulièrement y faire son marché, comme il disait, et depuis leur première rencontre, il attendait avec impatience leurs rendez-vous hebdomadaires. C'était vraiment une belle invention, l'Internet. Comme le minitel, mais avec les images. C'était tout de même plus simple de rester chez soi, ou comme ce soir, dans une chambre d'hôtel, confortablement installé, en djellaba, à fumer une bonne pipe d'Amsterdamer tout en écoutant de la *grande musique* – Christian disait toujours en public qu'il adorait Mozart, mais en réalité, ce qu'il préférait, c'était *Casse-Noisettes*. Lorsque JeanScout – sans doute charmé par le nick que s'était choisi Christian : Hadrien – lui avait envoyé sa photo pendant l'été, Christian avait été immédiatement séduit par son beau visage de jeune hoplite.

Christian était de gauche, et d'après son allure, certains insignes et une grande partie de ses propos, JeunScout naviguait manifestement dans des cercles d'extrême-droite très extrêmes. Mais l'amour ne connaît pas de frontières et Christian était prêt à abjurer toute sa religion et renier tous ses nobles idéaux pour peu qu'on lui fournît certains arguments – dont JeunScout ne manquait pas.

À la Libération, j'aurais été tondu, songea Christian avec un délicieux petit frisson.

JeunScout ne pouvait pas toujours venir sur le canal à cause de ses parents, mais par bonheur, il lui avait donné l'adresse de son site personnel, sur lequel Christian pouvait le voir grâce à sa webcam. Christian passait des soirées entières à contempler l'image de son aimé alangui dans son lit. Bien sûr, ce n'était pas de très bonne qualité et c'était en noir et blanc, mais il pouvait le voir se lever le matin dans toute sa gloire de jeune mâle, son corps souple et merveilleusement découplé sortir de sa douche, ou, moments qu'il chérissait entre tous, se soulager tout seul avec une vigueur toute juvénile. Christian n'attendait plus que le moment où ils se rencontreraient et pourraient consommer leur amour dans ses espèces les plus ardentes.

– Tu devrais peut-être arrêter la nuit, lâcha David sur un ton qu'il aurait voulu plus léger.

– Mmm, mâchonna Nicolas affalé sur le canapé, un paquet de chips dans une main, la télécommande dans l'autre, prêt à faire une vendetta sur les programmes du samedi.

Il s'arrêta sur *Canal Jimmy* sans même y prêter attention et parcourut la pièce du regard.

Les murs blancs cassé qu'il avait voulu laisser nus, sa minichaîne posée au milieu de piles de disques au bord de l'effondrement, le kilim devant le canapé en velours grenat de chez Habitat, la télé posée à même le parquet ciré, un énorme cendrier de chez En attendant les Barbares. Quelques lampes Miss Sissy (vestiges colorés de son ancien appartement) disposées ici et là, baignaient la pièce d'une lumière tamisée et apaisante. Il vit la silhouette de David se dessiner, à contre-jour, devant la fenêtre donnant sur la rue. Une coupe de cheveux proprette, une chemise à carreaux bleus, un chino et probablement des Paraboots. L'ensemble donnait à l'endroit un air cosy, petit bourgeois, qui se distinguait à peine de l'avenir que ses parents avaient voulu tracer pour lui. Ne manquaient au tableau qu'un labrador et la maison de campagne en Baie de Somme. Partout où il posait les yeux, le mot « ennui » apparaissait. Il imagina une pièce noire, avec en son milieu trois caisses peintes en noir et « ennui » projeté par intermittence sur les différents éléments. Non : peut-être simplement ce même lieu et le livre de Moravia posé sur l'une des caisses. Il aurait dû faire artiste conceptuel, il débordait d'idées. Il songea alors au foutoir ou vivait Luis : un joyeux bordel, où le concept de « télescopage des styles » prenait un sens tout autre que celui dont les rédactrices d'*Elle Déco* avaient plein la bouche.

– Tu ne penses pas qu'il serait un peu temps que tu cesses tes conneries, reprit David en s'approchant de la télé, et que tu ouvres enfin ton propre cabinet d'archi… À ton âge ?

– Quoi mon âge ? répliqua Nicolas qui se rendit immédiatement compte de l'absurdité de sa réaction.

Bien sûr il n'avait plus vingt ans, il en avait treize de plus. Et alors ? Il avait passé ces années-là à bûcher dans une sinistre chambre d'étudiant : son adolescence non plus n'avait pas été une partie de plaisir. Et quand enfin il commençait à s'amuser, on venait lui dire qu'il était un peu tard. Sa famille, d'abord, et maintenant David. De quoi se mêlaient-ils ? D'ailleurs, lorsqu'il sortait prendre un verre au Dix, la plupart des gens avaient trente-trois ans. Il y avait pas mal de mecs plus âgés aussi, et dans certains cas, ils étaient même assez sexy.

David ne dit rien. Il se contenta de l'observer en silence, discrètement. Nicolas avait encore envie de faire la fête, de s'amuser avec ses copains, de laisser exploser sa créativité tous azimuts. Je suis bien trop terre-à-terre pour un mec comme lui, songea-t-il. La seule chose que j'ai à lui proposer implique qu'il quitte cette existence bohème à laquelle il tient tant. David se sentit d'un seul coup très banal. Très triste.

– Regarde ma sœur, en province, avança-t-il.

– Ta sœur ? répéta Nicolas.

– Parfois je me demande ce qu'on fiche ensemble, lâcha David devant le petit sourire méprisant de son mari.

– Tu sais pertinemment que si nous sommes ensemble, c'est parce que nos névroses sont cent pour cent complémentaires, répondit Nicolas d'un ton désinvolte.

– Alors si c'est à ça que se résument les choses, lâcha tristement David.

Il y eut un long silence. Nicolas cherchait à voir ce qu'il avait bien pu dire de mal. David s'efforça de refouler le long soupir qui montait en lui. Il serra les dents. Il se sentait devenu d'un seul coup vulnérable.

– En plus on vient juste d'emménager, reprit Nicolas à court d'arguments.

Il aurait mieux fait d'aller à la Respect du Queen, au moins il aurait évité cette conversation plate comme un trottoir avec son mari. En fait, il avait épousé un Charles Bovary bis. Dieu merci, il était moins niais qu'Emma.

– Je me demande si je ne ferais pas mieux d'aller passer quinze jours chez Brice histoire de…

– Prendre un peu de distance ? Réfléchir ? Faire le point ? poursuivit David qui connaissait déjà cette tirade. Fais comme tu veux.

– Non, je voudrais quand même avoir ton avis sur la question, protesta mollement Nicolas.

– Tiens, *Friends* vient de commencer, conclut David en indiquant la télé. Après, tu devrais écouter ça, ajouta-t-il en lui donnant une petite cassette. C'est une conversation passionnante, tu verras.

Nicolas resta à regarder l'épisode et attendit que David sorte de la pièce pour glisser la cassette dans son dictaphone.

– Mais non, le monde de la nuit est vachement important : les gens sont plus vrais, ils sont en phase avec leurs désirs. C'est un creuset social, parce que la nuit abolit les frontières, tu vois.

Nicolas reconnut sa propre voix.

– C'est vrai, il y a tout une culture clubbing.

La voix de Sacha.

– Et c'est… (Sa voix, encore.)… Euh, tu vois, par rapport à la vie quotidienne des gens, je veux dire, les trucs qu'ils vivent tous les jours. Déjà, rien que le fait de dire « tous les jours », tu vois on dit pas « toutes les nuits », on dit « tous les jours », c'est vachement significatif. Ouais, bon, le jour c'est hyper-superficiel, il y a une super pression, alors forcément… Je disais quoi, là ?

– Je sais plus. (Brice). Ouais, mais les nouveaux créateurs…

– Ouais, si, tu disais un truc vachement bien par rapport au quotidien. (Sacha, à nouveau.)

– Ouais, ça y est, je sais. Putain, tu l'as eue où ton herbe ? Bon, le jour, c'est hyper-superficiel alors que la nuit, tu vois, je sais pas comment dire, il y a quelque chose de…

– Profond ? (Sacha.)

– Non, pas profond. J'allais dire *profound*, mais c'est même pas ça. Des fois, la langue française, il manque des mots, c'est vachement moins riche que l'anglais, mais là, même l'anglais…

– *Tief* ? dit brusquement Sacha en se souvenant de ses leçons d'allemand.

– Non, en fait, je crois qu'il faudrait dire « non-superficiel ».

Nicolas arrêta le dictaphone en se demandant si c'était vraiment lui. Pourtant, sur le moment, il avait eu l'impression de dire des choses capitales et d'avoir quasiment découvert la clé de l'univers.

Il faudrait que je fasse quand même gaffe à ce que je raconte, des fois, songea-t-il en enlevant la cassette et en la jetant à la poubelle.

David était allé s'étendre dans le sanctuaire où étaient entreposées ses affaires. Le salon n'était plus éclairé que par la lumière de l'écran. Nicolas alla se poster devant la fenêtre. À quelques rues de là, il y avait le boulevard de Clichy et ses néons clignotants vingt-quatre heures sur vingt-quatre, les bus qui déversaient des flots ininterrompus de touristes aussitôt alpagués par des rabatteurs. Il y avait la silhouette massive du Fuckorama, comme un vaisseau échoué aux abords du boulevard, où le sexe ne coûtait que le prix d'un ticket pour le cinéma permanent. Les fast-foods, les épiceries ouvertes non-stop, la Loco puis finalement la place Clichy – et Yanko. Où qu'on aille, il y avait toujours un rade pour vous accueillir.

Alors que les bruits du boulevard n'étaient plus qu'un murmure, Nicolas distingua vaguement la voix étouffée de Céline Dion implorant : *Je deviendrai ces autres qui te donnent du plaisir*... Il ne peut s'empêcher de laisser échapper un petit rire moqueur. Pauvre David, songea-t-il. Après tout, il l'avait bien cherché. Et puis ce ne serait que quinze jours.

Allongé sur le kilim, casque posé sur les oreilles, Nicolas écouta un CD de Paco De Lucia, un disque qui appartenait à David. C'est dingue ce qu'il peut être susceptible, pensa-t-il avant de s'écrouler au milieu des guitares flamencas.

Christian s'engouffra d'un pas rapide dans l'entrée surmontée d'un néon bleu qui annonçait OLYMPE sur fond d'une fresque vaguement mythologique. Avec un nom pareil, qui était plus dans ses références familières, cela allait sûrement être mieux que l'Atlantide. Il avait découvert les saunas depuis peu, mais il les pratiquait à présent avec assiduité, bien qu'avec assez peu de succès. Tandis qu'ici...

Comme à son habitude, il était allé faire la retape pour *Alessandro*. Cette fois, c'était son premier débat à l'étranger. Une association suisse l'avait invité – ils avaient même tout payé. Sa renommée dépassait les frontières.

En entrant dans le labyrinthe de toutes les turpitudes après avoir passé la serviette bleue qu'on lui avait donnée, Christian fut émerveillé. Bien sûr, il y avait deux autres clients pas très appétissants – un type rougeaud et bedonnant, vêtu d'un peignoir, qui avançait en soufflant en se tenant aux murs, et un autre, malingre, qui regardait tout le monde avec des airs de bête famélique. Mais la douzaine d'autres ! Des dieux. Décidément, ce sauna méritait tout à fait son nom. Il déambula dans les couloirs, étourdi par ce spectacle inespéré, découvrant à chaque détour une vision plus enchanteresse que la précédente et remerciant de tant de beauté la Providence des écrivains gays. Celui-là, nonchalamment appuyé à une colonne, cette peau mate comme un bronze antique, mais c'était un Phidias à qui l'on aurait donné la vie. Et cet autre, là, alangui sur une banquette, qui semblait extraordinairement bien doté – Mon Dieu, mais cette chose qu'il avait, était-elle vraie ? – on aurait dit un Praxitèle.

– Bonsoir… susurra-t-il en plissant lubriquement les paupières devant – oui, le mot n'était pas trop fort – devant un Apollon assis dans une cabine dont la lumière caressait la peau satinée.

Christian se voyait déjà initier au grandiose mystère de ses reins. Apollon lui referma la porte au nez d'un coup de pied.

On ne pouvait pas gagner à chaque fois.

Dans la cabine voisine… Ah, dans la cabine voisine, c'était un type qui avait la quarantaine, d'une allure quelconque, avec des poils là où il ne fallait pas, un peu dégarni, vautré sur sa serviette blanche comme une odalisque atteinte d'hirsutisme, qui lui lança un regard de fou de ses yeux bleus perçants. Christian s'enfuit, refit un tour, puis il décida de s'installer dans la cabine d'à côté. À l'instant où il y entrait, il vit un bras surgir de la cabine comme la langue d'un caméléon et happer à l'intérieur un garçon qui passait.

Il entendit la porte se refermer et le loquet retomber avec un claquement sec.

– Comment t'appelles-tu ? demanda une voix, un peu maniérée, un peu crispée.

– Laurent. (Voix un peu boudeuse, charmeuse.)

– Et quel âge as-tu ?

– Vingt ans.

– Oh, vingt ans. C'est l'âge divin, comme disaient les poètes grecs. Tu aimes Anacréon ? roucoula l'autre.

Christian fut outré qu'on puise ainsi dans son fonds de commerce.

– Je ne sais pas, dit le Laurent en question.

Tiens ! Évidemment.

– Quel dommage…

Bruit de matelas plastifié qui couine. Froissements. Choc sourd contre la cloison. Cliquetis de clés numérotées. Grincements. L'autre devait grimper sur la banquette. Christian entendit une sorte de ronronnement qui se termina dans un soupir, puis :

– Oh, oui. Rudoie-moi, Laurent !

Et la paroi de la cabine commença à vibrer rythmiquement.

À la sixième séance de halètements porcins et de grognements ponctués de claquements de muqueuses humides, de chuintements visqueux et de bruits de baudruche qu'on dégonfle, Christian en avait assez d'être secoué par les transports de son voisin infatigable et assourdi par ses vocalises. Il fit un dernier tour sous le regard des garçons désœuvrés qui l'ignoraient toujours autant. Le gros rougeaud et le type maigre étaient partis depuis longtemps et il s'apprêtait à faire de même lorsqu'il entendit la voix haletante s'élever pour la septième fois :

– Oh, oui. Rudoie-moi, Karim !

27

Vapeurs dévoilées

En sortant de son bureau, FX décida d'aller faire un tour aux Mots à la Bouche. Il aimait bien se tenir au courant des sorties de librairie et il s'était dit qu'il pourrait en profiter pour acheter quelque chose à offrir à Olivier. En général, il offrait à ses conquêtes *Les Mémoires d'Hadrien*, qui présentaient le triple avantage d'être de la littérature unanimement approuvée et reconnue, agréable à lire, avec juste ce qu'il fallait de beauté et de tragique. Mais peut-être que cette fois, cela ne suffirait pas à impressionner Olivier.

La librairie était en branle-bas de combat. Christian Michaud faisait une signature au sous-sol et des clients entraient et sortaient avec son livre.

Je me demande comment un truc aussi ringard et mal écrit peut avoir du succès, se dit FX en descendant jeter un coup d'œil.

En dehors de l'aréopage pincé des trois membres de l'AIGU (Association des Intellectuels Gays Universitaires) qui l'avaient invité, la majorité des gens présents avaient une allure prévisible : des adolescents échappés de provinces oppressantes et habillés en boysbands, avec des coiffures improbables, côtoyaient des messieurs vêtus comme les lecteurs du *Figaro* se représentent les violeurs d'enfants : un croisement d'André Gide et de Landru. Bizarrement, il y en avait un qui n'avait pas l'air à sa place – en dehors d'FX, bien entendu, qui gardait de son passé de jeune homme de droite un léger mépris pour ses semblables lorsqu'ils lui présentaient un visage de lui-même qui l'embarrassait. C'était un type qui avait la trentaine, un peu trop bronzé, coiffé comme un jeune homme des beaux quartiers et vêtu d'un costume prince-de-galles gris, qui observait la scène avec un sourire en coin.

Comme tout cela n'avait pas grand intérêt, FX remonta dans la boutique pour faire le tour des rayons.

Un quart d'heure plus tard, des éclats de voix faisaient lever la tête des clients penchés sur les tables où étaient empilées les nouveautés. FX vit Christian Michaud qui émergeait de l'escalier en se drapant avec un air outragé dans son imperméable de représentant de commerce et en clamant qu'il ne resterait pas une minute de plus dans un endroit où on insultait sa dignité.

– Ta dignité ! Espèce de crevure ! hurlait le jeune homme bien mis qui le poursuivait jusque dans la rue. Pourquoi tu racontes pas dans tes bouquins de merde que tu suces à genoux dans les bordels au lieu de nous gaver avec tes discours pompeux sur la littérature homosexuelle ? On le sait bien, à quoi elle te sert, la littérature ! J'avalerais deux rames de papier, je te dégueulerais un bouquin mieux que ça, pauvre fille !

Quand Luis émergea dans la cuisine vers midi, Julian venait de rentrer.

– Alors, ton week-end ?

– Un rodéo, je te dis. Heureusement qu'hier, j'étais chez Jean-Louis. Celui-là, il est pas difficile, il faut juste l'écouter raconter les mêmes trucs pendant qu'on bouffe et se promener dans le parc avec lui. Ça tombait bien, parce que déjà que j'étais crevé de mon samedi au MAD, j'ai bossé comme un dingue tout le dimanche.

– Raconte.

– Je t'avais parlé du plan que m'avait demandé mon client habituel ?

– Le bourge de droite qui veut que tu lui pisses dessus pendant qu'il te passe de l'opéra à fond la caisse ?

– Ouais, celui-là. La dernière fois, quand je lui dis que j'allais à Lausanne, il me demande si je serais libre le lendemain. Je dis oui, mais en soirée, le temps que je rentre à Paris. Je m'apprête à marquer sur mon agenda d'aller chez lui, et il me dit non, que c'est un peu spécial et que ça se passera à Lausanne, à l'Olympe.

– Au sauna ? Quelle drôle d'idée.

– Attends, tu vas voir le truc de fou. Il m'explique son plan, il me dit qu'il veut que je lui trouve douze mecs canons, mais alors super-canons et que je les amène là-bas de 3 heures de l'après-midi jusqu'à 9 heures du soir. Le prix, c'était trois mille balles pour moi pour trouver les mecs et eux, mille balles chacun s'il faisait rien avec et mille de plus s'il baisait avec. Je lui ai ramené tout le monde : Karim, Laurent, Fred, Rachid, Steph', Eric, Christopher, et j'ai pris cinq gogos suisses sur place.

– Et les autres clients ?

– Attends ! Je commençais à me demander si c'était une blague, mais figure-toi qu'il avait loué le sauna exprès pendant six heures et demandé au patron de faire entrer que trois autres clients, pas plus. Et nous, on devait pas baiser avec eux.

– Non !

– Si, je te jure. Ça lui a coûté un max de tunes, mais il en a, t'inquiète pas. Il m'a dit que ça l'excitait de baiser avec des super beaux mecs si en plus il était le seul à se les faire. Et il se les est tous faits.

– Ensemble ?

– Non, l'un après l'autre. Et crois-moi, fallait pas lui raconter des histoires.

– Il voulait quoi ?

– Eric m'a raconté que d'abord il te pompait comme s'il avait pas vu une queue depuis des mois et après, il fallait le limer pendant trois quarts d'heure et il te sortait des poèmes en grec ou je sais pas quoi. Au début, il a demandé à Eric comment tu t'appelles, Eric lui dit Eric, et à la fin, pendant qu'il jouit, il se met à pousser des cris en gueulant « Philippe ! Philippe ! ». Il a fait le même coup à tous les autres. C'est sûr, il casque, mais c'est un vrai dingue.

– Et tu as fait quoi en attendant ? Tu pouvais baiser, non ?

– Tu parles ! Interdiction de baiser entre nous, oublie pas. Et puis soit on s'était déjà faits, soit ils étaient passifs – et ceux-là, ils ont pas rigolé quand il a fallu assurer. De toute façon, les trois autres clients, c'étaient des stremons. Et comme je suis pas con et que c'est à moi qu'il a filé tout le fric pour régler son plan, au lieu de donner deux mille aux mecs, je leur en ai filé que mille. Résultat : trois mille plus douze mille – quinze mille balles pour moi.

– Putain ! (Luis en oublia de rajouter « mec »).

– À la fin du mois, je me casse à la White Party à Miami. Ça va être plein de beaux mecs et si je trouve du taf, je reste le temps qu'il faut.

– Je vous dis que je l'ai revue, dit Françoise.

– Tu es sûre que tu n'as pas des hallucinations ? demanda Sophie. Ça commence à devenir obsessionnel, ton histoire de voiture noire qui te suit partout.

– Oui, mais j'ai entendu dire que des groupuscules d'extrême-droite… commença Christelle.

– Quelqu'un reveut de la tarte, les filles ? la coupa Sophie.

Elle aimait bien Françoise, mais quand celle-ci se lançait dans ses délires de femme persécutée, il fallait l'arrêter, sinon tout y passait. Sans compter qu'elle contaminait tout le monde.

Les quatre filles se replongèrent dans la tarte aux pommes.

– Bon, ça n'intéresse personne, dit Françoise. En revanche, j'ai quelque chose qui devrait vous plaire. (Trois têtes se relevèrent. Françoise était ravie de son petit effet. Elle avait appris la nouvelle à 18 heures par une indiscrétion amicale et s'était retenue toute la soirée avant de l'annoncer.) Le Comité d'élection du Gay et de la Lesbienne de l'Année m'a choisie !

– Non ? fit Sophie. Et ils ont pris qui comme Gay consort ?

– Là, ils ont un problème. Il y a la moitié des voix pour Denis Maréchal et l'autre pour Christian.

– Mais il y en a que pour les vieux ! s'exclama Carla.

– Je te remercie, fit Françoise, pincée. Maréchal a peut-être quarante ans, mais j'en ai trente-six et Christian trente.

– Non, c'est pas ce que je voulais dire, se reprit Carla, soucieuse de ménager Françoise qui n'avait toujours pas pris de décision concernant son livre sur Londres.

– Mais le plus intéressant, dit Françoise, c'est que cette année, le Paradiso a offert de doter le prix de dix mille francs par lauréat et lauréate.

– Ça fera du bien aux finances de L'Autre Désir, dit Sophie.

– Peut-être, dit évasivement Françoise. Mais j'ai d'autres projets aussi.

– Allô ?

– Pourrais-je parler à Arnaud de Céret ?

– Lui-même, dit Arnaud.

– Christian Michaud. (Arnaud regarda son téléphone d'un air perplexe. C'était qui ?) Je voudrais faire entrer gratuitement dix personnes ce soir au Paradiso, c'est mon anniversaire.

– Dix personnes gratuitement ce soir ? répéta Arnaud en réprimant son envie de rire.

– Oui, vous savez, je suis l'auteur d'*Alessandro mon ami*. Je suis pressenti pour être Gay de l'Année. (À tes souhaits, pensa Arnaud.)

– Mais il n'y a aucun problème, Christian, vous savez : le jeudi soir, le Paradiso est gratuit, comme tous les autres jours de semaine.

– Ah ? Eh bien… merci. Au revoir.

Idiote, songea Arnaud en raccrochant. Il regarda pensivement le mur de son bureau, puis il reprit son téléphone.

– André ?

– Salut, Arnaud.

– Salut. Dis-moi, vous avez pris votre décision pour le Gay de l'Année ?

– Non, pourquoi ?

– Écoute, jusque là, on vous laissait décider, mais comme on dote le prix… (Arnaud lui expliqua le coup de fil qu'il venait de recevoir.) Tu comprends, je ne suis pas du genre méchant, mais je préfère que ce ne soit pas un crétin qui se croit tout permis qui reçoive cet argent.

– Décidément, cette année, c'est compliqué. Déjà qu'on vient d'avoir Carla qui nous a fait tout un drame pendant une heure sous prétexte qu'on avait choisi une vieille au lieu de quelqu'un de la génération montante… (Arnaud raya mentalement Carla de la liste des gens à qui il offrait des verres.) Écoute, on est en train de se réunir une dernière fois (Le Comité aimait beaucoup les réunions). Et quelqu'un a proposé un truc qui devrait tout régler. Je te rappelle tout à l'heure.

En effet, quelqu'un avait eu une idée géniale : puisque le prix était doté, pourquoi ne pas l'offrir à une personne dans le besoin, à quelqu'un qui en plus avait beaucoup fait pour la communauté, à une personnalité historique ?

Naturellement, à peine la nouvelle fut-elle connue dans les cercles d'initiés que la moitié de Paris (l'autre dansait) s'était immédiatement lancée dans une empoignade sanglante et avait assailli le comité pour étaler ses quartiers de militance : ceux qui prétendaient habituellement aux jeunes gens qu'ils abordaient avoir un peu plus de la trentaine se rappelaient brusquement qu'ils avaient été parmi les pionniers qui s'étaient dressés contre l'oppression policière lors de la fameuse rafle du Fiacre dans les années 60. On a les Stonewall qu'on peut.

28

Ami-ami

Nicolas était fatigué du malaise qui empoisonnait et son couple et sa relation avec Luis. Il avait persuadé son *latin lover* qu'il habitait toujours avec son ex-copain bien que désormais il n'y eût plus rien entre eux que l'habitude et une certaine tendresse réciproque. Luis ne parvenait pas à comprendre pourquoi dans ce cas ils ne passaient pas plus souvent la nuit ensemble. David s'efforçait de faire durer ses séances de gym.

Nicolas avait épuisé son stock d'excuses bidon et de prétextes fallacieux aussi bien avec son mari qu'avec son amant.

Il regarda Brice qui s'agitait, un Filofax à la main, et tapa un numéro sur son portable.

– J'ai parlé à Brice, commença-t-il avec un léger tremblement dans la voix quand David décrocha.

– Ah, laissa tomber David d'un ton qu'il aurait voulu détaché.

– Je crois que c'est ce qu'il y a de mieux pour nous deux, et puis deux semaines c'est pas long, poursuivit d'un trait Nicolas.

David eut envie de lui crier qu'en temps normal il savait trouver des formules plus créatives, moins attendues. Nicolas l'aurait probablement fusillé d'un lapidaire : « Qu'est-ce que tu y connais, toi ? »

– Probablement, répondit-il. (Il esquissa alors un sourire narquois que Nicolas ne put deviner, avant d'enchaîner par le traditionnel :) Quand est-ce que tu viens chercher tes affaires ?

– Demain, pendant que tu seras au boulot. C'est mieux.

– Bon, conclut précipitamment David avant de raccrocher.

Nicolas resta quelques instants sans voix, le téléphone collé à son oreille où résonnait la tonalité monocorde d'une ligne vide. Brice, les yeux écarquillés, grimaçait un « Et alors ? » muet. Nicolas le trouva encore plus indécent que d'habitude. Il n'avait pas imaginé que les choses puissent se faire aussi facilement. Et cela le peinait, même si déjà dans le lointain se détachaient comme une étoile filante, les éclairs fascinants d'un *Toro de Fuego* lâché dans la nuit parisienne. *Aujourd'hui est le premier jour du reste de ta vie*, fredonna-t-il gaiement en rangeant son portable.

Au même instant, dans sa chambre à l'autre bout de Paris, David écoutait le même titre sur l'album de Daho (« Quitte à écouter des trucs français, écoute au moins des trucs un minimum intéressants », lui avait dit Nicolas en le lui offrant). *Rester debout mais à quel prix* ? reprit silencieusement David avant d'arrêter la chaîne.

En préparant son sac de gym, il se rappela que les grands garçons ne pleuraient pas.

Julian s'enfonça dans son fauteuil. Les manœuvres de décollage terminées, il alluma son discman. Son dernier coup de la veille avait été catastrophique. Le mec était canon. Julian l'avait déjà vu à plusieurs reprises dans le Marais et il avait remarqué qu'il le matait discrètement, mais avec insistance. Julian était toujours plein d'obligeance quand il était en mission tarifée. Mais les autres, ceux qui lui plaisaient et qui de toute façon n'auraient pas payé, ceux-là, il aimait bien les faire mariner. Ses clients n'avaient pas toujours des goûts ordinaires, mais ils étaient simples à satisfaire. Grosso modo, il fallait faire semblant qu'il n'était pas question d'argent, et quand il était question de sexe, il fallait les baiser en leur faisant croire qu'on en mourait d'envie, qu'ils étaient le seul, l'unique, l'amant magnifique. Ce n'était pas toujours facile : les clients étaient rarement appétissants et Julian préférait qu'on s'occupe interminablement de ses fesses que le contraire. Heureusement, Julian faisait partie de ces gens que le craquement des billets et les promesses de gloire et de célébrité faisaient bander. Et heureusement que cela marchait à chaque fois, encore et encore : car si les promesses avaient été tenues, il aurait été cent fois boys-band, jeune premier et top-model.

Pour ses coups d'ordre plus personnel, Julian était comme un client qui ne paie pas. Il voulait que l'autre joue un rôle, fasse le pompier, le skin, le CRS ou Dieu savait quoi. Hier soir, il avait été gâté.

D'abord, le mec habitait avec une fille. Déjà. Ensuite, au lit, le type s'était lancé dans des caresses mièvres, à lui picorer tout le corps de petits bisous ridicules qui faisaient des bruits de bulles qui éclatent, puis à reculer, comme pour le regarder en entier en murmurant des conneries genre « Ce que tu es beau, ce que tu es beau » – évidemment que je suis beau, sinon qu'est-ce que tu foutrais là ? En plus, il baisait comme un pied. Déjà qu'il était hyper-mal monté. En disant « Je te fais pas mal ? ». Si tu savais ce que je prends quand j'ai vraiment envie de m'éclater. Et en plus il avait joui tout de suite en bafouillant « Julian, Julian, Julian ». Je m'appelle Jean-Louis, pauvre cloche. Julian n'avait même pas eu envie de se finir tout seul. Cela aurait été comme sauter au dessert quand on a à peine gobé une olive. Il avait attendu que le mec s'endorme, comme un bébé, il avait délicatement ôté le bras du type qui le serrait comme un naufragé se cramponne à un bout de bois, puis il était allé aux toilettes.

Et quand il avait allumé, il les avait toutes vues. Sur tous les murs, et sur la porte, quand il s'était retourné, toutes les photos de lui, découpées dans tous les magazines possibles et imaginables, les jaquettes de vidéos, jusqu'aux pires pubs de minitels.

Julian s'était rhabillé en quatrième vitesse et était rentré chez lui. Son sac préparé dans l'après-midi l'attendait. Il s'était couché sans attendre le retour de Luis.

Le vol était à 11 heures. Une fois à Miami, il retrouverait en deux jours son bronzage parfait. À quoi cela aurait servi de mouler dans un polo ces pecs énormes, ces épaules de rêve, cette tablette de chocolat et ces dorsaux sublimes, s'ils n'étaient pas bronzés ? Il en avait marre des UV. On avait l'impression d'être dans un cercueil. Et comme le lui avait dit un de ses clients qui baisait mal, mais qui causait bien : « Toi, Pierre (son trip, c'était de l'appeler par le prénom de son ami mort), tu es la vie ». Après s'être longuement et pensivement enduit tout le corps de Johnson Baby Oil, il avait mis sa casquette, visière roulée, bien sûr, et avait dévalé l'escalier.

Et à présent, tandis qu'American Airlines l'emmenait à Miami, tout en écoutant Cher qui chantait *Believe*, il savait que là-bas tout serait possible.

Le studio était aménagé, à présent. Entre les récriminations d'FX (« C'est minuscule. Je vais t'offrir une machine à café. Comment tu veux qu'on écoute de la musique correctement sur une minichaîne ? ») et les cours de Brice, il avait réussi à tenir bon.

– Pourquoi tu n'as pas acheté le jeté de lit que je te disais ? continuait son cousin en regardant autour de lui de son air critique des mauvais jours. Pour une fois que c'était pas cher. Et il arrive quand ton mec du téléphone ?

Ce qui était merveilleux avec Brice, c'est que, comme il enchaînait quatre questions idiotes à la suite, on n'était pas obligé de tenir compte des trois premières. Olivier n'avait pas envie de lui dire que cher ou pas, un jeté de lit en faux léopard orange fluo et noir lui aurait légitimement donné des cauchemars.

– Ils ont dit entre 15 et 17, répondit-il.

– Ah ? Tu aurais pu faire un concept 70's, reprit Brice, qui cette fois avait eu l'esprit de suite. Plein de *lava-lamps*, un gros fauteuil de piscine gonflable orange – j'en ai vu un superbe au Puces et tu te rends compte, moins de trois mille…

Il fut interrompu, moins par le coup de sonnette (il en fallait bien plus pour décourager Brice) que par celui qui entra lorsqu'Olivier alla ouvrir.

L'homme des Télécoms.

Pas très grand (les seuls êtres que Brice autorisait à être grands étaient les tops), il était brun, avec un bomber, un jean et un pull bleu marine des Télécoms noué à la ceinture. Il devait avoir vingt-sept, vingt-huit ans. Brice émit le genre de roucoulement que font les chattes à certaines périodes précises du mois. Heureusement pour tout le monde, la ressemblance s'arrêtait là. Brice en train de se rouler langoureusement par terre en griffant la moquette aurait moins évoqué une siamoise en pleine séduction qu'une truie affalée à qui on a donné à manger de l'ergot de seigle.

Le type commença à ôter son bomber, puis, se méprenant sur le regard hypnotisé de Brice :

– Je peux ?

– Oui-oui-oui-oui-oui, flûta Brice en se précipitant sur lui à la vue d'un t-shirt blanc prêt à éclater et qui n'était pas du taille douze ans. Je peux vous débarrasser ? Vous voulez un drink ? *Tea, coffee, me* ? Ah-ah-ah-ah – non, je plaisante. Mettez-vous à l'aise, je suis à vous tout de suite le temps de faire un tour à la salle de bains – la cuisine, je veux dire. Peut-être que vous ne buvez pas pendant le service ?

Le type le regarda s'agiter d'un air effaré. On aurait dit la blonde tueuse dans un épisode de *Columbo*.

– Dites-moi juste où vous voulez la prise... Vous êtes monsieur Boissières ?

– Oui, c'est moi ! claironna Brice en passant la tête au coin du mur de la cuisine.

– C'est moi, dit Olivier. En fait, il y a déjà l'ancienne prise à côté du lit.

– Ben enfin, on a le même nom, non ? fit Brice en écrasant et allumant une énième Saint-Moritz menthol.

– C'est mon cousin, dit Olivier d'un air d'excuse.

– Tu pourrais faire mettre une prise dans la cuisine, si on t'appelle quand tu fais des cocktails, dit Brice. J'adore les téléphones muraux. Oh, tu la laisses à côté du lit ? Il va penser quoi, le jeune homme ? Je peux vous regarder travailler ? J'ai toujours été fasciné par ces petits fils de couleur. Vous faites du sport, *nooon* ?

L'employé avait eu le temps de terminer pendant sa tirade. Il se releva, fit signer le formulaire à Olivier avec un sourire, remit son blouson, passa sa sacoche en bandoulière et déposa dans le creux de la main de Brice deux petits morceaux de fil mauve et orange.

– Tenez, comme ça vous les verrez bien, dit-il. Au revoir, monsieur, dit-il à Olivier. Bon courage, ajouta-t-il en sortant.

– Non, mais tu as vu cette insolence ? dit Brice, outré. On se met en quatre pour recevoir dignement les gens et voilà comment on vous remercie.

Il était vrai qu'avec des mules, une robe d'hôtesse et un fume-cigarettes, Brice aurait fait une divorcée texane tout à fait convaincante.

Philippe avait le vague à l'âme. Le mec qu'il avait ramené la veille, celui qu'il convoitait, dont il rêvait depuis des mois, avait à peine adressé la parole à Sophie, l'air pressé de se coucher et, une fois au lit, avait eu l'air déçu et agacé, pressé d'en finir. D'ailleurs, il était parti au beau milieu de la nuit sans lui dire au revoir ni lui laisser son numéro.

Philippe descendait la rue, son sac à dos sur l'épaule. Plus loin sur le trottoir, un type jetait son blouson sur le siège passager d'une camionnette 4L bleue. Il s'effaça en ramenant la portière contre lui quand Philippe arriva à sa hauteur. Philippe eut le temps de voir sa grosse main posée sur le haut de la portière et, par la vitre, encadré comme sur l'écran d'une télévision, le t-shirt blanc prêt à péter.

Les types qui venaient relever les compteurs chez Philippe étaient toujours gros, moustachus, quelconques, ce qui le surprenait toujours, lui dont l'univers fantasmatique, nourri de vidéos pornos, était peuplé de livreurs de pizzas, plombiers et employés du gaz habillés comme des tapins qui, à peine arrivés chez vous, se caressaient un machin monstrueux qui dépassait d'un short en jean. Si dans la vraie vie, les choses avaient été ainsi, on aurait sûrement eu tous ses désirs comblés, mais pas grand-chose qui fonctionnait chez soi.

Ce type-là était la preuve vivante que les films pornos n'inventaient rien. En s'éloignant, Philippe songea distraitement qu'il faudrait qu'il pense à avoir un dérangement sur sa ligne pour bénéficier d'un tel don du ciel.

En arrivant à Miami, Julian avait pris une chambre à South Beach au Creek, un petit hôtel pas trop cher au bout de Collins Avenue puis, après une douche, il était allé prendre un verre au Pelican sur Ocean Drive. Il ne savait pas s'il devait être émerveillé ou inquiet. South Beach, c'était comme si on avait construit le Marais au bord de la mer. Entre son hôtel et la plage, il n'avait croisé que des mecs plus beaux les uns que les autres qui l'avaient à peine regardé. Julian, pour qui prendre la rue des Archives ressemblait à la montée des marches à Cannes, eut l'impression d'être une starlette française débarquant à Hollywood qui s'apprête à signer une autographe chaque fois qu'on lui demande tout simplement l'heure.

Quand son taxi le déposa à la Viscaya, où avait lieu la White Party, il eut l'impression de vivre un rêve éveillé. L'ancienne demeure du gouverneur espagnol était immense, grandiose. Un flot presque ininterrompu de limos blanches déversaient les invités sur le parking dans des explosions de flashes. L'allée qui menait au bâtiment principal et descendait de chaque côté d'une cascade illuminée par des centaines de torches de jardin, grouillait de mecs extraordinaires, tous en blanc – enfin, le peu de vêtements qu'ils portaient. Certains avaient simplement mis un marcel et un short blancs et des Nike immaculées, d'autres un simple pagne. D'autres encore des costumes compliqués qu'ils avaient dû passer la semaine à se confectionner. Partout dans les jardins, il y avait des anges bodybuildés avec de petites ailes argentées, des soldats romains tout en blanc, des marins de la Navy. Ils étaient presque tous immenses et si parfaits que Julian se sentit complexé avec son mètre soixante-dix-sept, son jean blanc et son gilet blanc ouvert. Il reconnut des pornstars qu'il n'avait vus qu'en film ou en photo, en train de danser dans la foule d'anonymes. Il longea les allées entre les bassins où étaient dressés des bars et arriva au buffet, tout au bout. Non, il ne rêvait pas : sur la scène, c'était bien Gloria Estefan qui chantait. La vraie. Il devait vraiment avoir l'air ébloui, car un type en face de lui sourit et lui demanda :

– *French* ?

Ça se voit tant que ça ? se demanda Julian, un peu vexé, avant de répondre :

– *Yes. From Paris.*

– Moi aussi, mais ça fait bien vingt ans que je n'y ai pas mis les pieds, dit le type.

Il avait la quarantaine. Sur son t-shirt blanc à col en V que ses énormes biceps semblaient prêts à déchirer s'étalaient trois lettres noires : RyM. Il avait les cheveux d'un blanc neigeux que son bronzage rendait encore plus irréel. On aurait dit une sorte d'Harrison Ford en un peu moins grand, ou bien un directeur de salle de gym, ancien culturiste, peut-être, à en juger par ses cuisses qui gonflaient le jean blanc.

– Ici, tout le monde passe ses journées à la plage et à la gym, dit le type comme s'il lisait dans ses pensées. Même les folles sont musclées.

– Tu habites ici ? demanda Julian.

Habituellement, il considérait les gens de cet âge-là comme des clients potentiels et n'éprouvait pour eux qu'un mépris assorti d'une pitié forcée qui lui donnait bonne conscience. La bienveillance tranquille de ce type qui n'avait pas l'air enclin à se laisser impressionner l'intimidait et le rassurait à la fois.

– Non, j'habite Key West, mais je viens ici tous les ans en décembre, dit le type. Au fait, je m'appelle Antoine, dit-il en tendant une main énorme. Et toi ?

À son poignet cliqueta une grosse Rolex acier à cadran bleu. Comment il fait pour que le bracelet soit aussi lâche, avec les avant-bras qu'il a ? songea Julian en regardant les poils blonds qui luisaient sur la main brune et en lui tendant la sienne, persuadé qu'elle allait finir broyée.

– Julian.

Le type sourit.

– Et tu es descendu à quel hôtel, *Julian* ?

Il avait prononcé son nom comme s'il l'avait trouvé ridicule. En même temps, il y avait dans sa voix grave une douceur à laquelle Julian n'était pas accoutumé. Ce prénom, il ne l'entendait prononcer que de la voix chevrotante, tremblante, implorante de vieux michetons pour qui il jouait le skin, la petite caillera ou Dieu sait quoi. Il était presque toujours suivi d'un « S'il te plaît » larmoyant. Quant aux autres, ceux à qui Julian se livrait dans l'obscurité d'une backroom, sur un quai, dans les fourrés d'un parc, ils disaient dans un souffle « mec », ils crachaient sur sa nuque « salope » – ou bien ils ne disaient rien du tout. Même sa mère ne l'avait jamais prononcé avec cette tendresse-là, et pour cause : elle l'appelait Jean-Louis.

– Au Creek, dit Julian. Et toi ?

– Avant, j'allais au Delano, mais depuis qu'il y a le Tides, c'est là que je descends.

Julian était passé devant l'un et l'autre. Ce type devait être bourré de fric : c'étaient les deux hôtels les plus chers de SoBe.

La White Party se terminait sagement à 11 heures et se dispersait ensuite dans les discos de la ville pendant trois jours.

Antoine proposa à Julian de le déposer à son hôtel. Julian fut soulagé : la Viscaya était loin de tout et les taxis étaient pris d'assaut.

– Tu vas à la Beach Party, demain ? lui demanda Antoine quand ils furent arrivés devant le Creek, un joli bâtiment Art-Déco dont la façade ornée d'Indiens faisait l'angle de deux rues.

– C'est à quelle heure ? demanda Julian en descendant de la voiture.

– Ça commence à 16 heures. On se verra là-bas. Ciao !

Et Antoine avait démarré, laissant sur le trottoir Julian qui s'attendait à ce qu'il lui offre d'aller poursuivre la nuit au Warsaw et, ne voyant rien venir, avait failli lui proposer de prendre un verre au bar de l'hôtel. Il s'était surpris d'avoir eu une idée aussi saugrenue : depuis quand les gigs offraient-ils des verres aux clients ?

29

Dans la solitude des chants de cochons

À cette heure, les voies sur berge n'étaient déjà plus embouteillées et le taxi fonçait dans la nuit de décembre. Derrière la vitre, Nicolas tentait d'apercevoir les touristes américains venus s'offrir un dîner romantique sur l'un des bateaux-mouches qui éclairaient les façades sur leur passage. Passé la Concorde, il se surprit une fois encore à chercher la piscine Deligny et ses fêtes que la Seine avait charriées à des années d'ici. Sur le trottoir, des silhouettes pressées empruntaient un escalier menant au quai. Le tunnel était-il toujours ouvert à cet heure ? Et la passerelle Solférino, maintenant disparue. Combien de fois l'avait-il traversée lorsqu'il vivait Rive Gauche ? Et ces fois où il s'amusait à s'y faire suivre ? Il ne put s'empêcher de lever les yeux sur les formes assises sur la bordure de pierre, aussi immobiles et immuables que les statues du jardin, cependant nouvelles à chaque fois. Ça faisait des années qu'il n'était pas passé aux Tuileries. Une fois, peut-être, pour aller à un vernissage au Jeu de Paume. Le chauffeur sifflotait *Belle* qui passait à la radio. Mon Dieu, que cette chanson est laide, songea Nicolas. Et puis le désodorisant était entêtant, avec ce parfum synthétique de lavande. Après le Pont-Neuf (Avec qui était-il allé voir ce film ?), les Halles, Châtelet, Hôtel de Ville, le Marais, il ferma les yeux.

– Alors, tu te casses, avait dit Luis quand il lui avait annoncé la nouvelle la veille.

– Non. Je n'habiterai plus toujours ici, on se verra un peu moins souvent, c'est tout. (Il n'avait pu s'empêcher d'ajouter :) Je fais ça pour David, il est vachement malheureux. Mais c'est provisoire, tu sais.

– Envoie-le chier, tu lui dois rien.

– C'est pas si simple, avait lâché Nicolas en guise de conclusion.

Une réponse aussi floue que ses sentiments.

Et maintenant, la chambre de Luis, encore. Ses affaires entreposées dans un coin, celles qu'il venait d'aller rechercher chez Brice aussi. Le sapin qui clignotait. Il laissa un mot gentil, appela un taxi et ramassa ses affaires.

Luis n'avait pas envie de rentrer chez lui. Après son boulot, il passa faire un tour à l'Arène. Il avait hésité. Le Quetzal ? Le Dépôt ? Il s'installa au bar et regarda défiler un bon nombre de ces clients qui le mataient lourdement lorsqu'il était derrière son comptoir. Ici, leurs regards étaient plus fuyants. Les gens traversaient le bar, commandaient une conso et repartaient directement se terrer dans le dédale sombre des couloirs. Toutes ces têtes, il les connaissait. Il hochait poliment la sienne. Un autre demi se posa devant lui, offert par le serveur, un collègue, en somme. Il alla le boire à l'étage en se fondant dans les ombres. Des corps qu'il avait désirés, touchés, mais pas aimés, l'effleuraient, attendant de lui qu'il les retienne, les empoigne ou les frôle à son tour. Luis demeura immobile, et malgré la sono obsédante d'où dégoulinait une mélasse technoïde et les cabines d'où sortaient des sons qui auraient parfaitement pu doubler les films muets projetés sur les écrans, malgré tout cela il sentait un silence pesant, angoissant, déprimant. Il se cramponna à son demi et regretta de n'avoir pas la force de le briser. Comme toujours, il y en eut un plus téméraire, plus vieux, plus désespéré, qui lui glissa quelque chose à l'oreille : « Tu veux me baiser ? », « Tu veux que je te baise ? », « Tu veux me sucer ? », « Tu veux que je te suce ? », « Tu viens ? ». Quelque chose. Sa voix s'étrangla et il s'entendit répondre « Non, merci » en serrant un peu plus son verre. Ses doigts glissaient sur la paroi pourtant irrégulière. Sans même terminer sa bière, déjà chaude finalement, il la reposa sur le comptoir, salua le barman et partit à la recherche d'un taxi.

– Métro Jaurès, s'il vous plaît.

L'appartement était plongé dans le noir et seul le salon était vaguement éclairé par les lumières de la rue. Nicolas y déposa ses affaires. Il poussa la porte de la chambre. Bien évidemment, David dormait. À 7 heures, il se réveillerait et partirait travailler. Il le verrait demain soir. Nicolas estima que cette journée lui serait nécessaire pour se réapproprier l'appartement et se sentir chez lui. David le trouverait allongé sur le canapé ou assis devant son ordinateur. Demain matin il appellerait le cabinet, ils avaient l'habitude. Sur *Canal* passait un film d'action américain comme ceux qu'il regardait avec Luis, tard le soir, mais en V.F. Van Damne, Stallone, Schwarzennegger, Segal, Dakaskos, Jackie Chan, il les connaissait désormais tous sur vidéo. Ce soir, Luis devait avoir choisi un film avec de bon gros sentiments. *Titanic* ou *Forrest Gump* ?

Le téléphone se trouvait à côté de lui. À la fin du film, Nicolas composa le numéro de Luis. Il laissa sonner une fois, une seconde, puis il raccrocha précipitamment.

En sortant du taxi, Luis alla s'acheter une cannette de 8-6. Au moins, ce truc, ça vous défonce bien, songeat-il en avalant une gorgée âpre qui le brûla. Puis il se descendit directement sous le pont. De toute façon, à cette heure-là, plus personne n'arpentait le quai et cela faisait des heures que les voitures avaient fini de se lancer des appels de phares, là-haut, sur le parking. Tard dans la nuit, surtout un soir d'hiver, ne restaient que ceux qui en veulent.

Après la grille défoncée, il remarqua deux clochards endormis dans l'indifférence générale. Il jeta un œil sur les deux mecs adossés au mur, à celui contre le poteau, aussi. Dernière pompe avant l'autoroute.

Luis s'enfonça alors sous le tunnel, plus sombre, bien plus sombre. Une impasse étroite, aveugle, bordée d'un côté par un mur et de l'autre par les eaux stagnantes du canal. *L'amour physique est sans issue*, se souvint-il. Où avait-il entendu cela ? Le long de la paroi humide, des mecs, comme des putes, attendaient quelque chose. À donner et à recevoir comme on dit à boire et à manger. Tout et n'importe quoi, ça s'exprimait par un geste précis, un regard implorant, des paroles sans détours et parfois même un bout de viande qu'on agite nerveusement ou avec lassitude. Mais Luis continua vers un groupe, trois types de dos, dont un visiblement pas mal, jean-bomber-cheveux rasés. Ils s'enfonçaient alternativement dans une ombre. Luis changea de place. Sous cet autre angle, il distingua un pantalon de survêt et des Nike. L'ombre était agenouillée. Plus loin encore, il y avait un autre groupe, une masse indistincte, plus nombreuse mais tout aussi silencieuse, sauf un râle parfois, qui résonnait sous la voûte du pont pour se répandre dans tout le tunnel. Puis de nouveau le silence, une ombre qui quittait le groupe et retrouvait la lumière, là où les chuchotements cessaient et où reprenaient les bruits de la ville.

À l'écart des trois mecs, Luis restait immobile, fasciné. Successivement un nouveau râle, un nouveau départ : « Salut, bonne fin de soirée. » Rien, aussi, sinon un froissement de toile qu'on rajuste, le bruit métallique d'une braguette qu'on referme. Seul, agenouillé, le garçon leva lentement la tête vers lui. Son visage sortait de l'ombre, quel âge ? Pas très vieux, une gueule de petite frappe, assez mat de peau, pas un Beur, plutôt un Portos ou un Espagnol. Les cheveux noirs, rasés, avec une petite cicatrice comme s'en font les gamins portoricains. Un t-shirt, un flight-jacket et une casquette de base-ball posée près de lui. Bientôt les yeux du petit mec rencontrèrent les siens, le défièrent. Ils étaient d'un noir profond. Luis regarda ailleurs, lentement. Le putain de beau petit mec lui fit un signe de tête, volontaire, presque un ordre. Luis lança un regard dur, mauvais, tandis qu'il se détournait. Chacun de ses mouvements, à partir de cet instant, se devait d'être précis, lent et précis. *Une virile nonchalance*, lui avait dit une fois une folle quinquagénaire qui se perchait sur un tabouret du bar pour le regarder toute la soirée. Il s'avança vers le dernier groupe, plus compact, plus nombreux. L'odeur aussi était plus forte. Le froissement d'un paquet de Lucky piqué sur le comptoir du Dix qu'il sortit de la poche de son bomber, son regard qui fixa un point précis de la voûte, une étoile invisible qui illuminait son œil. Il sortit la cigarette du paquet, lentement, entre le pouce et l'index, la porta à ses lèvres en un geste démesurément lent et figé du bras tout entier, et l'alluma en serrant les mâchoires.

Il se retourna et marcha droit vers le mec agenouillé – surtout ne pas hésiter – se planta devant lui – surtout ne pas le regarder – et ouvrit sa braguette – surtout ne pas parler. Un seul mot peut-être : « Suce ».

Nicolas ne parvenait pas à dormir : Luis, David qui dormait dans la chambre. Il brancha le casque et mit *Resérection* : encore une photo de Pierre & Gilles sur la pochette. Lors d'une expo rétrospective, il avait vu cette série : *Les Plaisirs de la forêt*. L'image d'un certain

Johnny, surtout, un jeune type idéalisé, un Beur probablement, mais ce prénom, un pseudo sans doute. Johnny était perdu au milieu de fourrés nocturnes nimbés de paillettes, un regard sombre, innocent malgré tout, malgré ces gouttes stylisées et scintillantes qui couraient sur son corps.

... Dans ce magma interlope, en aveugle nyctalope... la jungle dedans-dehors...

... Je pulse et pulse encore, se répétait mentalement Luis comme pour s'obséder à sa tâche et oublier de regarder les yeux.

Autour de lui, les corps se déplaçaient, glissant presque, comme au ralenti. Parfois l'un d'eux le frôlait, s'arrêtait à sa hauteur, les regardait même. Il lâchait alors un « Casse-toi » rauque, précis, et repoussait le type de la main, sans le regarder. Surtout ne jamais les regarder, *jamais*.

– Tourne-toi. Non. Pas comme ça, ordonna-t-il à la belle gueule agenouillée, la salope. Intérieurement résonnait la suite : *Et danse, la décadanse*. Une chanson de Gainsbourg. La musique et les airs, pour combler ce silence, se mélangeaient dans sa tête, ses désirs aussi. Luis, les mecs derrière le bar, Luis, abandonné par Nicolas.

Surtout, surtout, surtout : ne pas sourire. Ça devait ne rester qu'une esquisse, avant de se figer en une grimace dure, cassante.

Il pouvait parler. S'il se montrait parfois maladroit lorsqu'il s'agissait d'exprimer la tendresse, l'amour, les mots de la domination claquaient avec justesse dans la bouche de Luis.

Là, il aurait voulu caresser la nuque plutôt que la contraindre, regarder la belle gueule de ce petit mec et lui rouler une pelle.

Mais il se tendit seulement et lâcha un cri rauque, net, précis, contrôlé.

En baissant les yeux il croisa ceux du mec, noirs, brillants, fiers. Ils restèrent ainsi pendant un moment, comme s'il y avait eu entre eux un rayon invisible et infranchissable.

Luis serra plus fort ses mâchoires, à s'en faire péter les dents. Puis il lâcha un « Salut ! » entre le rauque et le brisé avant de s'en aller.

À la sortie du tunnel, un autre mec adossé au mur faisait sauter une pièce dans sa main. Luis se planta sur le bord du canal et regarda les néons qui se reflétaient dans l'eau noire. Il jeta sa cigarette qui chuinta en touchant la surface et il se retourna. La pièce sautait toujours dans la main du type. Pile. Face. Pile. Face. Brusquement, il referma la main et la jeta vers Luis. La pièce tomba entre eux avec un bruit argentin, vint rouler aux pieds de ses rangers et tourna sur elle-même un bref instant avant de s'immobiliser.

– Amène-toi.

La voix du mec. Juste un souffle. Par terre, la pièce brillait dans les néons comme un minuscule soleil aveuglant. Pile ? Face ? En l'enjambant pour suivre le grand mec dans un coin plus sombre et plus isolé, Luis se dit que ce serait évidemment pile.

Et lorsque le mec le cloua sans un mot sur un rouleau de câbles dont le bois mal équarri lui arracha le front, il se souvint des paroles d'une chanson de Daho que Nicolas lui avait fait écouter : *Et c'est alors que, supposément blessé par le commun des mortels, je resécrecte encore et encore.*

Julian avait passé la matinée et le début de l'après-midi à la piscine de l'hôtel. Vers 17 heures, il mit un bermuda Polo rouge, un marcel et des rangers avec de grosses chaussettes, vissa sa casquette sur son crâne et partit le long de la mer d'un vert tropical vers la Beach Party.

Il eut du mal à trouver Antoine dans la cohue. Il était en train de parler, un bras autour de son épaule, à un jeune type vraiment beau qui portait au ras des fesses un paréo orné de léopards et d'espèces de soleils (Julian ne savait pas ce que c'était qu'une gorgone), et avait noué sur sa tête un t-shirt blanc en guise de turban. Au bas des reins, il avait un tatouage géométrique rond. On aurait dit un prince oriental.

– C'est Jaime, dit Antoine. C'était un des mannequins préférés de Versace. Il s'en est jamais remis, ajouta-t-il avec un geste évasif vers la maison du couturier derrière eux.

Jaime posa sur lui un regard vide. C'était la première fois que quelqu'un regardait Julian comme s'il n'existait pas.

– Ne t'inquiète pas, il est toujours comme ça, il est constamment défoncé, dit Antoine.

Tout autour, dans une sorte d'enclos grillagé, des mecs dansaient, de grandes bouteilles d'eau minérale à la main. Julian se dit qu'il allait avoir de la concurrence, lui le petit Français pas encore tout à fait bronzé. Et puis, à côté d'eux, il avait l'impression d'être un gringalet.

Le jour commençait à baisser. Antoine regarda sa montre.

– Tu veux qu'on dîne ensemble ? demanda-t-il à Julian.

– Déjà ?

– Tu as vu l'heure à laquelle tu es arrivé ? On va aller prendre un verre à la Cantina sur Collins, et ensuite on ira au restaurant.

Après avoir quitté Jaime qui n'avait toujours rien dit à la Cantina, Antoine conduisit Julian à son hôtel pour qu'il se change et lui donna rendez-vous sur la terrasse du Tides à 21 heures.

Nicolas avait reconnu le pas de David dans l'escalier. Il s'y était préparé toute la journée. Il prit la télécommande, augmenta le son de la télévision et se jeta sur le canapé.

Voilà, les choses étaient finalement redevenues normales, sans heurt, en douceur.

David ferait tourner la clé dans la serrure, ouvrirait la porte et trouverait Nicolas dans son salon, sur son canapé, devant sa télé.

Il fixa son regard sur l'écran. Les images n'avaient pas d'importance.

– C'est toi ? demanda Nicolas comme si de rien n'était.

David ne répondit pas et entra dans sa chambre. Nicolas entendit encore son pas, décidé cette fois. Comme David détestait la légèreté de Nicolas, cet air de se foutre de tout, même dans les moments graves. Avec lui, tout se réglait toujours par un mot d'esprit ou une pirouette. Et moi qui m'imaginais que ces quinze jours allaient au moins servir à quelque chose, pensa-t-il. Non. Nicolas était là, devant la télé comme d'habitude, et lui posait cette même question banale. Il était revenu, et rien n'avait changé. Quel intérêt ? finit par se demander David en se laissant tomber sur son vieux fauteuil.

Nicolas coupa le son. David allait rester dans sa chambre à attendre une explication. Avec David, les choses n'étaient jamais simples, il fallait toujours discuter, argumenter. Pas comme avec Luis. Nicolas eut envie de reprendre ses affaires qu'il avait déjà rangées à leur place habituelle et d'appeler Luis, qui lui dirait, lui : « Passe au bar à la fermeture, on ira faire un tour au Paradiso » ou encore : « Attends-moi à l'appart, je vais bander toute la soirée en pensant à toi. »

Se casser maintenant, sur le champ, définitivement ou aller parler à David, songea Nicolas.

Pour dire quoi ? Que je me suis bien éclaté pendant quinze jours, merci. Mais, comme disent les Anglais, *there's no place like home*, j'avais le mal du pays. Mon canapé, mes disques, mon lit me manquaient, et toi aussi. Il faut bien dessaouler de temps en temps, non ?

C'était impossible. Il ne pouvait quand même pas lui dire : « Je ne peux jouir de cette "vie de bohème" qu'à partir du moment où, à côté, j'ai la stabilité d'un boulot, d'un foyer, d'un mari. Un port d'attache pour poser mes valises lorsque la mer est trop déchaînée. David, tu es mon Armée du Salut. »

Nicolas se leva et se dirigea lentement vers la chambre dont il poussa la porte entrouverte.

– Tu viens plus me dire bonsoir en rentrant, maintenant ? demanda-t-il d'un air faussement détaché.

– Arrête de jouer au con, Nicolas, lâcha David.

– C'est agréable de revenir ici, j'aurais dû…

– Sûrement, oui, coupa David. Si tu es rentré pour que les choses soient comme avant, repars maintenant. Vite.

– Si je suis revenu, c'est parce que je l'ai décidé, parce que je le voulais. (Puis, dans un soupir, en posant son bras sur l'épaule de David :) Tu m'as manqué. Je pensais souvent à toi. Vraiment. Sincèrement.

David ne répondit pas, il se contenta d'enlacer Nicolas. Il le serra de toutes ses forces, comme pour le briser, comme pour l'empêcher de repartir. Comme on serre les poings pour ne pas pleurer, aussi. Un geste désespéré pour éviter d'exprimer sa détresse. S'il avait craqué, s'il s'était laissé tomber dans ses bras, s'il avait pleuré, alors Nicolas lui aurait fait un gros bisou bruyant sur la joue. C'est rien, aurait-il dit. Ensuite, il se serait de nouveau précipité sur son téléphone, sa télé, ses disques. Pourtant, David savait que les mots de Nicolas n'étaient sincères que dans l'instant, mais il le voulait à ses côtés, comme maintenant, fort, très fort.

30

L'air de Bijou

Dire que Gaël était agité de sentiments contradictoires aurait été à la fois très exagéré – Gaël ne s'agitait jamais – et très en-dessous de la réalité. Gaël faisait du paradoxe un pain quotidien pétri de contradictions – selon les méthodes traditionnelles, bien entendu – et la simplicité ne faisait pas partie de son vocabulaire. Prompt à découvrir des coïncidences troublantes et des sens cachés là où il n'y en avait pas, à compliquer l'évidence, se barber de précautions inutiles avant de faire quoi que ce soit et se ronger de remords tout aussi inutiles ensuite, à cultiver l'allusion – toujours selon les méthodes traditionnelles – Gaël était du genre à écrire huit brouillons de lettres sibyllines qu'il n'envoyait jamais, à faire des cadeaux énigmatiques qui nécessitaient de longues explications et à se poser des questions – beaucoup, et en même temps.

Pourquoi Victor ne l'avait-il pas rappelé ? Il avait pourtant laissé un message (le troisième couplet de *Close your Eyes*, une chanson de Dolores Gray : pouvait-on rêver plus explicite ?). Arnaud avait-il réellement apprécié le galet d'Étretat presque rond qu'il lui avait offert ? En avait-il vraiment compris la symbolique pourtant évidente ? Et si oui, pourquoi l'avait-il posé dans la coupe de fruits en plâtre où il y avait des poires, des pommes et des bananes ? Que fallait-il comprendre ? Fallait-il être pour ou contre le PACS ? Tipi et Hedren, dont un ami lui avait dit que c'étaient deux femelles et non pas un couple, comme le marchand lui avait assuré, représentaient-ils (elles ?) un modèle de vie ? Devait-il aller à la manifestation pour défendre le projet de loi alors que les vibrations de colère de la foule risquaient encore de lui déplacer pour huit jours un chakra qu'il aurait un mal de chien à remettre correctement ? De quelle couleur allait-il repeindre les toilettes ? Le bleu correspondait à la Maison du Lac, mais en même temps, cela pouvait être mal pris s'il avait des visiteurs indiens pris d'une envie subite, surtout avec le papier vert et la porte orange – à moins de refuser de leur révéler l'emplacement des toilettes. Pouvait-on rattraper cela avec un miroir judicieusement placé ? Et puis, pourquoi, oui, *pourquoi* avait-il une si grosse bite ?

– Outrage ? C'est le dernier parfum de chez qui ? demanda Brice à Nicolas en sortant du métro avant d'éclater d'un rire de nez qui fit s'écarter une dame bien mise.

– Oh, arrête, tu es pas drôle, répondit Nicolas.

Brice avait une conception très personnelle de la politique – c'est-à-dire qu'il n'en avait pas du tout. S'il avait dû participer à une organisation humanitaire, il aurait été du genre à apporter des sous-vêtements intéressants à des peuples qui crevaient de faim, à donner des cours de maintien à des villageoises éperdues qui croulaient sous les bombes ou à leur dire qu'elles avaient vraiment des robes trop laides. La Bosnie, le Kurdistan et le Kosovo pouvaient remercier le Ciel de leur avoir épargné Brice s'il ne leur avait pas évité le reste.

– Mais j'aime bien leurs t-shirts, reprit Brice alors qu'ils arrivaient sur le boulevard Emile Augier. Tu as vu ? Je me suis habillé sport, pour ma première manifestation.

Nicolas baissa les yeux : Brice portait effectivement des baskets. Des Prada.

Devant les offensives des groupes de pression qui tentaient de faire obstruction au projet du PACS, une partie des associations gays et lesbiennes avaient décidé de porter le combat en terrain ennemi.

La semaine précédente, le *Canard Enchaîné* avait publié en une des documents qui prouvaient qu'une partie du budget mécénat des Parfums Luscans servait à subventionner les manifestations anti-PACS orchestrées par la droite.

Indirectement, l'argent que toutes les folles avaient dépensé sans compter durant l'été pour pouvoir s'asperger d'Essence avait donc servi à payer banderoles et t-shirts aux réactionnaires qui voulaient les empêcher de bénéficier d'un statut social réclamé depuis des années ?

– Ah, c'est pour ça qu'ils avaient tous des casquettes de base-ball toutes neuves et qu'ils ne savaient pas comment ça se porte ? avait dit Brice en les voyant à la télévision.

L'ironie – cruelle – du sort n'avait échappé à personne. Le sang de la communauté n'avait fait qu'un tour et, ce 3 décembre, une énorme manifestation réunissant – une fois n'est pas coutume – les associations de tous bords, était organisée sous les fenêtres de l'hôtel particulier d'Édouard de Luscans, où l'on avait fermé les volets comme pour se préparer à un siège.

– Oui, ça peut être intéressant, avait dit le rédacteur en chef quand Nicolas s'était proposé pour couvrir l'événement, tout en se disant qu'entre les articles sur les pornstars, les godemichés translucides et le PACS, *One* était définitivement en train de virer sa cuti.

Brice avait décidé d'accompagner Nicolas pour faire un shooting improvisé des plus beaux looks de la rue. Le rédacteur en chef avait été séduit par l'idée de montrer des gens authentiques. Brice voyait déjà une mise en page novatrice : que des polaroïds de gens intéressants, ordinaires, mais lookés, qu'il choisirait avec discernement, la légende au-dessous :

> Luana (*20 ans, décoratrice*) et Steve (*21 ans, directeur artistique*) – Bob cloche en tricot, superposition d'une robe Anna Salazar et d'un t-shirt WLT, Converse bleues. Bonnet fluo Nike, surveste matelassée chinoise et sweatshirt D & G, mocassins Patrick Cox.

Brice avait une idée très personnelle des gens authentiques et ordinaires. Durant l'été, il avait remarqué un SDF avenant qui vendait *Le Réverbère* à la porte du supermarché Ed voisin du journal. Brice n'était pas du genre à s'apitoyer sur la détresse d'autrui, mais, le voyant presque tous les jours avec le même t-shirt et le même blouson, il s'était dit qu'il pourrait trouver là un moyen commode de se débarrasser de tout un tas de vêtements dont il ne voulait plus ou qu'il n'avait jamais portés et qui encombraient son minuscule studio – en se donnant du même coup bonne conscience à bon compte. Un beau jour, il lui avait apporté deux grands sacs de shopping remplis de t-shirts, sous-vêtements et autres chemises. Le SDF, qui était roumain et ne parlait que quelques mots de français, l'avait tout d'abord regardé avec des yeux ronds, puis il l'avait remercié en comprenant ce dont il s'agissait.

Et, si les gens du quartier n'avaient jamais su que leur SDF habituel portait désormais des caleçons Paul Smith et des slips Calvin Klein, ils l'avaient vu du jour au lendemain vêtu de t-shirts aux inscriptions de plus en plus étranges : SILENCE = MORT, SUPERMODEL OF THE WORLD, I'M NOT GAY BUT MY BOYFRIEND IS, avant de culminer par : SUPER-SALOPE.

Denis leur faisait de grands signes comme une petite fille boulotte qui aperçoit ses camarades au Club Mickey.

– Oh, vous êtes venus aussi ? demanda-t-il. Moi, c'est la première fois que je viens dans le XVIe. Je me suis perdu.

Depuis vingt-cinq ans qu'il était à Paris, Denis n'avait jamais quitté un univers bordé à l'ouest par la rue du Louvre, à l'est par le boulevard des Filles du Calvaire, au sud par la Seine et au nord par le Boulevard Poissonnière.

À l'arrivée des premiers manifestants, les habitants du quartier (beaucoup de jupes plissées écossaises, barbours, carrés et souliers à talons plats), épouvantés, avaient ramassé leur progéniture avant de se murer dans ses maisons comme dans *Il Était une fois dans l'Ouest*. Après quoi, la rue avait été barrée par un cordon de CRS d'abord hilares, mais qui avaient vite arrêté de rigoler et s'étaient rapidement trouvés un peu démunis face à cette logistique colorée et musicale.

À l'autre bout, les manifestants, encore émoustillés par les souvenirs chaleureux des foules de la Coupe du Monde, se lançaient dans une ola en beuglant « Édouard, on te met, Édouard, on te met le feu » – ce qui, à tout prendre, était préférable à « Édouard, t'es foutu, les pédés sont dans la rue » – tandis qu'une délégation de folles probablement nostalgiques de l'époque des Gazolines improvisaient un bûcher en enflammant des flacons d'Essence vidés sur le trottoir au pied de l'immeuble. L'idée, proposée par un membre particulièrement créatif du comité organisateur, d'une spectaculaire immolation par le feu comme à la grande époque de la guerre du Vietnam, avait été abandonnée à la dernière minute, faute de volontaire.

– Tu crois que c'est du vrai qu'ils brûlent ? demanda Brice. Au prix que ça coûte ?

– Oui, mais c'est *politique*, martela Denis qui, depuis qu'il avait découvert qu'on pouvait marier ce mot avec des tas d'autres, ne se lassait pas de trouver tout politique.

– Mon Dieu, grommela Édouard qui observait la scène par une fente des volets, caché derrière les épais doubles rideaux. Comme si cela ne suffisait pas de les subir presque tous les jours à la télévision. Quand est-ce que les CRS vont se décider à charger cette populace dépravée ?

– S'ils chargent, j'espère qu'ils ne lanceront pas de grenades lacrymogènes, dit Claude.

– Ah oui, avec vos allergies. Heureusement que vous êtes trop jeune pour avoir fait le coup de feu contre les gauchistes en 1968, vous auriez péri sous les jets de grenades de votre propre camp. Finir avec un couteau sous la gorge parce qu'on ne peut pas utiliser de bombe anti-agression sous peine d'en mourir, c'est regrettable, par les temps qui courent, ironisa Édouard qui aimait toujours se donner des airs de baroudeur à bon compte.

– J'en suis le premier gêné, Monsieur, dit Claude, vexé. D'après les médecins, si les pompiers étaient arrivés cinq minutes plus tard quand cet imbécile en a pulvérisé dans l'air conditionné au Méridien, vous seriez privé de mes services depuis cinq ans.

– Et que ferais-je sans vous, n'est-ce pas ? Eh bien en attendant, vous allez mener votre enquête, Claude. Je voudrais bien savoir comment un document confidentiel a pu arriver entre les mains de ces journalistes. Vous ne pensez tout de même pas qu'il y ait quelqu'un chez nous qui fasse partie de ces…

– Vous savez, Monsieur, dans l'industrie du luxe, on ne peut jamais être très sûr. Je m'en occuperai dès demain.

C'était bien entendu Claude qui avait posté lui-même le document. Pour s'amuser. Mais ce serait encore plus amusant de cuisiner une secrétaire pendant toute une journée. À moins que cela ne lui serve de prétexte pour virer l'un des employés du courrier qui s'était montré bien peu reconnaissant d'avoir été engagé.

– Mais qu'est-ce que c'est que cette… chose ? s'étrangla brusquement Édouard.

– Regarde celle-là, dit Nicolas au même instant en désignant une folle véhémente montée sur une armoire téléphonique qui dansait sur *La Vie en rose* comme si demain n'existait pas – et la techno non plus.

La chose s'appelait Bijou. À l'autre bout de la rue, le comité d'organisation se crêpait le chignon pour savoir s'il fallait ou non la laisser s'exhiber. Christian Michaud trouvait qu'il donnait une mauvaise image de l'homosexualité. Françoise n'était pas très sûre de l'image que Christian en donnait, mais elle préféra ne rien en dire. Sophie et Philippe trouvaient que c'était une image très fatigante, mais ils avaient le mérite d'une expérience personnelle de première main : Victor le leur avait triomphalement amené la veille chez eux et Sophie ne s'en était toujours pas remise. Christelle se demandait si elle pourrait arriver à temps jusqu'à la sanisette Decaux, car elle avait mal au ventre. Carla pensait déjà à un article où elle pourrait parler de subversion sexuelle, questionnement de la notion de genre et travail sur l'identité. Il est vrai que Bijou en connaissait un bout sur la question.

Bien avant son arrivée à Paris, lorsqu'il vivait encore à Calenzana, un petit village corse au sud de Calvi, Bijou s'était appelé Jean-Michel et avait dès l'enfance montré des dispositions particulières. Sa grand-mère Blazini avait fait une attaque cérébrale qui l'avait laissée muette en le voyant, à sept ans, vêtu d'une minijupe rouge et peint comme une chanteuse de beuglant, en train de faire tourbillonner un sac à main sur le bord de la route pour faire « comme les dames à Paris ». Depuis, la sainte femme était clouée dans un fauteuil roulant et fixait avec des regards de reproches muets son petit-fils aller et venir en chantonnant. À l'adolescence, il avait commencé à se vêtir d'une manière très personnelle et immanquablement, lorsqu'il sortait dans les rues avec ses cuissardes blanches, son pantalon et son justaucorps en satin blanc et ses très longs cheveux blonds qu'il tressait régulièrement de perles blanches, « pour faire comme Bo Derek », les vieilles dames en noir se signaient en levant les yeux au ciel et en marmonnant des imprécations auxquelles Jean-Michel répondait avec un sourire conquérant. Quand on considère le tempérament réputé sanguin des insulaires, il était surtout étonnant que Jean-Michel n'ait pas fini lapidé. Quelques temps plus tard, il avait quitté le domicile de ses parents pour habiter au-dessus de la station-service que tenait son frère à Zicavo, dans le sud, sur une départementale de montagne où personne ne passait jamais. Le frère étant souvent absent pour s'occuper d'affaires mystérieuses du côté de Bonifacio, c'était Jean-Michel qui s'occupait des clients.

Il passait ses journées vautré dans sa chambre vêtu d'un déshabillé en mousseline pêche à regarder la télévision en se goinfrant de bonbons Haribo. Et c'est ainsi que le rare voyageur qui avait eu l'imprudence de s'arrêter pour faire un plein salvateur voyait, médusé, débarquer au bout de quelques coups de klaxon une apparition chaussée de mules en duvet de cygne qui venait s'affaler langoureusement sur son capot en croassant d'une voix rauque comme une prostipute des années 70. Il en repartait généralement changé à jamais.

Un car de touristes allemands s'était ainsi arrêté en pleine canicule un jour d'été. On pouvait attendre le pire d'une telle confrontation, mais ce peuple épris de légendes accueillit l'arrivée de Jean-Michel comme une apparition aussi naturelle que les Nornes, Lorelei, Nibelungen et autres créatures fabuleuses qui peuplent les sagas nordiques. Tout le car descendit. Des enfants vinrent en poussant des cris toucher le peignoir de Jean-Michel, qui se laissa faire de bonne grâce, ayant appris très jeune que les plus grandes stars se doivent entièrement à leur public, et prit gentiment la pose quand les flashes crépitèrent. L'un des touristes le pria de lui dédicacer le polaroïd, et Jean-Michel, trouvant cela très naturel, signa au feutre d'une écriture compliquée : *Bijou – avec tout mon amour*.

Le nom lui était resté, avec une certaine fascination pour le folklore germanique, et depuis, Jean-Michel prenait des réservations dans les hôtels sous le nom de Bijou – tout court – mais toujours avec autant d'amour.

Bijou avait largement passé la trentaine, mais il continuait à affirmer avec un aplomb hors du commun qu'il avait bientôt dix-sept ans. C'était un mensonge tellement effronté que les gens n'osaient généralement rien répliquer.

Lorsque venait l'été, Bijou descendait à la plage. Pour prendre toute la mesure de l'événement, il faut se représenter le spectacle coloré d'une créature d'une taille largement inférieure à la moyenne nationale, cheveux flottants au vent, vêtue uniquement de ce genre de sous-vêtement improbable dont on demande toujours s'ils existent pour homme, juchée à cru sur son cheval comme une sorte de walkyrie méditerranéenne et accompagnée de deux Danois. Il traversait les quatre villages successifs à un galop soutenu en haranguant tour à tour ses chiens et les conducteurs qui faisaient des embardées pour l'éviter. Bijou montait son cheval comme certaines jeunes femmes blondes un peu sottes conduisent leur Austin, c'est-à-dire dangereusement et n'importe comment – et le plus surprenant était encore que l'animal soit resté sain d'esprit.

Il n'en était pas de même pour les chiens.

Les deux Danois étaient respectivement les cinquième et sixième chiens qu'avait eus Bijou. Il y avait d'abord eu Saturnio, un mâtin de Naples, Dottir, une femelle husky, Slobodan, un dogue bleu, et Tolstoï, un

Terre-Neuve. Tous étaient énormes, tous avaient été achetés à l'étranger, tous avaient des noms surprenants et ne comprenaient que la langue de leur pays d'origine. Bijou s'était ainsi promené avec un petit carnet où avaient été notés successivement des ordres en italien, en islandais, en tchèque et en russe et hurlait aux bêtes terrorisées des imprécations contradictoires d'une voix sur-aigüe. Inutile de préciser qu'au bout d'un an ou deux de ces mauvais traitements, ces pauvres fidèles amis de l'homme avaient terminé névrosés et s'étaient tous enfuis. Wagner et Siegfried résistaient vaillamment depuis deux ans et accompagnaient avec résignation Bijou dans ses chevauchées, endurant les vociférations gutturales et incompréhensibles qui lui tenaient lieu d'allemand et qu'en bêtes particulièrement intelligentes, ils tentaient d'interpréter tant bien que mal dans l'espoir de mériter leur pitance.

Philippe avait ressenti la veille l'arrivée de Bijou chez lui comme une catastrophe divine et une épreuve du ciel, ce qui était assez juste : Bijou s'abattant sur le trois-pièces comme une nuée de criquets un jour de plaie d'Égypte partageait avec cet épisode biblique un caractère imprévisible et dévastateur – sauf que Moïse n'aurait jamais été assez cruel pour dépêcher chez Pharaon un fléau aussi bruyant et parfumé. Philippe était ressorti très éprouvé de leur première entrevue.

Bijou s'était précipité sous la douche (« L'avion, chéri, l'avion, je me sens sale comme un aéroport. ») où il était resté assez longtemps pour refaire la plomberie et remplacer les carreaux de faïence – mais avec des résultats nettement différents. Il en était ressorti pour répandre le contenu de l'immense fourre-tout Vuitton qui lui avait été greffé sur la hanche depuis son adolescence et avait conclu :

– J'ai rien à me mettre. Tu as pas un truc à me prêter ? Tu sais, un t-shirt moulant comme le tien, là…

Devant l'affolement de Philippe, Victor avait fermé les yeux d'un air qui voulait dire que l'homme doit se plier devant certains événements inéluctables qui le dépassent : la fuite du temps, l'expansion de l'univers, le trou dans la couche d'ozone. Et Bijou.

Sans attendre de réponse, Bijou avait fondu sur la pile, l'avait ravagée avec une sauvagerie méthodique, essayé cinq t-shirts taille L conçus pour un physique très différent du sien et conclu en se regardant dans le miroir et en rajustant tant bien que mal les manches trop larges et les épaules qui tombaient :

– Mais comment tu peux mettre des trucs aussi mal coupés ?

Avant de jeter le tout dans un coin et de remettre les vêtements dans lesquels il était venu.

Bijou ne croyait pas au lycra. Bijou avait foi en des matières luxueuses et en l'opulence avant toutes choses. Bijou faisait régulièrement des pèlerinages au Danemark et aux Pays-Bas dans l'espoir de se marier – réellement, en blanc et à l'église – avec un homme qui lui offrirait son Burton-Taylor à lui. Châles en angora frangés de queues d'hermines, justaucorps en astrakan à boutons de jais, bottines lacées à talons hauts, spartiates blanches à semelles compensées, t-shirts dos nu en satin deux tons, tuniques en soie dévorée, étoles, foulards, foulards, foulards : chez Bijou, le terme « garde-robe » avait un sens fort.

– Moi je trouve qu'elle est drôle, dit Nicolas.

– Moi, je trouve qu'elle est trop mal habillée, décréta Brice.

31

Champagne, cafard, expensive cars

L'ascenseur s'arrêta avec un soupir et les portes s'écartèrent sans un bruit sur un couloir blanc éclairé par des dalles lumineuses disposées de loin en loin au pied des murs. Antoine glissa sa carte dans la serrure, poussa la porte et s'effaça pour laisser entrer Julian qui ne put s'empêcher de laisser échapper un sifflement.

La Goldeneye Suite occupait la moitié de l'avant-dernier étage du Tides. Le salon, dont toute la façade était vitrée, plongeait sur la masse noire de l'Atlantique où clignotaient de petites lumières. Sur la gauche, la baie s'ouvrait sur une terrasse couverte de caillebotis en cèdre qui entouraient un jacuzzi. De l'autre côté, elle donnait sur la salle de bains, où on pouvait se prélasser dans une grande baignoire en contemplant l'horizon. Repliés, les grands panneaux de la cloison du fond du salon découvraient une immense chambre.

L'architecte avait restauré le Tides à l'identique des années 30. Tous les murs étaient blancs et nus, la moquette crème. Les meubles semblaient peu nombreux dans l'immense pièce : deux profonds fauteuils encadrant un vaste canapé, recouverts de toile écrue comme les rideaux, une table couleur de bois flotté avec une minichaîne B&O blanche. Devant la baie était dressée une longue-vue – blanche, évidemment – braquée sur la plage.

– C'est commode pour faire son choix, dit Julian.

– Quand on doit le faire. Il y en a une dans chaque chambre.

Julian fut fasciné par ce luxe dont la simplicité n'avait rien à voir avec l'ostentation à laquelle il était habitué. Dans cet endroit, même une chaise longue en bois gris aux reflets argentés avec un coussin blanc abandonné dessus semblait sans prix. Durant le dîner, déjà, à la table voisine, il avait ouvert de grands yeux en voyant s'asseoir une femme aux cheveux noirs et aux yeux clairs accompagnée de deux grands types en costumes noirs.

– Mais dis donc, c'est… avait-il demandé à mi-voix, sa fourchette en l'air.

– Madonna ? avait achevé Antoine sans plus s'émouvoir. Oui. Mais ne la regarde pas comme ça. Elle a le droit de venir aussi dîner au Tides comme tout le monde.

Durant les dix jours qui avaient suivi la White Party, Julian avait revu Antoine à plusieurs reprises, mais rien ne s'était jamais passé entre eux. En prenant sa douche, en se préparant pour le retrouver à la plage ou pour dîner, Julian s'était étonné de son empressement à le revoir. Chaque fois, immanquablement, Antoine le raccompagnait au Creek ou lui disait bonsoir en haut de la terrasse en escalier du Tides. Julian, qu'on priait toujours de « monter prendre un verre » – dans les moments les plus subtils – n'avait pas l'habitude de quitter les gens sur le pas de la porte ni de leur proposer quoi que ce soit et s'était surpris à éprouver une impatience croissante. Il se demandait à quoi Antoine voulait en venir – si tant est qu'il voulait quoi que ce soit. Ce soir-là, s'il n'avait pas quitté rangers et grosses chaussettes, il avait mis un short en toile beige plus habillé et une chemisette qu'il avait boutonnée sur son marcel. Il avait l'impression d'être habillé en petit garçon. Mais après tout, c'était un peu ce qu'il était à côté d'Antoine, non ?

– Il marche ? demanda Julian en désignant le jacuzzi.

– Bien sûr. Si tu veux l'essayer, il y a des peignoirs et des serviettes dans la salle de bains. Tu veux boire quoi ?

– Un Coca, dit Julian agenouillé en relevant le nez de ses chaussures qu'il délaçait.

Un instant plus tard, il se laissait glisser dans l'eau bouillonnante. Antoine revint peu après, pieds nus, avec deux verres qu'il posa sur le caillebotis en cèdre avec un cendrier. Il s'assit sur la marche à côté et alluma un cigare, tandis que de la petite chaîne du salon leur parvenait *Cow-boys & Angels*.

– Tu en veux un aussi ? demanda-t-il.

– Non, merci. Je ne fume pas.

– Moi non plus. (Puis devant l'air perplexe de Julian :) Un Cohiba, ça ne se fume pas. Ça se savoure.

Antoine resta à fumer en silence. Un léger vent de mer soulevait par intermittences le col de sa chemise blanche et faisait rougeoyer l'énorme cigare. La lumière était éteinte dans le salon et seule la lampe du jacuzzi projetait la clarté mouvante des reflets bleutés de l'eau sur les murs blancs.

It's the ones who resist whom we most want to kiss... wouldn't you say ?

– Tu ne viens pas ? demanda Julian au bout d'un moment.

Il devina le sourire d'Antoine dans la pénombre et regretta aussitôt ses paroles. Il se sentait idiot : Antoine, qui fréquentait en permanence des mecs comme Jaime, devait le considérer comme du menu fretin, en comparaison. Mais dans ce cas, pourquoi l'avoir invité à dîner, puis à prendre un verre dans cette suite ? Parce qu'il était français ?

– Si tu veux, dit finalement Antoine en posant son cigare pour se déshabiller à son tour.

Nu, il parut encore plus formidable à Julian. On aurait dit une version plus âgée de Jaime, bien sûr, mais avec un physique tout aussi impressionnant. Dans les reflets turquoise du jacuzzi, il ressemblait à Neptune dans le dessin animé… Comment il s'appelait, déjà ? Ah, oui : *Hercule*.

Antoine reprit son cigare et recommença à fumer sans rien dire. Julian se rapprocha de lui. Il voulait remercier Antoine de ces dix jours incroyables et bêtement, il ne savait pas comment s'y prendre. Il avait l'habitude de recevoir des cadeaux, de l'argent, de se faire inviter. Il savait qu'en pareil cas, on s'attendait à ce qu'il s'offre en échange. Julian n'avait jamais su dire tout simplement : « Merci ».

Le silence amusé d'Antoine qui le regardait hésiter ne lui facilitait pas les choses. Il posa la main sur son bras et referma doucement les doigts dessus. Antoine le laissa faire. Julian attendit une minute qui lui parut interminable et durant laquelle il se demanda pourquoi il se conduisait comme un collégien, puis il glissa le long du jacuzzi et posa la tête sur son épaule.

– Tu n'es pas obligé de faire ça, tu sais, dit Antoine.

Julian s'apprêtait à répondre, mais Antoine lui prit le menton dans la main et posa son pouce sur ses lèvres. Puis il attira Julian contre lui, prit son visage entre ses mains, l'approcha du sien et l'embrassa.

But that scar on your face… That beautiful face of yours…

Julian sentit son regard qui s'enfonçait dans le sien et, lui qui avait toujours fermé les yeux quand ces vieux qui le payaient posaient leurs lèvres molles sur les siennes, lui qui n'avait jamais vu ceux des mecs qui le baisaient comme on culbute une fille à marins sur un coin de table, cette fois, Julian garda les siens grands ouverts.

Il referma ses mains sur les épaules d'Antoine. Puis, les yeux toujours rivés aux siens, il se laissa glisser contre son ventre et sentit monter Antoine en lui, lentement, inexorablement, tandis qu'il plongeait de plus en plus profond dans ce regard du même vert clair que l'Atlantique de décembre. Au loin, quelque part au large, les lumières d'un *cruise-boat* clignotaient, il entendait encore la rumeur assourdie des voitures sur Ocean Drive, neuf étages plus bas, le murmure de la mer et des palmes qui claquaient dans la brise, le grondement de l'eau dans le jacuzzi. Dans le cendrier, le Cohiba rougeoyait. Les mains d'Antoine lui broyaient les reins, son menton s'enfonçait dans sa poitrine comme l'éperon d'un navire dans la mer, et dans l'eau qui bouillonnait autour d'eux, quand il vit Antoine se raidir contre lui, il écrasa son front contre sa joue, ce fut à nouveau comme une brûlure et il eut l'impression d'être une barque disloquée par la foudre au milieu de l'océan.

Please be stronger than your past... The future may still give you a chance.

Plus tard, quand Antoine le souleva pour l'emporter sur le lit, quelque chose se délia en lui, il referma la main sur le poignet d'Antoine qui lui apportait une immense serviette, avala douloureusement sa salive et dit :

– Merci.

Arnaud, en choisissant d'offrir une récompense financière à la Lesbienne et au Gay de l'Année, n'avait pas voulu faire un geste purement désintéressé. Personne n'était dupe, sauf quelques militants tendance pure et dure qui poussèrent de hauts cris lorsque, le 14 décembre, au cours d'une réunion houleuse, comme il se doit, Arnaud informa qu'il se chargerait de toute la logistique de l'événement : lieu, service de presse, petits fours et divertissements.

– … de plus je ne suis pas persuadé qu'une inconnue posée sur un praticable improvisé et reprenant à la guitare folk des chansons de Colette, euh…

– Colette Magny et Mouron, lança une voix agacée venue du fond du sinistre local.

– Si vous le dites, reprit Arnaud. (Il s'était pourtant promis de ne pas faire preuve de cynisme, et pour l'occasion avait même troqué ses traditionnelles Wayfarer noires et son costume Emporio Armani trop voyants pour un look pull-jean-baskets.) Bref, ce charmant spectacle d'amateur de même que l'expo photo de groupe sur le thème « Pluralité du désir » ne me paraît pas être…

Dans la salle, Carla rongeait son frein : elle avait des choses importantes à dire, mais ses bonnes relations avec Arnaud (tickets consos, entrées gratuites, invitations VIP…) valaient bien un silence qui, se persuada-t-elle, était finalement assez éloquent en soi. Une créature frêle n'était pas de cet avis et, comme prise dans les affres d'une incontrôlable transe vaudou, se mit à s'agiter sur son siège avant de lancer dans un croassement nasillard un définitif :

– Vous avez gagné. Cette élection n'est plus qu'un événement commercial sans âme et sans intérêt. Je ne cautionnerai pas une telle mascarade, je préfère m'en aller.

Il claqua violemment la porte sur la petite queue de rat qui pendouillait dans son cou, mais le président fit à Arnaud un signe de tête embarrassé, l'assurant que ce n'était pas bien grave et qu'il pouvait continuer.

La réunion se termina très tard. Quelques membres historiques démissionnèrent au fur et à mesure des votes à répétition qui émaillèrent cette pénible soirée.

Une fois l'affaire entendue, Arnaud prit un taxi et se fit déposer dans un restaurant propre, calme et où on pouvait demander de la glace dans son Perrier sans que serveurs et clients se soulèvent, forment un front d'opposition et se réunissent pour voter une motion de censure et décréter l'état d'urgence aux cris de « Le fascisme ne passera pas » avant de faire basculer tout l'établissement dans la guerre civile.

Le 20 décembre était un dimanche vaguement ensoleillé. Devant le Paradiso se bousculait une foule de militants qui finissait de désespérer Esmeralda qu'on avait priée de s'habiller pour une fois en homme.

– Non, mais vous vous rendez compte les filles, disait-elle à des videurs visiblement imperméables à cette utilisation permanente du féminin. Ça me tue. La LU, elle est complètement barrée, continuait-elle toute seule, en attrapant du bout des doigts le carton de gens qu'en temps normal elle se serait fait un plaisir de refouler.

– Tu as l'air toute pâle aujourd'hui. Tu es malade ? lâcha Nicolas au passage.

Depuis l'article saignant dans *One* où il avait fustigé drag-queens et gogo-boys, entre lui et les créatures de la nuit, l'ambiance était plutôt à la guerre froide.

– Tu pourrais me garder mon vélo ? demanda peu après Denis qui n'entretenait de mauvaises relations avec personne.

Dans le long couloir du Paradiso la plupart des gens, étrangers à l'endroit, avaient du mal à trouver leur place et encombraient l'espace avec un air détaché tout en pérorant à qui mieux mieux sur les dernières victoires remportées contre les anti-PACS. Nicolas et Denis, carnets en main, notaient des phrases idiotes pour l'un, intéressantes pour l'autre. Arnaud, collé au train par un membre du bureau de l'association, indiquait aux journalistes de *LCI* le déroulement de la soirée.

En bas, dans la discothèque encore vide, Gaël tournait en rond. Il ne parvenait à savoir ni sur quel fauteuil s'asseoir ni sur quel pied danser. L'aménagement de cet endroit était définitivement fait en dépit de toutes les règles élémentaires du *feng-shui*. Figé au milieu de la piste de danse, il visualisait mentalement les aménagements qu'il pourrait proposer à Arnaud dans sa prochaine carte. Mieux, il lui enverrait un petit livre sur le sujet. Du haut de l'escalier où il parlait sur son portable à une équipe de *Canal* qui allait arriver un peu en retard, Arnaud l'observait mi-amusé, mi-attendri. C'est vraiment un drôle de type, songea-t-il.

Le passage du couloir au cœur même de la discothèque ne se fit pas sans un certain désordre, mais Arnaud avait un sens quasi militaire de l'organisation qui lui permettait de faire retrouver le droit chemin à la plus égarée des brebis, alors que l'essence même de sa profession l'amenait plutôt à créer généralement la dynamique inverse.

Les lumières multicolores de la salle s'éteignirent, la scène s'éclaira, le spectacle pouvait commencer.

Arnaud déboula tout sourire sur la scène, avec ce dynamisme radieux à l'excès des présentateurs de jeux télé idiots. Le décor faisait penser à une compression de Gay Pride tant il y avait de pubs criardes pour les établissements gays de la capitale. Ce ne fut pas sans provoquer quelques sifflets et grincements de dents dans la salle. Vêtu pour faire bonne mesure d'un t-shirt OUTRAGE flambant neuf, Arnaud débita sans états d'âme un long discours inoffensif respectant scrupuleusement les parités homme-femme et militant-commercial avant d'aborder le sujet des anti-PACS. Face à un acquiescement général, il ne manqua pas de souligner les efforts financiers considérables consentis par le Paradiso en direction des associations durant cette douloureuse bataille contre les forces réactionnaires qui sclérosaient le pays. Il passa ensuite le micro à un membre du comité d'organisation visiblement moins aguerri aux feux de la rampe et qui malgré force toussotements et bégaiements finit par annoncer que Françoise Puech, des éditions L'Autre Désir était élue Lesbienne de l'année.

Dans la salle, Carla exulta avec cette même démesure qu'elle mettait pour s'amuser, pour danser, pour boire, pour rire, pour tout. Si un problème conjugal avait retenu Christelle chez elle, Sophie était venue aussi, accompagnée de Philippe. Tous deux poussèrent sur la scène leur camarade que ces apparitions de voiture noire avait rendue pour le moins nerveuse.

Françoise fut terrorisée de voir les caméras de *LCI* et *Canal* braquées sur elle. Prise dans les feux d'une poursuite, elle semblait dans l'impossibilité d'échapper à une pression médiatique mauvaise pour son Ça, son Moi, et probablement son Surmoi, mais elle prononça tout de même un bref discours évasif avant de retourner s'asseoir entre Philippe et Sophie.

– Et maintenant, reprit Arnaud en grand professionnel, le Gay de l'Année. Le choix de cette édition risque de surprendre pas mal de gens parmi vous. En effet, plutôt que de célébrer l'actualité et les acteurs du projet de loi sur le PACS, nous avons décidé de décerner la récompense à un militant historique, quelqu'un sans qui tout ceci n'aurait jamais pu voir le jour. À travers lui, je voudrais que nous ayons tous et toutes en cet instant une pensée pour les acteurs des premiers mouvements de libération homosexuelle.

Arnaud marqua alors une longue pause afin de faire monter la pression.

Dans l'obscurité, aux environs du bar, une voix rappelant vaguement Marlène Dietrich qui aurait noyé une laryngite à grandes lampées de Guignolet-kirsch se mit à entonner : *Les folles mortes se ramassent à la pelle, tu vois je n'ai pas oubli-yeah...* pour terminer dans un gros sanglot. Assis à côté de Nicolas, Denis essayait désespérément de se rappeler le nombre exact de manifestations auxquelles il avait participé depuis le début de son arrivée à Paris.

– À première vue, il n'y a aucun doute possible. De toutes les personnes présentes ici, je suis celui qui milite depuis le plus longtemps.

– Ah, ouais ? demanda Nicolas qui évitait généralement autant les soirées sans carton que le déballage des états de service militant de Denis.

– Le titre de Gay de l'Année est donc tout naturellement décerné à… Fabio Castanet.

La poursuite tournoya en vain dans la salle avant de s'arrêter sur le bar où Fabio sanglotait dans les bras de Gaël.

Denis se cramponna au bras de Nicolas en affichant un masque horrifié qui lui aurait sûrement valu de décrocher un rôle de victime désignée dans *Scream 2*. En voyant sa mine défaite, Carla se précipita vers Denis et lui offrit le semblant de réconfort pour lequel Nicolas n'était pas vraiment fait.

Fabio, à la fois digne et perdu, avança lentement jusqu'à la scène, épaulé par Gaël, dans ce qui apparaissait comme un remake du final de *Boulevard du Crépuscule*. La vieille star amnésique, le serviteur dévoué, le crépitement des flashes – ne manquait que le cadavre dans la piscine. La tête plongée dans les bras de Carla, Denis pressentit qu'un danger imminent le guettait et quitta la salle en quatrième vitesse. Personne ne remarqua son départ, Fabio venait d'attraper le micro :

– Je suis un cybergouin lâché sur la sodo mondiale, éructa-t-il pour commencer, ce qui posa un grave problème au traducteur en langue des signes dépêché pour l'occasion. (Il renifla alors avec une authenticité et une force sans commune mesure avec les larmes de circonstance des jeunes actrices venues chercher leur César de la Révélation Féminine de l'année. Fabio était un être entier et le public, médusé, allait le découvrir.) Gazoline dans mon cœur, Gazoline dans mon âme, à la vie, à la mort. Je suis hétéro-lesbopédomachin, je suis Fabio, je suis plurisexuelle. (Les équipes de télé étaient aux anges, ils allaient pouvoir mettre une bonne grosse tache de couleur dans une actualité bien morne.) Vous m'avez faite reine d'un jour. Je suis la reine des pommes, la queen des queens, la peine des reums. Un travelo sidéral autant en emporte le PACS…

Le traducteur se laissa tomber sur sa chaise et éclata bruyamment en sanglots.

Si l'équipe de *LCI* commençait sérieusement à regretter que Fabio n'ait pas revêtu un costume aussi flamboyant que son discours, chez *Canal* on trouvait qu'il était à lui tout seul le *Zapping* pris dans *L'Œil du Cyclone*.

À l'autre bout de la scène, Arnaud, plié de rire, observait les visages fermés de l'intelligentsia locale lorsqu'il tomba sur le visage fasciné et presque illuminé de Gaël. Au pied de la scène, dans une position de quasi-prosternation, celui-ci écoutait ce feu d'artifice verbal dont les étoiles semblaient venir scintiller devant ses yeux.

– … Je suis l'exilé involontaire d'un corps en mouvement perpétuel. Non à la tyrannie machiste, prolétaires de tous les pays caressez-vous. Je suis un fléau social, bonsoir messieurs les censeurs, bonsoir Ménie Grégoire. Je manifeste des salopes…

Fabio était devenu incontrôlable, tombé dans une faille spatio-temporelle. On avait désormais l'impression d'assister à une lecture aussi psalmodiée que spasmodique de textes avant-gardistes. Alors, malgré le regard de Gaël, Arnaud s'efforça d'aller diplomatiquement arracher le micro à Fabio.

Toute la salle, soulagée par l'intervention salvatrice d'Arnaud, se rua sur le buffet avec l'opiniâtreté et le systématisme d'un car de touristes allemands lâchés dans une boutique d'artisanat de Puerto-Vallarta. Sachant deviner, sinon anticiper les goûts du public, Arnaud avait demandé à son DJ de se limiter à une programmation tout aussi consensuelle que son petit discours. La fête commença donc par les notes rassurantes et fédératrices d'un piano éculé introduisant *I Will Survive*. Denis aurait écrit : les visages s'illuminèrent, comme transfigurés de l'intérieur par toutes nos souffrances et nos joies pudiquement inscrites dans ces paroles.

Mais il n'était plus là pour s'exprimer.

– Les phalloploucs et les héterroristes de la pensée ont Boutiné votre jardin secret, bande de zindamnésiques. Dansez, chantez, riez et baisez à en faire de la peine, transgendrez-vous dans vos Tapiolmatics du sexe sans joie, renégates. Tant mal pour la Gaynor, mais je suis revenu. Ils n'auront pas la Kaas ni la Mylène, conclut Fabio sur un air bien connu, avant d'être happé par l'équipe de *Canal*.

Nicolas regarda sa montre. Trop tard pour la coupure de Luis. Aller là-bas maintenant, cela ne servirait à rien. Luis n'aimait pas qu'il traîne au Dix les soirs où il y bossait et Nicolas avait désormais du mal à le voir surjouer les machos une fois derrière le bar. Il alla entrouvrir les stores et regarda la rue. Non loin du lit, Luis avait installé un sapin de Noël, recouvert de neige synthétique et de décorations achetées dans un bazar de Barbès. Nicolas voyait des gens pressés chargés de cadeaux auréolés des lumières clignotantes reflétées sur la vitre. Il songea aux images de Pierre & Gilles. Luis avait dit qu'il venait de poser pour eux. Une histoire d'exposition à venir. Ainsi il couchait avec un modèle de Pierre & Gilles en trompant un mari fidèle que tout le monde lui enviait.

– Je suis au cœur des choses, prononça-t-il tout haut.

Les mots vinrent rebondir sur les murs pourtant déjà surchargés de trop de photos sans intérêt, et l'écho lui renvoya *Au cœur des ténèbres*, tandis qu'il refermait le store.

Il alla éteindre l'halogène. Sous cette lumière plus douce, où se mêlaient les lueurs orangées d'une bougie et les faibles scintillements multicolores de la guirlande, la pièce lui rappelait les chambres d'hôtel éclairées d'une enseigne au néon des films noirs. Qui est le petit mafieux et qui joue la blonde pulpeuse ? songea-t-il. Pourtant il y avait un charme dans toute cette histoire, il en était sûr. Quelque chose le retenait près de Luis, lui donnait envie de le regarder, de lui parler, de l'attendre jusqu'au cœur de la nuit. *Mais la nuit ne peut pas t'attendre, mais la nuit ne peut pas comprendre, c'est à croire que la nuit n'a pas de cœur*, lui renvoya une chanson de son adolescence. Ça n'avait pas de sens. Et à cette époque-là, lorsqu'il entendait cette chanson-là, c'était quoi son rêve ? Devenir la blonde, ou bien le truand ?

– Est-ce que je l'ai vraiment jamais su ? murmura-t-il à voix haute.

Pourtant le sexe avec Luis, c'était bien. Différent, aussi. Comme un jeu, surtout. Il y avait chez Luis quelque chose d'enfantin qui attendrissait Nicolas. Alors je serai la blonde, décida-t-il enfin. La maman et la putain. Et puis, merde !

Il attrapa la télécommande.

– Fabio s'est tu, Fabio sait tout. Des pulsions orgasmiques de l'année érotique aux pulsions érotocs de cette année, Fabio était toujours là au milieu de ce ballet de fiottes qui de Stonewall en PACS a crié ses désirs délires…

Denis zappa. Cela faisait la troisième fois qu'il tombait sur la rediffusion de l'interview de Fabio.

Le rédacteur en chef de *LCI* avait voulu présenter un nouveau point de vue sur le débat du PACS qui s'enlisait de manifestations en empoignades à l'Assemblée. Et pour « la touche de couleur dans l'actualité bien grise » qu'il avait réclamée, il était servi.

– Tu fais chier, ça m'amusait, moi les saouleries de ta vieille copine, dit Renaud.

– Mais tu comprends pas que je n'en peux plus, moi. En plus, j'ai oublié mon vélo au Paradiso, agonisait Denis.

– Ça c'est l'Alzheimer. Typique, diagnostiqua Renaud d'un air préoccupé.

– Tu crois ? C'est vrai ? En plus, Nicolas m'a dit qu'ils avaient proposé à Fabio de lui consacrer un numéro spécial de *L'Œil du Cyclone*… Et moi qui en ai toujours rêvé.

– Ben, ils te rappelleront le jour où ils feront *Le Creux de la Vague*.

Denis ne répondit pas. Il venait de tomber sur *Friends* et le visage innocent de Joey.

– J'ai toujours voulu l'épouser, dit Denis.

Tout comme Ross, Chandler et Tom Selleck quand il était dans *Magnum*, Tony Danza dans *Madame est servie* ou David Charvet dans *Alerte*… acheva mentalement Renaud en enfilant son blouson pour aller écumer les bars.

32

L'âme éprise

– Depuis quand tu es à Key West ? demanda Julian.

Ils prenaient leur petit-déjeuner à la terrasse du Tides sous un immense parasol blanc. De l'autre côté de la rue, sur la plage gay délimitée par un poteau peint aux couleurs du *rainbow-flag*, des types en shorts avec des lunettes de soleil jouaient bruyamment au volley. D'autres, tellement semblables qu'ils auraient pu être leurs jumeaux, passaient sur le trottoir en rollerblades. Au loin, l'Atlantique n'était plus qu'une plaque de métal surchauffée qui brillait. Au bout de vingt jours à Miami, il n'arrivait toujours pas à se persuader que Noël allait approcher dans quatre jours.

– 1980, dit Antoine.

– Dis donc, tu t'y es pris jeune !

– J'ai quarante-huit ans, tu sais. Mais je m'y suis pris jeune pour des tas de choses et ça n'a pas toujours été une bonne idée.

– Par exemple ?

– Je n'ai pas toujours été pédé, dit Antoine, qui ajouta, devant l'air surpris de Julian : J'ai même été marié, avec un gosse. À vingt-deux ans.

– Tu as divorcé, alors ?

– Même pas. Un matin, je suis parti sans rien dire. Je suis resté quatre ans à Paris, et c'est là que j'ai rencontré mon boyfriend.

– Et tu l'as quitté pour venir aux States ?

– Non, j'ai quitté Paris pour venir le retrouver ici. Il était américain. La maison était à lui. Nous l'avons transformée en *guest-house*, expliqua-t-il en posant l'index sur les trois lettres de son t-shirt. RyM. Rubio y Moreno. (Julian le regarda d'un air interrogateur.) Le blond et le brun. Tim était blond et moi brun. C'est un jeu de mots sur la nouvelle de Tennessee Williams, *Rubio y Morena*. Il habitait la maison d'en face.

De Tennessee, Julian savait seulement qu'on avait tous en nous un peu de lui.

– Tu ne le vois plus ?

– Si. Tous les matins, ou presque. Chaque fois que j'ouvre les stores de ma chambre. (Il regarda un moment en clignant des yeux la mer immobile, éclatante sous le soleil de midi.) Ses cendres sont enterrées au pied d'un tulipier au fond du jardin. Tim est mort du sida en 1993.

Au fur et à mesure des semaines, David avait revu Philippe à Grenelle. Philippe avait commencé à lui donner quelques tuyaux, puis, d'une fois sur l'autre, ils avaient pris l'habitude de s'y retrouver régulièrement avant de décider d'un commun accord d'aller à Lafayette qui était plus près pour l'un comme pour l'autre.

David s'était rendu compte des résultats lorsqu'il avait commencé à avoir du mal à enfiler sa Fred Perry.

– Ah ? Ah oui, c'est bien, avait distraitement dit Nicolas comme une mère très occupée à qui son fils apporte triomphalement un hideux cendrier en plâtre peint confectionné à l'école.

Nicolas rentrait souvent tard, quand David, après avoir dîné seul, s'était couché, fatigué de l'attendre. S'il faisait mine de se retourner pour le prendre dans ses bras, Nicolas lui disait, avec cet air plein de la fausse sollicitude de ceux qui pensent surtout à eux-mêmes et cherchent à s'échapper :

– Arrête, tu as vu l'heure qu'il est ? Tu vas être crevé demain matin.

Et le dimanche, il restait à ronfler bruyamment en attendant que David se lève, ou bien il se levait avant lui pour échapper à ce qui était apparemment devenu une corvée. Ils étaient devenus comme deux colocataires dans un appartement désormais trop petit.

Pourtant, il avait fait tout ce à quoi Nicolas l'exhortait. Il avait cessé ses sorties avec ses collègues, fait du sport, porté les fringues, pris les attitudes et adopté les gestes que l'on attendait de lui. Si David avait eu l'insouciance de Nicolas ou le cynisme de Victor, il se serait rendu compte qu'il avait tout au plus l'air d'une épouse délaissée qui fait tout pour reconquérir un époux volage comme dans les pires mélos hollywoodiens. Mais David avait bien trop peu d'imagination pour voir le parallèle entre le couple qu'il formait avec Nicolas et celui de Margaret et Brick.

Nicolas était trop parti pour remarquer ces efforts dérisoires. Parti dans un scénario invraisemblable, happé par Luis, englué dans les personnages qu'ils se jouaient l'un à l'autre. Si David les avait vus changer trois fois d'accoutrement (« Mets les chaps en cuir, là, mec, ouais, non, enlève les Rayban, putain tu es trop bandant – mec ») et s'épuiser dans la surenchère de dialogues grotesques qu'ils se forçaient à croire, David aurait compris qu'il était loin, bien loin d'apporter à Nicolas autre chose que la version allégée et conjugale de ce délire fiévreux. Peut-être lui aurait-il dit aussi qu'à force de jouer au théâtre, ces mises en scène frémissantes et échevelées n'avaient plus grand-chose à voir avec du sexe.

– Tu ne m'as presque rien raconté sur toi, dit Antoine.

Ils avaient passé l'après-midi dans les environs de South Beach. Ils s'étaient promenés dans la voiture d'Antoine, une Studebaker décapotable vintage 48 bleue comme le ciel et rutilante de chromes.

– Tu laisses ta voiture à Miami quand tu viens ou tu l'as amenée dans le bateau ? avait demandé Julian.

– Je viens avec. Il y a une route qui relie Key West au continent, tu sais.

Antoine lui avait montré le Biltmore, l'immense hôtel hispanisant, avec sa piscine grande comme un terrain de football, presque aussi impressionnant que la Viscaya, qui datait du début du siècle et où avaient été tournés toute une série de films, puis les maisons du quartier Art-Deco couleur de crèmes glacées, Stars' Island, l'île bardée de vigiles où habitaient Stallone, Madonna et tout un tas d'autres. Après quoi, ils étaient allés au Delano prendre un verre au bord de la piscine, après avoir traversé le hall qui avait laissé Julian bouche bée, avec son parquet en bois sombre et luisant et son plafond vertigineux d'où pendaient des tentures blanches qui flottaient dans le vent.

– Oh, je n'ai pas eu une vie aussi passionnante que la tienne, dit-il en songeant aux mecs sans visages, aux prénoms oubliés, aux photos convenues dont il avait pourtant été si fier, aux photographes qui cherchaient toujours à l'attirer dans leur lit, aux clients qui l'idolâtraient juste le temps d'un week-end, pendant que leur femme était au Touquet avec les deux enfants dont la photo encadrée trônait toujours quelque part au mauvais moment. Je suis né en banlieue, je suis arrivé à Paris à seize ans et j'habite avec un copain. Il est barman.

– Et toi ?

– Je suis danseur et modèle photo, finit par dire Julian. (Antoine eut un petit sourire en coin.) Et puis… Il faudrait que je te dise quelque chose, aussi. (Antoine continuait de sourire.) À Paris, je… je fais aussi escorte. De temps en temps, ajouta-t-il précipitamment.

– C'est juste pour me surprendre que tu me dis ça ? Tu sais, la moitié des mecs d'ici se font payer. Et tu t'estimes à combien ? Ça, ça suffira ? dit Antoine en jetant deux billets de cent dollars sur la table. Je comprends mieux pourquoi tu me disais merci, l'autre soir : c'était en prévision du moment où tu me demanderais de régler la petite note.

Julian était resté interdit devant la violence soudaine de cet éclat. Un coup de vent balaya les deux billets. Un serveur courut les ramasser dans la piscine et les rapporta à Antoine.

– *Sir…*

– *Give them to the boy. That's what he thinks he's worth*, dit Antoine.

Il se leva, jeta sa serviette sur la table et s'apprêta à partir, puis il se retourna et posa les deux poings sur la table. La Rolex glissa le long de son poignet et cogna la nappe avec un bruit sourd.

– J'avais oublié de te dire quelque chose, moi aussi. Cela faisait six ans que je n'avais fait l'amour avec personne. Je regrette juste d'avoir choisi le mauvais numéro pour trahir Tim.

Et il planta devant son thé glacé Julian qui tenait toujours les deux billets trempés à la main.

– Ouais, mais lui il se sent bien dans son corps, pleurnichait tout seul Nicolas que les effets du shit commençaient à plonger dans un état de grande indigence.

Luis avait dit qu'il téléphonerait aux environs de 8 heures, il était déjà presque minuit et Nicolas avait passé la soirée lové dans son canapé avec le téléphone à portée de main. Au départ, l'idée de voir son amant ne l'enchantait pas franchement, mais à mesure que les minutes s'étaient écoulées, le manque de Luis s'était insinué en lui comme une migraine sournoise et tenace. Et pour ne pas trop s'apitoyer sur son sort, il s'était roulé un pétard en s'imaginant qu'après cela il se sentirait bien – cool – relax, quoi.

Nicolas jeta un regard las et peiné sur sa carcasse en slip allongée sur le canapé. Comment pouvait-il avoir même l'idée de se comparer à Luis dont le corps était une redoutable machine à séduire ? Déjà, pour commencer, il avait un teint trop pâle. Il aurait aimé avoir le teint mat des petits Beurs qu'il croisait dans le quartier. Chaque été, il revivait inlassablement le même supplice : malgré l'application scrupuleuse et scientifique d'écrans solaires qui promettaient de vous amener progressivement à un teint mordoré, cuivré, puis bronzé, après trois jours de soleil il virait écrevisse ébouillantée et à la fin des vacances il se retrouvait tout au plus avec un joli hâle. Pareil pour les cheveux, se dit-il. Leur texture bâtarde l'avait obligé à se satisfaire d'ersatz de coiffures à la mode. Il lui restait bien la possibilité de se raser le crâne, mais si chez *One*, personne n'aurait rien dit, au cabinet, cela aurait franchement fait lever le nez. Dans une version en négatif de la scène du *Mépris*, Nicolas passa en revue tous les détails de son anatomie. Il connaissait la scène par cœur, au fil des années il s'était fabriqué une image déformée de son corps, et il ne le supportait plus que revêtu de plusieurs couches de vêtements. D'ailleurs, il ne tenait jamais à exposer trop longtemps sa nudité complexée devant un mec qu'il connaissait à peine.

Mais finalement, il décida que le problème n'était pas là, il était bien plus grave.

Je suis un mauvais coup, décréta-t-il tout à coup devant la télé réduite au silence. Un super mauvais coup.

En disant cela, il ressentit une sensation de vide, comme s'il comprenait soudain qu'il avait construit toute sa vie sur un leurre. Bien sûr il plaisait, mais maintenant qu'il y repensait, combien de ses coups l'avaient rappelé après la seconde ou la troisième nuit ?

Il n'y a pas à chier, conclut-il, j'en suis le seul et unique responsable. Je suis un naze au lit. Pas étonnant que Luis ne m'ait pas rappelé.

Luis au moins c'était un super-coup. C'était écrit sur son front. Pas comme lui. Il s'échauffait, inventait des scénarios débridés, des mises en scène démesurées à la Cecil B. DeMille, mais une fois devant le fait accompli, l'ambiance finissait en soirée diapos. Luis ne pouvait quand même pas perdre son temps à baisouiller avec un empoté comme lui pendant que toutes les expertes de la capitale lui tournaient autour. Dans ce genre de cas, les sentiments ne résistaient pas bien longtemps.

En y réfléchissant, Nicolas se dit qu'il aurait lui aussi préféré une salope qui le fasse grimper aux rideaux plutôt qu'un mec pour qui il avait de l'affection, mais avec qui le cul était loin d'être une partie de plaisir.

Généralement, il n'était habité que très brièvement par le désir. Le temps de me retrouver nu avec le type, constata-t-il. À partir de ce moment-là, c'était la débandade, Nicolas s'escrimait à amener le plus rapidement possible le mec à jouir, puis il filait à la salle de bains et en revenait avec une serviette propre qu'il balançait sur le bas-ventre de son déjà ex-amant.

Si seulement je faisais un minimum d'efforts, se dit-il. Les profs, il en avait eu, et pas des plus mauvais. Mais en sale égoïste, il rechignait toujours à offrir un festin à un mec alors qu'un bon vieux menu MacDo, c'était quand même plus rapide à faire, moins pénible à préparer et tout aussi nourrissant. En revanche, généralement, les mecs, sans forcément être gastronomes, avaient rarement envie de se taper des plans fast-food soir après soir – et surtout pas le premier. À leur place, il aurait eu la même réaction.

Ils ne lui demandaient pas forcément de donner dans les noms pompeux et les préparations complexes et chichiteuses de la nouvelle cuisine, ni même des plats à l'exotisme saisissant, mais juste un petit menu qui donnait l'impression d'avoir été préparé avec amour. Quelque chose qu'on laisse mijoter à feu doux pendant des heures, qu'on écoute frissonner, rajoutant une pincée de sel par-ci, un peu de poivre par-là et quelques épices bien choisis pour relever la saveur. Non, lui se contentait de leur offrir du tout fait, du fade, du prévisible. Même pas un essai raté de cuisinière nulle, même pas du surgelé. Un repas de feignante pressée qui n'a pas envie de se faire suer dans sa cuisine après une dure journée de boulot et qui vous colle sous le nez une boîte de raviolis froids.

Finalement, mis à part David, il n'avait connu aucun mec capable de se satisfaire de ce régime pendant bien longtemps. Pauvre David, songea-t-il, il est quand même super mal tombé avec moi. Quand je pense qu'il pourrait s'éclater avec des mecs moins chiants, moins coincés et mieux foutus.

L'espace d'un instant, Nicolas eut envie de se jeter par la fenêtre, de s'ouvrir les veines ou de disparaître à jamais de la surface de la terre, d'une manière ou d'une autre.

Il repensa alors au début de roman qui traînait sur son ordinateur, il ne pouvait quand même pas laisser au monde un témoignage aussi pitoyable de son passage. Non, il allait mener à bien sa tâche et se suiciderait ensuite. Simplement, à partir de maintenant, il allait se consacrer corps et âme à son œuvre, et cesser de se disperser dans des activités pour lesquelles il n'avait aucune disposition.

Après s'être finalement levé, il se dirigea vers son ordinateur, mais frappé d'une grosse fatigue soudaine, il alla s'allonger sur son lit et s'endormit.

33

Dildo et Henné

Julian était resté effondré. La buée coulait sur les parois du long verre enveloppé d'une serviette en papier où tournait lentement une feuille de menthe.

– Putain, je suis le mec le plus con de la terre, dit-il à mi-voix en secouant la tête tout seul. Pourquoi je lui ai dit ça ? Pourquoi j'ai pas fermé ma gueule, pour une fois ?

Il rentra à pieds au Creek le long de Collins, tandis que le couchant projetait sur l'avenue les longues ombres obliques des immeubles.

Arrivé à sa chambre, Julian prit une douche. Quand il sortit de la salle de bains, les derniers feux du soleil glissaient par les fentes des stores et dessinaient de grandes lignes roses sur le lit. Julian resta à les regarder en se séchant les cheveux. Quelqu'un plongea dans la piscine. Il entendit des rires, des éclats de voix, puis brusquement, avec la soudaineté qui l'avait surpris le premier jour, la lumière baissa et ce fut la nuit.

– Je peux pas laisser ça comme ça, murmura-t-il, allongé sur le lit dans la pénombre. Il faut que je lui explique. C'est trop nul. Est-ce que c'est toujours aussi compliqué ? Est-ce que ça vous passe sous le nez comme ça à chaque fois ? Qu'est-ce qu'elle disait, cette chanson de Piaf que Luis écoutait tout le temps ? *Comme quoi l'existence... Ça vous donne toutes les chances... Pour les reprendre après...*

Il sauta du lit, jeta la serviette dans la douche et s'habilla.

Putain, j'en aurai fait, du chemin, songea-t-il en reprenant Collins. Il était 20 heures. Une odeur douceâtre flottait dans la rue. Les frangipaniers, lui avait dit Antoine. Sur Ocean Drive, il y avait toujours les mêmes rollerbladers, les mêmes filles à crinières blondes qui semblaient toutes sortir d'*Alerte à Malibu* comme les mecs qui les accompagnaient. Les voitures roulaient au pas sur le boulevard le long de la plage. À une centaine de mètres se dressait la façade blanche illuminée du Tides. Julian leva les yeux. Il y avait de la lumière aux fenêtres de la Goldeneye Suite. Il hésita. Sans la carte magnétique, on ne pouvait pas prendre l'ascenseur réservé. Il n'aurait pas la chance de trouver Antoine dans le hall ou sur la terrasse. Il referma la main sur les deux billets encore humides pliés dans la poche de son short et s'assit sur la balustrade, en face de l'hôtel.

Une heure plus tard, la lumière s'éteignait au neuvième étage. Julian sauta de la balustrade et traversa la rue. Peu après, Antoine apparaissait en haut des marches.

Julian monta à sa rencontre.

– Antoine !

Antoine se retourna et baissa les yeux vers lui.

– Ce n'était pas suffisant ? demanda-t-il. Tes clients sont plus généreux, habituellement ?

Julian monta en courant les cinq marches qui les séparaient et posa la main sur celle qu'Antoine avait déjà glissée dans sa poche.

– Non, dit-il péniblement en sortant de la sienne les deux billets et en les lui tendant. Je voulais te les rendre.

– Ah ? Tu me fais le coup de la pute au grand cœur, c'est ça ?

– Antoine ! (Julian en aurait presque pleuré.) Si je t'ai dit ça tout à l'heure, c'est parce que tu m'avais parlé de toi, tu m'avais dit des trucs personnels et… (Antoine le regardait sans un mot.)… et moi, je… je ne savais pas quoi te dire, j'ai voulu en faire autant, te raconter ce que c'était que ma vie, je voulais surtout pas qu'il y ait de malentendu. Reprends-les. S'il te plaît, dit-il en lui fourrant les deux billets dans la main.

À cet instant, le chasseur de l'hôtel sortit et apporta un papier à Antoine.

– *A call for you, Mister Lartigues.*

– Thank you. Au revoir, Julian.

Antoine remit les deux billets dans la poche de chemise de Julian et descendit les marches.

Julian n'avait même pas remarqué. Quelque chose d'autre avait brusquement retenu son attention. Lartigues ? Non, c'était impossible.

– Antoine ! Attends !

– Quoi encore ? demanda Antoine avec impatience.

– Comment il t'a appelé ? (Puis, devant l'air perplexe d'Antoine :) Le serveur ! Comment il t'a appelé ?

– Par mon nom : Lartigues, répondit Antoine en haussant les épaules.

– On a le même nom, Antoine !

– Et alors ? Il y a des dizaines de gens qui sont dans ce cas. Ça ne les oblige pas à traverser l'Atlantique en avion pour venir se le crier en public.

Antoine avait déjà recommencé à descendre. Julian le rattrapa, se planta en face de lui et le saisit par les épaules.

– Mais tu ne comprends pas, enfin ? Avant de partir à Paris, tu habitais à Bobigny, ta femme s'appelait Preciosa, Preciosa Alvès, n'est-ce pas ? Comment tu veux que je le sache, si ce n'est pas parce que ma mère s'appelle Preciosa Alvès et moi Jean-Louis Lartigues ?

Jean-Louis, c'est mon vrai prénom. Regarde ! dit Julian.

Antoine baissa les yeux vers le passeport que Julian lui brandissait sous le nez et s'apprêta à le balayer d'un geste. Puis, comprenant brusquement, il releva la tête, haussa les sourcils et dit simplement :

– *Oh. My. God.*

– Victor t'a apporté un cadeau pendant que tu étais à Toulouse, dit Sophie à Philippe qui rentrait.

– Un cadeau ? Déjà ? Mais Noël est dans trois jours, dit Philippe en posant son sac et en regardant le paquet enveloppé de papier vert foncé avec un gros ruban rouge posé sur la table basse.

– Il a dit qu'il ne voulait pas attendre et que tu comprendrais, ajouta Sophie.

– Moi, j'adore les cadeaux, dit Carla, qui d'ailleurs aimait tout et à qui personne n'avait demandé son avis.

– Qu'est-ce que c'est ? demanda Philippe.

– Ouvre-le, ça ira plus vite, dit Françoise alors que Philippe secouait délicatement le paquet. On a fait comme toi, mais on n'a pas pu deviner ce que c'était.

Philippe défit le ruban et déchira le papier. C'était une boîte en carton beige, sans rien d'écrit dessus. Philippe souleva le couvercle et regarda à l'intérieur. Au milieu d'un nid de paille était délicatement posée une chose longue, d'un révoltant rose chair.

– Qu'est-ce que c'est ? demandèrent les trois filles qui étaient toujours assises autour de la table.

Philippe souleva l'objet hors de son écrin. C'était un gode aux dimensions extrêmement impressionnantes.

– Quelle horreur ! s'exclama Françoise. Mais range-moi ça tout de suite !

– Oh, un *dildo* ! Moi, je trouve ça intéressant, dit Carla qui n'en ratait jamais une.

– Mais c'est ignoble ! Ne me dis pas que tu te sers de ça, dit Françoise.

– Pourquoi pas ? dit Carla. Quand j'étais à Londres, j'ai rencontré un groupe de filles qui utilisaient des harnais de cuisse. J'en ai rapporté un, je te l'ai pas montré ?

– Des harnais de cuisse ? Alors vraiment ! s'indigna Françoise. Mais enfin, Sophie, dis quelque chose. Et toi, mais range donc ça, ajouta-t-elle à Philippe qui tenait toujours l'engin au-dessus d'elle comme une épée de Damoclès.

– C'est quoi, un harnais de cuisse ? demanda Philippe.

– C'est un substitut… pénien qu'utilisent certaines femmes, dit Sophie.

Philippe imagina une armée de filles harnachées de choses menaçantes en train de lui courir après en hurlant.

– Et on s'en sert comment ?

– Ah non ! Je refuse d'entendre ça. Quand je pense qu'on s'est battues pendant des années pour en arriver là ! s'étrangla Françoise, furieuse.

Philippe avait du mal à comprendre l'enjeu de la bataille.

– Je vois pas pourquoi, dit Carla. C'est un jeu sexuel comme un autre. À Londres, j'ai suivi un atelier de filles dont le thème était « Apprivoiser son vagin ».

– Mais enfin, en réintroduisant… (Françoise se reprit :) en utilisant un faux pénis… Oh, et puis zut ! Tu te rends compte de la symbolique ?

– C'est politique, dit Carla. C'est un travail de subversion de la société, comme les *transgender*. Nous avons aussi le droit d'être pénétrées. Le harnais de cuisse, c'est comme le gode-ceinture, c'est une réappropriation.

– Mais non, c'est une caricature ! Avec des trucs pareils, tu fais le lit de tous ceux qui disent que les lesbiennes sont des mal-baisées.

– Je fais peut-être le lit, mais je peux te dire qu'avec moi, quand elles me font bien bander, elles sont bien baisées, dit Carla d'un air de défi satisfait.

– Mais tu te rends compte de ton langage ? dit Françoise qui frôlait l'apoplexie.

– Oui, je m'en rends compte ! C'est un langage progressiste. Toi, tu es hyper-réactionnaire.

Philippe était de plus en plus perplexe. *Harnais de cuisse ? Gode-ceinture ? Symbolique ? Politique ?* Une fille qui *bande* et qui en *baise* une autre ?

– Je vais aller me coucher, annonça-t-il. Je suis crevé.

– Emporte ce machin hors de ma vue, dit Françoise. Vraiment, Carla, parfois je me demande à quoi ça sert qu'on se soit donné tant de mal pour l'émancipation de la femme si c'est pour que vous en arriviez là. À t'entendre, tout ce que tu voudrais, c'est avoir un… phallus.

Philippe posa la boîte sur la cheminée. Décidément, Victor ne lâchait pas prise. Cela faisait un mois qu'il le bassinait avec ces histoires d'actif-passif. Pire qu'un fox-terrier. À tous les coups, Victor allait lui passer un coup de fil dès le lendemain pour lui demander s'il s'était assis dessus. En refermant la porte, il entendit Carla clamer avec la fierté d'une adolescente qui rentre d'un séjour linguistique à Brighton et est bien décidée à choquer ses parents rétrogrades :

– Oui, parfaitement, une bite ! Et si je vais à San Francisco l'année prochaine, je m'en ferai greffer une. Et une grosse !

– Quoi ? Qu'est-ce que tu racontes ? Tu es où ? Ton père ? Et tu as couché avec ? (Luis fixa le téléphone d'un air perplexe, puis il regarda tout autour de lui comme un piégé de *La Caméra invisible* qui commence à se douter de quelque chose.) Si c'est une vanne, c'est vraiment pas drôle. Tu sais quelle heure il est ? 10 heures du mat'.

– Je sais, dit Julian, mais j'ai pas pu t'appeler avant, on vient d'arriver à la maison. Tu te rends compte ? Demain, je passe Noël à Key West *avec mon père* !

Antoine et Julian avaient quitté Miami tôt le matin et fait la route dans la journée. Évidemment, les trois derniers jours avaient été un peu particuliers. Apprendre sur les marches d'un hôtel que l'on vient de retrouver son fils qu'on a abandonné vingt-six ans plus tôt n'est jamais chose facile. Devoir assimiler en plus que ce fils mène une carrière de pute à Paris compliquait les choses. Ajouter à cela qu'on venait de coucher avec lui la veille, de le payer et de se fâcher avec lui dans l'espace d'une seule après-midi les rendait franchement très denses, même pour quelqu'un doué du sang-froid d'Antoine.

Pour sa part, Julian ne savait pas s'il devait remercier le Ciel de lui avoir amené un père qu'il avait à peine connu ou le maudire de lui ôter le seul homme qui avait réussi à lui arracher en moins de vingt-quatre heures « merci » et « s'il te plaît ». Sans compter qu'il se demandait comment il allait faire pour pouvoir appeler l'homme en question « papa ».

Antoine avait donc pris les choses en main et l'avait entraîné immédiatement dans la suite.

Mon Dieu, songeait-il dans l'ascenseur. J'ai couché avec mon propre fils. Malgré son inquiétude et un remords finalement bien naturel, Julian n'avait pu s'empêcher de penser qu'il devait être l'un des rares garçons au monde qui pouvait déclarer sans mentir : « Papa m'a sauté comme une reine hier soir et j'ai adoré ça. » Du coup, il en avait même oublié les reproches qu'il s'était toujours juré de faire à son père s'il le retrouvait un jour : la trahison dont sa mère avait été victime, l'enfance quasi-miséreuse, les fins de mois difficiles.

– Il est clair que ce qui s'est passé entre nous est quelque chose qu'il est préférable d'oublier, avait commencé Antoine une fois qu'ils s'étaient assis à distance prudente chacun dans un fauteuil. (Puis, devant l'air déçu de Julian :) Bon. On ne peut pas se forcer à oublier. Mais il est hors de question de recommencer. Il vaut mieux que tu dormes dans la deuxième chambre.

– Et après ? demanda Julian.

– Tu as des choses auxquelles tu tiens à Paris ?

Julian réfléchit. Il avait son sœur – et en dehors de cela, pas grand-chose d'autre.

– Non.

– Tu veux venir vivre avec moi à Key West ?

– Si je veux ?

Julian avait bondi de son fauteuil et s'était précipité pour embrasser son père qui criait :

– Sur la joue ! Sur la joue !

34

Dèche dans le désert

Tout le monde n'avait pas eu la chance de passer Noël à Key West. Pour certains, les fêtes avaient même été très éprouvantes. Tout en songeant à son sœur qui gambadait probablement sur des plages ensoleillées, Luis avait dû subir les clients du Dix, ce soir-là plus que jamais solitaires, avinés et, devant le peu de concurrence présente, encore plus entreprenants.

À Noël comme au Jour de l'An, Denis avait regardé la télévision avec horreur, sans pour autant pouvoir se détacher de l'écran où s'agitaient des créatures pailletées et emplumées dans une ambiance confetti et serpentins, avant de s'assoupir dans les bras du Prince Valium. Les deux soirs, son mari était allé écumer les bars jusqu'à l'aube.

Carla était partie chez ses parents, tout comme Nicolas, qui n'aimait guère les réunions familiales, mais qui avait saisi l'occasion pour filer une fois de plus. David était allé voir sa sœur. Françoise, Philippe et Sophie avaient dîné ensemble, ce qui n'avait pas été sans poser quelques problèmes de menu, étant donné que celui ou celle qui avait inventé le régime végétarien devait avoir oublié les dindes, le foie gras, les huîtres et le saumon fumé. La table du dîner avait donc évoqué une reconstitution alimentaire des plus beaux jours de la Guerre Froide. D'un côté, Françoise observait le dogme pur et dur, avec le tofu, le boulgour et le riz sauvage en guise de bréviaire, de l'autre Philippe la narguait en engloutissant des huîtres (« Vivantes ? Mais quelle horreur ! – Ne te plains pas, d'habitude tu m'accuses de manger de la charogne »), tandis que Sophie jouait les agents doubles dans un *no man's land* à base de boudin blanc (« Non, je t'assure qu'il n'y a pas de viande dedans ».) Tout le monde s'était réconcilié sur les marrons glacés et le champagne et rendu compte qu'au-delà des différences idéologiques, on s'aimait finalement énormément.

À Noël, Brice était reparti dans son Bordelais natal où il avait prodigué des leçons d'élégance, de goût et de savoir-vivre à une assemblée de cousines inquiètes. Brice, qui restait toujours très flou à Paris quand il s'agissait de sa biographie, mais qui ne manquait jamais de s'inventer une enfance dorée dans un très bel immeuble bourgeois du quai des Chartrons, avait en effet tendance à oublier qu'avant d'être une grosse vache perchée sur un tabouret au Dix, il n'avait été qu'un thon en spencer au Différent. Puis, revenu à Paris, le soir du 31, il avait écumé avec Sacha toutes les soirées intéressantes – c'est-à-dire qu'ils avaient principalement passé du temps dans des taxis pris dans les embouteillages à essayer d'aller de l'une à l'autre.

Pour Arnaud, Noël et la Saint-Sylvestre étaient des soirs encore plus comme les autres : il les avait passés à naviguer dans la foule du Paradiso.

Fabio avait commencé à dépenser l'argent de son prix dans une cargaison de bouteilles qu'il avait descendues avec Gaël en lui racontant d'une voix pâteuse la grande époque où il avait fait le coup de feu sur les barricades en talons-aiguilles.

Bijou avait réveillonné chez Victor, dont l'appartement, où il avait élu domicile, était devenu en l'espace d'une après-midi un vaste entassement de dentelles et de soieries.

Claude avait accompagné Édouard à Vevey, qui représentait un havre de paix relative après les pénibles événements du mois de décembre. Entre-temps, Claude avait mis les bureaux des Parfums Luscans à feu et à sang, persécuté une secrétaire enceinte et finalement viré avec des raffinements de cruauté le petit imbécile du service courrier. Il avait songé emmener Richard avec lui à Vevey, puis il avait décidé de le renvoyer pour une semaine dans ses foyers, où le jeune homme avait fait à ses parents et frères et sœurs éblouis un portrait digne des plus grands romans véristes du début du siècle, où Claude apparaissait comme une sorte de Jean Valjean généreux et désintéressé, mais avec de drôles de lubies quand même.

Christelle avait renoncé à Bruno et à ses désastreuses expériences culinaires. Elle avait mangé une banane et elle était allée vomir. Il y a des habitudes qu'il est difficile de sacrifier.

Olivier était parti une semaine chez ses parents, qui avaient aimablement prié FX de se joindre à eux. Anne Boissières avait longuement réfléchi à la question du réveillon en se demandant où elle allait bien pouvoir coucher ce monsieur, puis, jugeant qu'avoir sous son toit FX et son fils dans le même lit n'était pas convenable, avait coupé la poire en deux et l'avait invité au déjeuner du Jour de l'An.

– À Dauphine, en 84 ? avait-elle dit au moment du chapon truffé. Oh, mais c'est très amusant, une partie de mon UER de sciences sociales avait ses cours là-bas. Nous aurions pu nous croiser. Vous auriez même pu voir Olivier, il avait quatre ans à l'époque et j'ai dû venir deux ou trois fois avec lui. Tu te rappelles, Olivier ?

Après le déjeuner, Olivier n'avait pas pu l'empêcher de sortir les photos les plus effrayantes (« Oh, écoute, tu ne vas pas avoir honte, tu étais tellement mignon à cet âge-là »). À croire que les mères vous photographiaient uniquement pour pouvoir vous montrer quinze ans plus tard avec une cruauté innocente à ce qui leur tombait sous la main – gendre ou bru – déguisé en Juliette dans une pièce de l'école maternelle, faisant des grimaces parce que la mer était trop froide ou en train de poser avec fierté – déjà – devant un château de sable compliqué qui ressemblait à un mélange de Sagrada Familia et de Neuschwanstein quand tous les autres gosses se contentaient de creuser virilement des trous.

– Et il n'est pas trop pénible ? l'avait-il entendue dire en revenant dans le salon. J'ai eu un mal fou à lui faire manger des endives, vous savez, dit-elle sur le ton de la confidence à FX qui ne savait pas trop quoi répondre.

On aurait dit la propriétaire d'un chien qui vous le confie pour un week-end et passe une demi-journée à vous faire ses recommandations.

Par bonheur, Olivier avait prétexté la route à faire, redoutant que sa mère, brusquement séduite et voulant faire la Parisienne, ne se mette en devoir d'offrir à FX de rester dormir. Il entrevoyait déjà tous les problèmes que cela soulèverait quand elle lui proposerait la chambre d'amis.

Au dîner, dans un restaurant sur la route, FX s'était cru obligé de souligner que cela s'était bien passé

(« Non ? Tu ne trouves pas ? »), tout en se disant qu'il s'était brusquement senti très vieux durant ce face-à-face familial.

Quant à Christian Michaud, qui avait eu très froid dans un hôtel glacial de Nîmes, il commençait à trouver le chemin du retour vraiment pénible.

Il essuya de sa main gantée le pare-brise embué. Il n'y avait rien à faire : les essuie-glaces poussifs de la Panda de location ciraient la neige sur la vitre au lieu de la chasser. Christian avançait au jugé, distinguant la route sinueuse dans la faible lumière des phares à travers une couche de givre translucide et bleutée. Il était à peu près sûr de s'être trompé de chemin et la carte vieille de dix ans n'indiquait pas la moitié des nouvelles routes.

À l'origine, il avait voulu rejoindre l'A71 depuis Alès pour regagner Paris au plus vite et pouvoir dîner dans un resto-route. C'était bon et pas cher, les resto-routes. Et selon Christian, la vie d'écrivain était faite de ces petits bonheurs simples. Seulement, il avait dû faire une erreur après Saint-Jean, prendre là où il ne fallait pas. On lui avait dit de prendre le col, mais lequel ? Il avait bien aperçu un panneau mangé par la neige indiquant un col du Mercouret, oui, mais comment savoir, avec tous ces chemins qui se ressemblaient tous et qui lui donnaient le tournis ? Ah, la Vallée Obscure portait bien son nom : pas moyen de capter la moindre station sur cette fichue radio, alors qu'il n'y avait rien de plus agréable que de conduire au son des refrains et bons mots de *Rire & Chansons*. Il passa un petit pont avec l'impression de revenir sur son chemin – ou alors il était passé sur le versant d'en face ? La neige avait tout recouvert d'une couche blanche monotone sous laquelle tout n'était plus que formes arrondies et indistinctes. Un autre panneau indiquait en capitales enfantines avec le N à l'envers : CONFITURES. Et puis ils auraient pu lui fournir des pneus-neige au lieu de lui dire qu'il y avait des chaînes dans le coffre. Tu parles : il avait essayé de les mettre, mais il avait dû renoncer. Dans le faisceau verdâtre des phares, il vit le virage suivant, une véritable épingle à cheveux. Rien à faire : la voiture ne passerait pas en une seule fois. Il passa la première, sa semelle en crêpe glissa sur les pédales et écrasa l'accélérateur. La voiture fit un bond en avant, patina, puis il y eut un brusque cahot et le moteur cala. Il sentit l'arrière glisser dans le vide, les phares éclairèrent la cime des arbres, puis le ciel noir, et la voiture bascula par-dessus le bord de la route, fit trois ou quatre tonneaux dans un craquement de branches mortes avant de s'immobiliser sur le toit. La dernière chose que vit Christian avant que les phares s'éteignent, ce fut le carton de livres posé sur le siège du passager qui se renversait sur lui et l'ensevelissait sous une trentaine d'exemplaires d'*Alessandro mon ami*, tandis qu'une énorme branche de sapin défonçait la vitre arrière et qu'une avalanche de neige s'engouffrait dans la voiture.

Il eut tout juste le temps de penser qu'ils seraient invendables, détrempés comme ils l'étaient, et le cri qu'il tenta de pousser s'étrangla dans sa gorge. La Panda avait à peu près tenu sous le choc, mais il était bloqué par la neige, la tête en bas, seul dans un trou perdu et convaincu qu'on ne retrouverait son cadavre qu'au dégel.

Au bout de ce qui lui sembla une éternité, il vit un point jaune lumineux osciller au-dessus de lui, puis descendre. Des branches craquèrent, il entendit des pas étouffés par l'épaisse couche de neige. La lanterne s'approcha. On venait le sauver. Il y avait donc un ange gardien dans ces montagnes inhospitalières qui veillait sur le destin des grands écrivains gays. Il gargouilla quelque chose, vit une pelle qui dégageait la neige, une main qui se refermait sur son bras et le tirait à l'extérieur, puis il sentit qu'on le soulevait et qu'on le chargeait sur des épaules.

– Merci, bégaya-t-il à son sauveteur.

Et il perdit connaissance.

– J'ai eu une idée, dit Françoise en arrivant au bureau quelques jours plus tard. (Sophie leva un œil. Elle se méfiait des idées géniales de Françoise.) J'ai demandé à Fabio d'écrire ses mémoires et nous allons les publier. (Sophie resta sans voix.) C'est bien, non ?

– Euh… Tu crois que c'est prudent ? Je veux dire, il a un peu tendance à boire, non ?

Sophie entrevoyait déjà les longues heures qu'elle passerait à travailler sur le manuscrit. Avec Fabio, l'expression « mettre au propre » prendrait tout son sens.

– Oui, bon, bien sûr, il boit. Mais c'est quelqu'un qui a énormément de talent, tu sais. Quand je l'ai connu, il était très doué, affirma-t-elle devant l'air narquois de Sophie. On s'était un peu perdus de vue, mais… Et puis il a des tas de choses extraordinaires à raconter.

Après la proclamation des résultats au Paradiso, Françoise avait renoué avec Fabio, qu'elle avait connu lors de son arrivée à Paris au hasard des nombreuses associations qu'elle avait fréquentées – même dans certains groupes lesbiens où Fabio était l'un des rares hommes à avoir le droit de venir.

– Bon, bien sûr, il a connu une période difficile, ajouta-t-elle, mais je t'assure qu'il est capable d'écrire, pour peu qu'on le drive.

Sous ses dehors de femme à poigne, Françoise cachait une Samaritaine pudique : à côté de la « période difficile » de Fabio, *L'Assommoir* était un roman à l'eau-de-rose. L'existence de Fabio pouvait s'apparenter à la carrière de Dead or Alive, commencée sur les chapeaux de roue et sombrant progressivement dans des looks que les Américains, avec leur vision très positive des choses, qualifient gentiment d'*extraordinaires* – en gros, Lolo Ferrari en homme, bouffi, une sorte de Robert Smith sur le déclin, les cheveux teints d'un noir bleuté, avec du khôl qui coulait sur les paupières. Ce qui faisait rire la majorité des gens suffisait à attendrir Françoise.

– D'ailleurs, il m'a promis qu'il ne boirait plus, conclut-elle en s'engouffrant dans son bureau – c'était l'heure du lait de soja – pour en ressortir immédiatement. Dis donc, je suis embêtée, reprit-elle. Ça fait quatre jours que je n'ai pas eu de nouvelles de Michaud. Il n'a pas appelé ?

– Non. À tous les coups, il a enfin rencontré un pauvre gamin qu'il a réussi à éblouir et il est resté à lui tresser des couronnes. Si seulement ça pouvait être vrai, répondit Sophie, qui était plutôt du genre à penser que c'était une bénédiction.

35

Déments et merveilles

Christian s'éveilla et regarda autour de lui. Il était vêtu d'un pyjama en flanelle et allongé dans un haut lit campagnard en bois sombre, dans une petite chambre dont les murs lambrissés jusqu'à mi-hauteur et couverts d'une tapisserie à motifs floraux sans âge étaient patinés par la suie et les années. En face du lit, sur une commode de toilette à plateau de marbre trônait une antique télévision. À côté de lui, il vit une table de chevet, une petite écritoire et une chaise paillée sur laquelle ses vêtements repassés étaient soigneusement pliés. La vue de l'unique fenêtre aux rideaux fleuris assortis au papier peint était en partie masquée par un immense cèdre dont les branches qui se balançaient dans le vent laissaient apercevoir de temps à autre le versant opposé d'une vallée et un bout de ciel sans couleur.

Il tenta vainement de se lever, mais la tête lui tourna et il la laissa retomber sur l'oreiller qui sentait la lavande. Au moment où il allait refermer les yeux, la porte s'ouvrit.

– Vous êtes réveillé ?

Dans l'embrasure se tenait une silhouette massive, vêtue d'un gros pull-over de camionneur et d'un pantalon en velours côtelé informe. On aurait dit l'enfant caché de Gabin et Lino Ventura. Un enfant qui aurait eu la quarantaine, une tête porcine, avec des cheveux bruns et gras qui lui tombaient sur les épaules.

Seigneur, songea Christian. J'ai été sauvé par une lesbienne des bois. Et en plus elle est monstrueuse.

Sa solidarité homosexuelle s'arrêtait au-delà des quelques femmes qui achetaient ses livres.

– Oui, répondit-il d'une voix mal assurée. Mais où sommes-nous ?

– Ben, dans la montagne, répondit l'autre. (Et en plus elle est complètement abrutie, soupira intérieurement Christian.) Je vous ai sorti de votre voiture quand vous avez eu votre accident. Vous étiez dans un bel état. Mais je vous ai soigné pendant une semaine et…

– Une semaine ! s'exclama Christian. Quel jour on est ?

– Le 10. Un dimanche. Pourquoi ?

– Mais je dois absolument rentrer à Paris. Tout le monde va s'inquiéter. Où est le téléphone ? Il faut que j'appelle.

– Oh, ici, y a pas le téléphone, coupa la femme. Ça sert à rien.

– Mais bien sûr que si ! Où est mon mobile, alors ?

– C'est pas la peine : on est dans un creux, alors ça marche pas. On reçoit que les ondes courtes, sur la radio.

– Mais enfin, vous avez la télé…

– C'est pas pour recevoir les programmes, c'est que pour regarder des vidéos.

– Alors il faut que j'aille immédiatement au village le plus proche pour téléphoner.

– Ça non plus, vous allez pas pouvoir. La route est complètement bloquée. On attend pas le chasse-neige avant quinze jours. Mais ça se sera peut-être dégagé d'ici là, on peut jamais savoir. C'est bien les Parisiens, ça : toujours pressés. Vous verrez, vous allez être bien, ici. Ça vous fera pas de mal de vous reposer. Vous êtes tout maigre. Je vous ai fait à manger, ajouta-t-elle. Je vais vous le chercher.

Elle sortit et Christian entendit une clé tourner en grinçant dans la serrure.

Mon Dieu, geignit Christian. Me voilà perdu dans le fin fond des Cévennes avec une lesbienne obèse complètement aliénée. Il regarda à nouveau autour de lui. Son cartable était soigneusement posé au pied de la table de chevet. Avec un peu d'efforts… Il tendit la main, s'en empara et se redressa, étourdi. Fébrilement, il ouvrit la pochette extérieure, en sortit son portable, l'alluma et composa son code. Quelques secondes passèrent, puis il entendit un bip déprimant et le message « Pas de service » s'afficha sur l'écran.

Il entendit la clé tourner à nouveau dans la serrure, rangea précipitamment son portable et reposa à la hâte son cartable par terre avant de prendre un air innocent.

La femme entra avec un plateau chargé d'une cruche en grès et d'une assiette fumante qu'elle déposa sur la table de chevet. Puis elle le redressa avec une force étonnante, retapa les oreillers et lui installa le plateau sur les genoux.

– Mangez, ça vous fera du bien.

– Qu'est-ce que c'est ? demanda Christian en considérant l'écuelle remplie d'une sorte de bouillie gluante qui dégageait une odeur pestilentielle.

– De la soupe aux lupins avec de l'orge et des glands. C'est drôlement bon.

– Je crois que je n'ai pas très faim, répondit Christian d'un air pincé.

– Sûrement que si. Vous avez rien mangé depuis une semaine. Il faut manger de la sauce pour faire de l'os, ajouta-t-elle d'un air satisfait.

– Je n'ai même pas la force de soulever la cuiller, dit plaintivement Christian.

– C'est pas grave, je vais vous faire manger, dit-elle en joignant le geste à la parole.

– Non, non, je vais me débrouiller tout seul, l'arrêta Christian en s'emparant courageusement de la cuiller. (Il la porta à ses lèvres en s'efforçant de ne pas respirer. C'était rigoureusement infect.) Vous allez rester là à me regarder manger ? demanda-t-il, espérant qu'elle allait quitter la chambre.

– Mais oui. Ça vous embête ?

– Je suis un peu pudique, vous savez.

– Ha ! Pudique ! Vous embêtez pas pour ça avec moi. Il a bien fallu que je vous lave et que je vous mette sur le pot pendant toute la semaine.

– Me laver ? Sur le pot ? Vous voulez dire… ?

– C'est bien les Parisiens, ça, dit-elle en secouant la tête. Mais je vais vous laisser finir tout seul, si vous y tenez.

Elle repartit. Christian entendit encore une fois la clé tourner, les pas décroître, puis des aboiements de chien et des bruits de casseroles.

Il posa le plateau sur la table de chevet, se leva péniblement et alla en chancelant à la fenêtre avec l'idée de jeter son assiette dans la nature. Elle n'avait pas de poignée.

Oh, mon Dieu, gémit-il en retournant à son lit. C'est encore pire que je pensais. Obèse, aliénée et psychopathe.

Il se recoucha sans toucher au reste de sa bouillie et attendit la suite des événements, la mort dans l'âme.

Un quart d'heure s'écoula. La clé grinça de nouveau. Il ferma précipitamment les yeux et fit semblant de dormir.

– Oh, on n'a pas mangé sa bouillie. C'est très mal.

– Je me suis endormi, répondit Christian en ouvrant un œil.

– Il faut la finir, maintenant. Si j'avais su, je vous aurais pas laissé sans surveillance.

– C'est froid.

– Bon. Alors tant pis. Il y a rien d'autre. Mais je vous ai apporté quelque chose, dit-elle en brandissant sous son nez un exemplaire d'*Alessandro mon ami*. Dites, vous voulez bien me le signer ?

– Euh… oui, si vous voulez. Je ne pensais pas que vous l'aviez lu…

– Ah, c'est bien les Parisiens, ça ! répéta-t-elle en se frappant les cuisses. Évidemment que si. Même à la montagne, on lit. Et puis, j'ai eu le temps, pendant la semaine. C'est un beau livre.

Une lesbienne qui lit des romans d'amours masculines et qui aime ça ? se demanda Christian. Elle est encore plus folle que je pensais. Elle lui tendit un stylobille. Il commença à écrire machinalement sur la page de garde la formule qu'il servait systématiquement à ses admirateurs transis : *De Christian Michaud, affectueusement, pour…*

– Quel nom dois-je écrire ? demanda Christian, le stylo levé, prêt à parier qu'elle s'appelait Brigitte, Marceline ou quelque chose de ce genre.

– Raymond.

Christian faillit s'étrangler.

Arnaud avait descendu sans bruit l'escalier menant au salon. Le jour naissant projetait dans la pièce une lumière blafarde aux allures de lendemain de fête qui le poussa à appuyer sur la télécommande des stores électriques. Sur la table basse traînaient encore les deux verres de Coca, le sien et celui d'Hassan. Hussein, peut-être – il n'avait pas bien saisi son prénom, la musique était trop forte. Ensuite les choses étaient allées très vite, il n'avait pas eu le temps de redemander, juste le temps de boire quelque chose, rapidement, pour la forme. Il rapporta les deux verres à la cuisine et sortit un carton de jus d'orange de son réfrigérateur, un gros General Electric noir avec distributeur d'eau, glaçons et glace pilée.

Assis sur le canapé, il remarqua la petite lampe rouge de son répondeur qui clignotait, incessante, angoissante. L'enfer c'est les autres, avait-il lu dans un texte en préparant son bac français. La presse surtout, ces soi-disant journalistes tendance, comme ils aimaient s'appeler.

– Quelle bande d'hypocrites, ne put-il s'empêcher de penser tout haut.

Il allait réveiller Hassan. Le bel Hassan. Encore un qu'il n'avait pas eu le temps de désirer, ou si peu. Peut-être devrait-il avoir le courage de les virer tout de suite après. Seulement il aimait les entendre lui raconter de doux mensonges dans l'obscurité complète, où seule parfois rougeoyait une cigarette. Généralement, après ces quelques mots, ils s'endormaient, il était alors trop tard pour leur glisser deux cents balles pour un taxi. En contrepartie, pour lui, il y avait le réconfort de sentir un corps près du sien lorsqu'il se réveillait la nuit, de toucher cette peau qui allait bientôt disparaître, de s'en imprégner, de s'y frotter en la désirant une toute dernière fois avant de replonger dans le sommeil. Hussein avait été un bon baiseur. Un beau parleur aussi. Au Paradiso, il ne s'était pas fait prier longtemps, juste un peu, pour le plaisir de ce jeu où il n'y avait ni perdant ni gagnant. Arnaud lui avait laissé croire qu'il était dupe, comme toujours, comme avec tous les autres.

Les journalistes surtout. Sauf qu'eux ne lui donnaient rien en échange. Tout juste se contentaient-ils d'écrire que les soirées au Paradiso étaient formidables et peuplées de gens exceptionnels. Eux-mêmes, généralement. Ils se couchaient devant lui comme de vieilles femmes frigides, mais pas Hassan-Hussein ni tous ces autres qu'il ramenait chez lui à l'heure où tous ces parasites avaient depuis longtemps tiré leur révérence.

Tout juste bons à dénicher le numéro de mon portable pour me demander une conso gratuite. Comme il aurait aimé pouvoir leur dire que leurs articles étaient aussi éventés que le champagne sur lequel ils se précipitaient en bande, comme il aurait aimé pouvoir dire :

– Non Carla, pas de tickets consos, pas ce soir. Tu bois toujours trop, tu n'as pas ta place ici. Lorsqu'à chaque fois, très tard, je te vois échouée comme un gros tas de linge sale oublié, ça me soulève le cœur. Vraiment.

– Non, Brice. L'alcool te rend encore plus con. D'ailleurs, puisque tu écris sur les fringues, va te faire rincer chez tes fripiers de luxe, mais pas chez moi.

– Non, Denis, pas de conso, ou alors une verveine et tu files te coucher. Traîner ici à ton âge, ce n'est pas raisonnable. Laisse cela à ton mari. D'ailleurs, il ne s'en prive pas.

– Et toi, Nicolas ce soir, c'est non. Tu es le plus perfide de la bande. Bien sûr on était amis, on a commencé ensemble : moi j'ai pris des risques, toi, tu n'as jamais voulu remettre ton confort en question. Résultat : ma place est plus influente que la tienne, moins fragile aussi. Tu te souviens, au début, tu étais même un peu amoureux de moi. Seulement voilà, moi je ne suis pas obsédé par moi-même, je n'avais pas envie d'épouser mon double. En revanche, tu pourrais au moins faire l'effort de masquer ton mépris lorsque je te tends tes tickets. C'est vrai, tu n'as jamais rien écrit de mal sur mon compte ou sur le Paradiso. Mais si tu me crois assez bête pour ne pas avoir deviné d'où venait ce surnom, LU… On y reconnaît tellement ce style précis, drôle et méchant qui est ta signature. Malgré tout, tu t'es montré un peu faiblard sur ce coup-là. Quant à ton histoire avec Luis que tu exhibes dans ma boîte, je la trouve risible, décevante, de ta part. Se foutre de son mec à ce point. Tu n'as pas honte après ça, lorsque tu railles ma vie sentimentale – sexuelle si tu veux – dans tout Paris ?

Mentalement il vit devant lui la longue liste de ceux devant qui il devrait jouer la comédie tout à l'heure.

Mais pas toi Hussein. Tu ne sauras cependant jamais que toute la soirée je t'ai observé depuis la cabine du DJ : ta démarche, ta manière de toujours jouer la séduction et cette force aussi, maîtrisée, puissante, sexy. D'abord, je t'ai vu au bar. Ton sourire parfait et surtout ce regard brillant et intense qui vous transperce et qui l'instant d'après se pose ailleurs et vous oublie. Je ne me suis jamais senti aussi seul qu'à cet instant. Mais cet instant, Hassan, il a été bien trop fugace. Comme tous les autres, tu ne m'as pas laissé le temps de te désirer assez fort.

En ramassant une cassette au titre aussi incompréhensible – *Koyaanasqatsi* – que le petit mot qui l'accompagnait, Arnaud repensa à Gaël. C'était le seul qui, dans sa langue obscure et énigmatique, lui disait des choses vraies. Il avait vu Gaël exprimer une foule de sentiments qu'il croyait à jamais éteints sur cette planète.

Arnaud remonta l'escalier de sa chambre en se demandant ce que deviendrait Gaël s'il ouvrait les yeux sur ce monde où il vivait. Gaël.

Trop belle pour toi, songea-t-il en se pressant contre le corps chaud d'Hussein.

Il l'avait réveillé. Hassan le serra dans ses bras solides à la peau douce.

– Tu m'aimes ? demanda Arnaud.

En guise de réponse, l'autre approcha de sa bouche ses lèvres épaisses, bleutées. Il força le rempart d'ivoire de ses dents de sa langue volontaire, chaude, douce, réconfortante. Le rire d'Arnaud résonna si fort dans sa tête qu'il la bascula en arrière. Hassan-Hussein s'imagina simplement qu'il cédait à son charme.

– Raymond ? répéta Christian d'un air hagard.

– Oui. Pourquoi vous faites cette tête-là ? Tout le monde peut pas s'appeler Christian, quand même. Vous voulez voir mon livret militaire ? ajouta l'autre en sortant de sa poche arrière un portefeuille crasseux et écaillé.

– Non, non, répondit Christian en griffonnant le prénom. Voilà. C'est fait.

– Oh, « affectueusement ». C'est gentil. Je vais vous apporter un beau dessert pour vous remercier, dit Raymond en se précipitant vers la porte d'un pas qui fit trembler le plancher.

Seigneur, c'est le bouquet, songea Christian. Je suis tombé sur un homme lesbien.

Raymond revint quelques minutes plus tard avec une tarte aux abricots. Christian la goûta prudemment. Elle avait un arrière-goût bizarre, mais elle était nettement plus mangeable que la bouillie. Il la termina rapidement, puis :

– C'était très bon, dit-il, reconnaissant. Vous savez, lui confia-t-il, ne le prenez pas mal, c'est sûrement parce que j'étais encore étourdi, avec la fièvre et cette situation tellement étrange… La première fois que je vous ai vu, avec vos cheveux un peu longs, je vous ai pris pour… Enfin, pour une dame.

– Une dame ! Ah ! Alors ça, c'est bien les Parisiens, gloussa Raymond en lui assenant une grande claque dans le dos. (Mais il ne sait dire que ça, pensa Christian. Enfin, au moins, il ne s'était pas vexé.) Qu'est-ce que vous êtes rigolos, vous. Allez, je vais vous laisser, il faut que j'aille couper du bois pour vous faire du feu. Ça a l'air de se lever. Peut-être que ça va fondre plus vite que prévu, dit Raymond en prenant l'assiette et en gagnant la porte. Vous pourrez repartir bientôt, tiens.

Un rayon de soleil livide passait entre les branches du cèdre et venait mourir sur les lames du plancher. Christian se sentit soudain revivre.

– Il faut m'excuser, dit-il rassuré à la perspective de retrouver bientôt la civilisation. Vous savez, quand on ignore où on est, on divague, on s'imagine des choses. Tenez, ce matin, j'avais presque l'impression de faire un cauchemar et de revivre *Misery*.

– *Misery* ? Pourquoi ça ? demanda Raymond en s'arrêtant sur le seuil.

– Je ne sais pas, la manière dont les choses se sont passées après cet accident, vous qui m'avez sorti de ma voiture pour m'amener ici, la décoration de la chambre, ça me rappelait le livre…

– Le livre ?

– Oui, le livre. Vous ne l'avez pas lu, peut-être ?

– Si, mais j'ai pas aimé. Qu'est-ce que vous êtes allé vous imaginer ? C'est bien les Parisiens. On les sort de la carcasse de leur voiture et ils se montent le bourrichon. Vous pensiez quand même pas que j'allais vous égorger, non ? dit Raymond en sortant.

– Non, non, bien sûr, se rassura à mi-voix Christian, heureux d'être revenu à une situation à peu près normale.

Il entendit Raymond revenir et la porte se rouvrit brusquement.

– Non, le livre, il est pas aussi bien que le vôtre, dit Raymond. Moi ce que j'ai préféré, c'est le film.

Et il claqua la porte qu'il ferma à double tour.

– Il va falloir que je trouve un stage pour cet été, dit Olivier après le dîner.

– Si tu me fais un câlin sur ton lit trop dur, je te donne tous les stages que tu veux, bâilla FX.

– Tu sais bien que tu l'auras de toute façon, ton câlin. Sérieusement, tu pourrais m'en trouver un ?

– Tu parles japonais ? demanda FX.

– Tu sais bien que non.

– Alors tu ne pourras pas bosser chez nous. En revanche… (Il réfléchit un instant. Cela faisait un certain temps qu'il ne fréquentait plus Claude, qui s'était égaré beaucoup trop à droite pour lui. Mais Claude avait un carnet d'adresses extrêmement bien rempli. D'un autre côté, Luscans commençait à sentir le soufre – ce qui est toujours ennuyeux dans l'industrie du parfum.) Écoute, je vais appeler un ancien copain d'école qui te trouvera sûrement quelque chose. Tel que je le connais, il va vouloir te recevoir seul. Méfie-toi de lui, c'est quelqu'un de redoutable.

– Dis donc, tu as des amis intéressants, toi.

– On ne se voit pratiquement plus, dit FX en l'attirant à lui. Tu vas te décider à les installer quand, ces stores qui traînent depuis deux mois ? C'est pénible de toujours éteindre la lampe pour faire des câlins.

Sur le mur d'en face, le rectangle de lumière s'éteignit.

36

Trente-sixième dessous

Luis était vautré sur le canapé et regardait la paire de rangers boueuses qu'il avait balancées de rage en rentrant. L'une d'elle avait laissé la trace d'un bout de semelle sur le mur jauni. Il y avait quelques mois, Luis frissonnait encore d'une vague excitation sexuelle à la simple vue d'une empreinte de rangers. Ce soir, elle ne lui disait rien du tout. Julian avait téléphoné le matin pour lui annoncer qu'il ne reviendrait pas avant un certain temps – sans plus de précision. Oui, oui, il reviendrait, avec son père, mais pas tout de suite. Il allait falloir trouver un autre coloc. Pendant un moment, Luis s'était imaginé dans un rêve de féerie domestique, habiter avec Nicolas, quitter le Dix et attendre le soir qu'il rentre de son cabinet d'architecte pour le retrouver, lui qui aurait passé la journée à s'occuper de la maison en chantonnant *Y m'fout des coups, mais moi j'm'en fous… C'est mon ho-o-o-mmeuh*. En le voyant, aucun des clients du Dix n'aurait soupçonné qu'il cachait sous ses airs farouches de mac andalou une bonniche sentimentale avec des rêves de Cendrillon. Et la bonniche s'était retrouvée séduite et abandonnée, comme une fille de ferme troussée et engrossée par un journalier qui lui a promis de l'emmener à Valparaiso. Ils étaient comme deux pauvres crétins qui s'étaient mutuellement joués le même cinéma en se méprenant l'un sur l'autre, deux blondes tragiquement blondes qui cherchaient un brun férocement brun.

Oui, Nicolas venait encore le voir de temps en temps, en fin d'après-midi, de cinq à sept, comme dans les films. Luis disait : « On baise ? » alors qu'il pensait : « Fais-moi monter les larmes aux yeux. »

Seulement, Nicolas avait déjà quelqu'un dans sa vie et comme dans ces mêmes films, le mari ne quittait jamais la femme pour épouser la maîtresse. Et la blonde finissait grosse, en robe de chambre, à s'empiffrer de marshmallows sur un lit en regardant à la télé des feuilletons où de grosses blondes en peignoir et mules engouffraient des chocolats en regardant à la télé des séries où des…

– Une invitation à dîner jeudi ? avait répété FX quand Olivier lui avait annoncé le résultat de son coup de fil à Claude Peyrelevade.

– Dans une brasserie de la place des Ternes, le… avait cherché Olivier sur son agenda.

– La Lorraine. C'est très bon. Décidément, il n'a pas perdu ses sales habitudes.

Olivier n'avait eu aucune peine à repérer Claude parmi la foule des dîneurs. À une table à l'écart, il avait immédiatement vu, avant même de discerner le costume gris clair et le crâne légèrement dégarni, le regard bleu métallique et méprisant, les lèvres incurvées dans une moue mi-agacée, mi-dégoûtée, qui s'était immédiatement transformée, quand il s'était approché, en ce même sourire mielleux qui lui faisait face en cet instant.

– Vous préférerez de l'eau minérale ou du vin ? De l'eau minérale, bien sûr : un jeune étudiant buvant du vin au dîner… C'est dommage, ils ont une excellente cave. Vous venez de quelle région ? (Puis, alors qu'Olivier s'apprêtait à répondre :) François ! avait-il hélé un serveur. Juste quelques asperges avec une petite mousseline.

– De… tenta à nouveau Olivier.

– Juste tièdes, les asperges, François. Comme d'habitude, n'est-ce pas ? Les dîners d'affaires sont suffisamment assommants comme cela sans qu'on ait besoin d'en sortir alourdi.

– … Cahors, acheva Olivier.

– Cahors ? C'est une très belle ville. Vins mineurs, mais très belle ville. François-Xavier m'a dit que votre père était négociant en vins, c'est bien ça ? J'ai de très bons amis dans la région. Enfin, ils ne sont pas dans le vin, eux.

Depuis le début du dîner, la moitié des phrases que prononçait Claude Peyrelevade se terminaient par « Nous sommes très bons amis ». Les autres finissaient par « Je le déteste ». Olivier avait rapidement senti qu'il n'aimerait être ni l'un ni l'autre, mais il y avait un stage à la clé et il faisait tout son possible pour se montrer aimable. Et ce n'était pas facile. Claude avait la fâcheuse tendance à poser des questions, vous couper aussitôt sans écouter les réponses, voire, plus perfidement, vous laisser parler en prenant progressivement un air ennuyé comme si vous lui sortiez des obscénités et, quand vous vous retrouviez à court, il prenait un plaisir évident à prolonger un silence embarrassé ou, pire encore, à souligner votre gêne. Claude n'était jamais à court de moyens pour rendre les entretiens pénibles. L'une de ses phrases préférées était : « Je n'ai pas très bien compris, mais cela n'a aucune importance. » À mesure que le temps passait, le dîner devenait un supplice. Olivier était terrifié à l'idée qu'arrive le sujet de la politique. Il était soulagé d'avoir pris directement un plat très simple pour abréger une soirée d'autant plus déplaisante que Claude s'était contenté de manger simplement une asperge avant de repousser son assiette d'un air douloureux et de le regarder avec l'indulgence forcée que l'on prend devant un gamin qu'on qualifie pudiquement de « lent », tout en lui disant la chance qu'il avait d'être étudiant.

– Oui, bien sûr, on n'a pas toujours les moyens, mais vous savez, l'argent ça n'a aucune importance. Tenez, moi j'en ai énormément, mais je vous envie de ne pas en avoir.

– FX, commença Olivier.

– FX ? l'interrompit Claude d'un air poliment intéressé. Ah ! François-Xavier. Je n'ai jamais pu me faire à ce diminutif ridicule. Vous avez fait un bac classique ? Du latin, du grec ?

– Du latin seulement.

– C'est dommage. Non pas que le grec soit utile de nos jours… *Min apotrepsis ton prosopo sou…* Vous connaissez ? Non, bien sûr. C'est un chant orthodoxe. Classique. *Ne détourne pas ton visage du mien*, traduisit-il en plongeant dans les yeux d'Olivier un regard froid de reptile. Vous faites vos études où, exactement ?

– À Assas, dit Olivier pour la troisième fois.

– Assas ? Ah oui. C'est très bien. Très bien. C'est tout à fait le profil qui nous intéresse, je vous rassure tout de suite. (Olivier n'en doutait pas.) Garçons sérieux, des idéaux. Vous savez, j'y ai gardé de très bons amis (Olivier n'en doutait pas non plus). J'ai exactement ce qu'il vous faut. Trois mois. Vous serez libre d'avril à juin ? Vous voulez que je vous raccompagne ? Nous en discuterons en route.

– C'est très aimable, mais j'ai promis à F… François-Xavier…

– FX ?

– Oui.

– Appelez-le FX, c'est plus court. Je l'ai toujours appelé comme cela depuis que je le connais.

– J'ai promis à FX de le retrouver à Étoile à 23 heures, acheva Olivier sur un mensonge éhonté.

– Ah ? Je pensais que vous accorderiez plus de temps à vos choix professionnels, dit Claude avec une grimace dédaigneuse. Mais vous avez une vie privée, c'est très normal qu'elle passe avant. Appelez-moi la semaine prochaine pour votre stage.

En sortant, il lui serra la main et la lâcha aussitôt, comme on jette un objet répugnant. Olivier se hâta vers l'avenue de Wagram et courut jusqu'au métro.

– Olivier n'est pas là ? demanda Nicolas en arrivant, toujours aussi en retard que d'habitude, chez FX.

– Il avait un rendez-vous.

– Déjà ?

– Un rendez-vous sérieux. Pour un stage. Olivier est beaucoup plus sage que toi.

– Oh, laisse-lui encore un peu de temps. Bientôt il dansera sur les podiums au Paradiso. L'autre fois, on n'arrivait pas à le tenir.

– Quelle autre fois ?

– À la soirée d'Halloween. Celle où tu avais mis ton costume de jeune.

– Ah oui. Celle où tu t'étais habillé en homme.

– Qu'est-ce que tu veux, il fallait bien que je sois dans le rôle, mais c'est terminé.

– En tout cas, sur le moment, tu y croyais, dit FX. Tu nous as tous fait pisser de rire avec ton numéro. On aurait dit Querelle joué par Michèle Mercier. Et tout ça, pour ?

– Beaucoup de fatigue, avoua Nicolas.

– Et David ?

– Ça va, dit laconiquement Nicolas.

– Tu ne le mérites pas, dit FX en apportant le dîner qu'il était passé prendre chez le traiteur en rentrant.

– Si, je l'aime bien, malgré tout, même s'il a des côtés agaçants. (Nicolas ajouta avec une perfidie dont il ne se serait pas cru capable :) Et je n'avais pas le courage de le quitter.

– Ni celui de lui demander de venir avec toi ce soir ?

– Oh, non : il avait un rendez-vous. Aussi.

– Déjà aussi ? sourit FX.

David avait pris l'habitude de dîner de temps en temps avec Philippe après la gym. La première fois, une quinzaine de jours après le retour de Nicolas à l'appartement, il s'était donné la peine de l'appeler pour le prévenir. Nicolas n'était pas là et le portable ne répondait pas non plus. Il n'avait pas laissé de message.

– Tu veux venir prendre un verre à la maison ? lui demanda Philippe, un soir de février glacial, alors qu'ils sortaient du restaurant.

C'est ainsi qu'il visita l'appartement de la rue des Trois-Bornes. Sophie était sortie. Les toilettes n'étaient plus tapissées des photos de Julian. David, qui, à force de ne plus voir que des tentures aux couleurs qui empêchent de dormir, des galeries d'art contemporain en guise de cuisines et des chambres flamboyantes qui ressemblaient à des hôtels de passe avait presque fini par les considérer comme la norme et il fut surpris par les futons (« Une idée de Sophie », expliqua Philippe), les tapis en laine beige, le parquet gratté et lasuré en bleu ciel et les meubles en bois peint. Malgré la saison, on se serait cru dans une maison du Cap-Ferret, quelque part face à la mer d'Iroise ou dans la cabine d'un bateau tout blanc.

Ils restèrent à parler jusqu'à une heure avancée, puis, lorsqu'une fenêtre s'alluma sur la façade de l'immeuble voisin, ils virent des flocons de neige qui dansaient dans le rectangle de lumière. Ils restèrent à les regarder un moment, puis David parla de l'heure tardive, d'un taxi à prendre et Philippe lui dit :

– Tu peux rester dormir ici, si tu veux.

En rentrant, Claude se connecta et alla jeter un coup d'œil sur son channel préféré. Il y avait beaucoup de monde, mais Hadrien n'était pas là. Quel dommage. Claude aurait tellement aimé le faire tourner en bourrique en lui racontant encore quelques histoires invraisemblables. Le reste du channel se crêpait le chignon à qui mieux mieux concernant les mérites respectifs de Mylène, Céline et Lara. Mortel.

Claude ouvrit la fenêtre de la webcam. Richard ne dormait pas. Il était en train de feuilleter un magazine. Claude essaya de zoomer sur la couverture dont le titre resta illisible. Mais à en juger par l'expression de Richard et sa main qui s'agitait sous les couvertures… Claude éteignit son portable et monta l'escalier de la chambre de Richard à pas de loup. Arrivé devant la porte, il écouta. Soupirs discrets, halètements de plus en plus rapprochés. Il recula silencieusement de quelques mètres, puis revint devant la porte d'un pas normal, frappa deux coups et entra d'un air dégagé sans attendre de réponse.

Mais quel spectacle amusant ! Richard en marcel, rouge de confusion, en sueur, la mèche collée au front, qui avait glissé le magazine et les deux mains sous les draps et essayait vainement en grimaçant de réprimer les spasmes de son bas-ventre sous le regard bienveillant de Notre-Dame au dessus de son lit.

– Oh, je t'ai réveillé ? demanda innocemment Claude.

– Non, non, je faisais un cauchemar.

– Ah bon ? La lumière était allumée, fit Claude, inquisiteur. Tu as fait courir Helmut, cet après-midi ?

– Oui, il a couru au Bois pendant une heure.

– Je demandais, parce qu'il a l'air un peu agité. Enfin, cela n'a aucune importance. J'ai eu une idée de photos tout à fait exquise pendant mon dîner. Tu ne te lèves pas ? dit Claude en se retournant comme pour partir.

– Si, si, bien sûr. J'arrive, dit Richard en se contorsionnant pour sortir de son lit sans trop montrer son état.

– Ton caleçon est tout humide, observa Claude. Ce devait être un cauchemar particulièrement affreux. Tu devrais prendre une douche avant de me retrouver dans le studio.

En arrivant, Olivier avait trouvé Nicolas et FX dans une grande discussion qui les ramenait une dizaine d'années plut tôt à l'époque de leur rencontre.

– Tu pactises avec le diable ! dit Nicolas une fois qu'il leur eut raconté son effroyable dîner. Je ne savais pas que tu fréquentais encore les gens des parfums Luscans, avait-il ajouté pour FX. Tu n'as pas brûlé ton flacon d'Essence ?

– Il porte du vétyver, dit Olivier.

– Oh… Mais écoutez-moi cette tendresse, l'épingla Nicolas.

– Est-ce que tu saurais nous dire ce que porte David, toi, au moins ? demanda Olivier.

Nicolas dut avouer qu'il en était incapable.

Olivier resta à les écouter se remémorer leurs frasques respectives, puis, ne voulant pas troubler une réunion qui était rare, il les laissa. Nicolas demanda à FX s'il pouvait rester dormir.

– Sur le canapé, ne t'inquiète pas, je ne vais pas te le voler, ajouta-t-il pour Olivier qui rentrait chez lui.

Olivier faillit rater le dernier métro puis, arrivé dans son studio, posa un CD sur sa platine et éteignit pour ne laisser allumée que la petite veilleuse auprès de son lit et sa lampe de bureau. Avec toutes ces âneries, il n'avait pas pensé à réviser son cours et il avait un partiel le lendemain. Il s'assit à sa table devant la fenêtre et se plongea sans enthousiasme dans ses notes sur le droit de la presse.

David ne dormait pas. La joue posée sur la poitrine de Philippe, il regardait dans la cheminée en face du lit les dernières braises qui rougeoyaient dans une pénombre jaune. De temps en temps, elles crépitaient brièvement, lançaient une flamme lumineuse qui projetait dans la chambre une clarté soudaine et faisait surgir devant ses yeux, au ras de ses lèvres, le corps de Philippe qui dormait à poings fermés, un très vague, très lointain sourire sur les lèvres. David sentait sur sa nuque le poids de son bras, il voyait sur son épaule sa main aux doigts carrés, il sentait sous la sienne la peau, encore plus mate dans le noir, qui se soulevait lentement comme un ressac. Dans son autre main, la peau plus chaude de la cuisse de Philippe, sous le drap. Il ferma les yeux. C'était comme dormir à fond de barque, sur une mer calme. Il inspira profondément, retint son souffle et poussa un long soupir. C'était une odeur étrangère, la peau d'un autre. L'odeur d'une route en été, à la campagne, juste après la pluie. Avec, derrière, un parfum de citrons. Philippe mettait de l'Eau d'Oranges Vertes. Qu'est-ce qu'il mettait, Nicolas ? On ne savait jamais, ça changeait tout le temps, entre l'odeur écœurante du savon à l'avoine et celle, douceâtre, de l'huile Neutrogena qui empestaient la salle de bains et toutes ces eaux de toilette. L'année d'avant, il avait mis longtemps quelque chose qui sentait la mousse, la poudre de riz… Qu'est-ce que c'était ? Quelle importance ? Cet été-là, tous les parfums avaient senti la même chose.

David se redressa. Il sentit la main de Philippe qui glissait le long de son dos, chaude, sèche, un tout petit peu rugueuse, et qui s'arrêtait un instant sur ses fesses avant de tomber sur le matelas. Il se leva et alla à la fenêtre.

Olivier leva la tête et se frotta les yeux. Bon sang, que c'était ennuyeux, cette loi de 1848, ces histoires de référé et de main-levée. Il s'adossa à sa chaise, éteignit la lampe du bureau et s'étira. La petite veilleuse à abat-jour bleu éclairait à peine le studio qui se reflétait dans la vitre. Sur la paroi noire de l'immeuble d'en face, il vit des ombres qui dansaient dans l'encadrement d'une fenêtre. Son voisin insomniaque qui regardait la télé. À 2 heures du matin ? Qu'est-ce qu'il pouvait bien y avoir à regarder à cette heure-là ? Non, ce n'était pas la télévision, cette lumière changeante. Trop faible. Et puis la télévision, c'était toujours un bleu livide et sinistre, pas cette couleur jaune. Un feu qui achevait de s'éteindre dans une cheminée, peut-être. D'ailleurs, le voisin ne regardait pas la télévision, il était à la fenêtre.

La silhouette leva un bras qu'elle appuya sur le montant de la vitre avant d'y poser le front, dans une position qui était devenue familière à Olivier. Il l'aimait bien, son voisin qui le réveillait pourtant au cœur de la nuit avec son emploi du temps bizarre et ses insomnies méditatives. Il devait travailler tard. Un ouvrier qui faisait les trois-huit, peut-être. Un cuisinier, ou un serveur de restaurant, songea Olivier en appuyant son menton dans ses deux mains.

Qu'est-ce qu'il fait, ce type ? se demanda David. Il dort à son bureau ? C'était fou le nombre de gens qui ne dormaient pas à Paris en plein milieu de la nuit. Sûrement un étudiant qui révise ses cours, se dit-il en baissant la tête pour mieux voir la silhouette assise à une table, un lit défait derrière elle.

Tiens, il me regarde, se dit Olivier en se penchant en avant à son tour. Il eut envie de lever la main, de lui faire un signe, mais la clarté mourait dans la chambre d'en face et la pénombre avait fini par absorber la silhouette. Olivier attendit encore un peu, puis il alla se coucher.

David se glissa à nouveau dans le lit. Philippe n'avait pas bougé. Il se pencha et posa sa bouche sur ses lèvres pour l'embrasser. La main de Philippe revint sur sa nuque, il vit ses yeux qui s'entrouvraient, tandis qu'il roulait sur le côté et le prenait dans ses bras, en enfouissant son nez dans les cheveux noirs qui sentaient l'herbe coupée.

37

L'annonce faite à Françoise

Françoise arrêta la voiture sur le petit parking avant le pont. Le torrent bouillonnait sur les rochers couverts de mousse. Elle voulait faire le reste du chemin à pieds, comme lorsqu'elle avait huit, dix ans, à la fin des vacances d'été, et qu'elle remontait avec ses cousins et cousines, tous chargés de grands paniers de myrtilles.

Cela faisait combien de temps qu'elle était venue ici passer plus d'une journée ? Dix ans ? Déjà, à l'époque, sa grand-mère, trop vieille pour vivre seule dans l'immense maison, s'était retirée depuis une quinzaine d'années à Alès. L'odeur lourde des fruits qui cuisaient dans une grosse bassine en cuivre dans la cheminée de la cuisine et signalait la rentrée imminente des classes n'embaumait plus la maison depuis longtemps.

Malgré la saison, il faisait beau, pour une fin de janvier. Il avait toujours fait beau, au Pratou. En bas, à Saint-Jean, quand elle s'était arrêtée pour quelques courses, on lui avait dit qu'il était tombé de la neige là-haut pendant tout décembre. Mais avec ce soleil, dans trois mois, il y aurait déjà des primevères.

Elle s'arrêta devant la maison et posa ses sacs sous le vieux figuier avant d'ouvrir la porte bleue à la peinture écaillée.

Tout était intact. En échange de la petite maison dont elle lui laissait l'usage, le voisin venait régulièrement débusquer les loirs et les chauves-souris, aérer de temps en temps, vérifier que le téléphone, l'électricité et la chaudière fonctionnaient. Les grandes armoires, l'immense table en chêne du grand salon, le piano droit de la bibliothèque, les lits, les fauteuils étaient tous recouverts de draps blancs dont les *coussous* qui rongeaient les poutres avaient souligné le creux des plis de poussière de bois jaune.

Bien sûr, il y avait des toiles d'araignées un peu partout, mais avec un coup de balai… Un peu de courage…

Le soir venu, Françoise avait nettoyé sommairement sa chambre d'enfant et sorti des draps et des couvertures d'une armoire. Elle s'était préparé une grande salade, puis elle était allée boire une tisane dans la bibliothèque en tapotant pensivement les touches d'ivoire jaunies du piano désaccordé qui résonna dans le silence.

Quand elle était petite, la maison ne lui paraissait pourtant pas si vaste, remplie comme elle l'était des rires des ribambelles d'enfants de toute la famille qui s'y réunissaient traditionnellement en été. Cela aurait été tellement merveilleux de s'y installer, recevoir des amies, sentir à nouveau le parfum des coings sur les clayettes de la resserre, faire en sorte que cette maison retentisse à nouveau de cris joyeux. Mais seule ?

– Tu ne crois pas qu'il faudrait qu'on parle ? dit David. (Nicolas ne répondit pas. D'habitude, il avait toujours une phrase, un sourire, quelque chose. Là, même la télévision était éteinte.) Tu n'as pas remarqué quelque chose ?

– Non.

– Depuis que tu es revenu de tes quinze jours chez Brice, c'est comme avant. Tu sais combien de fois on a fait l'amour, depuis ? (Nicolas ne répondit pas. En plus l'expression « faire l'amour » l'agaçait et le rendait triste.) Une fois. Le lendemain de ton retour.

– Oui, je sais.

– Et tu trouves que c'est normal ? Moi pas. Je crois qu'il vaudrait mieux qu'on arrête.

S'ils n'avaient pas habité ensemble, les choses auraient été plus simples. Avant Nicolas, David avait connu ces rencontres passionnées le premier soir, les coups de fil, une nuit chez l'un, une nuit chez l'autre, puis un beau jour, on se lassait, on oubliait d'appeler comme promis et enfin arrivait le moment où ce que l'on redoutait le plus, c'était de croiser sur un lieu de drague ou dans un bar celui à qui on avait fait des serments ridicules et qui venait tout comme vous en chercher un autre. Gêné, on faisait semblant d'être surpris, ravi, même : on se promettait de s'appeler en sachant l'un comme l'autre qu'on ne le ferait jamais. Là, ils habitaient ensemble et le bail était à leurs deux noms.

– Tu as pensé à l'appartement ? demanda Nicolas.

David y avait pensé toute la journée. En quittant Philippe au petit matin pour rentrer à la maison où il avait trouvé le lit vide, il y avait déjà pensé. Chercher un appartement, déménager en plein hiver, c'était trop compliqué.

– Oui. Et je crois que le mieux est de continuer d'y habiter, ne serait-ce que le temps du préavis, en faisant chambre à part. Je dors déjà dans la mienne de temps en temps. Si jamais tu te décides à changer, on peut reconsidérer la question. Pour l'instant, on n'a qu'à continuer à partager le loyer, mais en menant chacun notre vie.

– Parce que tu as une vie, toi ? ne put s'empêcher de demander méchamment Nicolas qui le regretta aussitôt.

– Non. Mais avec toi, je ne suis pas sûr d'en avoir eu une.

Dans l'appartement éclairé par quelques bougies qui diffusaient un puissant parfum de santal et de benjoin,

Gaël s'acharnait sur un bol à prières tibétain comme d'autres se défoulent sur un punching-ball ou une boule antistress. Gaël avait passé le dîner sur la terrasse d'Arnaud pendant que les autres invités s'étaient abstenus d'aller braver des températures tout sauf clémentes en cette période de l'année. Observer Gaël avait procuré à Arnaud une alternative bienvenue face aux divagations d'un Nicolas et surtout d'un Brice qui avaient abusé des largesses de son bar. Je devrais l'inviter plus souvent, s'était-il dit en le voyant appuyé contre la balustrade, probablement perdu dans quelques rêveries cosmiques. Aussitôt après, il s'était reproché son égoïsme. Si le pauvre Gaël avait déserté la fête, c'est parce qu'il était mal à l'aise devant cet amoncellement de gadgets, de meubles, de photos, de magazines et de gens qui donnaient à son salon des allures de soldes dans les boutiques duty-free de l'aéroport de Dubaï. En l'invitant à cette soirée, je l'ai totalement déstabilisé, avait songé Arnaud tout en se promettant de faire amende honorable en lui proposant d'aller déjeuner dans le courant de la semaine dans un resto macrobiotique tendance hard.

Gaël fit le tour de la pièce et chercha une réponse dans le tintement de son carillon balinais dont il avait choisi avec soin l'accord (la -ré -fa-do) pour qu'il soit en parfaite harmonie avec son *ch'i*.

– Qu'est-ce qu'il va penser de moi, maintenant ? demanda Gaël à son bol. Il faut toujours que je fasse les choses de travers. Je finirai seul. Même Tipi et Hedren finiront par me laisser tomber.

Malgré ces suppliques incessantes aux divinités indiennes les plus obscures, aux rites sacrés des Navajos, aux pratiques européanisées du vaudou et aux dernières trouvailles new-age pêchées au large de Big Sur, Gaël n'avait jamais réussi à rendre zen cette partie de lui-même qui à elle seule aurait probablement fait tripler le chiffre d'affaires des exportations de l'industrie pornographique de la Côte Ouest.

Chez Arnaud, ce manque de self-control l'avait forcé à passer le plus gros de la soirée à grelotter sur une terrasse sinistre, sous un ciel sans même une étoile vers laquelle se tourner. À peine Arnaud l'avait-il pris par l'épaule afin de le présenter à ces amis que ce contact charnel inespéré avait fait enfler son engin, aussi visible que le nez au milieu de la figure, mais nettement plus remarqué dans une assemblée composée à cent pour cent de connaisseurs. Dieu merci, Arnaud ne s'en était pas aperçu, mais trois de ses amis s'étaient donné un malin plaisir à le faire rougir. Brice, à la tête de ces trois garces, savait tout autant identifier à l'œil nu le contenu d'un pantalon que le nom de son créateur.

Bien qu'ayant longtemps été adepte de religions classant XXX la sexualité, à force d'amour universel, Gaël était parvenu à se débarrasser de la notion de péché. En femme moderne lectrice de *Elle* et de *Cosmo*, la Nature, qui était une mère moins indigne mais beaucoup plus salope que la vôtre, s'acharnait à vous transformer en boule de névroses. Privant d'un phallus aux normes lacaniennes certains de ses enfants chéris, elle le greffait perfidement sur ceux qui se seraient satisfaits d'une bite toute simple. Pour Gaël, ce morceau de chair flasque était tout aussi handicapant que chez un artiste transformiste qui prépare son entrée en scène. Souvent, il rêvait de lui infliger les contraintes raffinées que des horticulteurs japonais pervers avaient pratiqués sur les trois bonsaïs disposés dans son salon. Il regardait alors ses arbres nains avec un sentiment de tristesse et d'envie qui lui faisait venir les larmes aux yeux. Généralement, ces scènes touchantes avaient lieu aux lendemains de ces soirs rares mais mémorables où en proie à un besoin irrépressible de communication avec ces semblables, il s'était traîné dans le Marais.

Dans la grisaille du petit matin, assis en tailleur au milieu du salon, il se rendait soudain compte que le grand regard lumineux du garçon qu'il avait invité à venir boire une tasse de thé vert, contemplait des paysages beaucoup moins cosmiques que les siens. Alors qu'il aurait pu voir toute l'année se prosterner devant lui une foule toute aussi dévote et fervente que celle qui emprunte le chemin de la Grotte un week-end du 15 août à Lourdes, pour Gaël, son cierge était une épreuve qu'un dieu particulièrement mauvais lui avait envoyée.

Malgré l'avalanche d'opportunités vantées par les multiples bars du Marais, la sexualité tantrique dont rêvait Gaël n'était jamais au programme des réjouissances. Il avait fini par se sentir un étranger dans ce milieu gay auquel il était censé appartenir. Assis aux comptoirs des bars, Gaël ne pouvait s'empêcher de prêcher devant un public d'incrédules que cette focalisation sur un seul et unique point du corps était une aberration aux regards du nombre de nos zones érogènes. Le monde gay lui riait toujours au nez, comme cette fois où après avoir échoué dans un sexclub il avait voulu parler shiatsu à un garçon dont le corps harnaché et piercé offrait autant de prises qu'un parcours de varappe pour débutants.

Finalement, reclus dans son appartement, un verre de jus de radis noir à la main, bercé par les ondes apaisantes prodiguées par la voix de Sheila Chandra, il avait décidé de prendre systématiquement le contre-pied de toute cette culture, allant même jusqu'à nier son confort en refusant catégoriquement de porter des slips kangourou – Calvin Klein ou pas.

– Qu'est-ce que c'est que tout ça ? s'interrogea Françoise.

Elle était assise en tailleur au milieu de sa chambre devant une valise ouverte, remplie de tout un fatras qu'elle avait oublié. Une poupée, des photos, des livres du Club des Cinq, des cahiers. Devant elle, le soleil qui dansait entre les branches du cèdre dessinait des ombres sur le parquet blond.

Mon Dieu. Le journal qu'elle tenait assidûment à l'époque de ses dix-sept ans, où elle avait consigné à l'encre violette d'un stylo-plume Stypen qui devait encore être dans la trousse ses rêves et des poèmes dont elle rougirait sans doute en les relisant aujourd'hui. Pas tant que ça, finalement, songea-t-elle en feuilletant les pages jaunies et un peu humides. Son idéalisme têtu d'adolescente en rébellion contre un milieu qu'elle jugeait rigide ne l'avait pas abandonnée. Vingt ans plus tard, elle se dressait toujours avec la même véhémence pour défendre les causes perdues. À ceci près qu'elle ne voulait plus mener ses combats seule – et si cette autre femme qu'elle avait décrit dans ses romans sans jamais la trouver pouvait être à ses côtés, qui sait, peut-être qu'elle n'aurait même plus envie de les mener.

Sophie.

Mais pourquoi elle ne s'en était pas rendue compte plus tôt ? Sophie qui l'avait accompagnée dans l'aventure périlleuse de L'Autre Désir, qui, le jour où elles s'étaient rencontrées, était restée, pleine d'admiration, à l'écouter parler. Sophie qui lui avait confié qu'elle avait dévoré tous ses romans, la fièvre au corps. Sophie qui était toujours là, qui tenait la boutique en son absence pendant ce week-end prolongé. Cette façon qu'elle avait de la regarder. Pourquoi ne s'étaient-elles jamais rien dit pendant ces trois ans ?

Son cahier serré contre sa poitrine, Françoise avait fermé les yeux. Quand elle les rouvrit, le soleil avait glissé un peu plus loin sur le plancher.

Elle décida de faire son sac. Une heure plus tard, elle était en route vers Paris.

38

La Luis la Bonita

Si les souvenirs d'enfance de Françoise avaient été un livre, cela aurait pu être *Les Thibault* ou quelque autre saga familiale, avec un arbre généalogique dont les branches innombrables étaient peuplées de nichées d'oisillons. Il n'en était pas de même pour Luis. En rencontrant Julian, il avait trouvé quelqu'un dont la vie avait été presque aussi malheureuse que la sienne. Pour l'un comme pour l'autre, c'était plutôt *Sans Famille* ou *Pauvre Blaise*. Les sapins de Noël comme celui qu'il n'avait pas eu le courage de défaire et de ranger, il n'en avait pas beaucoup vu quand il était gosse. Abandonné par sa mère, il avait surtout connu les foyers de la Ddass, des familles d'accueil qui le renvoyaient promptement à l'administration tellement il était intenable, un vague apprentissage chez un boulanger de Metz, puis, à seize ans, Luis était déjà devenu une fille à soldats accomplie qui traînait autour des casernes et des chiottes de la gare pour soulager les bidasses tout en cherchant la romance. C'était de cette époque qu'il gardait cette allure qui faisait que tant de mecs lui couraient après, et les idéaux bon marché qui les faisaient déguerpir tout aussitôt.

À Paris, la vie qu'il avait menée avec Julian, bien qu'un peu sur le mode *Les Deux Orphelines*, lui avait donné l'impression d'être arrivé quelque part. Il avait suivi Julian dans toutes ses entreprises. Il avait fait de la photo quand Julian avait posé et des saisons à Saint-Trop' et Ibiza quand il s'y était mis. À présent, Julian était loin, de l'autre côté de l'Atlantique, et en retrouvant son père, il avait abandonné son sœur. Et Luis, qui pouvait se donner un peu de mal pour peu qu'on lui en donne l'idée, avait donc décidé de retrouver ses parents.

Ne sachant pas très bien comment s'y prendre, il avait demandé conseil à Nicolas, qui avait accueilli cette nouvelle lubie avec une certaine mansuétude : après Dalida, la chambre aux Barbie et les trips costumés préludes à des soirées qui n'avaient rien à envier aux Deschiens, Nicolas était blindé.

La dame de la Ddass avait été très gentille. Comme il ne pouvait pas se déplacer à Metz dans l'immédiat, elle lui avait demandé d'envoyer une photocopie de sa carte d'identité afin de procéder aux recherches. Évidemment, cela prendrait peut-être du temps.

Mais Luis s'était senti réconforté. Lui aussi allait pouvoir dire aux gens qu'il avait un père et une mère. Peut-être ne tenaient-ils pas un hôtel à Key West, mais ce serait sûrement très intéressant aussi.

La neige avait fondu fin janvier sous un soleil éclatant. Puis, avec février, il en était retombé encore plus. Christian regarda mornement les flocons qui s'amoncelaient aux coins des vitres et baignaient la chambre d'une lumière blafarde. Il baissa les yeux vers l'écuelle en grès remplie de l'inévitable bouillie visqueuse où surnageaient des grumeaux et en reprit une cuillerée. Cela faisait un mois et demi qu'il était en pyjama dans cette chambre déprimante, prisonnier d'un malade mental incohérent qui lui faisait manger trois fois par jour la seule et unique chose qu'il semblait capable de préparer : la soupe de lupins qu'il voyait arriver à heures fixes.

Et il n'y avait vraiment personne dans ce coin. Mais pourquoi, pourquoi avait-il cherché un raccourci en pleine nuit dans la montagne ? Pendant un moment, il avait tenté de raisonner : à Paris, les gens devaient se poser des questions. La police avait été alertée, c'était évident. Et puis des randonneurs avaient pu retrouver la voiture, sans compter que l'agence de location avait dû signaler sa disparition.

Malheureusement, ces vagues espoirs avaient été anéantis quand Raymond était entré en trombe un jour et avait triomphalement posé sur la table de chevet un transistor vert pâle qui devait remonter à l'après-guerre.

– … disparu trop tôt et sans aucun doute très regretté, grésillait une voix féminine qu'il lui avait vaguement semblé reconnaître.

– Merci, avait répondu une voix d'homme. C'était Françoise Puech, directrice des éditions L'Autre Désir et incidemment élue Lesbienne de l'Année, que nous interviewions à propos de l'écrivain Christian Michaud qui, nous vous le rappelons, a disparu depuis huit semaines. Faute de piste fiable, les enquêteurs ont en effet abandonné les recherches.

– Vous êtes drôlement célèbre, maintenant, avait dit Raymond en tournant le bouton de l'appareil.

– Ça me fait une belle jambe, avait grommelé Christian.

– Oh, vous êtes jamais content. On s'amuse bien ici, tous les deux, non ?

Pour les amusements, Christian avait été servi. Il devait visionner tous les soirs plusieurs fois de suite des vidéos imbéciles dont Raymond lui disait les dialogues qu'il connaissait par cœur, avant de lui resservir la scène en jouant tous les personnages, quand il n'exigeait pas que Christian en apprenne les répliques. Désormais, Christian, qui aurait pu réciter des pans entiers de *Meurtre au*

Soleil, se demandait chaque jour quelles nouvelles lubies allait échafauder ce dément infantile et le moindre bruit de pas dans l'escalier lui faisait battre le cœur de terreur. Comme maintenant.

– Aujourd'hui, on va jouer à un nouveau jeu, annonça Raymond en ouvrant la porte, un ballot sous le bras.

Qu'est-ce que cette folle a encore inventé ? se demanda Christian, qui craignait le pire. La dernière fois que l'autre était arrivé pour lui annoncer, l'air illuminé, qu'ils allaient jouer à un jeu, il avait passé une semaine au fond d'un puits creusé dans la cave de la maison, contraint de manger l'abominable soupe que Raymond lui faisait descendre dans un seau en plastique orange au bout d'une corde, « pour faire comme dans *Le Silence des agneaux* ». Oh, non, geignit-il en voyant Raymond déplier une robe ridicule et brandir une espèce de perruque en chanvre. Pas ça !

– Elle est belle, non ? Je l'ai faite cette nuit. Mettez-la.

Et c'est ainsi que Christian passa la journée avec une robe qui le faisait ressembler à une Alice au Pays des Merveilles réduite à la mendicité, affublé d'une perruque dont les fibres collées les unes aux autres par une couche de peinture jaune d'or lui avaient donné une allergie. Il goûta à des écuelles de bouillie, essaya des chaises, puis des lits, tandis que Raymond le suivait en bondissant comme un ours, battant des mains et riant aux éclats. À peine s'allongeait-il dans le lit en ânonnant : « Oh, celui-là est juste comme il faut, ni trop dur, ni trop mou » que Raymond lui disait : « Encore ! »

– Écoutez, fit Christian en arrachant la perruque. Ça fait quarante-deux fois que je gambade comme un imbécile en débitant des âneries. J'en ai assez.

– Et mettez mieux le ton. Vous voulez que je vous repasse le dessin animé ? dit Raymond.

– Non ! Ce que je veux, c'est sortir d'ici !

– Sûrement pas. On recommencera jusqu'à ce que ce soit parfait, comme dans le dessin animé. Et sinon, je vous remets dans le puits.

Renonçant à contrarier cet esprit dérangé, Christian redescendit l'escalier, suivi de Raymond, et recommença à goûter pour la quarante-troisième fois la bouillie de lupins en minaudant :

– Oh, elle est trop chaude…

– Mettez mieux la perruque, ça fait pas assez Boucles d'Or.

– Monsieur Peyrelevade est en rendez-vous, dit la secrétaire. Pourriez-vous laisser votre numéro afin qu'il vous rappelle ?

Olivier raccrocha après avoir redonné de bonne grâce son numéro pour la troisième fois de la journée. Bien entendu, on ne le rappellerait pas plus cette fois que les autres. La secrétaire était aimable : cela ne servait pas à grand-chose de passer ses nerfs sur elle, elle n'y pouvait rien.

Cela faisait une semaine qu'il essayait de joindre Claude Peyrelevade. Il avait rappelé le jour qu'il lui avait demandé et avait appris que monsieur Peyrelevade était en Italie pour trois jours. Depuis, il avait eu droit à tout le répertoire : « Monsieur Peyrelevade était sorti, en conférence, pas encore arrivé, en réunion… »

– Laisse tomber, dit FX en le retrouvant le soir chez lui. Apparemment, il est très vexé que tu n'aies pas voulu coucher avec lui.

– Parce que tu savais qu'il réagirait comme ça ?

– C'est-à-dire qu'il a cette réputation.

– Merci ! Tu m'as envoyé le subir pendant une heure rien que pour flatter ton ego ! Si tu veux, je peux me forcer, dit Olivier qui était en un sens soulagé de ne pas avoir à supporter Claude pendant trois mois.

– Mais non, je pensais qu'il ferait une exception pour moi, dit FX en l'attirant à lui et en déboutonnant sa chemise.

– Tu m'as déjà fait le coup du câlin l'autre fois et j'attends toujours mon stage, se débattit mollement Olivier.

Cela faisait maintenant deux semaines que David et Nicolas avaient officialisé pour eux-mêmes une situation qui durait depuis le jour où Nicolas avait rencontré Luis. Nicolas s'en accommodait bien, somme toute. Il pouvait à présent aller et venir à sa guise sans subir les regards de reproche muets de David.

De son côté, David voyait régulièrement Philippe. Ni l'un ni l'autre ne se parlaient de leurs liaisons respectives. Nicolas ne disait rien, car pour lui, agir sournoisement ajoutait un certain piment à tout ce qu'il faisait. David se taisait, mais c'était tout simplement par pudeur. En outre, il n'était pas assez cruel pour vouloir rendre sous son nez la monnaie de sa pièce à Nicolas. Ils étaient simplement convenus de se prévenir de leurs absences. David attendait que Nicolas décide d'aller voir Luis pour retrouver Philippe.

Luis était ravi de voir Nicolas passer enfin des nuits entières chez lui. Bien sûr, sa tendance à dresser des tables pour des romances de fortune et à apporter certains soirs des plats confectionnés avec l'amour obséquieux d'une ménagère était un peu difficile à supporter, mais le sexe était bon et faisait oublier à Nicolas qu'il voyait parfois Luis avec un tablier virtuel autour des reins et une charlotte et des bigoudis invisibles sur la tête.

– Pourquoi vous parlez jamais de Lara Fabian dans *One* ? demanda-t-il un soir en feuilletant le dernier numéro, fier de lire les œuvres de son homme.

– Oh, mais occupe-toi de ton cul ! dit Nicolas.

– Occupe-t'en, dit Luis. C'est un peu le tien aussi.

En voyant briller dans son regard une lueur de gourmandise, Nicolas entrevit des abîmes vertigineux, à peu près aussi effrayants que ceux qui s'étaient ouverts devant lui lorsque Luis lui avait raconté le jour où un soldat en permission rencontré dans les chiottes d'une gare « avait fait la fête à son cul » – cette fois-là, Nicolas avait eu la vision de lampions multicolores et de pêche miraculeuse au son des flonflons d'une kermesse dérisoire.

Avec Philippe, le sexe était agréable, calme, tendre, mais ce que David préférait, c'était dormir dans ses bras, fermer les yeux, le visage au creux de sa poitrine lisse, ou sentir la bouche de Philippe jouer avec le duvet blond qui couvrait la sienne. Philippe, qui avait toujours rêvé de se blottir dans les bras d'un homme avec qui il se serait senti tout petit, prenait goût à ce rôle de grand frère, alors qu'il avait deux ans de moins que David. En les voyant un dimanche matin alors qu'elle leur apportait le petit-déjeuner, Sophie avait dit :

– Oh, vous êtes tellement mignons tous les deux. On dirait un chiot qui dort entre les pattes d'un tigre.

Et elle s'était assise sur le bord du futon pour boire du thé avec eux. David qui n'avait jamais rien vu d'autre en guise de lesbienne qu'une Carla surexcitée ou au bord du coma, ou l'image habituelle de la femme acariâtre habillée en routier du Middle-West, avait tout de suite sympathisé avec elle. Pour sa part, Sophie était contente de voir Philippe moins tourmenté et elle était heureuse de rencontrer un pédé qui, lorsqu'il enfilait des rangers, une chemise de bûcheron et un gros pull, avait réellement l'intention d'aller arpenter le GR11 de Fontainebleau.

Sophie avait aussi d'autres raisons d'être d'humeur allègre. Quand Françoise était revenue de son week-end, au début du mois, l'air encore plus troublé qu'à l'accoutumée, elle s'était demandé ce qui s'était passé. Françoise avait commencé à parler d'entreprendre un travail sur elle-même pour remettre en question ses « choix de vie » : quand elle commençait à devenir verbeuse, c'est qu'il y avait vraiment un problème.

– Et en clair, ça veut dire quoi ? avait demandé Sophie.

– Je suis malheureuse ! avait commencé à beugler Françoise avant de s'effondrer dans ses bras en sanglotant.

Sophie avait mentalement noté que le jour où elle aurait de l'argent, elle éviterait de prendre des week-ends prolongés à la campagne si c'était tout l'effet que cela produisait sur les gens.

– Pourquoi ? Tu as une maison d'édition, tu écris des livres qui marchent, tu…

– Je m'en fous !

– Mais pourquoi ?

– Parce que je suis toute seule.

– Mais non, tu n'es pas toute seule. Regarde, je suis là.

– C'est pas pareil.

Sophie avait attendu juste un petit instant, puis elle s'était entendue répondre quelque chose qui lui aurait paru impensable jusqu'alors.

– Ça pourrait être pareil.

Françoise s'était reculée et l'avait regardée avec de grands yeux ronds.

– Tu veux dire… ?

Plutôt que de répondre, Sophie avait hoché la tête et l'avait embrassée très doucement.

– Mais pourquoi tu ne m'as jamais rien dit ? avait-elle enfin demandé au milieu de la nuit en traçant du bout de l'index une spirale sur le ventre soyeux de Françoise.

– Pourquoi tu ne m'as jamais rien dit non plus, toi ?

– Oh, ce que tu peux être conne, dit Carla le lendemain. Ça se voyait gros comme ça depuis le début.

– Tu savais qu'elle était amoureuse de moi ? Pourquoi tu ne m'en as jamais parlé ?

– Oh, moi, les histoires d'amoureuses, ça m'intéresse pas. Moi, les meufs, je vais les lever dans les bars, je les tire et je les jette, dit Carla qui expérimentait un nouveau genre.

Elle les *tire* ? avait pensé Sophie.

Depuis longtemps, Carla débarquait dans les bars de filles en grosses baskets, jean baggy, casquette de baseball sur le crâne et fausse moustache dessinée au crayon à sourcils et allait s'appuyer au mur en fumant sa clope comme un bidasse qui attend son train. Récemment, elle avait entrepris de se comprimer les seins sous son t-shirt avec une bande Velpeau en disant que c'était un travail de subversion des genres. « Ça fait petit mec », disait-elle.

Mais à quoi ça sert d'être lesbienne si c'est pour faire *petit mec* ? avait pensé Sophie.

– Elle fait exactement ce contre quoi on a toujours lutté, s'était exclamée Françoise : les talons aiguilles, les femmes-girafes, le pied de lotus des Chinoises.

– C'est parce qu'elle a vu à la télé cette fille de San Francisco qui s'est fait enlever les seins et greffer un machin, avait expliqué Sophie, que son tempérament généreux et maternel amenait à excuser bien des choses.

Luis s'était réveillé plus tôt que d'habitude et avec un entrain qu'il n'avait plus depuis de longues semaines. La veille, il avait trouvé en rentrant du Dix un message sur son répondeur. C'était la dame de la Ddass de Metz qui lui annonçait qu'elle n'était pas tout à fait arrivée au bout de ses recherches. Il n'avait pas très bien compris à quoi tenaient ses difficultés, mais elle lui promettait de lui envoyer des documents dès que possible par courrier.

Luis avait réécouté le message plusieurs fois pour être bien sûr de la bonne nouvelle. Il s'était longuement demandé avant de s'endormir comment il allait bien pouvoir se débrouiller de son côté pour faire avancer les recherches, puis il avait eu une idée géniale et s'était endormi le sourire aux lèvres, impatient d'être au lendemain pour mener à bien une démarche d'une simplicité biblique.

À présent, son café bu et armé de la détermination des justes, Luis alla au bureau de poste consulter les Pages Blanches de Meurthe-et-Moselle qu'il se mit à feuilleter fiévreusement. La dame de la Ddass lui avait dit qu'il était né là-bas. Avec un peu de chance, sa mère devait y vivre encore. Ce n'était pas compliqué de retrouver ses parents, quand on avait un peu de jugeote et un annuaire. C'est vrai, il ne devait pas y en avoir des tonnes, des dames qui s'appelaient comme ça. Ce n'était pas un nom très répandu. Tiens, la preuve : il n'y en avait qu'une.

39

Les vides de Mars

Christian était assis sur la petite chaise paillée devant la fenêtre. Il pleuvait. Au début de la semaine, il avait espéré qu'avec la fonte des neiges, on aurait retrouvé sa voiture.

– J'ai bien vu ce que vous pensez, lui avait dit Raymond. Comptez pas là-dessus non plus. Votre voiture, je l'ai démontée, j'ai martelé les numéros et j'ai enterré tous les débris au fond du bois. De toute façon elle était aussi moche que vos fringues. J'ai gardé que le châssis et le moteur et personne risque de les trouver non plus, ils sont à la cave. Comme ça, je vais bricoler avec.

Et depuis, à intervalles réguliers, Christian entendait monter jusqu'à sa chambre le ronronnement du moteur, suivi de coups de marteau, de rugissements de tronçonneuse et de bruits de scie. Mais qu'est-ce que cet attardé était allé chercher cette fois ? Il allait lui donner le rôle du Chat Botté à roulettes ? Improbable. Jusqu'à présent, toutes les histoires qu'il lui faisait jouer mettaient inévitablement en scène la redoutable soupe de lupins sur laquelle il faisait clairement une fixation. Christian s'était même retrouvé travesti en brune paralytique (toujours avec la même perruque repeinte) clouée dans un fauteuil, obligé de pousser des hurlements (« Plus aigu, on n'y croit pas ».) chaque fois que Raymond, habillé en petite fille, grotesque avec ses cent dix kilos et sa perruque blonde, soulevait la cloche sous laquelle attendait la bouillie avec un hibou mort (« J'ai pas trouvé l'oiseau comme dans le film, mais c'est pas grave »). À moins qu'il ait eu une nouvelle idée introduisant un nouvel accessoire.

Le ronronnement du moteur semblait bien faible cette fois. Et puis Raymond lui avait dit avant de l'enfermer à double tour qu'il allait couper du bois. La tronçonneuse, alors ? Non, ce n'était pas le même bruit. Christian se redressa. C'était une voiture. Une voiture qui montait la route. Si seulement elle pouvait arriver jusqu'à la maison. Il pourrait crier, casser la vitre, faire du bruit.

Il entendit des pas précipités monter l'escalier. Une seconde plus tard, Raymond entra dans la pièce comme une furie, l'empoigna à bras le corps, lui enfonça un torchon dans la bouche et le coucha sur son lit où il l'attacha avec des cordes.

– On va rester bien sage. C'est la dame de la maison d'à côté. Et j'ai pas envie de perdre ma plus belle actrice, dit Raymond en vérifiant les nœuds. Je reviendrai tout à l'heure avec la bonne soupe aux lupins et vous la mangerez sans faire de bruit, sinon je vous assomme. D'accord ?

Christian hocha la tête en poussant un grognement.

Une fois Raymond parti, Christian comprit que sa situation était désespérée. Il allait finir ses jours dans le rôle du compagnon de jeu d'un dangereux débile mental. Dehors, des portières claquèrent. Il entendit Raymond qui saluait quelqu'un, une voix de femme qui répondait, puis une autre qui s'exclamait :

– Oh, mais c'est tellement joli.

Une porte s'ouvrit dans la maison voisine, se referma, puis ce fut le silence.

– Pourquoi tu fais la tête ? demanda Nicolas en arrivant chez Luis avec des croissants.

Il regretta immédiatement sa question. La dernière fois qu'il en avait posé une du même genre à Luis, celui-ci avait répondu avec un air humide : « Parce que j'ai pas eu ma dose. » Mais cette fois, c'était autre chose.

– J'ai eu une réponse de la Ddass. Ils ont dit que j'étais né de père inconnu dans un hôpital de Paris, mais ils m'ont donné le nom de ma mère. Alors j'ai cherché dans l'annuaire et je l'ai appelée, mais elle m'a raccroché au nez.

– Pourquoi ? demanda Nicolas en songeant que la mère putative aurait peut-être éprouvé un choc en voyant débarquer chez elle un fils prodigue, certes, mais plus prodigue en tatouages et piercings que prodigue tout court.

– Je sais pas. Si ça se trouve, peut-être que je suis pas le seul gosse qu'elle a eu et qu'elle veut plus en entendre parler, parce qu'elle m'a dit qu'on lui faisait cette blague-là depuis des années et qu'elle en avait marre.

– Mais tu lui as dit quoi ? demanda Nicolas qui n'y comprenait plus rien.

– J'ai été vachement poli, je lui ai expliqué que j'avais retrouvé son nom dans l'annuaire et tout...

– Et elle s'appelle comment ?

– Madame Souzix.

– C'est encore plus beau en été, répondit Françoise. C'est dommage qu'il y ait encore des travaux à faire.

– Oh, à deux, on pourra s'en sortir, dit Sophie. Et puis, c'est très vivable. Mais pourquoi tu ne m'as jamais parlé de cet endroit ? C'est magnifique. Et immense !

– C'est une vieille maison de famille. C'était là que nous venions passer les vacances quand j'étais petite. Je n'en ai jamais parlé à personne, parce que j'ai toujours considéré que c'était un peu mon jardin secret, une sorte de retraite où je pouvais venir sans que personne ne sache où j'allais, pour décompresser. Et puis je me disais que j'attendrais de rencontrer quelqu'un que j'aimerais assez pour l'amener ici. Alors voilà : je te présente ma maison.

– Je pourrais y passer toute ma vie, dit Sophie en se jetant dans ses bras et en l'embrassant. Qu'est-ce que c'est que tout ça ? demanda-t-elle en contemplant la bibliothèque.

– Oh, juste des bibles.

– Mais il y en a au moins vingt !

– Oui, je sais.

– Et pas seulement en français : en allemand, en latin…

– Nous étions une famille très pieuse, dit Françoise. Elles étaient à mon grand-père. Tu sais, les protestants…

– Et à côté, c'est à toi aussi ?

– L'autre maison ? Oui, aussi. Mais elle est occupée par un type un peu dérangé. Je la lui laisse, je n'en ai pas encore besoin. Il n'a pas de travail, il vit en vendant les confitures qu'il fabrique. Il y a plein de gens qui font ça dans la vallée, tu as vu les panneaux. Il est devenu un peu fou depuis la mort de sa mère. Et puis, comme ça, il surveille la maison, comme je n'y suis pas souvent.

– Mais ça aussi ça va changer.

– Oui. On s'y met ?

Christian entendit des portières de voiture claquer, des voix de femmes qui s'interpellaient. On transportait des objets. Du matériel, peut-être ? En tout cas, quelque chose de lourd. Et si la maison voisine avait été achetée, que des gens s'y installaient ? Tôt ou tard, il pourrait appeler à l'aide. Raymond n'allait pas éternellement le garder bâillonné et attaché sur ce lit. Le reste de la journée et le lendemain ne lui laissèrent guère de chances : Raymond lui apporta sa bouillie, lui ôta son bâillon et le fit manger, un coupe-chou à la main.

– Si vous dites un mot plus haut que l'autre, je vous égorge, dit-il en lui enfournant férocement une cuillerée de bouillie dans la bouche.

Puis il le laissa à nouveau seul, bâillonné, volets clos, à écouter, impuissant, les coups de marteau, les rires et le ronronnement d'un aspirateur industriel à côté.

À la fin du week-end, la camionnette repartit et le silence retomba.

– Tu te rends compte ? dit Nicolas atterré à FX le lendemain. La Ddass l'appelle pour lui dire que sa mère va être difficile à retrouver parce que tout ce qu'ils ont sur le dossier en guise de nom, c'est « sous X » et cette andouille cherche une madame Souzix dans l'annuaire.

– Non ? dit FX.

– Et le pire, c'est qu'il en a trouvé une et qu'il l'a appelée.

– Ils sont bien, les gens que tu fréquentes. Un qui couche avec son père et l'autre qui est complètement abruti.

40

Massage subliminal

– Alors, tu es allée faire la gouine bricoleuse et visser des portes avec l'ongle du pouce en guise de tournevis ? demanda Philippe à Sophie le lundi après-midi suivant.

– Tu es bien content que je sache me servir d'une perceuse quand tu veux que je t'accroche tes trucs, dit Sophie. (Elle avait particulièrement bonne mine. Cinq jours dans les Cévennes l'avaient transfigurée.) C'est une baraque formidable, raconta-t-elle. Tu adorerais. Si, je t'assure. Et David aussi, lui qui rêve d'une maison dans la nature. On ne la voit pas de la route et après le dernier tournant, tout d'un coup, tu vois apparaître une immense bastide en pleine montagne avec une tour au coin. Le type qui habite à côté est un peu timbré, il pousse des cris tout seul, mais quand on s'y installera pour de bon, Françoise reprendra la maison qu'elle lui prête, puisqu'on n'aura plus besoin de lui. On va transformer la cour intérieure en patio quand on aura de l'argent. Et tu te rends compte : il y a quinze pièces !

– Ce n'est pas un petit peu grand pour deux ?

– Qu'est-ce qui te fait croire qu'on ne sera que nous deux ? demanda Sophie en souriant.

– Vous allez fonder un orphelinat alternatif ?

– Non, mais on a notre petite idée.

Françoise avait décidé d'abandonner l'Éducation nationale à la fin de l'année scolaire pour se consacrer entièrement à L'Autre Désir. Et elle envisageait déjà de déménager ses petits bureaux au Pratou.

– De quoi on a besoin à part de nos ordinateurs et d'un modem ? avait-elle dit. Il y a d'excellents imprimeurs dans la région et ça changera des maisons d'édition qui sont toujours à Paris. Et du soleil presque toute l'année, ça ne peut que faire du bien à la littérature de femmes.

« Et puis il y a un terrain immense tout autour de la maison. La moitié de la vallée. On pourra réaménager le potager, le verger, élever des animaux.

– Tu es sûre que vous aurez le temps de tout faire ? Et qu'est-ce que vous allez faire de Carla et Christelle ?

Sophie lui expliqua que Françoise en avait par-dessus la tête de Christelle et que Carla était trop occupée à ses nouvelles expérimentations sexuelles pour écrire quoi que ce soit.

– Du *fist lesbien* ? demanda Philippe, médusé, quand elle eut terminé.

– Oui. Elle a décidé de fonder un groupe de recherche sur les sexualités alternatives et elle dit qu'il n'y a pas de raison que le fist soit réservé aux hommes.

– Et elle trouve des volontaires ?

– Pour l'instant, elle va dans les bars de mecs pour s'entraîner. Tu sais, avec sa casquette, quand elle joue les petits durs, elle est plus crédible que pas mal d'entre vous.

– Et moi, qu'est-ce que je vais devenir, quand vous serez installées là-bas ?

– Tu as à t'occuper de ton bébé David, maintenant, non ? dit Sophie.

Le mercredi, Nicolas était allé dîner dans un restaurant indien du côté de La Fourche. Après quoi, FX l'avait déposé sur le boulevard et en descendant la rue, Nicolas avait levé les yeux vers l'appartement. Toutes les lumières étaient éteintes. Son ex-mari était vraiment un bonnet de nuit de la plus belle espèce, mais cela aurait l'avantage de lui permettre de prendre le CD qu'il avait oublié sans avoir à fournir d'explications. Malgré une rupture officielle et consommée, Nicolas ne pouvait s'empêcher de mentir à David au sujet de ses absences répétées le soir. D'ailleurs, il ne voyait vraiment pas pourquoi il aurait dû lui dire où il allait et avec qui il couchait : c'était quand même David qui avait eu l'idée de cette séparation.

Seul, loin de la corrida permanente qu'était la vie chez Luis et sans la présence sclérosante de David à ses côtés, Nicolas aimait désormais rester ainsi étendu dans le silence du salon. Désormais, il trouvait même un certain charme à cet éclairage tamisé qui semblait polir meubles et choses et les changer en ombres fluides dans lesquelles il faisait bon se fondre. Pour la première fois de sa vie, sans doute, Nicolas se sentait en osmose avec le lieu et les objets qui l'entouraient. Attiré par le canapé vide, il s'y laissa glisser en douceur tout en caressant du plat de la main le velours légèrement râpé de l'accoudoir. Une fois allongé, son regard attiré par les faibles taches de lumière projetées au plafond s'amusa à en suivre les contours. Il aimait ce silence, aussi, même si de loin en loin parvenait le bruit d'un klaxon de bus ramenant à la raison des touristes égarés dans l'un des cabarets érotiques du boulevard. Nicolas se remémora alors ces soirs d'août où étalé dans l'herbe, après une course solitaire en vélo, il attendait l'hypothétique étoile filante qui, en traversant la Voie Lactée, lui permettrait de faire un vœu. À Paris, il n'avait jamais retrouvé cette obscurité parfaite, et le constant ronronnement de climatiseur qu'exhalait la ville lui avait fait oublier la perfection du silence de ces nuits-là. Un soir il irait remercier l'étoile en s'allongeant dans l'herbe avec un mec qu'il aimerait. Mais pas Luis. Il était vraiment trop bête pour pouvoir partager avec lui ce genre de moments.

Nicolas balaya la pièce du regard et se rendit soudain compte que les vêtements impeccablement pliés de David n'étaient pas à leur place habituelle. Monsieur mon ex aurait-il enfin décidé de bousculer un peu ses habitudes de vieux garçon ? songea-t-il moqueur. Finalement, il se redressa. Il était repassé pour chercher des fringues et un disque, pas pour rêvasser sur un canapé. En traversant le couloir, il remarqua que la porte de la chambre de David était restée ouverte. Voyant le lit vide, Nicolas se mit à inspecter l'appartement en allumant au passage toutes les lumières. Non seulement il était désert, mais David n'y était visiblement pas repassé après son travail. Sur le lit, il ne trouva qu'un t-shirt en lycra rouge avec POLO SPORT en lettres blanches qui n'appartenait pas à son ex-mari. Il eut soudain l'impression d'être une de ces femmes mal mariées des disques de Luis, qui découvrent des mots oubliés dans une poche de pantalon ou sentent un parfum féminin inconnu sur la veste de leur époux. Après l'avoir déplié et tenté d'en deviner la provenance, il se laissa tomber sur le lit. Pourquoi David lui faisait-il subir cela ? Pourquoi ne lui avait-il rien dit ? Repensant à ses propres mensonges et omissions, il comprit que David avait sûrement rencontré quelqu'un. Le salaud, lâcha-t-il tout haut comme une épouse abusée. Bien sûr, il l'avait trompé avec Luis, mais cette histoire n'avait jamais prêté à conséquence, tout le monde le savait. En revanche, si David avait rencontré un autre mec, cela correspondait sûrement à un choix réfléchi, un engagement sincère, pas à un coup de tête, une bluette d'adolescent.

Nicolas sentit s'abattre sur lui un sentiment d'intense solitude. Comment David avait-il pu le trahir à ce point ?

se demanda-t-il. Il tombait des nues. Comme si David avait été incapable de rencontrer quelqu'un d'autre, comme s'il avait pu croire sérieusement que David attendrait sagement en se morfondant dans son coin et l'accueillerait les bras ouverts quand il reviendrait, une fois lassé de ses aventures.

– C'est presque parfait, dit Claude en changeant les éclairages pour la forme. Je vais remettre un petit peu de graisse pour la lumière.

Ce mercredi soir, il avait décidé de faire poser Richard nu sur un socle en bois, les bras levés en arc-de-cercle comme s'il portait une sphère.

Mon Dieu, comme ce garçon est beau, songea-t-il en plongeant la main jusqu'au fond du pot. C'était le grand moment de la séance de pose, quand il lui passait généreusement de la graisse à traire sur tout le corps, même aux endroits que l'on ne voyait pas sur les photos. Richard se laissait faire docilement. Oui, c'est ça, comme un cheval qu'on étrille, pensa distraitement Claude en étalant avec largesse sur ses épaules la graisse à traire qui avait une texture gluante et compacte. Je suis comme un boulanger les mains plongées dans une pâte ferme, continuait rêveusement Claude en pétrissant avec énergie et application les pectoraux du jardinier. Et puis les fesses, aussi, on aurait dit des brioches blondes qui ont levé au four, encore chaudes, songeait-il en les empoignant avec vigueur. Et ça, on dirait des colonnes de marbre. Claude étalait de pleines platées de graisse sur les cuisses dures de Richard.

– Monsieur ?

Oui, oui, voilà, c'est ça : je suis une hétaïre qui passe des onguents parfumés, du nard et de la myrrhe sur le corps sculptural de son dieu d'airain, sur ses pieds carrés et inébranlables, ses mollets ronds et fermes, ses genoux – oh, les creux poplités, *les creux poplités* ! –

ces cuisses d'animal, toute cette viande, et puis ce ventre vallonné comme la plaine du Scamandre, ce ventre puissant et ces globes lourds, cette chair brûlante qui palpite et s'anime.

– Monsieur ?

– Oh, appelle-moi Claude, va. Demande ce que tu veux de moi, barbare cruel, prends ton dû, Scythe impitoyable ! dit Claude d'une voix rauque.

– … Claude ? Vous êtes sûr que c'est obligé là aussi ?

Claude cligna des yeux, leva la tête et rencontra le regard gêné de Richard qui avait les joues toutes rouges. Puis il les baissa et vit que la chose qu'il malaxait depuis cinq minutes avec l'amour et la dévotion d'une novice qui astique un battant de cloche avait triplé de volume.

– C'est pas ça, continua Richard, de plus en plus gêné. Mais si vous continuez, je vais plus pouvoir me retenir, Monsieur.

– Quand j'y repense, c'est quand même bizarre que Michaud ait disparu comme ça, dit Françoise en apportant le thé dans le salon après le dîner.

– Ça va peut-être faire vendre son livre, ça changera, dit Sophie.

– Tu parles, il pourrait clamser dix fois que je lirais pas ses saloperies, dit Victor. Ah, l'autre fois, j'étais tellement content de le voir détaler des Mots à la Bouche quand je lui ai dit ses quatre vérités.

– La gendarmerie n'a jamais retrouvé ni le corps ni la voiture, dit Françoise. Peut-être qu'il s'est enfui à l'étranger. La dernière fois qu'on l'a vu, c'était à Alès. Tu te rends compte ? C'est juste à trente kilomètres de la maison.

– Oh, non ! Ne me dis pas qu'on va retrouver son cadavre dans le Gardon en se baignant cet été, dit Sophie.

– À propos de livres, reprit Françoise. Tu sais que tu avais tort de dénigrer Fabio et de hurler qu'il vendrait l'iMac tout neuf et l'imprimante pour s'acheter de la vodka ?

– Tu as vérifié qu'ils les avait toujours ?

– Non, mais il m'a apporté les premières pages de son manuscrit. Attends, je vais te les montrer, elles sont dans mon sac, dit Françoise.

41

Noyade au bout de l'ennui

Le cocktail Xanax-whisky n'avait pas produit le résultat escompté et Nicolas s'était retrouvé sur le boulevard. Habituellement, lorsque l'appartement lui paraissait trop morne, trop bourgeois, il aimait arpenter ces longs trottoirs où l'on pouvait apparemment acheter n'importe quoi, mais surtout ce plaisir que promettaient les devantures et les néons clignotants des boîtes à strip entre Pigalle et Blanche. Dans les rues adjacentes on trouvait des bars à bouchonneuses, des filles en voiture et des traves qui tapinaient, mais surtout le Fuckorama, dont le sous-sol, où l'on projetait toutes sortes de vidéos pornos, était peuplé d'esseulés peu regardants sur l'objet pourvu qu'ils aient l'ivresse.

L'idée de s'enfermer une nouvelle fois dans cette cave humide lui donna la nausée. Évidemment, l'odeur aigre et tenace, le sol jonché de mégots, de crachats et de Kleenex usagés avaient toujours été sordides, mais d'habitude, lorsqu'il y venait, Nicolas, qui se voyait en Genet ou en Pasolini, sublimait et transcendait à coups de superlatifs ce spectacle glauque en se racontant des histoires. Non, ce soir il n'avait vraiment pas envie de faire de la littérature. Il préféra aller prendre un pot dans un bar de hasard. Mais pas l'Atlantique. Situé au coin de la rue des Martyrs, ce troquet éclairé par de cruels néons blancs était l'un de ses points de chute favoris dans ses errances. Assis près du juke-box, on était aux premières loges pour surveiller l'entrée du sauna Mykonos et la sortie des artistes de chez Madame Arthur ou Michou et observer les branchés Pigalle réunis en face à La Fourmi. Ce soir, il n'avait même pas envie de traîner parmi les touristes venus s'encanailler en famille ou les accros de toute sorte qui glissaient, hypnotisés, sur le trottoir. Pas plus que de hanter les salles de jeu et leurs gentils messieurs toujours prêts à avancer de la monnaie à une petite racaille à cours de pièces de cinq francs.

Nicolas choisit donc un café qui hésitait entre le bar américain et le rade à paumés. C'était un long couloir bordé d'un côté par le bar et de l'autre par de petites alcôves de style western. À mesure qu'on s'y enfonçait, la lumière baissait pour n'être plus qu'une vue de l'esprit au fond de la salle où avait été aménagée une minuscule piste de danse. Nicolas s'installa sur un tabouret à l'extrémité la plus sombre et commanda un nouveau whisky, Coca cette fois. La première gorgée fut gâchée par un mini-sac à main d'inspiration Chanel qui vint se poser sur le siège voisin.

– Je peux ? demanda une voix rauque agrémentée d'un accent parigot qu'il n'avait entendu que dans les nanars français des années 50. (Puis, sans attendre de réponse :) Moi, c'est Dany. Et toi, loulou ?

Dany était ce genre de femme dont on dit pudiquement qu'elles sont sans âge quand elles n'en ont plus, qui passent leur temps à recoiffer du bout de l'index une blondeur coupée court et qui raffolent des minivagues et des Régécolor. Elle portait une petite robe léopard, vraiment petite, et des bijoux dorés qui s'entrechoquaient au moindre de ses gestes – et Dieu sait qu'elle n'en était pas avare. Encore peu habitué à l'obscurité, Nicolas se demanda s'il avait vraiment affaire à une femme avant de se souvenir malgré l'alcool que les traves s'appelaient plus généralement Katia ou Claudia.

Il n'eut pas le temps de répondre que Dany était déjà repartie à l'assaut en agitant ses mains trop bronzées aux ongles rouge baiser :

– Ben ma crotte, t'en tires une tronche ! Toi, si t'en as pas gros sur la patate, je me fais ligaturer les trompes. (Elle éclata d'un rire rauque qui avait trop fumé de Gauloises longues.) Un beau gars comme toi, avec des yeux comme ça, t'as dû en faire souffrir…

– Ça va très bien je vous assure, madame, la coupa Nicolas sans grande conviction.

– Pff. À d'autres, ma crotte ! (Elle se mit de nouveau à rire à gorge déployée, et Nicolas constata qu'elle aimait vraiment l'or.) Et arrête de me donner du madame et du vous, ça me vieillit. De toute façon, ma crotte, les hommes, moi, ils peuvent rien me cacher – je peux te dire qu'ils se lèvent tous pour la Dany. Si tu savais combien de gonzes ont chialé là-dessus, dit-elle en soulevant son bonnet 90, t'en aurais le vertige. Et puis de toutes sortes, hein, des jeunes, des vieux, des ringards, des vrais princes, des baltringues et même des caïds. Ça, pour flamber, rouler et jouer les durs, ils sont fortiches, mais dès qu'une pépée leur est rentrée dans le ciboulot, c'est tout de suite les grandes eaux de Versailles. Heureusement, elle est là, la Dany. Regarde autour de toi : tout le monde cherche l'amour, dans ce claque. (Elle balaya la salle d'un geste de la main qui embrassa deux traves en pleine réunion Avon et trois bouchonneuses qui devaient surtout faire pleurer les hommes au moment de l'addition.) Faut pas te biler pour ça, ma crotte. (Elle passa la main dans les cheveux de Nicolas qui sursauta.) Ben quoi ? Entre gens du spectacle, on peut bien s'entraider, non ?

Nicolas ne voyait pas pourquoi elle avait dit ça, mais d'après les artistes présents dans la salle, il n'avait pas vraiment envie de faire partie de la revue.

– De toute façon, je préfère les mecs, lâcha Nicolas, histoire d'être tranquille une bonne fois pour toutes.

– Hé, les filles, lança-t-elle aux démonstratrices Avon, j'ai un scoop. Y a le môme qui vient de m'apprendre qu'il était de la jaquette.

Toutes les trois éclatèrent d'un rire sonore qui fit se retourner les clients à l'autre bout du bar. Nicolas, cramoisi, se commanda un nouveau whisky-Coca.

– Ben, fais pas ta sucrée, ma crotte. Paie-lui plutôt un baby, à Dany. Tu vas pas me chier une pendule parce que j'avais deviné que t'étais plutôt du genre qui ramasse les épingles.

– Si vous étiez si fine que ça, il fallait me montrer autre chose que des filles, dit Nicolas.

– Ben, t'es saoule, ma crotte ? Je te montrais la table du bout, celle où y a Rachid et ses deux potes. (Elle indiqua une table où étaient assis trois beaux mecs d'une trentaine d'années, dont le genre de profession n'était pas répertorié sur les formulaires du registre du commerce.) C'est pas des poètes, les frangins à Rachid, mais tu peux la croire, Dany Lefèvre, ceux qui leur tâtent le braquemard, ils en redemandent.

– Écoutez, ce n'est pas la peine d'insister. Je vais bien, merci.

– Moi je voulais te rendre service, ma crotte, c'est tout. Si tu veux pas goûter les pâtisseries orientales, dis-toi bien qu'y en a qu'attendront pas qu'elles sèchent.

Finalement, Richard avait bien pris les choses, se disait Claude tout en dépassant Bastille pour remonter le boulevard. On pouvait lui faire croire n'importe quoi. C'était une bonne idée, cet appareil numérique : pas besoin d'aller faire développer les photos et on les imprimait en un clin d'œil. Si les parents de Richard avaient su qu'il l'avait photographié en train de… Soulage-toi, mon garçon, nous sommes entre hommes, pas de fausse pudeur, allons. Surtout que tu as de quoi être fier. Et Richard qui faisait oui monsieur et qui s'astiquait de plus belle. C'était une excellente série. Oh, oui, tu es une beauté, mon petit Richard, mais tu n'es rien à côté de Philippe. Dans quelques années, peut-être. Avec un peu de persuasion, je ferais ce qui me plaît de toi, sûrement, mais c'est Philippe que je veux, c'est lui que j'imagine quand tu es devant moi.

Claude gara la voiture et attendit. Il y avait de la lumière au troisième. Une silhouette passa devant la fenêtre, s'immobilisa un instant et disparut précipitamment. Claude démarra et quitta rapidement sa place.

Au moment où il arrivait au métro, il vit apparaître en haut des marches l'objet de ses rêves. Philippe. Glorieux avec son jean qui moulait ses cuisses de footballeur, son blouson, sa casquette et son sourire de crétin. Claude ralentit. Philippe était arrêté sur le trottoir, tourné vers l'escalier. Brusquement, Claude vit un autre type surgir à son tour en montant les marches quatre à quatre et passer un bras autour de l'épaule de Philippe avant de s'éloigner avec lui et de l'embrasser dans le cou en marchant.

– Ha ! cracha Claude en les voyant disparaître. Parce qu'en plus, tu as un ami. Sûrement une créature dans ton genre que tu as ramassée dans un bar ou dans ces salles de musculation ridicules où vous vous pavanez les uns devant les autres. Si tu pouvais imaginer l'univers de beauté que je te ferais découvrir si tu étais à moi. Tu m'emprisonnerais entre tes cuisses d'acier comme un esclave qui ploie sous le joug et tu m'écraserais du bouclier de bronze de ta poitrine. Si seulement cet imbécile de Julian pouvait se décider à rentrer, songea-t-il en repartant sur l'avenue. Il avait appelé plusieurs fois chez Julian et avait fini par tomber sur un abruti qui savait à peine aligner deux mots. Ramassis d'incultes. Key West ! Non, mais vraiment !

Brusquement, il ralentit et s'arrêta devant un abribus désert. Il venait d'avoir une idée.

– Ah ! Philippe ! Est-ce que vous avez croisé une voiture noire en arrivant ? demanda Françoise.

– On n'a pas fait très attention, avoua Philippe.

– Mais qu'est-ce que c'est, comme modèle ? dit Victor qui adorait les voitures.

– Comment tu veux que je sache ? C'est une décapotable, c'est tout ce que je sais. Oh, ne me regarde pas comme ça ! Je n'ai pas quitté ma psy pour que tu t'y mettes aussi, maintenant ! Pourquoi, quand je la vois, il faut toujours que je sois seule ou avec une idiote bourrée comme un coing ?

La psy avait suggéré à Françoise que cette obsession de la voiture noire inconnue était – peut-être – la métaphore du désir enfoui pour Sophie qu'elle avait refoulé si longtemps en elle.

– Vous me permettez d'écrire un article là-dessus ? avait-elle demandé.

Françoise lui avait jeté un regard furibard et était partie en claquant la porte.

Finalement, Nicolas paya son baby à Dany et retourna sur le boulevard. À cette heure, il était pratiquement désert et Nicolas alla se fondre dans la chaleur moite du Fuckorama.

Avec les quarante francs du ticket d'entrée, il avait aussi droit à cinq minutes de peep-show, mais malgré l'alcool, il ne se sentit pas le courage de mater une pauvre gamine trop maquillée singer derrière une glace sans tain les gestes d'un plaisir solitaire qu'elle ne prenait jamais. Pour donner le change, il erra quelques minutes dans les rayons vidéos à regarder des jaquettes qui affichaient toute la panoplie des fantasmes, des plus classiques aux plus cinglés, et fut même surpris de découvrir que les cassettes zoophiles étaient en vente libre. Dans les haut-parleurs, Souchon racontait que nous étions des *foules sentimentales en quête d'idéal, attirés par les étoiles, les voiles*, mais il ne parvint pas à sourire de l'ironie de ces paroles, alors qu'il avait en main une pochette dont la mauvaise photo représentait sous un éclairage cru une femme obèse au centre d'un gang-bang. Cependant, Nicolas préféra attendre la fin de la chanson avant de descendre les quelques marches qui menaient au sous-sol.

L'alcool l'avait anesthésié et les films se mélangeaient, comme vus dans une bouffée d'éther. Des hétéros, des bis, des lesbiennes, des gays, des partouzeurs, des blacks, des fétichistes, des grosses et des amateurs s'affairaient spasmodiquement dans une frénésie mécanique ponctuée à intervalles réguliers d'ordres obscènes répétitifs, de râles convenus et d'éjaculations au litre noyée dans la musique de fond d'une radio spécialisée dans les gold. Dans le bruit, Nicolas reconnut les accords de *Send Me An Angel*. Bon Dieu, songea-t-il, mais pourquoi ces connards passent ce genre de vieux trucs ? Comme si atterrir là au milieu de la nuit ne vous filait pas déjà assez les boules comme ça ! Ça faisait combien de temps qu'il n'avait pas entendu cette chanson ? Dix ans ?

Il se revit à nouveau dans l'herbe des soirs d'août balayée par un vent frais, l'odeur de blé coupé aussi, ses espoirs d'alors, ses rêves d'un amour beau, pur et indestructible. Qu'est-ce qu'il avait pu l'aimer, cette chanson… Et toutes les autres. Il se rendit compte qu'il n'avait aimé que des chansons au lieu des gens avec qui il les avait entendues.

Il lui arrivait parfois de venir ici les dimanches après-midis d'ennui, mais jamais aussi tard dans la nuit. Sur les banquettes défoncées, par des portes entrouvertes, il vit des types en voie de clochardisation qui sommeillaient. Dans le couloir obscur hanté d'ombres toujours identiques où la notion du temps disparaissait, Nicolas se dit qu'il aurait pu tourner et tourner encore et ne ressortir qu'en plein jour sur le boulevard embouteillé. Peut-être devrait-il passer une fois vingt-quatre heures d'affilée dans cet endroit pour ne plus jamais être tenté d'y revenir.

... Do you believe in heaven above... ?

Les cabines ne fermaient pas, pour la plupart. Dans d'autres, entrouvertes, il n'y avait même plus d'écran, rien qu'une forme tapie dans le coin le plus sombre qui grillait une cigarette en attendant l'arrivée de quelqu'un, de quelque chose. Par lassitude probablement, l'employé oubliait de surveiller ses magnétoscopes et certaines télévisions ne diffusaient plus qu'une neige aussi sale que les cabines. D'ailleurs, qui le remarquait ? songea-t-il. Ici, personne ne venait voir de vidéos, elles servaient juste de prétexte. Son regard croisa alors celui d'un de ses semblables (un pédé d'une trentaine d'année, jeans, Caterpillar, bomber), qui pénétrait dans une cabine où une petite caillera s'astiquait inlassablement devant un écran noir. Nicolas eut envie de rire, il avait déjà donné. Le petit mec en question s'appliquait à attirer l'attention de tous ceux qui venaient chercher du fantasme pasolinien, et une fois la porte refermée, il commençait à vous demander : « Qu'est-ce tu fous là ? Qu'est-ce tu cherches ? Tu veux mater ma teub, c'est ça ? », avant de hurler : « Ouais, t'es qu'un gros pédé, hein ! Tu veux que j'te nique ta race ? C'est ça, hein, pédé, va ! » en vous expulsant de son domaine.

... Do you believe in love... ?

Les règles n'étaient plus celles des bars, des boîtes, des saunas, des lieux de drague. C'était un *no man's land*, une salle de transit. Ici personne n'était pédé, au pire on était trave, mais jamais pédé. Pourtant, les mecs se branlaient, se suçaient, se tâtaient et s'enculaient.

Bien sûr, il y en avait certains qui finissaient en réceptacles toujours ouverts, bouche ou cul, au fond d'une cabine, suppliants.

Nicolas se demandait souvent à quoi pensaient ces mecs durant toutes ces heures qu'ils passaient dans l'obscurité nauséabonde d'une cabine : accroupis, à genoux ou front au mur, le pantalon baissé.

... Open fire... Open fire... Right now...

Pour le moment, il n'avait plus envie de se poser la question. Parmi les types qui tournaient encore, il en avait repéré un qui lui semblait pas mal. Taille moyenne, trapu, cheveux noirs courts, survêt, blouson en cuir et baskets. Il attendit que le mec aille s'installer dans une des cabines au fond d'un des couloirs et il se planta dans l'embrasure de la porte. Sur l'écran une blonde américaine à ongles blancs se faisait bourrer par un black TBM tout en tenant entre le pouce et l'index la bite d'un Californien dont elle allait s'occuper. Le mec, assis, sortit une queue épaisse et molle de son survêt et commença à se branler sans quitter l'écran des yeux. Nicolas, resta là dix minutes, quinze peut-être. Il ne voyait que la nuque du mec, son bras qui s'agitait et le trio d'Américains sur le moniteur. Puis, sans se retourner, le type lui fit vaguement signe d'entrer. Sans se presser, Nicolas ferma la porte de la cabine et resta debout à côté du mec qui l'invita d'un geste à venir s'agenouiller entre ses jambes. Nicolas s'exécuta, releva la tête, et dans la lumière bleutée put enfin voir presque distinctement le mec qu'il allait sucer. C'était l'un des frangins de Rachid, comme disait Dany, qui sans doute aurait finalement commenté :

– Ben, ma crotte, t'avais beau jouer ta mijaurée, t'as quand même fini par y goûter, à la corne de gazelle.

42

Les mots pour le dire

Claude se gara un peu avant la rue. Mieux valait être prudent, si on l'avait aperçu tout à l'heure. Il jeta un coup d'œil aux alentours, traversa, parcourut d'un pas rapide la centaine de mètres qui le séparait de la porte de l'immeuble, entra dans le couloir et alluma la minuterie. Il n'y avait que six boîtes à lettres. Il glissa le papier plié en quatre dans celle qui portait le nom de Philippe.

Comme tous les mercredis soirs, Gaël s'était précipité chez Fabio avec dans un sac en papier une bouteille de jus de prunes de Cythère (Fabio n'avait que de l'alcool) et un Tupperware de tofu et de riz préparé avec amour, que son hôte (habitué des dîners liquides) grappillait comme de vulgaires biscuits apéritifs un peu fades. Gaël ne s'en offusquait pas : son admiration pour Fabio était sans limites.

Pendant des heures, il pouvait écouter le phrasé de Fabio, qui rappelait une pièce dodécaphonique passée au ralenti. À chaque fois, il se rendait chez Fabio comme on va à l'IRCAM, pour y entendre une musique déroutante et hermétique, et en sortir avec la conviction d'avoir assisté à une représentation historique.

Après l'avoir épaulé lors de l'élection du Gay de l'Année, il s'était insinué dans la vie de Fabio en déployant cette même énergie opiniâtre avec laquelle il tentait de convaincre des mecs en quête de sensations physiques toujours plus extrêmes que le corps était un temple. Fabio, reine déchue d'une cour des miracles cent pour cent homosexuelle, s'était fait un plaisir de l'accueillir, d'autant que contrairement aux autres, non seulement il l'écoutait, mais il ne l'interrompait jamais. Pour Gaël, les élucubrations avinées de Fabio étaient des litanies mystiques qu'il tentait d'élucider sans relâche. Tel le disciple d'un gourou, sans bien comprendre, il noircissait un carnet de textes qui rappelaient à la fois les *cut-up* de Burroughs, les prophéties de Nostradamus et certaines chansons de Brigitte Fontaine. De cette dernière, Fabio avait entre autres repris le *Je suis malheureuse parce que je suis cooonne*, qu'en fin de soirée il répétait inlassablement jusqu'à s'endormir. C'était le signal de départ pour Gaël, qui en profitait toujours pour aller jeter un coup d'œil à la progression du livre de Fabio. Les premiers temps, ayant remarqué que l'ouvrage n'avançait pas et se limitait à un vague plan à la chronologie hasardeuse agrémenté de quelques phrases et pensées déconstruites, il avait décidé de prendre les choses en main. Au bout de trois semaines de tergiversations verbales, il avait finalement demandé à Fabio s'il pouvait l'aider dans la rédaction du livre.

En poussant la porte d'entrée qui n'était jamais fermée il entendit :

– Gaël, gale gaélique, tourments héros zéro érotiques, entre sans frapper dans ce sanctuaire de nos délires, delirium – très mince pour moi, bien frappé pour toi.

Gaël se demandait toujours comment Fabio pouvait l'entendre arriver, alors que se déversait de chez lui une goualante de Fréhel qui résonnait entre les quatre murs du hall, six étages plus bas. Finalement, il avait conclu que c'était probablement dû aux pouvoirs surnaturels qu'il soupçonnait chez Fabio.

Ce soir il n'avait même pas pris le temps de noter sur son carnet le petit poème de bienvenue par lequel Fabio l'avait accueilli. Il avait des nouvelles importantes concernant la mission sacrée dont l'avait chargé son hôte.

– Salut Fabio, lança-t-il en entrant dans la chambre de bonne. Je crois – enfin je pense – que j'ai peut-être une bonne nouvelle. Je suis allé voir les gens dont tu m'avais parlé, et qui ont toutes les archives…

– Les traîtres, les lâches, oooh, les fourbes. Les souvenirs de mes vingt ans, enfermés poussiéreux dans un carton de misère, comme dans la chanson de Barbara. Non, c'était un panier d'osier. Ma mémoire, qu'on me rende ma mémoire, hurlait Fabio alangui à la manière d'une Sarah Bernhardt sur un canapé défoncé.

L'évocation du don douteux à l'association Remembrance de tous les documents retraçant la période allant des Gazolines aux années 80 était un sujet tellement sensible chez Fabio qu'il en venait à articuler des phrases presque cohérentes.

– Tu m'avais dit que c'était des salauds et qu'ils ne me laisseraient jamais poser les yeux sur les archives, mais c'est faux, expliqua Gaël en s'approchant du canapé et en touchant presque des genoux l'épaule de Fabio. Le permanent s'est proposé de m'aider dans mes recherches et m'a même ensuite offert un café avant de me ramener en voiture chez moi.

Fabio, interloqué, le jaugea de haut en bas d'un air incrédule, arrêta son regard à la hauteur de la ceinture et finalement comprit.

– Tu y es allé avec ce pantalon-là ?

– Ben, oui pourquoi ? demanda naïvement Gaël.

– Mais c'est horrible ! Tu te rends compte ?

Françoise était tantôt effondrée, tantôt en proie à son agitation affolée des grands jours.

– C'est peut-être une erreur, dit Philippe.

– Une erreur !

– C'est peut-être pour Sophie, pas pour toi, rajouta-t-il malencontreusement.

– Parce que tu crois que c'est mieux ! Mais il n'y a personne de sensé dans cette fichue baraque ? Quand je vous dis qu'on m'espionne, qu'il y a des groupuscules politiques qui persécutent les lesbiennes ! Oh, je n'aurais jamais dû te mêler à tout ça, ma chérie, dit-elle en se jetant dans les bras de Sophie. Tu vois bien, Philippe : vous vous êtes tous moqués de moi, et maintenant, vous l'avez, votre preuve !

Il y eut un silence. Sur la table du salon, dans un rayon de soleil matinal était posé le papier que Sophie avait trouvé dans la boîte en allant chercher le courrier, un papier plié en quatre où était écrit en majuscules au feutre noir : JE T'AURAI, SALOPE.

– Alors ? Tu as toujours pas essayé ton cadeau de Noël ? demanda peu après Victor alors qu'il conduisait Philippe à la gare.

– Non, dit Philippe, qui avait prudemment rangé l'objet au fond d'un tiroir.

– Mais tu fais quoi, avec le gosse ? demanda-t-il.

Dans la matinée, Philippe avait passé un bon quart d'heure à lui dire avec un regard mouillé et des trémolos dans la voix toute sa félicité d'être avec David. David, qui était sensé, attentionné, câlin.

– Oui, bon, mais avant et après les câlins, qu'est-ce qu'il y a, comme programme ?

– Euh… Les trucs habituels entre mecs, dit Philippe.

– Ah, tu vas pas m'embobiner avec ça en me racontant des petits chaperons rouges. Fais-moi le coup de la maison du bonheur, pendant que tu y es. (Victor ne renonçait jamais. Partisan de pousser les gens à faire un travail sur eux-mêmes pour à peu près tout, il était à la psychothérapie ce que Bouygues était au travail d'orfèvre.) Tu le baises, au moins ?

– Non.

– Bon, alors c'est lui qui te baise ?

– Non, on n'en éprouve pas le besoin, dit Philippe d'un air dégagé.

– *Oooh ?* (Quand Victor entonnait son ululement de sirène d'alerte, c'était extrêmement mauvais signe.) Mais qu'est-ce que c'est que cette histoire ? Si tu lui fais pas danser la lambada sur ton bout et lui non plus, dit Victor, qui n'était jamais à court d'expressions figuratives, c'est que vous faites des trucs de *lesbich*. (Philippe prit un air vexé. Pour Victor, le monde se divisait entre les actifs et les passifs. Tous les autres étaient des lesbiennes plus ou moins en attente de révélation.) Il te bouffe le derche, au moins ?

– Oh, oui, dit Philippe en prenant malgré lui un air rêveur.

– Mais regarde la tête que tu fais quand tu me dis ça ! Si ça te plaît tellement, pourquoi tu te fais pas sauter ?

– Tu sais bien que je suis actif, enfin. (Philippe marqua une petite pause, puis :) Et puis il a une grosse queue.

– Ah ! Tu vois que tu en crèves d'envie. C'est juste parce que tu es terrorisé à l'idée de t'asseoir sur un bonhomme. Je vais te dire, la Carla et la Bijou, elles sont peut-être timbrées, mais elles ont plus de couilles que toi.

– C'est gentil de me comparer à Bijou ! dit Philippe. Accoutré comme il est. Pas étonnant qu'il ne trouve jamais personne.

– Parce qu'en dehors de ton David, tu vas me dire que tu en as trouvé beaucoup, toi ?

– Euh… Non, enfin, pas toujours, mais…

– Évidemment ! triompha Victor. Tu veux toujours des bonshommes gonflés comme des ballons, et après tu te plains soit qu'ils te demandent de jouer les légionnaires, soit qu'ils te parlent de Mylène Farmer. Tu rentres quand ?

– Dans deux jours. Je prendrai un taxi. Je n'y peux rien si je suis toujours tombé sur des timbrés jusqu'ici, se plaignit Philippe.

– C'est parce que tu bosses pas dans le bon registre. Tes bonshommes, avec leurs histoires de gym et de t-shirts moulants, c'est des travelotages, ni plus ni moins. Vous êtes comme Bijou.

– Oh, il ne faut quand même pas exagérer, répondit Philippe d'un air pincé.

– Mais si ! La Bijou, elle se met des dentelles et du fond de teint. Vous, vous vous mettez des biceps et des pectoraux. D'ailleurs, vous vous hormonez autant que les traves du Bois et vous vous rasez le cul. Et avec le même résultat : vous finissez avec des nibards. Et tout ça pour faire des trucs pas intéressants au lit, vous palper sous toutes les coutures en poussant des grognements. Non, si tu veux lui faire plaisir et le garder, ton gosse, ma poupée, il faut que tu te laisses un peu faire. Tu es né pour avoir l'homme en toi, enfin. Depuis que je te connais, ça se voit que tu as le petit qui crie.

Nicolas entra dans l'appartement et trouva David dans le salon. En le voyant, avec ses vêtements dans un état pitoyable, le visage de David se ferma aussitôt. Sans réfléchir, Nicolas se précipita sur lui. Au retour de cette nuit, il s'était senti tellement minable. Je ne suis même pas un bon coup, avait-il décidé en quittant la cabine. David était le seul qui avait eu la patience de rester avec lui, de le rassurer. Devant cette gentillesse, il avait fini par se croire propriétaire de son mari, de ses bras dans lesquels il venait se réfugier lorsqu'il allait mal ou qu'un mec ne l'avait pas rappelé. Il avait vécu cette histoire en la pensant indestructible, sans jamais rien faire de son côté pour qu'elle ne s'écroule pas.

David eut un geste de recul et resta les bras ballants, inerte, tandis que Nicolas se jetait sur lui, le prenait dans les siens et lui tenait des propos décousus.

– Je suis paumé, éclata alors Nicolas avec une sincérité qui surprit David. Je suis vraiment bon qu'à faire des conneries, à tout gâcher. Dire qu'avec toi j'avais tout, et que maintenant j'en suis à racler le fond des sex-shops de Pigalle.

David ne comprenait pas ce qui avait bien pu retenir son mari toute la nuit dans des sex-shop hétéros, mais il préféra éviter de lui poser la question. Il avait senti dans ses cheveux collés trempés une odeur âcre, un mélange d'alcool, de fumée et de sueur.

Finalement Nicolas avait des sentiments, et même si ce matin il les vomissait plus qu'il ne les exprimait, David ne pouvait s'empêcher d'être touché. Pendant des mois, il avait enduré des situations invivables dans l'attente d'un geste ou d'un mot tendre qui n'arrivait jamais. Puis, maintenant qu'il était trop tard, alors qu'il était juste passé se changer en coup de vent à l'heure du déjeuner, Nicolas lui disait ce que, de guerre lasse, il avait renoncé à attendre.

Il finit par le prendre à son tour dans ses bras, leva une main pour lui caresser les cheveux, la laissa en suspens un instant, puis la posa enfin sur la nuque de Nicolas blotti contre son épaule, et écouta une longue tirade émouvante entrecoupée de sanglots. Dans ce long plaidoyer sincère, il était question pêle-mêle de « difficultés à exprimer ses sentiments », « d'erreur de jeunesse » (malgré la situation, David ne put s'empêcher de sourire), de « complexe d'infériorité », de « cicatrices de l'adolescence jamais vraiment refermées » de « mal à trouver ses marques, ses repères ».

David pensait déjà à Philippe et au choix qu'il allait à nouveau devoir faire.

– Ces derniers mois, j'en étais venu à penser que j'étais à l'opposé du mari que tu cherchais, dit David. Quand tu te préparais pour sortir, tu semblais tellement plus heureux.

– Mais comment tu pouvais imaginer un truc pareil ? renifla Nicolas.

– C'est con à dire, mais j'avais fini par croire que tu voyais un autre mec.

Nicolas ne répondit pas. Il se contenta de s'essuyer la joue. Il s'était brusquement promis de ne plus mentir, mais parler de Luis n'aurait fait que compliquer la situation. De son côté, David n'avait pas dit où il avait passé la nuit. Avec Luis, soir après soir, ils n'avaient cessé de se jouer la comédie d'une passion illusoire, d'un fantasme. Il raconterait cette histoire idiote plus tard, quand leur vie aurait repris son cours normal et, enlacés dans le canapé du salon, ils en riraient. D'ailleurs, Luis n'avait jamais compté.

David se pencha vers Nicolas et déposa doucement un baiser sur ses lèvres.

– Va te coucher, lui dit-il. Tu es crevé, on reparlera tout à l'heure, si tu veux. Je vais appeler le bureau pour prendre ma demi-journée et faire quelques courses, comme ça on dînera à ton réveil.

En le voyant se traîner vers la chambre, David repensa à cette description naturaliste du Fuckorama et il eut envie de se précipiter et de prendre à nouveau Nicolas dans ses bras.

Le pauvre, songea-t-il. Quand je pense qu'inconsciemment, je l'ai poussé à s'infliger une situation aussi désespérée.

En dévalant l'escalier, il se dit qu'il avait sûrement manqué de patience, en voulant tout et tout de suite. Je n'ai peut-être pas pris assez le temps de le comprendre.

J'étais trop pressé, finit-il par se dire. J'aurais voulu que les choses soient faciles dès le départ, comme avec Philippe. Mais Philippe lui ressemblait tellement.

Les rayons d'un soleil timide qui glissaient sur les fruits des étals de la rue des Martyrs donnaient à la ville des faux airs de printemps. Lorsqu'ils avaient emménagé avec Nicolas, c'était l'été, les vacances, et ils avaient passé des après-midi entiers à traîner aux terrasses des cafés du quartier, à jouer les touristes, plus haut dans les petites rues de Montmartre. Durant l'une de ces balades, Nicolas avait même dit qu'un de ces soirs il faudrait qu'ils aillent au Moulin Rouge ou chez Michou. Bien sûr, ils n'y étaient jamais allés, ils avaient passé ces derniers mois à se fuir, à vivre côte à côte sans vraiment se regarder. Chacun s'était replié dans sa bulle et les courses rue des Martyrs étaient devenues une activité solitaire, une corvée. Ils n'avaient plus trouvé le temps d'aller prendre un verre ensemble dans un café.

David décida d'aller à leur terrasse préférée, comme si s'asseoir à cette même place lui aurait permis de voir plus clairement ce qu'il voulait, ce qu'il attendait. Le serveur auquel il commanda son café ne semblait pas se souvenir de lui. David avait du mal à se concentrer, ses pensées le ramenaient toujours à Philippe, aux semaines qu'ils venaient de vivre ensemble. Avec lui, il suffisait d'un regard pour se comprendre. Il avait fini par s'imaginer que désormais, dans sa vie, tout serait toujours simple. Quoi que je fasse, songea-t-il, je vais rendre malheureux quelqu'un que j'aime et me rendre malheureux aussi. Il aurait voulu n'être jamais allé dormir ce premier soir chez Philippe, mais aussi ne pas être rentré pour voir Nicolas dans cet état. Le Fuckorama, la nuit que Nicolas avait dû vivre…

Dans la rue, les passants de cette journée printanière se surprenaient à flâner : ils étaient moins pressés, prenaient le temps d'hésiter entre des Granny Smith et des

Golden, discutaient avec le boucher et finissaient par donner au quartier des allures de marché de province. David aurait voulu pouvoir partager cette sorte d'insouciance, de joie simple qui dévalait la rue et se répandait dans chaque boutique, sur chaque visage. Il regarda le ciel et respira un grand coup, mais l'air parisien n'avait rien d'autre à lui offrir que ces sempiternels relents de gaz d'échappements. S'il avait eu le temps, l'argent, il aurait couru à perdre haleine jusqu'à l'avenue de l'Opéra, il aurait acheté un billet d'avion pour l'une de ces petites îles du Pacifique Sud où personne n'allait jamais et qui le faisaient encore rêver quand il était à Tahiti. Lorsqu'il était triste, il se plongeait dans son atlas et s'inventait des voyages, repensait aux histoires du capitaine Cook, aux aventures d'Henry de Monfreid et d'Isabelle Eberhardt, ou relisait des passages des *Sept piliers de la sagesse*. Il avait eu envie de partir avec Nicolas dans le désert, en Mauritanie, mais finalement ils s'étaient retrouvés dans un club à Marrakech. En découvrant que pour le prix de neuf nuits sous une tente dans le Reg, on pouvait passer dix jours en hôtel quatre étoiles au Maroc, Nicolas n'avait pas hésité une seconde.

Seulement Nicolas avait changé, son attitude d'aujourd'hui en était la preuve. Il ne s'était jamais ouvert à lui à ce point.

Un type vint s'asseoir à la table d'à côté. Un beau mec. Encore un qui profite du premier rayon de soleil pour exposer à la face du monde les résultats de ses efforts à la gym pendant tout l'hiver, pensa David en souriant intérieurement.

Lui aussi en avait bien profité, Philippe le lui avait fait remarquer l'autre soir. Au moment où il souhaitait plus que tout la présence de Philippe, il sentit se poser sur lui le regard du mec à la table voisine. L'espace d'un instant, il eut le sentiment que l'autre sentait sa fragilité temporaire et en profitait pour lui lancer un regard qui ressemblait à une agression. Un regard de charognard, songea-t-il. Après l'avoir amusé, sans jamais l'intéresser, l'omniprésence de ces occasions de rencontres qui se décident en un sourire ou un clin d'œil avait fini par l'exaspérer. Aujourd'hui, il les trouvait obscènes et il se détourna ostensiblement du mec. Presque aussitôt, il entendit le bruit d'une chaise qui racle le sol et une pièce sonner contre le rebord d'une sous-tasse.

Nicolas allait bientôt se réveiller, il ne fallait pas traîner. Il fit un détour par la pâtisserie qui vendait les crumbles aux pommes dont Nicolas s'était bourré pendant les travaux de l'appartement.

Pendant que la pâtissière emballait les gâteaux, il crut comprendre à quel point Nicolas avait besoin de lui. L'épisode d'aujourd'hui était un appel à l'aide, se dit-il. Parmi les gens qu'il fréquentait, mis à part FX, il ne pouvait compter sur personne. Ce n'était pas des Brice ou des Sacha qui pouvaient lui être de bon conseil. Si jamais cette histoire cessait définitivement, Nicolas allait accumuler les conneries. En remontant vers l'appartement, David se répéta inlassablement : il a besoin de moi, je ne peux pas l'abandonner comme ça. Ce serait con de tout envoyer balader au moment où les choses allaient peut-être repartir sur des bases plus solides, songea-t-il. Lui aussi avait fait des erreurs. S'il n'avait pas materné Nicolas à ce point, il l'aurait forcé à se responsabiliser, à se comporter en adulte.

En voulant trop le protéger, c'est moi qui l'ai rendu si léger, si insouciant. Après ce que Nicolas venait de lui dire, plus rien ne pourrait être désormais comme avant. En fait, ils s'étaient avoué que malgré la routine et les engueulades, les sentiments qui les unissaient étaient encore là. Il grimpa les escaliers quatre à quatre et entra doucement pour ne pas réveiller Nicolas.

Il passa la tête par l'embrasure de la porte de la chambre. Nicolas avait pris une douche et dormait paisiblement, avec à nouveau sur son visage ce sourire radieux et triomphant qui avait séduit David le premier jour.

Dire que j'ai vécu un bonheur égoïste avec Philippe sans même comprendre que pendant tout ce temps Nicolas souffrait, même si il était trop fier pour l'admettre, songea-t-il en refermant la porte.

– Alors je ne vais pas te voir pendant un mois ? (FX prit une mine boudeuse.) C'est vachement long.

– Tu viendras me voir le week-end. C'est tout près, en train.

– Je déteste le train. Je préfère conduire et c'est mieux d'avoir une voiture une fois sur place. En tout cas, tu as de la chance. Ou un trop joli sourire.

Olivier avait effectivement un très joli sourire. L'obsession de sa mère à le conduire chez le dentiste et à lui faire endurer des appareils en lui promettant qu'il la remercierait plus tard avait porté ses fruits : Olivier, qui avait souri pendant des années sans desserrer les lèvres pour cacher la ferraille qui lui avait emprisonné les dents jusqu'à seize ans, ne se privait plus de sourire à pleine bouche – merci, Maman – et de jouer de ses deux fossettes – merci, Papa. Quant au dentiste qui fouillait dans ses tiroirs pour chercher les formulaires de Sécurité sociale en appelant « Micheliiine ! » comme si son assistante avait été cachée dans l'un d'eux, à présent, il pouvait le remercier aussi.

Il espérait tout de même que le prof qui lui avait proposé le stage au service de presse du Festival d'Avignon l'avait aussi fait pour ses compétences. D'ailleurs, il était marié.

– Ça ne veut rien dire, dit FX. Tu pars quand, alors ?

– Le 15 mai : je ne fais que la préparation avant la ruée des festivaliers pour l'été.

Philippe adressa un petit signe au chef de train et pressa le pas dans la gare presque silencieuse. Par les vitres de Montparnasse, il apercevait le ciel de Paris où ne brillaient presque jamais d'étoiles. Dieu merci, il y avait des taxis en nombre, ce soir. Et il ne faisait pas froid non plus. Moins froid qu'à Madrid, où il avait acheté un t-shirt pour David qui l'attendait là-bas dans le XIe, David qu'il allait retrouver dans vingt minutes.

En descendant du taxi et en le payant, il remarqua qu'il n'y avait pas de lumière dans le salon. Après tout, David devait dormir et Sophie aussi. Ses week-ends passés à repeindre des chambres et poncer des boiseries l'épuisaient. Et puis peut-être qu'elle et Françoise en étaient toujours à la période torride qui inaugure toujours les relations. Philippe se demanda distraitement en montant l'escalier si c'était aussi fatigant pour deux femmes que pour deux hommes de faire l'amour cinq fois par jour. Et pour un homme et une femme ? Il faudrait qu'il pose la question à David.

Philippe entra sans bruit et posa son sac dans l'entrée. Il allait se glisser dans la chambre, s'agenouiller près du lit et…

Dans la faible clarté des fenêtres d'en face, il vit qu'il n'y avait personne dans le lit. Il alluma. Les chemises de David soigneusement pliées sur la chaise avaient disparu, ses affaires de sport aussi, tout comme son grand sac qu'il posait toujours à côté de la cheminée. Il avait dû les emporter – pour faire une lessive, peut-être ?

C'est alors qu'il vit l'enveloppe sur l'oreiller et que quelque chose se noua en lui.

Philippe,

Je sais qu'il aurait été mieux de te parler, mais je n'ai pas pu attendre ton retour. Je crois qu'il vaut mieux pour toi comme pour moi que nous retournions à nos vies respectives.

J'ai accepté un stage de formation de huit semaines à la mi-mai à Avignon. Cela nous permettra de ne pas nous croiser et de nous faire inutilement du mal : je ne veux pas gâcher le souvenir des deux mois que j'ai passés avec toi.

J'espère que tu ne m'en voudras pas d'être lâche en partant comme cela et que nous resterons amis.

David

En déposant en début de soirée le mot qu'il s'était repris par trois fois à écrire sur le papier à en-tête de son bureau, David s'était senti coupable. Il espérait que Philippe n'irait pas croire qu'il s'était servi de lui comme d'un amant temporaire pour oublier Nicolas. Il avait vraiment aimé Philippe. Il s'était même demandé s'il n'était pas vaniteux de croire que Philippe l'aimait aussi. C'était cruel de l'abandonner sur quelques lignes, de profiter d'une absence de deux jours pour disparaître, et d'autant plus cruel que c'était la première fois que Philippe faisait un train international. Mais il n'aurait pas pu affronter Philippe à ce moment-là.

Quand je pense que j'ai hésité à accepter cette promotion, que je lui ai même demandé si cela l'embêtait que je sois souvent parti plusieurs jours de suite, songea Philippe en repliant la lettre et en la posant sur la cheminée avec le t-shirt du Real, ridicule, à présent, dans son emballage-cadeau. Comment il avait pu tirer un trait comme ça, comme un rien, sur les randonnées à Fontainebleau dans la mince couche de neige givrée qui crissait, les dimanches entiers à faire l'amour pendant qu'il pleuvait, leurs éclats de rire, les confidences, leurs histoires ?

Il frappa à la porte de la chambre de Sophie et entra.

– Oh, tu es rentré ? demanda Sophie. Je m'étais assoupie en lisant le début des mémoires de Fabio. C'est pas mal du tout, finalement. Je n'aurais pas cru qu'il avait ce genre de style. (Elle referma le manuscrit posé sur ses genoux et le posa sur le lit.) J'ai une mauvaise nouvelle à t'annoncer, commença-t-elle.

– Je sais, j'ai vu le mot.

– Quel mot ?

– Celui de David. (Philippe lui expliqua.) Qu'est-ce qu'il t'a dit quand il est passé ?

– Rien. Il est venu vers 20 heures comme d'habitude. On a grignoté un peu et j'avais ce truc à lire, alors il m'a dit qu'il allait dans ta chambre, j'ai pensé qu'il se coucherait en attendant. Je ne l'ai même pas entendu partir. Ça va ?

– Je sais pas trop, dit Philippe qui serrait les dents. Je crois que je vais retourner dans ma chambre.

– Tiens, voilà le fantôme de Paris, murmura Olivier en voyant réapparaître la silhouette familière dans son cadre doré. Ça n'a pas l'air d'aller.

De l'autre côté, dans la chambre baignée d'une lumière jaune, le voisin faisait les cent pas, apparaissant et disparaissant régulièrement à la fenêtre.

Il est bien habillé, ce soir, se dit Olivier. Drôle d'idée de mettre un costume, à une heure pareille. D'autant plus que d'habitude, le voisin s'étirait, se séchait les cheveux, contemplait pensivement son reflet dans la vitre et s'ébrouait comme un nageur qui s'apprête à plonger.

– Je peux entrer ? demanda Sophie qui était restée sur le seuil de la chambre.

– Oui, bien sûr, dit Philippe en s'essuyant les yeux du dos de la main.

– Je suis… désolée, dit Sophie.

– Tu n'y es pour rien, répondit Philippe.

– J'étais tellement contente de te voir heureux. Vous étiez tellement beaux tous les deux, je… (Philippe plissa le front et ferma les yeux en serrant les mâchoires.) Oh, non ! Pourquoi j'ai dit ça ? dit-elle en le prenant dans ses bras. Philippe ! Ne pleure pas. Je sais que ce n'est pas le moment de te dire ça, reprit-elle après un moment tout en sentant les larmes silencieuses qui lui mouillaient le cou.

Philippe respira un bon coup, par saccades, les lèvres serrées.

Tiens, une femme, s'interrogea Olivier. Alors le fantôme de Paris était hétéro. Dommage. Mais pourquoi tu dis dommage ? se reprit-il mentalement. Comme s'il avait été quelque chose pour toi ! C'était un peu vrai, malgré tout. La silhouette dorée avait fini par faire partie de sa vie, à force de lui rendre régulièrement visite comme une apparition mystérieuse. Il en avait même rêvé, parfois.

– La mauvaise nouvelle que je voulais t'annoncer, ce n'était pas à propos de David, expliqua Sophie en se reculant pour regarder Philippe dans les yeux. Victor a appelé.

– Ne me dis pas qu'il lui est arrivé quelque chose ?

– Non, pas à lui. Sa mère a été tuée dans un accident hier.

– Oh, non ! dit Philippe. Et il prend ça comment ?

– Tu le connais, sourit tristement Sophie. Il tient le choc. Il a tout de suite trouvé que ça ressemblait à un film.

43

Les manuscrits de la mère morte

– Si jamais il m'arrive quelque chose un jour, lui avait dit sa mère, tu trouveras une grande enveloppe avec tous les papiers importants dans le secrétaire Empire.

C'était là que Solange Leclerc rangeait tous ses documents personnels, ses chéquiers et son courrier. De tout temps, le secrétaire Empire avait été pour Victor comme la petite chambre secrète dont Barbe-Bleue interdisait l'accès à ses épouses. À ceci près que sa mère, prudente, ne lui en avait jamais confié la clé, qu'elle gardait en permanence à son cou accrochée à un ruban.

Et à présent, Victor l'avait dans la main, la petite clé de cuivre, et il allait l'ouvrir. Il aurait bien sûr préféré que ce soit dans des circonstances moins tragiques.

– Elle est morte sur le coup, lui avaient assuré les médecins quand il était arrivé à l'Hôpital Américain où sa mère avait été transportée d'urgence après avoir été renversée par une voiture en faisant ses courses.

Une mort idiote.

D'autant plus idiote que c'était probablement en allant acheter les seuls surgelés, les seuls crackers et les seules crèmes dessert qu'il acceptait de manger.

Victor s'était senti coupable. Il n'avait pas pleuré en identifiant le corps dans la morgue glaciale, au sous-sol de l'hôpital. Par bonheur, on l'avait déjà lavée et ils ne lui avaient montré que le visage, en soulevant un coin du drap qui n'était pas blanc comme dans les films, mais vert pâle, avec un numéro marqué à l'encre dans un coin. Dans les films, les gens se détournaient en disant quelque chose comme « Oui, c'est bien elle ». Puis ils sanglotaient sur l'épaule de la personne qui les accompagnait. Parce qu'il y avait toujours quelqu'un d'autre avec eux.

Mais Victor était seul, totalement seul.

La porte abattante du secrétaire en acajou s'abaissa en grinçant. Il reconnut le sous-main en buvard vert sans la moindre tache, les casiers, les petits tiroirs où il voyait depuis toujours sa mère ranger toutes ces choses mystérieuses.

Des photos. En noir et blanc, au bord dentelé comme on les faisait à l'époque. Sa mère dans la maison en Corse, radieuse, avec un maillot de bain une pièce à jupette des années soixante, avec un homme, son père, en bermuda de toile et chemisette à carreaux. Des lettres, dans une boîte, serrées avec un ruban. Comme dans les films. C'était la seule photo de son père que Victor connaissait. C'était un inconnu. Ils se ressemblaient si peu.

L'enveloppe était posée contre la paroi du fond. À l'intérieur, il trouva une liasse de papiers maintenus par un gros élastique et sur le dessus, une seconde enveloppe blanche qui portait simplement son prénom et contenait une feuille double pliée en quatre.

Mon chéri,
Si tu lis cette lettre, c'est qu'il me sera arrivé quelque chose.
Tu trouveras dans ce paquet tous les documents nécessaires. Les relevés des comptes bancaires et les actes de propriété des appartements et de la maison de Pietrosella ont tous été mis à ton nom à

ta majorité afin qu'il n'y ait aucun problème d'héritage. Depuis que tu as dix-huit ans, je ne possède plus rien, mais je ne t'en ai jamais rien dit, connaissant ta nature dépensière. Si nécessaire, tu pourras louer l'un des deux.
J'espère que j'aurai vécu assez longtemps pour que les versements que j'ai faits chaque mois depuis ta naissance te permettent de ne jamais être dans le besoin.
Ta Maman qui t'aime.

Les autres paperasses, maintenant. Tout était là, en effet. Il passa sur les relevés du compte rémunéré sur lequel sa mère versait de l'argent. Les actes de propriété des deux appartements et de la maison étaient dans une enveloppe scellée.

Glissé entre le sous-main et le bois, il vit un morceau de papier qui dépassait. C'était un chèque de quinze mille francs. Tiré sur un compte de la Lloyds, en date du 15 avril 1999. Victor reposa le chèque en répétant le nom qu'il venait de lire : Édouard de Luscans – Personal Account ? Mais qu'est-ce que c'était que ça ?

Édouard de Luscans, celui sur qui toute la communauté avait reporté sa vindicte au moment du PACS, celui sous les fenêtres duquel il avait manifesté, l'homme d'affaires qui incarnait tout ce que la droite avait produit de plus abject ? Pourquoi avait-il fait un chèque à sa mère ?

Il prit la chemise dans laquelle étaient rangés les relevés du compte qui était à son nom, sur lequel elle avait une procuration et qu'elle lui avait interdit de toucher jusqu'à sa mort : tous les mois apparaissait un versement de chèques ou un virement du même montant. En décembre 98, la somme était de cinquante mille francs. Il remonta en arrière, jusqu'à 1980. La somme était légèrement inférieure. Il n'y avait pas de relevés plus anciens. Peut-être étaient-ils ailleurs. Le solde était d'une centaine de milliers de francs. Mais pourquoi ces chèques ?

Fébrilement, il s'empara de l'autre chemise, celle de son compte personnel que gérait sa mère, sur lequel il n'y avait jamais eu de débit, puisqu'elle payait tout à partir de l'autre. Outre les versements effectués par sa mère, il y avait tous les mois cinq mille francs, parfois un peu plus, mais tous virés depuis le même compte de la Lloyds.

Il baissa les yeux vers la dernière ligne. *Quatre* millions ?

Sa première pensée fut qu'il allait enfin pouvoir s'acheter l'Aston Martin qui le faisait rêver dans les *James Bond* et les épisodes de *Chapeau Melon* avec Emma Peel.

Sa deuxième pensée fut qu'il était extraordinairement riche. Comme dans les films.

Après quoi, comme dans les films, il s'évanouit.

– Il y a un bouquin génial qui va sortir à la fin du mois, dit Nicolas. J'ai reçu un exemplaire, c'est vachement bien. Ça s'appelle *Fuck la Ville*.

– De qui c'est ? demanda le rédacteur en chef.

– Carlos Tenueda.

– Inconnu au bataillon, dit le rédacteur en chef.

– C'est son premier roman, plaida Nicolas. C'est sorti chez l'Autre Désir.

– Je croyais qu'ils faisaient que des bouquins à chier, dit Sacha. Tu étais au courant, Carla ? Depuis que ma sœur y bosse plus, je sais plus rien.

– Oui, mentit Carla qui ne voulait surtout pas avoir l'air larguée. Mais je pensais que ça intéresserait personne.

– Tu parles, c'est un genre de littérature hyper-nouveau, dit Nicolas. Ce serait vachement bien de faire une interview, je suis sûr que ça va cartonner.

– Tu es pas plutôt sûr que c'est pas à cause du nom de l'auteur que tu as trouvé ça super ? demanda perfidement Brice.

– Je sais même pas à quoi il ressemble, dit Nicolas. Il n'y a pas de photo en quatrième de couverture.

– S'il a un physique intéressant, commença Brice, on pourrait faire une série de looks avec lui, ce serait génial. (Pour Brice, quelqu'un qui avait un physique intéressant avait généralement l'air d'un trave dépressif sur le point de gerber.) Surtout qu'il faut absolument qu'on montre une matière nouvelle réfléchissante, c'est une maille révolutionnaire issue de la recherche textile d'avant-garde.

– Mais c'est dégueulasse, ce qu'il raconte dans son bouquin, ce type ! s'exclama Denis qui avait feuilleté le livre pendant la conversation.

– C'est le récit d'une errance sexuelle post-moderne, dit Nicolas. Raconté sans ponctuation. C'est hypernovateur.

– Oui, mais il y a vraiment des gens qui font des trucs pareils ? J'arrive pas à le croire, dit Denis sur le ton du gosse à qui on vient d'apprendre qu'on tue des vaches pour faire des steaks hachés.

– Tout le monde fait ça, dit Carla. C'est un terrain où il y a encore tout à explorer, c'est passionnant.

– En tout cas, ça change de Christian Michaud, dit Nicolas. Vous imaginez ? Si c'était lui qui l'avait écrit sous un pseudo, en fait ?

– C'est pas sympa de se moquer de lui, c'était quelqu'un d'historique pour la communauté, dit Denis qui n'en avait jamais lu une seule ligne, mais que cela n'avait pas empêché d'écrire un texte vibrant qui déplorait sa mort et d'en faire un émouvant éloge funèbre qu'il avait prononcé à une réunion d'Outrage.

Pour Denis, il suffisait que quelqu'un meure pour qu'il devienne important. Si en plus, il était beau, il devenait un martyr de la cause. Pour Michaud, bien sûr, c'était très compromis.

Si Denis avait pu être sûr que tout le monde pensait comme lui, il se serait jeté sous le métro pour pouvoir enfin devenir intéressant.

– Quatre millions ? Alors, tu me paies mon Burton-Taylor, *darling* ?

Bijou, pour qui tout était une occasion d'essayer de nouvelles tenues, avait revêtu pour la circonstance une immense chasuble et un pantalon ample qui dissimulait fort heureusement ses sandales compensées. Avec la grande capeline noire et la mantille, il avait fait une apparition saisissante au columbarium du Père-Lachaise.

– La mantille en crêpe de Chine de ma grand-mère Blazini, depuis le temps que je rêvais de la porter, avait-il dit en guise d'explication.

La cérémonie avait été rapide. Il n'y avait que Victor, Philippe et Bijou.

– Moi qui t'ai toujours trouvé des airs de croque-mort avec ton uniforme de la SNCF, avait dit Victor en voyant Philippe arriver dans son costume noir et en essayant de le faire sourire.

– Je trouve qu'il le porte divinement, *darling*, dit Bijou qui s'était immédiatement accroché au bras de Philippe.

Le soleil de mai et la solennité du lieu avaient ravivé ses désirs de grand mariage. Bon, évidemment, il était tout en noir, mais Jeanne Moreau l'avait été aussi, et puis il suffisait de la présence d'un prêtre pour que Bijou se sente transporté. Il en avait fait des tonnes. Durant toute la cérémonie, il avait reniflé bruyamment et poussé des « Oooh » de pleureuse sicilienne tandis que le prêtre égrenait toutes les qualités de la défunte. Au moment de la communion, il s'était précipité sur lui, s'était agenouillé avec la ferveur d'une pénitente sévillane, avait soulevé sa mantille et tendu la langue pour recevoir l'hostie en disant : « *I do* », avant d'éclater en sanglots. Il avait fallu que Philippe et Victor le relèvent quand il s'était jeté les bras en croix sur le cercueil qui s'engouffrait dans le four.

Voyant Victor qui était presque hilare, alors que Philippe, une femme éplorée pendue à son bras, faisait une tête justement d'enterrement, les yeux rouges et le regard tiré d'avoir passé la journée à pleurer en repensant à David et en refusant de manger, le prêtre n'avait cessé de s'adresser à lui, pensant que c'était lui le fils dévasté par le chagrin de la défunte.

– Tu as vu ? Il m'a dit : « Au revoir, madame », quand on est partis ! clama Bijou.

Bijou, en retour, avait donné au prêtre du *Monseigneur* à tour de bras.

– Si j'arrive à comprendre le fin mot de cette histoire, je te le paierai, ton Burton-Taylor, ma beauté, dit Victor alors qu'ils redescendaient l'allée.

– Édouard de Luscans ? répétèrent Bijou et Philippe une fois qu'ils furent dans la voiture.

Bijou en écrasa la Kim menthol qu'il s'était appliqué à fumer à travers la mantille.

– Celui devant chez qui on est allés danser ? demanda-t-il. Si c'est lui qui faisait les versements tous les mois depuis trente ans et si tu n'as pas trouvé de trace d'autres sommes, c'est que c'est lui ton père.

Victor et Philippe l'avaient regardé. Bijou était peut-être un oison écervelé, mais quand il était question d'argent, il révélait des trésors d'ingéniosité surprenants.

– Alors ça, c'est moche, dit Victor qui se voyait mal en rejeton de néo-fasciste.

– Bijou a sûrement raison, dit Philippe. Il n'y a qu'un moyen de savoir, c'est l'appeler.

– Je préférerais le buter, si c'est lui mon père.

Ils continuèrent la route en silence.

– Mais, commença brusquement Bijou. Si c'est ton père, ça veut dire que tu es marquis comme lui ?

– Il est comte, dit Victor.

– Ah, fit Bijou, déçu.

Puis, alors qu'ils arrivaient devant le Concorde Lafayette et ralentissaient pour rentrer dans Neuilly :

– Marquise de Luscans… Comtesse de Luscans… ? murmurait Bijou. (Puis à haute voix :) Si je t'épouse au Danemark, on reconnaîtra mon titre en France ? Bijou de Luscans, ce serait tellement beau sur les cartons d'invitation. Elles portent quel genre de couronne, les comtesses ?

L'enveloppe en kraft beige était à l'en-tête de la Ddass de Metz. Le dossier qu'on lui communiquait portait le numéro 01.68.57.28.13. À l'intérieur, Luis trouva un petit mot d'accompagnement de la si gentille dame qui lui demandait de patienter encore et lui expliquait ce qu'il y avait à comprendre. Cela tombait bien, car depuis que Nicolas l'avait définitivement laissé tomber, il n'avait plus personne pour l'aider. Elle lui disait notamment que, comme le voulait l'usage lorsqu'un enfant naissait d'une mère anonyme, c'était l'administration qui avait choisi son nom de famille, Martin, tout comme ce prénom qu'il avait rapidement abandonné en arrivant à Paris : Robert. Il était bien avancé de savoir à présent que c'était un employé qui avait décrété son identité en choisissant le saint du jour de sa naissance ou quelque chose de ce genre. Au moins, Julian, c'étaient ses parents qui avaient décidé ensemble de l'appeler Jean-Louis – même si le choix n'avait pas été très heureux non plus.

En revanche, il n'en avait pas appris davantage sur le reste. S'il savait qu'il était bien né quelque part dans l'Est, il ignorait toujours qui étaient son père et sa mère.

44

Et Paul tatoue

– Tu sais ce qui serait bien ? demanda David en posant le menton sur l'épaule de Nicolas.

Ils étaient assis par terre dans l'embrasure de la fenêtre ouverte du balcon. David était appuyé au chambranle sur un coussin et Nicolas entre ses jambes, adossé à lui. Il faisait doux, on sentait que mai était définitivement arrivé. De la rue montaient les voix de gens qui se promenaient sans se presser malgré l'heure tardive.

– Non, dis-moi ?

– On pourrait aller passer quelques jours en Bretagne tous les deux ?

– Quand ça ? Mais il pleut tout le temps, là-bas, non ?

– Non. En été, il y a même des coins où on se croirait en Méditerranée. Vers Quiberon, c'est très joli.

– Tu ne fais pas ton stage ?

– Ils l'ont reporté à la rentrée.

– Il faudrait que je sois revenu avant le 15 juin pour le bouclage du numéro d'été de *One*. Et il faut que je demande au cabinet si je peux prendre des jours. Mais dis donc, tu as fait quoi pendant ces deux mois, pour avoir des bras pareils ? demanda Nicolas en posant la main sur le biceps de David.

– Je passais deux heures à la gym tous les jours. Et j'avais un bon prof.

– Quand je pense que tu t'es fait ce mec ! Moi qui l'ai jamais vu avec personne. Je pensais que c'était le genre morveuse prétentieuse.

– Il est vachement gentil.

– Seulement ça ?

– Pas la peine de demander, je ne te dirai rien. Je t'ai posé des questions sur ton Robert-Luis, moi ?

– Non, mais tu peux.

– Ça ne m'intéresse pas d'en savoir plus. Alors, c'est d'accord pour la Bretagne ?

– Pourquoi pas ? dit Nicolas en se laissant glisser contre lui et en renversant la tête en arrière.

– Arrête de faire ça. À l'envers, ça te fait une tête horrible, dit David en lui embrassant le front.

– On va dans la chambre ?

– Non.

– Ah bon ?

– On va rester ici : il n'y a personne pour nous voir en face, dit David en glissant les deux mains dans la ceinture du jean de Nicolas.

– Oh, tu as vraiment eu un bon prof, dit celui-ci.

– Non, ça, je savais le faire avant, dit David.

– Vous verrez, c'est très agréable, dit la jeune femme.

Elle avait peut-être trente-cinq ans. Brune, très jolie, genre bourgeoise qui aurait viré fantasque, avec une poignée de main énergique et un débit pressé. Elle l'attendait à la gare avec une pancarte qui portait son nom. Olivier la trouva charmante.

– Je suis ravie de vous connaître, Olivier. Je suis Sabine Serrat, du service de presse. Mais vous pouvez m'appeler Sabine, avait-elle dit. Vous êtes logé dans un petit hôtel, simple, mais très confortable. Le même que moi. Nous allons passer déposer votre sac et je vous brieferai sur le travail. Vous connaissez la région ? (Olivier lui avoua qu'il n'avait que le vague souvenir de l'avoir traversée dans son enfance.) C'est très joli. Bien sûr, vous n'aurez pas beaucoup le temps de visiter, mais vous avez tous les week-ends et deux jours et demi de vacances à prendre en fonction de la charge de travail.

L'hôtel était charmant, en effet. Il y régnait un parfum de Provence. La chambre 20 était petite et simple, mais meublée avec un certain goût.

– Je suis juste au-dessus de vous, à la 31. Nous avons de la chance d'être sur le jardin. Durant le Festival, c'est très appréciable. C'est dommage que vous ne fassiez que la préparation, il y a une programmation très intéressante, cette année. Vous aimez le théâtre ?

– Beaucoup, dit Olivier.

– Vous pourrez tout de même aller voir ce qui vous plaît dans les répétitions, vous aurez un passe pour deux personnes si vous voulez emmener quelqu'un.

– Tu es vraiment sûr que c'est bien ça que tu veux ? demanda Paul à Luis.

Ils étaient descendus dans la cabine du sous-sol où Paul effectuait les travaux les plus délicats. Paul, qui tatouait tout le monde depuis quinze ans, avait exécuté des requêtes parfois très saugrenues – les deux flèches sur les fesses convergeant vers le lieu de toutes les convoitises, le prénom sur la queue et d'autres professions de foi que les clients avaient probablement dû regretter quelque temps plus tard. Celle-là manquait à son palmarès. Mais Luis était un habitué. Paul lui avait déjà rattrapé deux ou trois désastres de jeunesse et lui avait fait le reste.

– Ouais, dit Luis. En noir.

– Avec les points ?

– Non, sans. Juste comme ça. Un centimètre de haut chaque.

– Bon. Alors allonge-toi et baisse ton froc.

Ça, Luis savait le faire.

Une fois ses gants en latex enfilés, Paul rasa le léger duvet, lui passa un coton imbibé de Mercryl, puis, l'encre préparée dans un godet stérile, il mit en route son appareil et commença à graver le premier chiffre juste à la naissance des fesses, comme Luis le lui avait demandé.

Voilà, songea Luis tandis que le sifflement de roulette de l'aiguille qui vrillait ses reins remontait le long de son dos jusque dans sa nuque. Puisque je suis ni Luis ni Robert Martin, juste qu'un numéro, que ça soit marqué sur moi pour toujours.

– Tu vas voir, c'est un endroit superbe, dit FX à Olivier.

Ils avaient quitté la nationale pour une route secondaire qui serpentait entre de hautes parois rocheuses sous un ciel d'un bleu impitoyable. L'air de juin crissait du chant des cigales. En contrebas, le Gardon presque asséché par endroits n'était plus qu'un mince filet entrecoupé çà et là de mares vertes plus profondes cernées de galets blancs. Olivier se renversa en arrière et ferma les yeux.

La voiture tourna brusquement et Olivier rouvrit les yeux. Ils étaient passés de l'autre côté de la rivière et la route maintenant beaucoup plus étroite s'enfonçait dans une vallée entre des chênes verts et des marronniers. À l'ombre des arbres, il faisait plus frais, à présent.

– Oh, des confitures ! s'exclama Olivier en tendant la main vers un panneau à l'entrée d'un petit chemin. On y va ?

– Tu veux des confitures, maintenant ? Je ne sais pas ce qu'elles valent, mais pourquoi pas ?

Ils s'engagèrent dans le chemin criblé de nids de poule qui remontait en lacets sur le flanc de la montagne vers le col du Mercouret. FX avait du mal à prendre les virages étroits avec la Saab qui lui servait davantage à passer lentement dans les rues intéressantes du Marais ou à avaler des kilomètres d'autoroute qu'à tressauter sur les pierres des chemins cévenols. Mais si Olivier voulait…

Une vingtaine de minutes plus tard, après un virage particulièrement délicat, ils débouchèrent sur une allée bordée d'arbres immenses au bout de laquelle ils devinèrent une grande maison en pierres sèches.

– Qu'est-ce que c'est beau, dit Olivier en descendant de voiture et en contemplant le versant opposé de la vallée, une main au-dessus des yeux.

– Il y a quelqu'un qui nous fait des signes, de l'autre côté, observa FX.

En face, une femme blonde faisait des moulinets de bras frénétiques en poussant des « Hou-hou ! » et en sautillant devant une maison semblable à celle où ils se trouvaient. Aimablement, Olivier et FX lui rendirent son salut.

– La pauvre femme, elle ne doit pas voir souvent du monde, à s'agiter comme ça, dit FX.

– Vous venez pour les confitures ? demanda une voix derrière eux. (FX et Olivier se retournèrent. Une femme en tablier leur souriait sur le pas de la porte.) Entrez, je vais vous faire visiter l'atelier et le magasin.

– Vous avez une voisine tout à fait charmante, en face, dit FX en lui emboîtant le pas.

– Une voisine, en face ? répéta la femme.

– Oui, il y avait une dame blonde en robe blanche qui nous faisait de grands signes là-bas quand nous sommes arrivés, dit FX en se retournant pour lui montrer. Ah, tiens, elle est partie.

– Oh, vous avez dû mal voir, dit la femme. En face, il n'y a qu'un bonhomme un peu original. Il devait détendre ses draps et vous avez pensé que c'était… (Elle marqua un temps en les regardant d'un air soupçonneux)… une robe, acheva-t-elle. (Elle avait sans doute trouvé que deux messieurs aux vêtements presque identiques et à la différence d'âge aussi saisissante que leur manque de ressemblance et qui s'imaginent voir des dames en robe blanche au lieu d'un homme qui détend sa lessive ne pouvaient qu'avoir un choix de vie, disons, *particulier*.) Alors voilà la boutique, reprit-elle. Je vous laisse choisir.

Un mois après sa mise en vente, *Fuck la Ville* était, sinon un best-seller mondial, du moins un très honorable succès de librairie – en tout cas pour L'Autre Désir, qui n'avait jamais vu aucun de ses livres rapporter plus qu'il n'avait coûté à produire. Les bruits les plus extravagants couraient sur l'auteur. Certains disaient que c'était un haut fonctionnaire espagnol de la Commission européenne, d'autres que c'était un Portugais qui habitait Levallois, qu'ils l'avaient très bien connu à l'époque où il n'était qu'un simple concierge, mais qu'ils étaient sans nouvelles de lui depuis quelque temps. Tous ces gens disaient avec un regard nostalgique qu'il était très beau – au moins à l'époque où ils le fréquentaient.

– Mais pourquoi tu fais autant de mystères ? avait demandé Sophie à Françoise.

Françoise était assaillie de coups de fil auxquels elle répondait invariablement que l'auteur était injoignable. Nicolas, qui tenait à son interview, avait tout au plus réussi à lui arracher que c'était un très jeune auteur.

– Je ne peux pas pour l'instant. Il ne veut pas qu'on sache qui il est.

– Et tu ne veux pas me le dire, à moi ?

Françoise était restée inflexible.

Carlos Tenueda était devenu le Minou Drouet de la communauté.

Gaël, qui s'était aventuré un soir dans le Marais à la recherche de l'introuvable homme de sa nuit avait entendu pour la énième fois deux types parler du livre dans un bar :

– Tu as lu Carlos Tenueda ? demandait l'un.

– Non, mais j'ai couché avec, avait répondu l'autre.

– Je peux vraiment pas vous laisser tout seul cinq minutes, hein ? fit Raymond, essoufflé, en déposant sur une chaise de la cuisine, Christian, perruque de travers, qu'il avait capturé *in extremis* en train de s'agiter dehors. Avec son costume brodé de pierreries en plastique et son masque bricolé, il était encore plus terrifiant que d'habitude. On aurait dit un sanglier travesti.

– Je ne veux plus jouer des rôles idiots, renifla plaintivement Christian.

– Ah, mais si. Même qu'on va recommencer. Et cette fois, je vous fais plus confiance, je ferme la porte, comme ça vous pourrez plus sortir. J'y peux rien si vous êtes moche et que vous arrivez pas à avoir l'air d'une princesse. Remettez votre perruque, elle a tourné.

En soupirant, Christian obéit, se leva, alla chercher la jatte de soupe aux lupins et l'apporta à Raymond qui émit un grondement rugissant en repoussant la jatte.

– Mangez, la Bête, récita Christian. C'est une bonne soupe aux lupins que j'ai préparée pour vous avec amour.

– Non, la Belle, grasseya Raymond.

– Mais si, la Bête. Regardez comme elle est bonne, dit Christian en prenant une cuillerée de bouillie et en se disant qu'il n'y échapperait donc jamais.

– Non, la Belle. Donnez-moi un baiser, plutôt.

– Ah non ! s'écria Christian en reposant la jatte sur la table. On avait dit qu'il n'y aurait pas de ça entre nous. Je veux bien me balader en robe blanche et vous donner de la bouillie, mais il n'est pas question que je vous embrasse.

– Oh, rien qu'un petit bisou, minauda Raymond qui était encore plus effrayant quand il essayait de se montrer attendrissant.

– Bon, d'accord, soupira Christian. Mais que sur la joue. Voilà, dit-il en joignant le geste à la parole. Maintenant, mangez ma bonne bouillie.

– Mon Dieu, dit FX en s'arrêtant devant une affiche. Jacques-Alain Dorian !

– Tu le connais ? demanda Olivier.

Le nom lui disait quelque chose. Il l'avait aperçu une ou deux fois au bureau de presse. Un blond assez bouffi qui avait dû avoir un genre en son temps, mais qui était devenu à la quarantaine une sorte de Brice qui aurait fait du théâtre.

– Si je le connais ! Une vraie théâtreuse. En fait, il s'appelle Jacques-Alain. Dorian, c'est son nom de scène. Il est de Bordeaux aussi. À l'époque, on l'appelait *Jacasseuse*. On devrait aller le voir jouer, c'est dans une heure au Cabestan. Pas étonnant, il est complètement off-off-off. *La Tempête*, c'est une très jolie pièce. Et au pire, ce sera drôle.

Le spectacle était assez pénible. FX regretta presque autant qu'Olivier, mais il tint à rester jusqu'au bout pour aller saluer Jacques-Alain dans sa loge.

– FX ? Mais tu es à Avignon ? s'exclama celui-ci quand ils pointèrent le bout de leur nez. Hum, ainsi ce délicieux minou est avec toi, dit-il en regardant Olivier en plissant les yeux de l'air pénétré d'un médium sur une publicité dans *Télé 7 Jours*. Que deviens-tu ? Tu as aimé ? Très novateur, n'est-ce pas ? Et moi, comment tu m'as trouvé ? *Bon, encourage les hommes. Et qu'ils en mettent un coup, ou bien nous donnons à la côte...* déclama-t-il, plus cabot qu'un recalé du Cours Florent.

Bien sûr, j'ai quelques années de plus que le rôle… (En effet : tel que l'avait imaginé Shakespeare, le Capitaine avait vingt ans.) Et tu as vu ? Je porte toute la pièce sur mes épaules ! Alors, tu as aimé ?

Mais il n'avait que deux répliques, songea Olivier. Le reste du temps, le rôle était muet, mais Jacques-Alain compensait largement en prenant constamment des poses dramatiques de film expressionniste dès qu'il était sur la scène.

– C'était… surprenant, dit FX.

– Et toi ? demanda Jacques-Alain à Olivier avec une moue inquisitrice.

– J'ai beaucoup aimé, mentit effrontément Olivier, qui avait bien appris la leçon après trois semaines passées à Avignon dans une faune flamboyante.

– Allez, buvez donc au succès, tous ! entonna Jacques-Alain en levant théâtralement son verre.

En fait de tous, la minuscule loge était surtout remplie de dames d'un certain âge, le genre qui pullulent à Avignon durant le Festival et courent de salles en théâtre en hantant toutes les loges, celles qu'au service de presse on appelait « les chaisières ».

Il y avait aussi une jeune fille brune aux yeux bleus pétillants qui semblait trouver cela très amusant.

– C'est Sylvie, ma sœur, dit Jacques-Alain à Olivier tandis qu'FX essayait de se débarrasser d'une des vieilles, une sorte de Folle de Chaillot qui était persuadée qu'il était acteur. Venez dîner lundi soir, ajouta-t-il en attrapant FX par la manche.

– Je dois repartir dimanche soir, dit FX.

– Ooh, quel dommage, dit Jacques-Alain d'un air faussement contrit. Mais tu viendras, toi ? ajouta-t-il pour Olivier. Tu verras, nous avons une maison absolument somptueuse. Et ma sœur est charmante. Vous vous entendrez très bien, vous avez le même âge.

Sylvie avait en fait vingt-huit ans. Mais comme Jacques-Alain avait décidé d'avoir trente ans depuis quinze ans, il fallait bien la rajeunir.

– Vas-y, dit FX, qui savait que Jacques-Alain ne risquait pas de parvenir à ses fins avec Olivier.

– Je passerai te prendre à 19 heures à la terrasse du Lou Mistrau, sur la place de l'Horloge, dit Jacques-Alain. Tu verras, j'ai invité des tas de gens intéressants.

45

Glissements progressifs du plaisir

Oh, que c'est agaçant ! songea Claude. Cela faisait deux jours qu'Helmut avait une gastrite qui donnait tout son sens à l'expression « malade comme un chien ». Le chiraz hors de prix du salon avait été transformé à trois reprises en Pollock période jaune foncé quand le dogue arlequin avait vomi en courant dans toute la pièce. Et Claude n'aimait pas beaucoup le genre support-surface. Mais tout allait de travers, dans cette maison !

Je n'aurais peut-être pas dû le faire poser avec Richard. Pourtant, c'était une très belle composition. Richard nu, dans toute la turgescence dont Claude lui avait appris à être fier, et le chien presque aussi grand que lui en train de folâtrer. C'est peut-être la graisse à traire qui ne lui a pas réussi, se dit Claude. À force de le lécher partout, évidemment… Et Richard qui était vaseux aussi. Enfin, là, en revanche, c'était supportable, presque délicieux, même. Claude y avait trouvé une occasion supplémentaire et ne se lassait pas de venir éponger son front, son torse et ses membres ruisselants de sueur et le laver deux fois par jour.

Et puis Hadrien qui n'était pas reparu sur le channel et le privait de sa distraction préférée : faire souffrir quelqu'un.

Et pour terminer, il était passé trois fois devant chez Philippe durant la semaine et n'y avait pas vu de lumière. Probablement que cet abruti filait l'amour parfait avec ce garçon terne – et aussi vulgaire que lui – avec lequel il l'avait aperçu. Qu'il le crucifiait dans l'étau de ses jarrets, alors qu'il aurait pu me chevaucher, moi, Claude, tel un Diomède épuisant les flancs d'une jument jusque-là indomptée…

En fait, Philippe buvait pensivement un Perrier-menthe à la terrasse du Lou Mistrau. Il avait passé l'après-midi à la piscine où il avait surtout eu du succès auprès des dames et de quelques folles qui s'étaient mises à glousser en le regardant de loin. La veille, il était allé voir *La Tempête* sans y comprendre grand-chose. L'un des acteurs, qui l'avait baratiné pendant une heure dans un bar gay la veille, lui avait donné une invitation pour la pièce et il y était allé pour tromper son ennui. Quant à David, il n'en avait pas trouvé trace, ni dans les bars (de toute façon, David ne sortait pas), ni dans les hôtels ni dans les rues. Le Festival n'était pas encore commencé, mais il y avait déjà du monde : autant chercher une aiguille dans une botte de foin.

– Phi-liiippe ! (Il leva les yeux et mit une main en visière contre le soleil couchant. Devant lui se dressait une silhouette grandiloquente, les bras levés comme un Moïse brandissant le Deutéronome.) C'est bien Philippe, n'est-ce pas ? dit l'autre en s'asseyant. (Il reconnut l'acteur.) Alors ? Tu as aimé ? Très novateur, n'est-ce pas ? Et moi, comment tu m'as trouvé ? *Bon, encourage les hommes. Et qu'ils en mettent un coup, ou bien nous donnons à la côte*… Et tu as vu ? Je porte la pièce sur mes épaules ! Alors, tu as aimé ?

– Beaucoup, dit Philippe.

– Mais pourquoi tu n'es pas venu me voir dans ma loge après la représentation ?

– Je ne savais pas que c'était permis, mentit Philippe qui était parti à l'entracte.

– Tu as manqué quelque chose, il y avait des tas de gens formidables. (Peu de temps après leur visite, FX et Olivier étaient partis tandis que les chaisières filaient faire le siège d'une autre loge. Jacques-Alain était resté à déclamer pour le seul bénéfice de sa sœur, qui avait l'habitude.) Qu'est-ce que tu fais ce soir ?

– Rien, répondit Philippe avec une imprudente sincérité.

– Eh bien, viens donc dîner à la maison. J'ai invité plein de gens intéressants. Tu as tellement l'air de t'ennuyer. (Philippe hésita : c'était vrai.) Tiens, voilà justement l'un des invités que je suis passé prendre, s'écria Jacques-Alain en faisant de grands signes à Olivier qui arrivait. Alors, tu viens ?

– Bon. D'accord, dit Philippe, convaincu malgré tout qu'il allait le regretter.

La plage s'étendait à perte de vue. Au loin, dans une brume dorée, on devinait la presqu'île de Quiberon et son labyrinthe d'îlots. Elle était d'accès plutôt facile pour une plage gay, quand on sait qu'à l'habitude, ce genre de paradis se mérite au prix de longues marches dans des environnements hostiles. Il est probable que s'il fallait quelque part dans le monde traverser une jungle dangereuse, un terrain miné et un désert qui servait de décharge à déchets radioactifs, il y avait de fortes chances pour qu'on trouve une plage gay de l'autre côté. Mais à Erdeven, on était rapidement au bout de ses peines. L'endroit était bizarrement assez peu fréquenté par les familles, qui ne pouvaient donc être les témoins de l'incessante noria d'allées et venues entre les dunes et les immenses blockhaus spectaculaires, où des grappes de mecs plus ou moins habillés, mais toujours chaussés à cause des éclats de verre, repoussaient chaque jour plus loin les frontières de la sexualité.

Les dunes étaient sillonnées de chemins au hasard desquels le promeneur, rarement innocent dans ces parages – même si certains persistaient à vouloir le faire croire – tombait sur des creux bordés d'ajoncs, aménagés avec amour comme des nids, où se blottissaient des couples, parfois des nichées plus nombreuses et bruyantes, dont certaines étaient elles aussi très occupées à explorer de nouvelles formes de sexualité. De temps à autre, on voyait brièvement se dresser entre les hautes herbes une tête, mains à l'horizontale et poignets cassés, comme la sentinelle d'une horde de chiens de prairie.

– Il n'y a que des mochetés, dit Brice en revenant d'une longue tournée d'inspection où il avait pu constater qu'il n'y avait aucune célébrité et n'avait vu personne avec des tenues intéressantes.

– C'est qui, ces mecs, là-bas ? dit David en se redressant, une main en visière.

C'étaient les gogos et les drags du Coconut qui commençaient leur opération estivale de prévention sur les plages gays. Cette noble entreprise consistait principalement à distribuer, outre les préservatifs, des flyers pour le Coconut. Les gogo-boys étaient hétéros pour la plupart, mais cela ne les empêchait pas d'être avisés : pour cinquante francs seulement, les vacanciers pouvaient se faire prendre en photo avec eux, ambiance les pauvres à la mer – « Je peux me faire prendre en photo devant votre Rolls ? ». Et dans l'histoire, les plus gogos n'étaient pas ceux qu'on pensait.

– Je ne suis pas vraiment sûr que ce soit très efficace, dit Nicolas. Elles sont déjà tellement échauffées par le soleil qu'à force de voir des beaux mecs, je ne crois pas que ça les incite à mettre une capote quand elles vont dans les blockhaus.

– Si, j'en ai vu une par terre, dit Sacha.

Sacha, qui était d'une nature exploratrice, était déjà allé visiter tous les ouvrages d'art de la Deuxième

Guerre et y avait rencontré un type avec une chose gigantesque qu'il s'était empressé d'essayer et dont il gardait un souvenir étourdi.

Le Coconut était une institution. José, son patron, y pratiquait l'élevage intensif de gogos et de drags avec une efficacité qu'il tenait de son BEP agricole. Il avait simplement fallu s'adapter. Pour les femelles, de type aviaire, José remplaçait le grain par les extas. Pour les mâles, il s'était inspiré de l'élevage bovin : on remplaçait juste le tourteau de soja par du poulet cuit à l'eau, de la semoule et de l'eau en abondance. Quant aux hormones anabolisantes, il n'y avait rien à changer, c'étaient les mêmes.

Brice et Sacha avaient tenu à rejoindre Nicolas et David pour le dernier week-end breton, l'un comme l'autre pour préparer leur hâle en vue de la Gay Pride, et avec des résultats variables. Sacha avait passé trop de temps à faire de la spéléologie pour avoir pris les moindres couleurs. Quant à Brice, malgré son t-shirt à manches longues, son long bermuda, sa casquette et sa protection IPS45, le peu qui se voyait de lui était déjà d'un très beau rouge, ce qui n'avait pas empêché un type à l'air hagard de l'aborder et de lui dire : « Je veux que tu me prends. »

La crêperie de Carnac se souviendrait probablement longtemps de leur passage de la veille. Brice avait réclamé du fagara (« Ah bon ? Vous n'en avez pas ? Vous ne vous approvisionnez pas chez Hédiard ? »). Il faut dire que Brice était du genre à réclamer des couverts à poisson pour manger des Mister Finger.

– C'est un peu comme l'Île de Ré, mais en beaucoup moins chic, avait dit en sortant Brice qui, s'il avait tenté d'y débarquer, aurait probablement été refoulé à la mer à coups de *Figaro-Madame* par des mères de famille en jupes-culottes soucieuses de protéger leurs triplés de toute influence pernicieuse.

Et en l'occurrence, on n'aurait légitimement pas pu leur en vouloir. Nicolas avait levé les yeux au ciel avec un petit sourire. Sacha était trop défoncé pour penser quoi que ce soit. David n'avait rien dit, ayant depuis longtemps renoncé à faire des commentaires sur quelqu'un qui ne le voyait même pas.

David était allé se baigner. Ils avaient eu un temps exceptionnel, mais l'eau était glaciale. Nicolas, qui était moins téméraire, était resté chaque fois à attendre à l'abri des dunes, son mari qui descendait souplement avec son Speedo orange pour braver l'eau froide d'un crawl impeccable et d'un papillon spectaculaire pour remonter ensuite et se sécher au soleil auprès de lui. À chaque fois, une bonne douzaine de mecs lui emboîtaient le pas jusqu'au rivage où ils renonçaient à le suivre et erraient au bord de l'eau d'un air dégagé en faisant semblant de ne pas se voir les uns les autres.

Nicolas était finalement fier d'avoir un mari qui, s'il ne remportait pas les suffrages de Brice, faisait faire beaucoup de chemin à la moitié de la plage. S'il gardait encore le souvenir cuisant de son équipée nocturne à Pigalle, il avait compris le coup de semonce : David avait passé deux mois avec un autre et les Philippe ne manquaient pas, à Paris comme ailleurs. Et, tandis que le jour baissait sur la mer, il se disait comme dans la chanson que si on ne peut pas être avec celui qu'on aime, on peut toujours aimer celui avec qui on est.

– Alors, ce n'est pas splendide ? demanda Jacques-Alain en faisant un grand geste seigneurial qui embrassa la maison.

C'était un petit pavillon de trois-pièces d'allure banlieusarde avec un jardinet miteux, perdu dans la campagne à la sortie d'Avignon sur la route de Beaucaire.

– Il n'y a personne d'autre qui vient ? demanda Olivier en voyant Jacques-Alain disposer quatre assiettes sur la table.

– Oh, je n'en sais rien. Tu sais, le Festival, les gens disent qu'ils viennent sans venir. Et puis quelle importance, ajouta-t-il avec un geste ample de la main. On sera très bien, tous les quatre, non ? Tu vas voir : je suis un cuisinier hors-pair.

– Mais le beurre noir, ça n'est pas censé être… noir, justement ? dit Olivier en voyant un peu plus tard des ailes de raie qui baignaient dans une mare jaune.

– Mais non, pas du tout, dit Jacques-Alain. Vous n'y connaissez rien. Allez vous asseoir et laissez-moi dans la cuisine.

– C'est gras, dit Sylvie en faisant la grimace.

– Laisse-moi faire, dit Philippe, qui se leva pour aller préparer les suivantes.

– Oh, oui, celles-là sont nettement meilleures, dit Sylvie après avoir goûté.

– Oui, enfin, c'est une question de tour de main, j'étais fatigué, dit Jacques-Alain.

– Il suffisait de mettre un filet de citron pour le noircir et de chauffer un peu, dit gentiment Philippe. J'ai fait un BEP de cuisine, ajouta-t-il comme pour s'excuser.

– Tu vois, Jacques-Alain, dit Sylvie.

Après le dîner, ils passèrent dans le salon. Au bout d'une heure, Olivier et Philippe purent constater ce qu'ils avaient soupçonné durant le dîner : Jacques-Alain avait en tout et pour tout trois sujets de conversation, les prédictions de Fatima, les prédictions de Nostradamus et celles qu'il faisait lui-même.

– Au fait, Sylvie ? dit-il en sortant de sa poche de chemise une enveloppe portant le logo tricolore. Je t'ai montré la lettre que j'ai reçue de *TF1* ?

– Oui, dit Sylvie.

– Oh, puisque ça ne t'intéresse pas…

– Qu'est-ce que c'est ? demanda poliment Philippe.

– Je suis en pourparlers avec *TF1* pour une émission. Ils m'ont répondu qu'ils étaient très intéressés.

– Ah ? fit Olivier.

– Oui, ça prend du temps à mettre sur pied, dit Jacques-Alain en rangeant immédiatement la lettre.

Un silence se fit.

– Tu aimes la poésie ? demanda Jacques-Alain à Philippe.

– Je ne m'y connais pas tellement, commença Philippe.

– Tu sais que je fais des récitals de poésie dans toute la France pour les aveugles ? Tu aimes Rimbaud ?

– Oh, Jacques-Alain ! supplia sa sœur qui avait entendu cent fois *Le Bateau Ivre.*

– Mais enfin, Sylvie, si nos amis ont envie d'entendre de la poésie, tu ne vas quand même pas les en empêcher ! s'indigna Jacques-Alain qui entonna aussitôt sur un ton chevrotant : *Comme je descendais des Fleuves impassibles, je ne me sentis plus guidé par les hâleurs : des Peaux-rouges criards les avaient pris pour cibles, les ayant cloués nus aux poteaux de couleurs...*

Sylvie se mit à avoir un fou rire et se cacha le visage dans son foulard. Olivier et Philippe avaient du mal à se retenir.

– Enfin, Sylvie ! s'écria Jacques-Alain.

– Excuse-moi, mais tu es tout rouge, ça me fait toujours rire, dit Sylvie.

– Eh bien, je vais éteindre la lumière, dit Jacques-Alain en joignant le geste à la parole. De toute façon, la poésie, ça s'entend, ça ne se regarde pas. *J'étais insoucieux de tous les équipages, porteur de blés flamands ou de cotons anglais...*

Sylvie se mit à hurler de rire. Olivier et Philippe furent obligés de céder et s'y mirent à leur tour.

– Bon, je rallume, dit Jacques-Alain, vexé.

Il y eut un bref silence.

– Excuse-nous, dit Olivier, mais ta sœur a un rire tellement communicatif.

Philippe et lui en avaient les yeux pleins de larmes.

Jacques-Alain recommença à égrener ses opinions définitives sur l'avenir du monde et les prédictions de Nostradamus. Vers 1 heure du matin, tout le monde peinait à garder les yeux ouverts.

– Je vois qu'on a sommeil, dit Jacques-Alain qui semblait infatigable. Eh bien, allons nous coucher.

– Tu ne nous ramènes pas ? dit Olivier.

– Mais non ! Il y a de la place pour tout le monde. Et comme ça, on prendra le petit-déjeuner tous ensemble demain. Tu n'as qu'à prendre Olivier dans ta chambre, Sylvie. Philippe dormira avec moi.

– Je préfère dormir sur le canapé, dit Philippe qui flairait le traquenard.

Mais Jacques-Alain était diabolique.

– Le canapé ? C'est très inconfortable.

– Mais je préfère dormir seul.

– Pas du tout, dit Jacques-Alain. Tu dis ça parce que tu as peur que je te saute dessus. Ce qui prouve que tu n'as pas beaucoup de courage, malgré tes airs de baroudeur.

– Non ! se récria Philippe.

– Dans ce cas, prouve-le.

– Oh, je peux dormir avec toi, je n'ai pas peur, dit Philippe, piqué au vif.

Un quart d'heure plus tard, Philippe avait toutes les raisons d'avoir peur : Jacques-Alain était en train de lui faire le grand jeu. Philippe ferma les yeux pour faire semblant de dormir et se concentra pour rester insensible aux efforts de la bouche de Jacques-Alain qui tentait de l'émouvoir, à quatre pattes sous les draps. Au bout d'une heure, Jacques-Alain, découragé, s'endormit. Quand Philippe fut certain de ne pas le réveiller, il se leva discrètement, alla dans le salon déplier le canapé et s'y coucha silencieusement.

Dans la chambre, Olivier et Sylvie étaient restés à parler dans le noir comme deux collégiens.

– Il est toujours comme ça, ton frère ? demanda Olivier.

– Oh, oui. Si tu savais : la lettre de *TF1*, il la sort chaque fois qu'il y a des gens à la maison depuis le jour où il l'a reçue, en 1992.

– Mais son émission ?

– Tu parles, dans la lettre, on lui dit qu'on lui écrira.

Olivier se mit à rire.

– Pauvre Philippe, ajouta-t-il.

– Il est vachement beau.

– Oui, c'est vrai.

– Tu veux un verre d'eau ? J'ai soif, dit Sylvie.

– Oui, merci.

– Je t'en rapporte un. Attends.

Quelques minutes plus tard, Sylvie revenait avec un verre dans chaque main.

– Mon frère a dû être insupportable : Philippe est dans le canapé. Le pauvre, il ne fait pas si chaud que ça, la nuit, et il n'a rien pour se couvrir, il va grelotter au petit matin en caleçon, comme ça. Je vais lui en apporter, dit-elle en prenant des draps dans l'armoire. (Puis, se retournant.) En fait, c'est peut-être toi qui devrais le faire.

– Pourquoi ? dit Olivier. (Puis, comprenant :) Oh.

Philippe ouvrit un œil. Il avait effectivement l'air d'avoir un peu froid avec son boxer.

– Je t'ai apporté de quoi te couvrir, chuchota Olivier. Ça va ?

– Oui. Merci. Tu ne dormais pas ?

– Non. Je n'avais pas si sommeil que ça, finalement.

– Moi non plus. Après une heure dans un lit avec Jacques-Alain, on a du mal à dormir, dit Philippe. (Ils se mirent à rire à voix basse.) Reste pas planté là, assieds-toi, dit Philippe.

– Je vais avoir froid, il fait vraiment pas chaud du tout, dit Olivier. J'ai juste mon boxer aussi.

– Mets-toi dans le lit.

Olivier se glissa sous les draps. Dans la pénombre, il distinguait tout juste le profil de Philippe dessiné par la clarté de la lune qui passait par la fenêtre. Depuis le trajet en voiture avec Jacques-Alain qui pépiait sans arrêt, il avait trouvé Philippe impressionnant. D'habitude, il avait tendance à penser que les fous de gym étaient des abrutis qui ne pensaient qu'à eux-mêmes. Philippe s'était montré très gentil, un peu paternel, aussi, un peu bête, parfois, mais d'une manière attendrissante. Et puis son sourire, aussi. Un vrai sourire, franc, rieur, gentil. Olivier ouvrit la bouche pour dire quelque chose, mais il se rendit compte que Philippe s'était endormi. Il s'enfonça dans le lit et resta allongé sans bouger. Les draps se soulevaient doucement. Il sentait à chaque inspiration la chaleur du corps de Philippe qui glissait contre le sien comme une vague. Il se retourna sur le côté. Il n'arrivait pas à dormir. Il se retourna de nouveau et sa cuisse effleura celle de Philippe qui ne bougea pas. Olivier se rendit compte qu'il avait le cœur battant : il avait l'impression que le bruit qui lui emplissait les oreilles résonnait dans toute la maison. Il retint sa respiration pour écouter. Philippe dormait toujours.

Olivier laissa échapper son souffle. Philippe poussa un grognement, se tourna à son tour et sa jambe repliée vint s'abattre sur le ventre d'Olivier. Dans l'obscurité, celui-ci le vit sourire, les yeux toujours fermés. Olivier se tourna à nouveau et se trouva face à lui. Philippe n'avait pas bougé. À présent, il sentait toute la chaleur de son corps. Il approcha la paume de sa poitrine et la sentit qui irradiait comme un mur chauffé au soleil. Il laissa sa main en suspens pendant une minute. À chaque inspiration de Philippe, il sentait la chaleur s'approcher un peu, puis reculer. S'approcher un peu, puis reculer. Il avait l'impression que cette chaleur entrait dans sa paume et remontait le long de son bras, dans ses veines, jusqu'à son cœur qui cognait dans sa poitrine et ses tempes qui bourdonnaient, pour descendre ensuite, de plus en plus brûlante, au bas de son ventre. Il posa la main sur la peau lisse. Philippe tressaillit légèrement, mais il ne bougea pas. Il semblait toujours sourire. Olivier laissa glisser sa main sur la peau désormais moite sous la sienne. Il avait l'impression d'être un aveugle qui se guide au toucher le long d'une muraille. Il sentit d'abord sous son pouce le sillon qui séparait les deux pecs comprimés par le poids du corps. Puis sous sa paume, la pointe du sein glissant jusqu'au bout de son doigt, tandis que sa main descendait toujours, Le long du ventre, comme sur trois rondins posés les uns à côté des autres, puis il sentit un creux. Philippe tressaillit de nouveau, plus longtemps, cette fois. Il poussa un long soupir. Olivier s'arrêta. Puis Philippe remua, passa un bras autour de ses reins et l'attira à lui. Olivier sentit le menton de Philippe crisser dans ses cheveux tandis qu'il écrasait sa bouche contre son cou et que sa queue cognait contre celle de Philippe.

46

Les Baux et la Bête

Gaël était heureux. Arnaud, qui s'était pris pour lui d'affection – platonique, certes, mais les grandes passions ne commençaient-elles pas par là ? – lui avait proposé de l'accompagner à Ibiza pour préparer la saison Baléares du Paradiso. Arnaud avait fait une mauvaise école de commerce, oui, mais il y avait retenu une grande leçon de marketing : tout comme les glaciers, crêpiers et voleurs à la tire qui émigrent sur le littoral en été pour suivre le client, Arnaud confiait en juillet-août le Paradiso à une équipe réduite – il fallait fournir aux touristes et aux esseulés de Paris le service minimum – et, pour suivre sa clientèle qui cherchait somme toute autre chose que le dépaysement, il emmenait le gros de ses troupes à Ibiza, où il organisait deux mois durant en collaboration avec le Space des soirées qui depuis cinq ans rapportaient des sommes colossales pour un investissement finalement assez faible.

Devant le refus d'Arnaud d'emmener Tipi et Hedren dans leurs bagages, Gaël s'était longuement demandé à qui il pourrait confier les deux oiseaux. Avec Fabio, ils auraient terminé au four. Et c'est ainsi que Victor s'était retrouvé en charge des inséparables.

Son sac était prêt depuis plusieurs jours : il l'avait fait, défait et refait plusieurs fois. Ils partaient demain matin.

Arnaud ne s'intéressait pas plus que cela aux préoccupations new-age, mais il avait cédé aux instances de Gaël qui avait réorganisé son appartement selon les règles et avait banni le canapé Cinna en cuir noir, déplacé des tables basses dont les angles coupaient le *ch'i*, rajouté quelques objets apparemment insignifiants ici et en avait ôté d'autres là. Arnaud, qui se sentait effectivement en pleine forme depuis, se demandait s'il devait attribuer ce nouveau calme spirituel au talent de Gaël ou à celui du vigoureux Hussein qui avait désormais les honneurs réguliers de la chambre du maître. Toujours est-il qu'en homme d'affaires avisé, il s'était dit qu'en cette veille de millénaire, il fallait surfer sur les tendances – surtout quand les tendances ne faisaient pas de mal au chiffre d'affaires. Gaël allait donc débarquer à Ibiza avec le titre envié de conseiller artistique (le monde de la nuit était aussi peu avare de titres ronflants que les armées de certaines dictatures sud-américaines), et les soirées qui portaient jusque-là le nom de *El Paradiso de Paris* allaient être rebaptisées du vocable enchanteur de *Feng Shui House*. Les gogoboys seraient toujours aussi peu vêtus, les drag-queens toujours aussi pépiantes, la musique serait à peu de chose près la même, mais il y aurait du néroli dans les fumigènes et beaucoup de pyramides transparentes.

– Tu es arrivé quand à Paris ? demanda Philippe.

Ils avaient été réveillés à 7 heures par un Jacques-Alain pincé qui avait expédié d'une tasse de café réchauffé le tu-verras-ce-sera-très-sympa-on-prendra-le-petit-déjeuner-tous-ensemble et les avait mis dehors un quart d'heure plus tard en prétextant qu'il devait réfléchir à son rôle. Olivier et Philippe avaient donc attendu au bord de la route un car hypothétique qui avait fini par arriver une heure après et où ils avaient trouvé deux places face-à-face.

– À la fin août. Pourquoi ?

– Tu ne venais pas de Cahors ?

– Si… (Olivier s'apprêtait à redemander pourquoi, lorsque, brusquement, la lumière se fit :) C'était toi, le steward dans le train ? Il me semblait bien que je t'avais déjà vu quelque part.

– Tu as changé, en dix mois, dit Philippe.

– Tu trouves ?

– Oui, tu avais tellement l'air perdu, dans la voiture-bar.

– J'étais impatient d'arriver, surtout. C'est drôle qu'on ne se soit pas parlé à ce moment-là.

– C'est rare que je bavarde avec les clients, dit Philippe.

La vérité, c'était qu'il avait rarement l'équipe de gymnastique de Russie dans son train.

– Et tu habites où, à Paris ? demanda Olivier.

– Dans le XIe, rue des Trois-Bornes, dit Philippe en clignant des yeux dans le soleil qui tombait sur eux par la vitre.

– Ça aussi, c'est amusant, comme coïncidence : moi j'habite rue de la Fontaine, juste derrière.

Il y eut un silence, puis Philippe demanda :

– Tu es étudiant, c'est ça ? Et chez toi, ton bureau est juste en dessous de ta fenêtre ?

– Oui.

– Tu sais que je te voyais au moins deux fois par semaine quand je rentrais du boulot ? La fenêtre de ma chambre donne sur ta cour !

– Alors c'est toi qui m'as réveillé des tas de fois avec ta lumière quand tu rentrais à pas d'heure !

– Tu pouvais mettre des rideaux si ça te gênait tant que ça, observa Philippe.

– J'ai des stores, mais je ne les ai pas encore installés. (Olivier sourit et ajouta en posant les deux mains sur le genou brun de Philippe qu'il serrait entre les siens :) En fait, je crois même que ça m'aurait manqué de ne pas te voir un soir sur deux. (Philippe haussa les sourcils et posa la main sur celles de Olivier en souriant.) Je veux dire… C'était un peu comme une apparition qui me tenait compagnie quand je révisais.

Le car arrivait en ville.

– Tu es à quel hôtel ? demanda Philippe.

– On m'a logé au Blauvac. Ne me dis pas que tu y es aussi.

– Non, je suis à l'Ibis. J'ai un tarif avec la SNCF.

Ils étaient descendus sur le trottoir illuminé de soleil et s'étaient mis à marcher dans la même direction sans vraiment se concerter.

– Tu fais quoi, maintenant ? demanda Olivier.

– Je vais retourner à ma chambre prendre une douche, avec cet imbécile qui nous a foutus dehors alors qu'on n'était même pas réveillés.

– Moi aussi, dit Olivier. Et puis je dois aller au bureau.

Ils continuèrent à marcher dans une étroite rue plongée dans l'ombre de hautes façades roses vers une place inondée de lumière. Les pavés étaient luisants d'eau et dans l'air flottait un parfum sucré qui s'échappait des corbeilles de fleurs séchées posées devant des boutiques. Au-dessus d'eux, des hirondelles sillonnaient le long ruban de ciel d'un bleu dur.

– Mon hôtel est exactement de l'autre côté, dit Philippe en s'arrêtant brusquement. (Ils se regardèrent sans rien dire. Puis il reprit :) Tu fais quelque chose, ce soir ?

– Normalement, je vais voir des répétitions.

– Tu voudrais qu'on dîne ensemble ? demanda Philippe au bout d'un moment.

Christian Michaud était affreusement malheureux. Il avait renoncé à essayer de s'enfuir depuis sa dernière tentative, lorsque, entendant le ronronnement d'une voiture dans la vallée, il avait profité d'un instant d'inattention pour s'échapper. Il avait espéré pouvoir se réfugier auprès des gens qui venaient régulièrement faire des travaux dans la maison voisine, mais il n'avait pas eu cette chance : quand il était sorti, il avait constaté qu'il n'y avait pas la moindre voiture et que les volets étaient fermés. En désespoir de cause, n'osant pas s'aventurer pieds nus dans les ronces, il avait hurlé tout ce qu'il pouvait en sautillant, mais Raymond l'avait rattrapé et enfermé pendant une semaine jusqu'à cette fin d'après-midi.

Mon Dieu, j'ai l'air de quoi ? se lamentait-il, sanglé sur son lit, en voyant par les fentes des volets le soleil de juin jouer dans les branches du cèdre. Qu'aurait dit JeunScout, s'il l'avait vu dans un tel état de déchéance ? JeunScout, son lecteur préféré avec lequel il avait des conversations passionnées et qui lui avait envoyé des photos extraordinairement osées.

Raymond, parti le matin même à l'aube, était revenu à l'heure du déjeuner et avait déballé devant lui le matériel hétéroclite qu'il était allé acheter en ville.

– Regardez ! Toutes mes économies y sont passées. Deux ans de confitures, rien que pour vous.

Christian avait frémi, moins en voyant les achats de Raymond qu'en imaginant la terreur des clients qui avaient vu au Super-U une sorte de sonneur de cloches qui empestait le bouc faire la queue à la caisse avec un panier rempli de boîtes de Belle Color.

– … n'intéresse plus personne, aujourd'hui – et c'est vraiment très dommage, il y a tellement de choses à y lire. Vous ne trouvez pas ?

– Je… Excusez-moi, j'étais ailleurs, bafouilla Olivier en faisant à Sabine le sourire qui lui valait toutes les indulgences.

Durant tout le déjeuner, il n'avait cessé de penser à Philippe et chaque fois, l'image d'FX s'insinuait en lui. « Leçon numéro deux, lui avait dit Nicolas quelques semaines après la première dans le Marais. Ça ne durera pas. Soit FX se lassera de toi comme il s'est fatigué des autres, soit il n'aura jamais été pour toi qu'un marchepied. » Olivier en avait d'abord voulu à Nicolas de sa leçon numéro deux. « Mieux vaut que je brise tes illusions tout de suite plutôt qu'on ne te brise le cœur plus tard », avait-il ajouté, sans pitié.

Mais FX ne s'était pas lassé. Olivier non plus. Du moins pendant un certain temps. Finalement, ce n'était que lorsqu'FX avait commencé à se comporter en amoureux qui perd prise, lorsqu'il avait cessé d'arborer le tendre et tranquille détachement des séducteurs, qu'Olivier s'était mis à regarder ailleurs. Insensiblement, d'abord, comme on remarque, une fois passé l'aveuglement des premiers temps, que la vie continue autour de soi.

S'était-il jamais vu vivre avec FX pour toujours ? Non, bien sûr. S'était-il jamais imaginé le quitter un jour ? Pas davantage. C'était comme s'il avait balayé l'une et l'autre idée chaque fois qu'elles l'effleuraient, sans doute parce que, lorsqu'on est jeune, on se dit qu'on a devant soi une inépuisable provision de lendemains.

À une époque, FX aussi avait vécu comme cela, après tout. Nicolas lui avait expliqué qu'il n'était pas le premier, qu'FX était un collectionneur. Seulement FX ne semblait plus avoir envie de collectionner.

Philippe n'avait pas l'air d'un collectionneur. Il n'avait pas cherché à le draguer, c'était Olivier qui était allé à lui. D'ailleurs, Philippe lui avait dit qu'il avait toujours plutôt préféré les garçons de son âge. Et il lui avait parlé de David, celui pour qui il était venu à Avignon.

On disait toujours qu'on n'oubliait jamais sa première fois. C'était vrai : Olivier voulait se souvenir du balcon et de *Young Americans*, du Cherry-Coke et du vétyver. Mais en même temps… Il avait envie de vivre autre chose. Avec Philippe, cela avait été comme une autre première fois. C'était déconcertant de sentir un autre grain de peau, de sentir sous sa langue un parfum de citron au lieu de l'odeur attendue de Craven sans filtre et de feuilles vertes. C'était peut-être la vraie première fois, peut-être qu'FX n'avait été qu'une répétition. Est-ce qu'on passait sa vie à aller de première fois en première fois ? Pourquoi fallait-il que tout soit si compliqué ?

– Oh, ce que vous êtes belle, maintenant. Ils avaient pas menti, sur le mode d'emploi. Regardez-vous. C'est plus des cheveux, c'est de la mousse. Vous allez voir, je vais m'en faire une rousse, ce sera magnifique.

Raymond était sanglé dans une sorte de blouse en nylon rose un peu courte, avec sur la tête un foulard assorti noué comme un turban. Son accoutrement invraisemblable était pourtant moins dérangeant que les sandales Scholl blanches qu'il avait aux pieds.

– Je les ai achetées à la pharmacie en passant. Ils arrivaient pas à les vendre. Pensez : du 45.

Raymond tourna la chaise vers le miroir et Christian, qui avait le cuir chevelu en feu, vit sa barbe de deux jours, les cernes bleuâtres sous ses yeux et ses cheveux, les cheveux bruns mi-longs qui lui donnaient cet air d'écrivain inspiré et qui lui tombaient sur les épaules au bout de six mois de captivité, étaient maintenant d'un blond hollywoodien après six énergiques décolorations.

– Ah, faites pas cette tête-là, dit Raymond en lui enlevant les bigoudis. Secouez un peu la tête comme dans les publicités… On vous avait jamais dit que vous ressembliez à Geena Davis ?

Olivier fixait le ciel d'un noir d'encre peuplé d'étoiles. En face de lui, la muraille blanche des Rochers d'Entreconque luisait sous une lune déjà mangée par l'ombre. De l'herbe rase et tiède où il était allongé s'élevait une odeur qui vous faisait penser à l'été, de serpolet ou de marjolaine, quelque chose comme cela. Comme à Cahors, au cœur de l'été, quand il rêvassait sur une chaise longue dans la cour de la maison de ses parents, une main sur les dalles tièdes.

– Je vais avoir des fourmis, dit Philippe en retirant le bras sur lequel Olivier avait posé sa nuque.

C'était le quatrième soir qu'ils passaient ensemble. Philippe avait loué une Punto blanche décapotable et était passé le prendre, pour lui faire une surprise pour ce dernier soir : le lendemain, samedi soir, ils devaient remonter à Paris l'un comme l'autre. Olivier avait terminé son stage et Philippe ses vacances. À la nuit tombée, ils étaient partis du côté des Baux et ils avaient dîné dans une grande maison blottie au pied des montagnes. À part eux et deux jeunes types en costume qui parlaient en anglais à une table éloignée, il n'y avait personne d'autre dans le restaurant. Par les grandes portes-fenêtres ouvertes, la brise parfumée qui entrait faisait trembloter les flammes des bougies sur les tables. Ils avaient ri quand Philippe lui avait expliqué qu'il habitait avec une fille, Sophie, et qu'Olivier lui avait avoué qu'en le voyant un soir la prendre dans ses bras, il avait cru qu'il était hétéro.

En repartant vers Avignon, ils s'étaient garés sur le bas-côté et étaient montés à pieds le long de la colline.

– Et tu es venu à Avignon pour rien en espérant le retrouver ? dit brusquement Olivier

Il ne savait pas s'il devait admirer quelqu'un qui traversait la France pour revoir un mec ou trouver cela déraisonnable. Après tout, FX l'avait fait aussi. Est-ce qu'il ne fallait pas oublier la raison quand on était amoureux ? Est-ce qu'il n'était pas en train de la perdre un peu, en cet instant même ? Qu'est-ce qu'il allait dire à FX demain soir ?

– Non, je ne l'ai pas retrouvé, commença Philippe, les yeux fixés sur l'horizon poudré entre les montagnes blanches. (Il s'était redressé, le menton sur les genoux. Sa chemisette à carreaux rouges et blancs avait glissé sur son épaule brune barrée du blanc de son débardeur.) Mais…

Il se retourna vers Olivier, se pencha et s'appuya sur un bras. Est-ce qu'il va le dire ? se demanda Olivier.

Philippe se laissa glisser à plat-ventre, appuyé sur les coudes. Il baissa la tête, posa le menton sur la poitrine d'Olivier. Les yeux levés, interrogateurs, le front plissé, on aurait dit un chiot qui demande à jouer, songea Olivier, tandis que Philippe lui embrassait le menton puis venait poser sa bouche sur la sienne. Olivier sentit sur sa langue un goût salé.

– J'avais… (baiser)… une mauvaise… (baiser)… raison de venir… (baiser)… mais j'en ai trouvé une bonne de rester, acheva-t-il en relevant la tête.

Et en plongeant la main dans les boucles de ses cheveux noirs pour l'attirer à lui et lui rendre ses baisers, Olivier commença à oublier FX.

47

Des astres imminents

Sophie était restée seule au Pratou. Les travaux étaient bien avancés. Leur chambre était maintenant parfaitement aménagée, ainsi que la bibliothèque, le grand salon du devant où brûlait un feu qui emplissait la maison d'une odeur d'enfance avec les pommes de pin et les genêts qui crépitaient. Et puis l'immense cuisine. Évidemment, au début, cela avait été difficile de cuisiner sur une salamandre à bois qui avait défié le temps, mais Sophie était pragmatique et avait plus ou moins réussi à dompter la bête.

Le bureau aussi était prêt. Elles avaient choisi deux pièces qui communiquaient avec leur chambre et étaient isolées du reste de la maison. Et Françoise avait brusquement eu une idée fabuleuse : elles allaient faire du Pratou un gîte de femmes.

Françoise était remontée à Paris pour donner à Carla des tracts à distribuer à la Gay Pride et elle devait en profiter pour rapporter le Mac qu'elle avait laissé chez elle. Avec l'enthousiasme martial dont elle faisait preuve quand elle n'était pas en proie à ses crises de dépression ou d'angoisse, Françoise était montée dans sa voiture comme on part à l'assaut d'une place forte et Sophie n'avait eu que le temps de courir pour lui rappeler de passer chez elle prendre le manuscrit de Fabio et de lui jeter les clés de l'appartement, pour le cas où Philippe ne serait pas rentré d'Avignon.

En revanche, il allait sérieusement falloir reconsidérer le bail gracieux avec le voisin. Maintenant qu'elles allaient habiter là presque en permanence, elles n'avaient plus besoin de ses services. Sans compter que les femmes qui viendraient verraient probablement d'un assez mauvais œil ce bonhomme avec ses airs de phacochère qui grognait en caracolant dans les champs. Et puis ses confitures étaient tout simplement infectes.

Le train approchait de la Gare de Lyon et Philippe n'avait jamais été aussi triste de rentrer à Paris.

– Il faut vraiment qu'on fasse comme ça ? demanda-t-il à Olivier.

– C'est le mieux. Si FX me voit avec toi... Je ne veux pas lui faire de la peine. (Il avait promis à FX qu'une fois son stage terminé, ils partiraient quinze jours ensemble. Annuler ces vacances et quitter FX du même coup, après dix mois, c'était au-dessus de ses forces.) Peut-être que je vais quand même lui en parler en arrivant, je ne sais pas encore.

– Tu m'aimes ? demanda à mi-voix Philippe qui posait cette question pour la première fois.

– Seulement si toi tu m'aimes, dit Olivier qui n'avait jamais voulu y répondre jusque-là.

Philippe regarda autour de lui. La voiture était presque vide. Il se pencha vers Olivier et l'embrassa alors que les premiers néons de la Gare de Lyon éclairaient le wagon.

Victor avait longtemps réfléchi à cette histoire de chèques. À la mi-mai, un autre virement avait été effectué sur le compte. Début juin, il avait fouillé de fond en comble l'appartement de sa mère avec Bijou.

– Oh ! Tous les Chanel, s'était exclamée Bijou. Et ces chaussures ! Tu vas en faire quoi, *darling* ?

– Tu t'imagines quand même pas que je vais les mettre, ma beauté. Prends ce qui te plaît, va. Tu seras sûrement la seule folle entièrement en Chanel au volant d'une jeep de l'armée américaine dans tout Ibiza.

– C'est vrai ? Tu es une chic fille. Ceux-là sont absolument parfaits, dit Bijou qui avait enfilé le robuste 40 de Madame Leclerc et essayait un tailleur en gros tweed rose et noir. Il va falloir quand même les reprendre un peu, je suis plus mince qu'elle.

En dehors des essayages de Bijou, les recherches n'avaient pas abouti à grand-chose. Pas d'autres photos en dehors de celles que Victor connaissait déjà. Les lettres étaient toutes sans intérêt.

Ils avaient tenu un conseil de guerre autour d'une pizza surgelée. Bijou avait refusé de quitter Chanel et coromandels (« C'est mieux pour réfléchir. Et il faut que je m'entraîne pour cet été »). Victor avait jugé que téléphoner ne servirait à rien d'autre qu'à mettre Luscans sur ses gardes. Il fallait une confrontation.

– Un commando, *darling* ? demanda Bijou qui se voyait déjà en Fantômette en train de s'introduire dans l'hôtel particulier d'Auteuil.

– Oh, tu vas pas être dans mes jambes. Je vais y aller seul.

Philippe était sorti le premier de la gare pour attraper un taxi. Au feu de Bastille, une Saab noire décapotée s'arrêta à leur hauteur et le conducteur en profita pour recapoter. Philippe eut le temps de reconnaître la Lacoste rouge d'Olivier. Apparemment, il avait dû décider de prendre le taureau par les cornes, car FX semblait faire la tête, tandis qu'Olivier levait les yeux au ciel en faisant un geste de la main. Philippe s'enfonça dans la banquette et n'eut pas le temps d'en voir davantage : quand le feu passa au vert, la Saab démarra en trombe.

– Fabio ! Mais essaie de te tenir, nom d'un chien !

Françoise essayait tant bien que mal d'introduire la clé dans la serrure de l'appartement tout en maintenant contre le mur un Fabio au bord du coma éthylique. Il avait passé le dîner à boire en lui assurant que c'était du jus de raisin.

– Oh, ma Françoise des Bois, je suis saoule, saoule évier comme un palétuvier rose, de Picardie. Rhum et Coca-Cola collabo, je dis vive le vin d'hiver solitaire. Faites claquer les bouchons de champagne et péter le chichon de campagne. Je me rasade au whisky et je me pintade à la bière.

– Entre. Dépêche-toi, et tais-toi donc, on ne va pas y passer la nuit. Et si ça ne va pas, tu cours aux toilettes, c'est au fond du couloir.

Françoise se rua dans la chambre de Sophie et entreprit de chercher le manuscrit de Fabio dans les tiroirs. Mais pourquoi ne l'avaient-elles pas emporté en descendant au Pratou ? Encore heureux qu'elle ait dû remonter à Paris. S'il avait fallu faire le voyage exprès pour ça.

Pendant ce temps, Fabio entreprenait une expédition punitive dans le placard de la salle de bains.

Quand Françoise revint en brandissant triomphalement la chemise qui contenait les premiers chapitres du livre, il était déjà trop tard : Fabio était vautré dans la baignoire et tétait au goulot d'un énorme flacon d'Eau de Cologne Impériale.

Mon Dieu, songea Françoise. Le parfum de Philippe. Sophie et elle le lui avaient offert pour son anniversaire en mai. Il était à peine entamé. Quand je pense à ce que ça nous a coûté, près d'un litre de Guerlain. Tout ça pour finir dans un alambic sur pattes.

– On ne peut vraiment pas te faire confiance ! s'exclama-t-elle en extrayant de son abreuvoir Fabio qui la gratifia d'un rot – comment disait-on dans les magazines ? hespéridé. Bon, maintenant, presse-toi, il faut que je repasse chez moi.

– Laisse-moi. Je suis la folle des fioles, c'est bien la faute des fiottes, le nez dans la coco, la faute des hétéros. Je suis une fine champagne un peu flasque sur les bords de Marne. J'ai la vodkatastrophe et le whiskyzophrène.

– Mais pourquoi tu ne veux pas qu'on aille plutôt dormir chez moi ? s'exclama FX. Tu sais bien qu'on ne peut pas se garer dans ton fichu quartier.

– J'ai des trucs à faire chez moi, enfin, dit Olivier. Ça fait un mois que je n'y ai pas mis les pieds.

Françoise s'arrêta sur le seuil de l'immeuble, paralysée. Fabio s'effondra contre elle.

– Attention, ma petite Françoise écrasée, lui hoqueta Fabio dans la nuque.

– La voiture, chuchota Françoise. La voiture !

– Je suis la femme bionique, je suis la Fabio nique, écoute mes chants sémantiques. Mort aux voitures tortures, voici le gavalo qu'aime avaler et cavaler en vélo.

– Je te dis que c'est fichu. Regarde ! Elle s'arrête.

La Saab noire s'était en effet arrêtée à une dizaine de mètres. Le moteur au ralenti grondait d'une sourde menace. Puis brusquement, elle redémarra. Françoise vit les feux arrière disparaître au coin de la rue.

– Dépêche-toi, Fabio. Il faut qu'on coure à la voiture avant qu'ils reviennent, dit-elle en empoignant comme un balluchon Fabio drapé dans son imperméable gris.

On aurait dit la retraite de Russie.

– Tu n'as qu'à faire le tour, dit Olivier. Ce n'est pourtant pas compliqué, on a le temps.

– Je me demande comment tu fais pour habiter dans un quartier pareil, maugréa FX. Non, mais tu as vu ce couple de clochards sur le trottoir ? Incapables de tenir debout !

– Il n'y a pas que des clochards, dans mon quartier ! dit Olivier. Il y a moi, déjà.

Et Philippe, songea-t-il. Il songea à en parler à FX. Ce n'était peut-être pas le moment rêvé, mais pendant tout le trajet, il n'avait cessé d'y penser. Seulement, déjà, à Bastille, quand il avait suggéré d'aller à la Gay Pride demain et de ne partir en vacances que le jour d'après, FX avait déjà failli faire un drame. Pourtant, s'il parlait maintenant, non seulement il irait à la Gay Pride, la première de sa vie, mais ce serait avec le premier véritable homme de sa vie : Philippe.

– Ah ! Enfin ! s'exclama FX en l'interrompant dans le cours de ses pensées. Il était temps que j'en trouve une : je n'aurais pas refait le tour une fois de plus.

En arrivant au bout de la rue, Françoise se plaqua contre le mur. La Saab noire était arrêtée, moteur au ralenti. Ils étaient revenus. Parce qu'ils étaient plusieurs, c'était évident. Ces gens-là n'agissaient jamais seuls. Ce devait être vrai, ce qu'on disait : en un instant, Françoise revit toute son existence. Les années passées à souffrir, les livres qu'elle avait écrits, où elle se mettait à nu, la maison d'édition qu'elle avait tenue à bout de bras, Sophie penchée sur les manuscrits, Sophie penchée sur elle dans la chambre au Pratou, le goût de fruits de ses baisers, le parfum du figuier devant la porte en été. Ce n'était pas possible, elle ne pouvait pas perdre tout ça.

– Il t'épie, il t'épuise pauvre Françoise. Oh, le salaud hétéro facho, il se souviendra de Fabio ! Phallocrate no passaran, phallocrate trespassaran. Je vais le mettre en bière, en bouteille et sous pression. File-moi ton pschitt-orange, je vais lui péter la gueule et le canal lacrymal acquis ne profite jamais, beugla soudain Fabio.

– Déposez-moi là, dit Philippe au chauffeur de taxi alors qu'ils arrivaient au métro. Ce n'est pas la peine de vous engager dans la rue, vous allez vous embêter pour repartir, c'est plein de sens interdits. Et gardez la monnaie.

Il descendit d'un pas allègre. Si Olivier avait décidé de parler à FX, quand Philippe entrerait dans sa chambre et allumerait la lumière, Olivier lui avait dit qu'il éteindrait la sienne deux fois. Et là, ils pourraient se retrouver, passer la première nuit du reste de leur vie, celle qui allait précéder toutes les autres.

La semaine d'avant, Victor était d'abord allé voir les anciens numéros de *Libération* qui avait publié des photos récentes de Luscans, puis il avait passé trois soirées devant la demeure d'Édouard. En vain. L'arrivée d'un visiteur un soir lui avait juste permis de remarquer que le portail n'était pas automatique et qu'il fallait descendre de voiture pour l'ouvrir.

C'était sa quatrième soirée.

Une voiture s'arrêta devant le portail. Une femme descendit, se pencha pour remercier le conducteur qui s'éloigna. La femme regarda Victor assis sur le banc en face de l'immeuble et s'éloigna en accélérant le pas.

Une heure avait passé. Mais il rentre quand chez lui, ce bonhomme ? se demanda Victor. À cet instant, une autre voiture ralentit et monta sur le bateau. La lumière intérieure s'alluma et Victor vit un homme d'un certain âge avec un chapeau qui se penchait et parlait au conducteur. Ce n'était pas une voiture de remise. L'homme descendit et s'approcha du portail pendant que la voiture manœuvrait et repartait.

Victor traversa rapidement la rue au moment où l'homme poussait la petite porte ménagée dans l'un des battants du portail, le bouscula et entra avec lui dans la cour pavée faiblement éclairée par les lumières des hautes fenêtres.

– Mais enfin, qu'est-ce que… ? dit le vieil homme en fouillant dans sa poche comme pour chercher une bombe lacrymogène. Qui êtes-vous ? Maurice !

Une lumière s'alluma à un œil-de-bœuf au quatrième.

– Tu vas la fermer, oui ? Tu te souviens de Solange ? demanda Victor en lui retenant le bras.

– Solange ?

– Solange et Victor. La femme que tu as foutue en cloque avant de la laisser tomber, elle et ton gosse. Celle à qui tu craches quinze mille balles par mois pour qu'elle la ferme. C'est plus la peine, maintenant : ça fait deux mois qu'elle est morte.

– Solange est morte ? murmura le vieil homme d'un air incrédule.

Une lumière s'était allumée à l'entrée. La porte s'ouvrit.

– Monsieur Édouard ? dit la silhouette qui était apparue sur le perron avec une carabine.

– Alors, ça te rafraîchit la mémoire ? Ça te fait quel effet de revoir le gosse que tu as jamais eu le courage de reconnaître, saloperie ?

– Victor ? répéta le vieil homme. Laissez, Maurice, reprit-il à voix haute. Je crois que ce garçon a quelque chose à me dire.

– Alors tu avoues ?

– Ne me tutoyez pas, jeune homme. Je ne suis pas celui que vous croyez.

– Oh, si tu t'imagines que tu vas t'en tirer comme ça ! Quand je pense que j'ai attendu trente-trois ans pour savoir qui était mon père et que je découvre à la veille de la Gay Pride que c'est la pire ordure qui soit…

– Je suis peut-être une ordure si vous voulez, mais je ne suis pas votre père, Victor.

Françoise était toujours plaquée contre le mur. Comme dans un rêve, elle sentit dans sa poche la main de Fabio qui s'emparait de la bombe lacrymo dont elle ne se séparait jamais.

– Fabio ! Non, n'y va pas ! Ils vont te tuer !

Elle voyait déjà son dernier auteur se faire rouer de coups de batte de base-ball par une horde de skins sanguinaires. Françoise, qui ne fréquentait pas le Salon de l'Auto, avait tendance à beaucoup exagérer les capacités d'accueil des voitures, mais elle avait vu les émeutes dans les stades de football.

Fabio s'avança vers la voiture d'une démarche titubante. Puis, comme dans toutes les tragédies antiques, où un destin aveugle ou très pris par le vin vient bouleverser des existences jusque-là paisibles, tout alla très vite. Inconscient du geste fatal qui allait tout briser, Fabio saisit la poignée de la portière, plongea le bras à l'intérieur en beuglant des insanités, tabassa sauvagement son occupant et vida le contenu de la bombe dans la voiture.

Françoise entendit un cri. La portière resta ouverte. Il y eut le bruit métallique et creux de la bombe vide qui tombait sur les pavés et roulait en brinquebalant jusqu'au caniveau avant de tomber dans une bouche d'égout, puis ce fut le silence.

– Mon Dieu, hoqueta-t-elle en se précipitant derrière Fabio qui poursuivait son chemin en débitant ses imprécations comme si de rien n'était et avait déjà tourné le coin de la rue de la même démarche d'ivrogne.

Philippe déboucha dans la rue. À l'autre bout, la Saab était arrêtée, portière ouverte, feux de position allumés et moteur toujours en marche. Il s'arrêta. Un bras nu dépassait du bas de la portière et tâtonnait sur la chaussée. Philippe entendit un râle affreux et sentit une bouffée de chaleur lui monter au visage. Son cœur se mit à battre, de plus en plus fort. Au même instant, le bras s'avança un peu plus et découvrit une Lacoste rouge. Philippe lâcha son sac et se mit à courir. À présent, c'étaient des larmes qui lui montaient dans la gorge et l'étouffaient. Olivier ! Il aurait dû s'en douter. Il avait eu l'imprudence de parler à FX, ils s'étaient disputés, il l'avait bien vu à Bastille, cela avait mal tourné, c'était sa faute, il n'aurait jamais dû précipiter les choses, le pauvre gosse. Il entendit d'abord son portable sauter de sa poche de chemise et se fracasser sur les pavés, puis le corps entier du passager de la Saab glissa à son tour et il vit son visage couvert de sang et de larmes se tourner vers lui, méconnaissable. Philippe s'arrêta et ferma les yeux. Non, c'était impossible. Olivier qu'il attendait depuis toutes ces années, Olivier qu'il avait croisé dix fois sans le voir, Olivier qui habitait à cinquante mètres de lui depuis six mois, Olivier que le hasard avait enfin placé sur sa route, ça ne pouvait pas finir comme ça, bêtement, cruellement, au coin d'une rue, comme dans un feuilleton sordide.

Ce visage qu'il avait tant chéri se tourna vers lui et ouvrit les yeux. En le reconnaissant, un pauvre sourire vint mourir sur ses lèvres entrouvertes. Hors d'haleine, les oreilles bourdonnantes, Philippe l'entendit prononcer son prénom dans un râle et dire : « Je t'aime… » d'une voix brisée avant de refermer les yeux et de retomber, inerte.

– Dis, geignit la voix dans le téléphone. Tu crois qu'il fera beau pour la Gay Pride ?

Ce qu'il est con, songea Nicolas en levant les yeux au ciel. M'appeler à minuit pour me demander des trucs pareils. C'est bien Denis. Il est tellement peu intéressant que je lui pisserais même pas dessus s'il était en feu.

– Évidemment qu'il va faire beau demain, crétine. Mets-toi à ta fenêtre et regarde le ciel, il est plein d'étoiles.

Paris – Saint-Jean – La Havane

COMPOSITION : NORD COMPO À VILLENEUVE-D'ASCQ

GROUPE CPI

Achevé d'imprimer en mai 2008
par **BUSSIÈRE**
à Saint-Amand-Montrond (Cher)
N° d'édition : 93099. - N° d'impression : 80911.
Dépôt légal : juin 2008.
Imprimé en France